国学研究文库

国学研究文库

朱熹《诗经》学思想探源及研究

吴洋 著

社会科学文献出版社
SOCIAL SCIENCES ACADEMIC PRESS (CHINA)

国学研究文库编委会

主　任：冯其庸　纪宝成
顾　问：饶宗颐　叶嘉莹　庞　朴　傅璇琮
　　　　李学勤　方立天　张立文　张岂之
　　　　戴　逸　许嘉璐
委　员：（按姓氏拼音排序）
　　　　王子今　王炳华　乌云毕力格　厉　声
　　　　叶君远　向世陵　牟钟鉴　　　孙家洲
　　　　杨慧林　杨庆中　李均明　　　李　零
　　　　宋志明　沈卫荣　孟宪实　　　赵平安
　　　　姜日天　袁济喜　徐　飞　　　诸葛忆兵
　　　　黄朴民　黄克剑　常伯工　　　梁　涛
　　　　韩兆琦　彭永捷　葛兆光　　　傅　瑾

总　序

冯其庸

　　国学是中国传统学术的简称，它应该是包罗宏富的。其中，以孔孟为代表的儒学，以老庄为代表的道家以及诸子学，以屈宋为代表的楚辞学，以左迁为代表的史学，以韩柳欧苏为代表的文章学，以《诗经》、《乐府》、李杜韩白苏辛周姜为代表的诗词学，以周程张朱为代表的理学，以关王白马高孔洪为代表的曲学，以《三国演义》、《水浒传》、《红楼梦》为代表的小说学，还有其余相关的如古文字、音韵、训诂学、目录版本学等诸种学问，应该是国学的主要内涵。我们的国家是伟大的多民族团结融合的国家，我们不能把国学局限于某一局部，这是显而易见的。同时，国学也不是凝固、僵化的，而是随着历史的进步在不断丰富发展，唐代的国学总比秦汉要丰富，后代往往胜过前代，国学经典著作的解读，也随着时代的进展而有所深化、有所革新，国学的典籍、文献资料也有所扩展增添。近百年来，大量甲骨文的发现，青铜铭文的发现，战国秦汉魏晋南北朝简牍、古籍的发现，敦煌宝藏大量经卷典籍的发现，西部大量古文书简的发现，不是使我们的国学、我们传统文化的内容都大大地丰富了吗？使我们对自己的文化传统有了更深一步的认识和了解吗？所以，国学是我们整个中华民族的民族精神、民族思想、民族意志的共同载体，是我们伟大中华民族的精神长城，是我们伟大民族顶天立地的思想根基、力量根基，也是我们不可被战胜的强大自信力量的源泉。

从内容上看，国学与传统文化部分内容是重叠的，但国学并不能完全等于传统文化研究。西方文化进入以前，中国已经有两千年以上的学术文化传统，形成了一个自己的体系。在西方文化大举袭来的情况下，近代中国产生了"国学"的观念，来应对西方文化进入后的文化格局，作为一个与西学、现代学科相区别的分类，来指称中国传统的学术。而"中国传统文化"的观念，其范围就广得多，既包括学术的形态，也包括非学术的形态。也就是说，"中国传统文化"要比国学的内涵大，国学是一种特殊的"中国传统文化研究"。从研究的态度上看，国学的特殊性首先是对中国传统文化的自觉担当意识。搞国学的人之所以要研究中国传统文化，不是为了个人的生计、名利，也不是为了某种具体的功利，而是要自觉地担当起保护、弘扬中国传统文化的使命。古代先哲"先天下之忧而忧，后天下之乐而乐"的精神境界，"济世安民"、"修身、齐家、治国、平天下"的治学宗旨，应该首先得到继承和弘扬。在研究方法上，国学研究不排斥学习、借鉴、引进外来的研究方法，但更强调对传统研究方法合理因素的吸收和继承，或者说，它是在传统的训诂、考据、义理、词章方法基础上，去吸收、融合西方现代的学术研究方法。之所以如此，是因为国学不仅是在现代西学冲击下对固有知识体系的一个简称，同时也因为这个固有的知识体系里面它有一些内在的脉络，一些固有的体系结构，而对此是不可以用西方文史哲的研究方法来简单处理的。相反，只有既立足于中国学术传统，又具有现代学术意识，才有可能在国学研究中做出突出贡献。

中国人民大学国学院自2005年创办起，一直受到社会各界的关注，这既是鼓励也是鞭策，要求我们必须更好地工作，不辜负时代的要求、人民的希望。近三年来，我们循序渐进，择要取精，在教学、科研上对国学进行了有益的探索。我们不提倡对"什么是国学"作定义式的讨论，甚至陷入旷日持久的争论之中，而是鼓励我们的老师在教学、科研中去摸索国学的基本内涵，搞清国学自身的规律及特点。读者看到的这套"国学研究文库",便是中国人民大学国学院部分老师的研究成果,同时也收入一定数量来自社会的稿件,每部稿件都经过专家的严格审定,达到了该领域的较高水平。本文库将每年推出几部,希望能持之以恒,积少成多,对方兴未艾的国学事业添砖加瓦、推波助澜。

2008 年 4 月 3 日

目 录

序 一 ……………………………………………… 杨　忠 / 1
序 二 ……………………………………………… 吴　鸥 / 4
前 言 …………………………………………………………… 1

第一章　《诗集传》成书考 ……………………………………… 1
　第一节　曲护《诗序》解《诗》阶段 ………………………… 7
　第二节　辨破《诗序》解《诗》阶段 ……………………… 16
　第三节　去《序》解《诗》阶段 …………………………… 26
　第四节　《诗集传》宋代版本考 …………………………… 37
　第五节　《诗序辨说》与《诗传纲领》成书时间简述 …… 47

第二章　朱熹之"废《序》说" ………………………………… 51
　第一节　"废《序》说"的学术背景 ………………………… 54
　第二节　"废《序》说"的具体内涵 ………………………… 71
　　（一）朱熹对《诗序》作者的认识 ……………………… 71
　　（二）朱熹对《诗大序》的态度 ………………………… 74
　　（三）朱熹对《小序》的态度 …………………………… 79
　　（四）"废《序》说"中的尊王思想 ……………………… 88

第三章　朱熹之"淫诗说" ……………………………………… 98
　第一节　"淫诗说"的理论建构 ……………………………… 98

（一）关于"思无邪" …………………………………… 101
　　（二）关于"郑声" …………………………………… 107
　　（三）关于诗与乐的关系 ……………………………… 124
　第二节 "淫诗"具体篇目分析 ………………………… 133

第四章　朱熹之"六义"说 ………………………………… 148
　第一节 朱熹对于"六义"的解释 ……………………… 149
　　（一）朱熹对于"六义"的整体看法 ………………… 149
　　（二）朱熹对于"风"的观点 ………………………… 157
　　（三）朱熹对于"雅"的观点 ………………………… 163
　　（四）朱熹对于"颂"的观点 ………………………… 167
　　（五）朱熹对于"赋"、"比"、"兴"的观点 ………… 171
　第二节 朱熹对"赋、比、兴"的运用 ………………… 182
　第三节 朱熹"六义说"的意义 ………………………… 192

第五章　朱熹《诗经》学杂考 ……………………………… 198
　第一节 《诗集传》引文续考 …………………………… 198
　　（一）引前人说 ………………………………………… 202
　　（二）引用文献 ………………………………………… 220
　　（三）其他 ……………………………………………… 242
　第二节 《诗集传》章句考 ……………………………… 245
　　（一）分章 ……………………………………………… 247
　　（二）断句 ……………………………………………… 270
　　（三）小结 ……………………………………………… 275

主要参考文献 ………………………………………………… 277

后　记 ………………………………………………………… 282

序 一

杨 忠

《诗经》学一直是经学研究的大宗，古往今来研究《诗经》的著作真可谓汗牛充栋，不知凡几。而毛《传》、郑《笺》、孔《疏》形成的经解成说，逐渐成为汉唐经学的主流与权威。宋儒不满汉唐旧说，形成疑经疑注风气，其最基本的研究方法便是求经书的本义。欧阳修、苏辙、郑樵等都作出各自的努力，使《诗经》研究以至整个经学研究在宋代能别开生面，至南宋朱熹《诗集传》出，更成为《诗经》注释和研究的集大成者。而自元延祐年间重开科举，以朱熹《诗集传》、《四书集注》作为标准，朱熹的经学思想观点便一直受官方的肯定与提倡，被尊为儒学正宗，思想层面的影响之大，几无人可及。元明清以迄当代，研究朱熹及其著作特别是《诗集传》的论著亦层出不穷。这些论著在许多问题上的意见已渐趋一致，但也仍有不少问题聚讼纷纭。究其原因，窃以为主要有两点：一是《诗集传》本身的复杂内容。众所周知，《诗集传》在朱熹身前即有遵《诗序》和废《诗序》两种传本，朱熹撰写《诗集传》既受前人学说影响，又有与同辈学者的互动，他自己的认识也时有变化，故不断加以修订，使流传的资料（包括他不同时期的《语录》）呈现出较为复杂的状况。后之学者从不同角度、侧重于不同材料考察朱熹及其《诗集传》，仁智之见便自然产生。二是研究方法的差异。一些学者忽略了朱熹著作及言论产生在不同时间，使用文献资料时不加考订分辨，便易偏颇立论、各执一词。

因此，欲将朱熹及《诗集传》研究再向前推进，需要彻底弄清《诗集传》的成书过程及朱熹言论的先后次序，既要求得《诗经》本义，亦要探究朱熹本意及其思想观点的渊源所自和发展变化。而文献的广搜博采与准确理解，乃是其中的关键。可喜的是学界在近年来的诸般努力中，产生了不少成果，吴洋博士的《朱熹〈诗经〉学思想探源及研究》，便是其中一部令人瞩目的新作。

吴洋博士的功夫主要用在博取文献资料并准确释读和细致审慎的思辨上。他的研究课题其实是有很大难度的，因为有关材料实在过于分散；而论题所涉政治历史、学术文化层面又非常复杂；更麻烦的是，宋代经学在文献辨证和义理思辨两方面都具有鲜明的时代特点，经学既有经籍本身的原始文本属性，又经过古人在不同时期的编辑加工、解释传播，已溶入了不同时代的思想观念，而宋代经学是在和理学互动互补的过程中发展变化的，并从而使宋代儒学有了新面貌，新儒学的发展又反映了汉学、宋学、经学、理学在宋代的衍化和新变。要理清这些纷繁复杂的头绪，勾画出宋代经学变化的特点和朱熹《诗经》学思想的来龙去脉，实在并非易事。

吴洋博士扩大了资料的审视范围，并极注意追溯源流以考察朱熹思想的发展变化。如论朱熹对《诗小序》的态度，已有不少学者就《诗集传》作过统计，而他则不仅据《诗集传》，还根据《诗序辨说》及其他资料，列出朱熹解《诗》"与《小序》一致"、"与《小序》有出入"、"与《小序》完全不同"三种状况，并作更加精审的统计，以明朱熹对《小序》的真实态度。他还特别注意考辨资料产生的准确时间，来揭示朱熹《诗经》学思想的发展过程。如指出朱熹对《周南·关雎》篇本义的论述，在《诗集传》和《诗序辨说》中就有不同的说法，以明朱熹的注释解说是有过变化的。再如他还注意到吕祖谦在《吕氏家塾读诗记》中所引朱熹《诗集传》中语，有些与今传朱氏修订本大异，有些则大致相同，也说明朱熹《诗经》学思想是逐步成熟、发展变化的。这样，通过对有关材料的排比对照和对某些观点的追根溯源，吴洋博士指出：朱熹对《诗序》

的态度,有个从"曲护"到"辨破"再到"去序言诗"的演变过程。他的结论便更有根据和说服力。其余如对朱熹"淫诗说"、"六义说"等的考辨,也都基本上通过溯流寻源而令人信服地论证了朱熹诸说的由来及价值。

吴洋博士在探究朱熹《诗经》学思想的源流时,还特别注意审慎思辨,注重揭示经学发展的内在规律、宋代学者对朱熹的影响以及朱熹个人的理学追求。因此他努力开掘宋代经学与理学共生纠结、交互影响的特殊关系,因为这种学术特质是宋代特有而汉唐、明清所无或不甚明显的。他通过细致的论证辨析,一方面明确肯定朱熹《诗经》学思想超越前贤的巨大贡献:即破除了附着在《诗经》本文上的政教理念;厘清了《诗经》本身与汉代学者附会的内容之间的界限,为重新诠释《诗经》开辟了巨大的空间;也在一定程度上纠正了对《诗经》本义的歪曲,还原了其作为乐歌的本来面貌;废《序》言诗所体现的注重文献考证、强调涵咏本文、运用文学规律、衡以人情物理的解诗方法,以及独立思考的精神和求真明理的严谨态度都是有积极意义的。另一方面也正确地揭示了作为理学家的朱熹,强调通过"道问学"而"尊德性",通过道德修养以体认圣贤之道,因此他废《序》解《诗》,实际上就是最大限度接近圣贤本意的一种手段;而对于朱熹来说,体现周代的礼乐制度和道德风化,才是《诗经》的本旨所在;朱熹的《诗经》学思想仍然植根于传统经学,并以发扬所谓新儒学的伦理价值为旨归。因此,他对《诗序》的批评、对"淫诗"的界定、对《诗》篇本义的理解仍不免有穿凿附会之处。这些认识和论证,实有他的新见,是极有价值且较客观公允的。

吴洋博士在他的著作中的努力与探索是很有价值的,为朱熹研究和《诗经》研究做出了贡献。期待他仍然坚持这种踏实细致、实事求是做学问的精神,也期待他的新的研究成果。

2014 年 5 月 4 日于北京大学蓝旗营

序 二

吴 鸥

还记得2004年的一个下午，我在办公室整理《诗集传》的复印件。吴洋当时作为我的硕士生，走进来看到了这些材料。从那时起，吴洋就开始对于朱熹产生了浓厚的兴趣，进入了朱熹及其《诗经》学研究的领域，并且深入研究，笔耕不辍，从硕士阶段开始的追求，在博士阶段开花结果，在杨忠教授的指导下，完成了他的博士论文，并最终有了目前的这部著作。

朱熹是一位著作等身的鸿儒，学术界对他的研究著述甚夥。而这部《朱熹〈诗经〉学思想探源及研究》，从各个方面对朱熹的《诗经》学做了全面梳理，在前人基础上进一步深入开掘，获得了可喜的进步。例如，在《诗集传》的成书年代方面，根据朱熹本人的书信等第一手材料，通过认真细致的分析，判定《诗集传》在成书、修订、刊刻过程中各个阶段的年代，并指出《诗集传》从未称名为《诗集解》，廓清了以往学术界在这个问题上的歧见。在《诗集传》的版本源流方面，指出前辈学者有将"江西本"和"豫章本"误为二本的情况（江西古为豫章郡），梳理出《诗集传》的宋本共有五个本子，分为二个系统，推论切实可信。

有关朱熹的《诗经》学理论是本书的重点，作者仔细分析了朱熹的"废序说"、"淫诗说"、"六义说"等观点的学术背景和形成过程，寻根探源，准确论述了朱熹在这些方面的理论建树。关于朱熹的"废序说"，本书清晰论述了朱熹对于《诗序》的态度，指出朱熹从存《序》到废《序》有一个渐变的发展过程，并将这个过程做了严密清晰的叙述。关于朱熹"淫诗说"以及与此相关的"郑声"和"郑诗"的问题，历来在学术界众说纷纭，有的学者将"郑声"与"郑诗"互相等同，有的学者则认为二者应该互相切割。本书从历史的高度纵观这个问题的来龙去脉，对两种观点进行寻根溯源的剖析，得出"郑声"即"郑卫之音"亦即《左传》中所谓的"烦手淫声"，是音乐方面的命题；"郑诗"即《郑风》，是诗歌方面的命题，二者应该明显区分的结论，有较强的说服力，从而较好地解决了对于朱熹认为在《诗经》中存在"淫诗"问题上的理论认知。至于朱熹的"六义"说，本书明确指出"六义"说是朱熹《诗经》学理论建构的核心，分析朱熹对于风雅颂赋比兴的观点，尤其是对于人们一直感到难于把握的"比"与"兴"的异同问题，做出了清晰的说明。作为最后一章的《朱熹〈诗经〉学杂考》，考订了《诗集传》中的引文出处和分章断句等问题，在不少具体问题上对于学术界以往的研究成果做了补充纠正，颇有心得。令读者感到，这部著作最大的成绩，就是能够实事求是地梳理朱熹思想的来龙去脉，寻绎朱熹理论成果的脉络走向，从而厘清一些学术研究中纠结不清的问题，得到令人信服的结论。

作者秉承了"勤奋、严谨、求实、创新"的优秀学术传统，离开北大到人大国学院任教的几年里，一直勤学苦干，成果丰硕。作者的基础理论扎实浑厚，专门知识系统深入，具备了严谨的科学态度，在学术上取得了可喜的开拓成果，这部著作就是最好的证明。

学术道路充满艰辛，作者今后还有更长的路要走，相信他会取得更大的成绩，我们期待他的辉煌。

2014 年 4 月 30 日于北京大学中文系

前　言

朱熹，字元晦，又字仲晦，号晦庵、晦翁、云谷老人、沧洲病叟、遁翁等，别称紫阳、考亭。祖籍徽州婺源（今属江西），侨寓建阳（今属福建）。南宋高宗建炎四年（1130）生于南剑州尤溪（今属福建），绍兴十八年（1148）登进士第，历官泉州同安主簿、知南康军、提举浙东常平茶盐公事、知漳州、知潭州、焕章阁待制兼侍讲等，宋宁宗庆元六年（1200）卒于建阳。

朱熹少年颖异、笃志于学，人称之曰"乐善好义，鲜与伦比"，"颖悟绝人，力行可畏"。他博览洽闻，"遍交当世有识之士，虽释、老之学，亦必究其归趣，订其是非"，后从学于传承伊洛之学的胡宪、刘勉之、刘子翚、李侗等人，学术思想逐渐由杂于禅向醇于儒转变。朱熹登第后到去世凡五十余年，"历事四朝，仕于外者仅九考，立于朝者四十日"，[①] 一生中的大部分时间都是请祠居家，在讲学、论道与著述中度过的。在这四十多年的学术生涯中，朱熹"主敬以立其本，穷理以致其知，反躬以践其实"，[②] 通过长期的锻炼与

[①] 上所引均见（宋）黄榦《勉斋集》卷三六《朝奉大夫文华阁侍制赠宝谟阁直学士通议大夫谥文朱先生行状》（以下简称《朱先生行状》），文渊阁《四库全书》本。吴按：据元刊《勉斋先生黄文肃公文集》卷三四所载，实应作《朝奉大夫华文阁待制赠宝谟阁直学士通议大夫谥文朱先生行状》，《宋集珍本丛刊》第67册，线装书局，2004。

[②] （清）黄宗羲原著，全祖望补修，陈金生、梁运华点校《宋元学案》卷四八《晦翁学案上》"黄百家案语"，中华书局，1986，第1505页。

琢磨，其理学思想逐渐成熟精密，最终得以继二程理学之正统，集宋代理学之大成；同时，他博极群书、广注经史，讲求义理而不废考据，更成为宋代学术的杰出代表。全祖望曾经盛誉朱熹能"致广大，尽精微，宗罗百代"，① 黄百家则感叹"其为间世之钜儒，复何言哉？"②

朱熹一生，为学勤勉，著作等身。他的门生兼女婿黄榦在所作的《朱先生行状》中说："先生所著书有：《易本义》，《启蒙》，《蓍卦考误》，《诗集传》，《大学中庸章句》、《或问》，《论语》、《孟子集注》，《太极图》，《通书》、《西铭解》，《楚词集注》、《辨证》，《韩文考异》。所编次有：《语孟集义》，《孟子指要》，《中庸集略》，《孝经刊误》，《小学书》，《通鉴纲目》，《本朝名臣言行录》，《古今家祭礼》，《近思录》，《河南程氏遗书》，《伊洛渊源录》。皆行于世。"③ 而束景南的《朱熹著述考略》一文更是将朱熹本人所著、所编以及后人编刻、整理、辑佚的朱熹著述包罗殆尽，总数竟达一百四十四种。④

在朱熹的众多著作中，《诗集传》无疑是最重要的著作之一。自元仁宗延祐年间定科举法，规定《诗经》以朱《传》为主，《诗集传》作为国家取士的标准一直沿用了将近六百年的时间，成为《诗经》自毛《传》、郑《笺》、孔《疏》以来，最流行也是最权威的注释本。朱熹的《诗集传》集中体现了《诗经》宋学的主要成果，成为《诗经》研究史上具有划时代意义的重要著作，其影响是极为深远的。

本书将以朱熹的《诗集传》为中心，同时考察《诗序辨说》、《诗传纲领》以及《朱子语类》和朱熹书信中有关于《诗经》的内

---

① （清）黄宗羲原著，全祖望补修，陈金生、梁运华点校《宋元学案》卷四八《晦翁学案上》"全祖望案语"，第1495页。
② （清）黄宗羲原著，全祖望补修，陈金生、梁运华点校《宋元学案》卷四八《晦翁学案上》"黄百家案语"，第1505页。
③ （宋）黄榦《勉斋集》卷三六《朱先生行状》，文渊阁《四库全书》本。
④ 参见束景南《朱熹年谱长编·附录》，华东师范大学出版社，2001，第1441页。

容,希望借此对朱熹的《诗经》学思想进行深入而系统的研究。

在本书之前,前辈学者对于朱熹《诗经》学的研究已经蔚为大观。

从文学角度入手者,有莫砺锋之《朱熹文学研究》,① 其第五章即专论《朱熹的诗经学》,此外还有檀作文《朱熹诗经学研究》一书。②

从文献学角度入手者,有束景南辑订朱熹早年《诗集传》的内容为《诗集解》,③ 朱杰人校点《诗集传》,④ 朱杰人还有《论八卷本〈诗集传〉非朱子原帙,兼论〈诗集传〉之版本》、《〈诗传纲领〉研究》、《朱子〈诗集传〉引文考》等文章,⑤ 以及浙江大学包丽虹博士的博士论文《朱熹〈诗集传〉文献学研究》。⑥

从语言学角度入手者,有向熹《〈诗经〉语文论集》中《读朱熹〈诗集传〉》一文。⑦

从音韵学角度入手者,有王力《龙虫并雕斋文集》第3册中《朱熹反切考》一文。⑧

从经学角度入手者,有周予同《经学史论著选集(增订本)》中《朱熹》第四章第三节论朱熹之《诗经》学,⑨ 以及钱穆《朱子

---

① 参见莫砺锋《朱熹文学研究》,南京大学出版社,2000。
② 参见檀作文《朱熹诗经学研究》,学苑出版社,2003。
③ 参见(宋)朱熹撰,朱杰人、严佐之、刘永翔主编《朱子全书》第26册,上海古籍出版社、安徽教育出版社,2002。
④ 参见(宋)朱熹撰,朱杰人、严佐之、刘永翔主编《朱子全书》第1册。
⑤ 参见朱杰人《论八卷本〈诗集传〉非朱子原帙,兼论〈诗集传〉之版本》,《经学研究论丛》第5辑,台湾学生书局,1988。朱杰人《朱子〈诗集传〉引文考》,《宋代经学国际研讨会论文集》,台北中研院中国文哲研究所,2006年10月。朱杰人《〈诗传纲领〉研究》,《迈入21世纪的朱子学——纪念朱熹诞辰870周年、逝世800周年论文集》,华东师范大学出版社,2001。
⑥ 参见包丽虹《朱熹〈诗集传〉文献学研究》,浙江大学古籍所博士论文,2004年5月。
⑦ 参见向熹《〈诗经〉语文论集》,四川民族出版社,2002。
⑧ 参见王力《龙虫并雕斋文集》,中华书局,1982。
⑨ 参见朱维铮编《周予同经学史论著选集(增订本)》,上海人民出版社,1996。

新学案·朱子之经学》中《朱子之诗学》部分。①

　　本人以为，朱熹之《诗集传》虽然在方法论上颇具文学特性，但从本质上说，朱熹对于《诗经》的解读首先是经学的，作为理学的集大成者，他对于《诗经》的要求是使"善者可以感发人之善心，恶者可以惩创人之逸志。其用归于使人得其情性之正而已"。②朱熹的《诗经》学思想植根于传统经学，并以发扬所谓新儒家的伦理价值为指归。因此，我们只有从经学的角度入手，才能真正地理解朱熹以《诗集传》为代表的《诗经》学思想在整个《诗经》学史中的重要地位与深远意义。

　　然而，周予同所论朱熹之《诗经》学颇为简略，钱穆《朱子之诗学》又如资料长编，不成系统。因此，本人重新选择经学作为切入点，在周、钱二先生的基础上，结合文献学方法及成果，将朱熹放入整个《诗经》学史的体系中进行考察，希望能对朱熹之《诗经》学有一个比较系统的认识。

　　在开始之前还需说明，出于简省文字的目的，本文凡遇前辈学者径称其名而不冠"先生"二字，故于此先向各位前辈学者致以诚挚的敬意。

---

① 参见钱穆《朱子新学案》，九州出版社，2011。
② 参见（宋）朱熹撰《四书章句集注》中《论语集注》《论语·为政》："子曰：'《诗》三百，一言以蔽之，曰：思无邪'"句下注，中华书局，1983，第53页。

第一章
《诗集传》成书考

《诗集传》是朱熹最主要的《诗经》学著作。自元仁宗延祐年间定科举法，规定《诗经》以朱《传》为主，《诗集传》作为国家取士的标准一直沿用了将近六百年的时间，成为《诗经》自毛《传》、郑《笺》、孔《疏》以来最流行也是最权威的注释本。朱熹在《诗集传》中对《诗经》"六义"所作的解释，以及兼采众家、就诗论诗的阐释方法，都为《诗经》学的发展做出极大的贡献；而他所提出的"淫诗说"和所展现出来的"废《序》言《诗》"的思想，更是集中体现了《诗经》宋学的主要成果，成为《诗经》研究史上具有划时代意义的重要著作，其影响是极为深远的。

然而，《诗集传》这样一部意义如此重大的著作，却并没有能够因为它在官方所获得的崇高地位和在学术上所具有的宝贵价值而获得文本上的稳定，相反，因为其在科举考试和经学研究中的权威性以及随之所造成的其在民间的流行性的原因，《诗集传》的版本呈现出相当复杂的状况。

就历代目录中的著录情况来看，宋人著录的《诗集传》为二十卷，[①]

[①] 如（宋）晁公武撰，孙猛校证《郡斋读书志校证》所附赵希弁《读书附识》卷上录"《诗集传》二十卷，《诗序辨说》一卷"，上海古籍出版社，1990，第1093页；（宋）陈振孙著，徐小蛮、顾美华点校《直斋书录解题》卷三录"《诗集传》二十卷，《诗序辨说》一卷"，上海古籍出版社，1987，第39页；（宋）王应麟撰《玉海》卷三八录"《诗集传》，朱熹辑《诗传》二十卷"，文渊阁《四库全书》本。

到了元代，开始出现了二十卷本、十卷本、八卷本。① 明代的情况就更为复杂，有二十二卷本、二十卷本、八卷本，并且《诗集传》的名字也有了《诗集注》、《诗经集注》等分歧。② 到了清代，《诗集传》的刻本则基本固定为八卷，书名也多称《诗经集传》。③

---

① 如莫伯骥《五十万卷楼藏书目录》录"《诗集传》二十卷，元刻本"，前有淳熙四年朱熹《序》，次《诗篇目录》，次《诗图类名》，次《诗传纲领》，次《诗序辨说》，《中国著名藏书家书目汇刊》第31册，影印民国25年上海商务印书馆铅印本，第336页；杨绍和撰、王绍曾、杜泽逊校订《订补海源阁书目五种》有元本《诗集传》二十卷八册，齐鲁书社，2002，第634页；《台湾中央图书馆善本书目》上册甲编卷一录"《诗集传》二十卷，附《诗传图》一卷、《诗传纲领》一卷、《诗序辨说》一卷，八册。宋朱熹撰，元刊十一行本"，中华丛书委员会出版，1958，第13页；《上海图书馆善本书目》（1957）录"《诗集传》二十卷，附《诗传纲领》一卷、《诗序辨说》一卷。宋朱熹撰，元许谦音考，元刻本，存十二卷"，上海图书馆编印，1957，第2页；汪士钟《艺芸书舍宋元本书目》元板书目录"《诗经朱子集传》十卷"，《中国著名藏书家书目汇刊》第29册，影印清同治十二年吴县潘氏滂喜斋刻本，第35页；冀淑英纂《自庄严勘善本书目》录"《诗集传》十卷，宋朱熹撰，元刻本，八册"，天津古籍出版社，1985，第11页；叶德辉《观古堂藏书目》"《诗集传》八卷，宋朱子撰，元刻附释音巾箱本"，《海王村古籍书目题跋丛刊》第5册，影印1928年长沙叶启发等上海澹园铅印本，第12页。

② 如（明）焦竑撰《国史经籍志》卷二录"《诗集注》八卷"，冯惠民、李万健等选编《明代书目题跋丛刊》上册，书目文献出版社，1994，第228页；（明）陈第撰《世善堂藏书目录》卷上录"《诗集传诗序辨说》二十二卷"，冯惠民、李万健等选编《明代书目题跋丛刊》上册，书目文献出版社，1994，第811页；（明）徐㶿撰《徐氏家藏书目》录"《诗经集注》八卷"，冯惠民、李万健等选编《明代书目题跋丛刊》下册，书目文献出版社，1994，第1632页；（明）高儒撰《百川书志》录"《诗经集注》八卷"，上海古籍出版社，2005，第13页；（明）朱睦㮮撰《万卷堂书目》录"《诗经集注》八卷"，冯惠民、李万健等选编《明代书目题跋丛刊》下册，书目文献出版社，1994，第1068页；（清）陆心源撰《皕宋楼藏书志》录"《诗集传》二十卷，明正统内府刊本，宋朱熹集传，《诗图》、《诗纲领》、《诗序辨说》"，《宋元明清书目题跋丛刊》第七册，中华书局，2006，第55页；（清）丁丙撰《善本书室藏书志》录"《诗经》二十卷，明正统司礼监刊本，朱子集传"，有淳熙四年朱熹《序》、《诗图诗说》、《纲领》、《大小序》，《续修四库全书》本，第927册，第174页；（清）丁日昌撰，路子强、王雅新标点《持静斋书目》录"《诗集传》八卷，明司礼监官刊附音释本，宋朱子撰"，上海古籍出版社，2008，第33页；《中国古籍善本书目》著录有明刻八卷本《诗集传》、八卷本《诗经集传》、八卷本和二十卷本《诗经集注》多本，上海古籍出版社，1989。

③ 根据《中国古籍善本书目》中的著录，清代所刻多为八卷本《诗经集传》，《四库全书》中所收录的也是这一系统的本子。

显然,《诗集传》的传本在形式上经历了一个漫长的从二十卷到八卷的简化过程,然而这一过程是怎样发生的,它到底有着怎样的时代和学术背景呢?台湾学者左松超在《朱熹〈诗集传〉二十卷本和八卷本的比较》一文中将传世的二十卷本《诗集传》和八卷本《诗集传》的经文夹注分成有关读音的、有关叶韵的、有关异字说明的、有关用韵说明的、有关通假脱文绝句说明的五个方面,并分别对这五个方面进行了详细的比较分析,他最终得出结论,认定八卷本《诗集传》是朱熹的最后定本。①

针对左文,大陆学者朱杰人提出了不同的看法,他在《论八卷本〈诗集传〉非朱子原帙,兼论〈诗集传〉之版本》一文中重新将传世的二十卷本与八卷本作了比较,并指出八卷本《诗集传》"非但不是朱子的最后定本,而且不是朱子原帙,这是一个经过明代人改篡的本子"。②经过此番论辩,朱杰人以严谨的分析和可靠的证据对传世的二十卷本《诗集传》和八卷本《诗集传》的性质作了界定,其结论令人信服。

在左松超和朱杰人所进行的论辩中,我们发现,他们在讨论到《诗集传》的传本问题时,不约而同地都将目光投向了《诗集传》的成书过程。左氏以朱熹的书信为据,认为朱熹曾两次修订《诗集传》,而八卷本就是其第二次修订后"更为简约"的最终定本。朱氏则引用了朱熹之孙朱鉴的一段话:

> 先文公《诗集传》,豫章、长沙、后山皆有本,而后山本雠校为最精。第初脱稿时,音训间有未备,刻版已竟,不容增益,

---

① 参见左松超《朱熹〈诗集传〉二十卷本和八卷本的比较》,载台湾高雄师范学院国文研究所学术丛刊第一种《高仲华先生八秩荣庆论文集》,台湾高雄师范学院国文研究所编印,1988。

② 吴按:清人已多有此种看法,如钱大昕就曾说当时的坊本《诗集传》(即八卷本):"盖明人妄删,失其旧矣",见何元锡所编《竹汀先生日记钞》卷一,《丛书集成新编》第二册;《四库提要》也说《诗集传》"今本八卷,盖坊刻所并"。虽然这些说法较早,却都不如朱氏言之凿凿。

欲著补脱，终弗克就，未免仍用旧版，茸为全书，补缀趱那，久将漫漶。暨来富川，郡事余暇，辄取家本亲加是正，刻置学宫，以传永久。①

朱杰人根据这段话指出："直至朱子去世，《诗集传》一直在不断的修订中，并无所谓'定本'"，并以此对左氏所云进行了驳正。

从中可以看出，要想理清《诗集传》的版本源流系统，就必须先对其成书过程有一个明确的认识。

众所周知，朱熹的《诗》学思想经历了一个从遵《序》到废《序》的转变过程，而直接体现了其《诗》学思想的著作《诗集传》，也同样历经反复修订，其成书过程相当漫长和复杂。朱熹曾经对其门人说：

某向作《诗》解文字，初用《小序》，至解不行处，亦曲为之说。后来觉得不安。第二次解者，虽存《小序》，间为辨破，然终是不见诗人本意。后来方知，只尽去《小序》，便自可通。于是尽涤旧说，《诗》意方活。②

所谓"《诗》解文字"，即指《诗集传》而言。从"曲为之说"到"间为辨破"，再到"尽去《小序》"，朱熹通过多年的反复思辨，才逐渐确立了自己"废《序》言《诗》"的《诗》学体系。而在这一体系形成的过程中甚至形成以后，朱熹不断地与友人、门生书信往来、相互论学，同时对其《诗集传》做出修订，这就导致了此书在当时或以抄本或以刊本、或以不同时期的修订本等不同形式辗转流传的复杂情况。这无疑对《诗集传》的后世刊本有着最为直接的影响。

由于朱熹在淳熙四年（1177）写有一篇《诗集传序》，而且自元代开始，多以此《序》附于《诗集传》之前，因此，似乎淳熙四年已经被默认为《诗集传》的成书时间了。然而早在端平二年

---

① （宋）朱鉴编《诗传遗说序》，文渊阁《四库全书》本。
② （宋）黎靖德编，王星贤点校《朱子语类》卷八〇，中华书局，1986，第2085页。

(1235),朱熹之孙朱鉴就在《诗传遗说》中指出此《序》"乃先生丁酉岁用《小序》解《诗》时所作,后乃尽去《小序》",① 如此看来,淳熙四年只是用《小序》解诗的《诗集传》成书的时间,后来朱熹的思想逐渐变化发展,开始对其进行修订,《诗集传》终于尽去《小序》言诗,这才是今传本《诗集传》的前身。然而,朱熹对已经刻版的废《序》言诗的《诗集传》并不满意,想要对其进行"补脱",可惜未能完成。这是朱鉴记忆中的《诗集传》的成书过程,虽然语焉不详,却使我们认识到《诗集传》在朱熹生前即有遵《序》与废《序》两种传本这一重要的史实。

在朱鉴之后,对《诗集传》的成书进行过比较系统考辨的则是编撰了《朱熹年谱》及《考异》的清人王懋竑。他在《朱子年谱考异》卷二中根据朱鉴之说,再次强调今传本《诗集传》绝非成于淳熙四年。又据朱熹在淳熙十一年(1184)作《读吕氏诗记桑中篇》尽斥《小序》之非以及在淳熙十四年《与吕子约书》中言"《诗》说久已成书",定今传本《诗集传》成于淳熙十一年以后、淳熙十四年以前。他还根据朱熹的其他书信认定在绍熙五年(1194)以后,朱熹对《诗集传》更有修改,而这次修改的结果才是今传本《诗集传》的真正来源。② 王懋竑的考证显然具有承前启后的非凡意义,他不仅澄清了元明以来以淳熙四年为今传本《诗集传》成书时间的或笼统或错误的认识,同时,更启发了我们从朱熹的原始书信材料入手对《诗集传》的成书过程进行考察的正确思路。然而,由于他对相关的原始材料的收集不够完备,对《诗集传》成书过程的考证也不够细致完整,因此其结论仍然不能精确到令人满意的程度。

基于此,束景南在《朱熹年谱长编》一书中对《诗集传》的成书过程作出进一步分析。他认为:

隆兴元年(1163),《毛诗集解稿》成(吴按:束氏以为朱熹遵

---

① (宋)朱鉴编《诗传遗说》卷二《诗集传序》下朱鉴案语。
② 参见(清)王懋竑撰,何忠礼点校《朱熹年谱》,中华书局,1998。

《序》之作为《诗集解》，废《序》之作为《诗集传》）。

乾道三年（1167），进行修订。

乾道九年，再次修订。

淳熙四年（1177），修订《诗集解》成，序定之。

淳熙五年，在清湍密庵，始作《诗集传》。

淳熙十三年，《诗集传》成，作《诗序辨说》附后，刻版于建安。

束景南的考证可谓翔实，其结论也极具参考价值。但是我们发现，在对朱熹书信文献的理解上，束先生偶有误读，这就导致了在某些结论上的分歧，同时更有一些尚未被利用的资料可以深化对这一问题的理解。

因此，在本章中，笔者根据朱熹所言，将《诗集传》的成书过程分为"曲护《诗序》解《诗》"、"辨破《诗序》解《诗》"和"去《序》解《诗》"三个阶段，以《晦庵先生朱文公文集》中所收录的书信为主要原始材料，[①] 以陈来的《朱子书信编年考证》为系年标准（凡是不特别注明的系年，均是以陈氏的考证为据），[②] 参考王懋竑《朱熹年谱》、束景南《朱熹年谱长编》中的结论，重新对《诗集传》的成书过程进行梳理，以期为其整个版本源流的考证奠定一个更为切实可信的基础。

在本书中所使用的《诗传纲领》、《诗序辨说》和《诗集传》一般为朱杰人校点的《朱子全书》本，由上海古籍出版社、安徽教育出版社2002年出版。同时还参考陆心源旧藏、上海涵芬楼影印中华学艺社借照日本东京岩崎氏静嘉文库的二十卷宋本《诗集传》（收录于《四部丛刊三编》中）和文渊阁《四库全书》所收的通行的八卷本《诗集传》。文章中除特别说明外，所云《诗集传》、《诗序辨说》和《诗传纲领》均指朱杰人校点的《朱子全书》本。

[①] （宋）朱熹撰《晦庵先生朱文公文集》（以下简称《文集》），《四部丛刊》初编本。

[②] 陈来：《朱子书信编年考证》（以下简称《编年考证》），上海人民出版社，1989

此外，我们还须对"《诗集传》"这一名称稍作辨析。束景南在他的《朱熹年谱长编》中将朱熹遵《序》言《诗》时所作《诗集传》称为《诗集解》，将其废《序》言《诗》时所作称为《诗集传》；在新出版的《朱子全书》第 26 册里，束景南辑订了朱熹早年的遵《序》之说，仍名之为《诗集解》。考察历来目录，从未有将《诗集传》称为《诗集解》的情况。考察朱熹书信中的自称，绍兴三十年（1160）他已经自称所编为《诗集传》（参见表 1 - 1.4）；① 淳熙四年（1177）朱熹作《诗集传序》，其末句即云："余时方辑《诗传》，因悉次是语以冠其篇云"；淳熙十四年，朱熹嘱托蔡元定刊刻《诗集传》时亦称"《诗传》"（参见表 1 - 3.11）；朱熹书信中无论是其自称还是他的学生的问语，均以称《诗传》为多（详考下文列表）；而别人在写给朱熹的书信中同样也以称《诗传》为普遍，如吕祖谦就曾说："《诗》说止为诸弟辈看，编得诂训甚详，其他多以《集传》为据"。② 当然，称《诗集传》为《集解》的情况也并非没有，张栻就曾称"元晦向来《诗集解》"（参见表 1 - 2.1），朱熹也自称过"熹所集解，当时亦甚详备"（参见表 1 - 2.3），但是一方面这种情况极为少见，另一方面所称"集解"更多的是从其体例上来叙述的，而并非真的实指其名。因此，我认为"《诗集传》"是朱熹本人所定，同时也为当时人所习用，更为后世人所接受的真正称名，在本书中，不论遵《序》、废《序》，将一例称之为《诗集传》。

第一节　曲护《诗序》解《诗》阶段

我们今天所看到的朱熹的《诗集传》虽然集中体现了"《诗经》

---

① 表中"."后的数字表示表中的"序号"。如表 1 - 1.4 表示该表"序号"4。以下不再说明。
② （宋）吕祖谦撰，吕祖俭等编《东莱集》中《东莱别集》卷八《与朱侍讲》"受之日来尽解事"通，文渊阁《四库全书》本。

宋学"的主要特征,[①] 并且以废《序》言《诗》奠定了其学术史上的地位。然而,任何一种学说的建立都并非是一蹴而就的,从绍兴二十九年(1159)开始编次《二南说》以及其后的十年间,朱熹的《诗经》学思想并没有摆脱《序》说的框架,如他自己所说是"用《小序》,至解不行处,亦曲为之说"。这一时期我们称之为"曲护《诗序》解《诗》"阶段(参见表1-1)。

表1-1 《诗集传》初稿的形成

序号	系年	系年出处	书信内容以及相关材料	书信及材料出处	结论
1	绍兴二十九年(1159)	《编年考证》,第17页	前日奉闻,可且自观书,恐众说纷纭未能自决,即且理旧书如何?《二南说》未编次,可及今为之,它日相聚裁定也。	《文集》卷四〇《答刘平甫》书二	开始编撰《二南说》,为《诗集传》的写作提供契机。
2	绍兴二十九年以后	《编年考证》,第17页	昨困,听儿辈诵《诗》,偶得此义,可以补横渠说之遗,谩录去,可于"疑义簿"上录之。一章言后妃志于求贤审官,又知臣下之勤劳,故采卷耳、备酒浆,虽后妃之职,然及其有怀也,则不盈顷筐而弃置之于周行之道矣,言其忧之切至也。二章三章皆臣下勤劳之甚,思欲酌酒以自解之辞,凡言我者,皆臣下自我也,此则述其所忧,又见不得,不汲汲于采卷耳也。四章甚言臣下之勤劳也。又《定之方中》"匪直也人"云云,言非特人化其德而有塞渊之美,至于物被其功,亦至众多之盛也。	《文集》卷四〇《答刘平甫》书四	此处论《卷耳》诗义,与《小序》相合,与今本《诗集传》不同。《定之方中》则与今本同。

[①] 在洪湛侯所著《诗经学史》一书中,将"诗经宋学"的特征归纳为五点:第一,不用《诗序》,就诗论诗;第二,辨正旧解,阐发新义;第三,间采三家,不拘门户;第四,注重义理,略于训诂;第五,反对烦琐,力求简明。参见洪湛侯著《诗经学史》,中华书局,2002,第362页。

续表

序号	系年	系年出处	书信内容以及相关材料	书信及材料出处	结论
3	绍兴二十九年以后	《编年考证》，第17页	《关雎》章句，亦方疑之当作四章，三章章四句，一章章八句乃安。但于旧说俱不合，莫可兼存之否。"好逑"如字乃安，毛公自不作"好"字说，更检《兔罝》"好仇"处看音如何，恐不须点破也。苏黄门并《载驰》诗中两章四句作一章八句，文意亦似《关雎》末后两章"琴瑟友之，钟鼓乐之"作一章八句，依故训说亦得。	《文集》卷四〇《答刘平甫》书五	论《关雎》章句不见于今本《诗集传》。
4	绍兴三十年	《编年考证》，第20页	近集诸公《孟子》说为一书，已就稿。又为《诗集传》，方了《国风》、《小雅》。二书皆颇可观，或有益于初学。恨不令吾弟见；又恨相去稍远，不能得吾弟来相助成之也。	《文集别集》卷三"答程钦国书"（即《答程允夫》书四）	朱熹开始编撰《诗集传》。
5	隆兴元年（1163）	《编年考证》，第26页	苏氏"陈灵以后未尝无诗"之说，似可取而有病。盖先儒所谓无诗者，固非谓诗不复作也，但谓夫子不取耳。康节先生云："自从删后更无诗"者，亦是此意。苏氏非之，亦不察之甚矣。故熹于《集传》中引苏氏之说而系之曰："愚谓伯乐之所不顾则谓之无马可矣，夫子之所不取则谓之无诗可矣"，正发明先儒之意也。大抵二苏议论皆失之太快，无先儒悖实气象，不奈咀嚼。所长固不可废，然亦不可不知其失也。十五《国风》次序恐未必有意，而先儒及近世诸先生皆言之，故《集传》中不敢提起，盖诡随非所安，而辨论非所敢也。欧阳公《本末论》甚佳，熹亦收在"后语"中矣。似此等且当阙之，而先其所急乃为得耳。	《文集》卷三九《答范伯崇》书二	《诗集传》最初的体例是集引众家之说，兼下己意，与今本不尽相同。

续表

序号	系　年	系年出处	书信内容以及相关材料	书信及材料出处	结　论
6	隆兴二年冬	《编年考证》,第29页	《论语》比年略加工夫,亦只是文义训诂之学,终未有脱然处。更有《诗》及《孟子》,各有少文字,地远不欲将本子去,又无人别写得,不得相与商榷为恨尔。	《文集》卷三九《答柯国材》书二	《诗集传》初稿大概已经完成。

通过表1-1所列材料可以看出,朱熹编撰《诗集传》是以绍兴二十九年(1159)《二南说》的编次为契机的。朱熹对于二《南》极为重视,他在淳熙四年(1177)所作的《诗集传序》中说:

惟《周南》、《召南》,亲被文王之化以成德,而人皆有以得其性情之正,故其发于言者,乐而不过于淫、哀而不及于伤,是以二篇独为《风》诗之正……本之二《南》,以求其端;参之列国,以尽其变;正之于《雅》,以大其规;和之于《颂》,以要其止。此学诗之大旨也。

朱熹继承前人成说,强调二《南》为《风》诗之正,并将其单独提出,以与列国之《风》和《雅》、《颂》并列,同时更指出应当以其为学《诗》之始。朱熹对于二《南》的重视于此可见一斑。而这也许就是朱熹写作《诗集传》之前先编《二南说》的原因所在。与绍兴二十九年编次《二南说》相应,朱熹在大约三十年后,也即淳熙十三年(1186)写给潘友恭的信中再次提到《二南说》:

读《诗》诸说,前书已报去。近再看二《南》旧说,极有草草处,已略刊订,别为一书,以趋简约,尚未能便就也。①

---

① 《文集》卷五〇《答潘恭叔》书七。

这封信可证，朱熹确有单独成篇的《二南说》。伴随着《诗集传》的写作和其诗学思想的演进，朱熹并没有放弃其《二南说》，他依然想修订旧说，删繁就简，将其刊行，但是这一愿望似乎并没能实现，在《诗集传》光芒的掩映下，《二南说》逐渐被后人永远地忽略了。①

《二南说》是一部独立的著述，其内容应该与《诗集传》中论述二《南》的内容有所差别。然而，二《南》毕竟是《诗经》中不可分割的一部分，朱熹对于二《南》的思考，必然会触及整部《诗经》的方方面面，这无疑是朱熹对《诗经》进行深入研究并写作《诗集传》的最大契机。

绍兴三十年（1160），朱熹开始编撰《诗集传》，"方了《国风》、《小雅》"（参见表1-1.4），隆兴二年（1164）《诗集传》初稿大概已经完成（参见表1-1.6）。此时的《诗集传》主要有三个特点。

第一，遵《序》。

在朱熹写给刘平甫的信中，讨论到《卷耳》、《定之方中》两诗的诗义（参见表1-1.2）。

对于《定之方中》的理解，正如朱熹在《诗序辨说》中所云："《定之方中》一篇，经文明白，故《序》得以不误"，因此其前后所论均与《小序》相同，书信中对"匪直也人"等句的说解与今传本《诗集传》没有意义上的差别。

而朱熹此时对于《卷耳》的理解则与今传本《诗集传》有所不同，他在书信中说《卷耳》：

> 一章言后妃志于求贤审官，又知臣下之勤劳，故采卷耳、备酒浆，虽后妃之职，然及其有怀也，则不盈顷筐而弃置之

---

① 在束景南的《朱熹年谱长编》中，也引用了朱熹写给潘友恭的这封书信，只是他以之作为"朱熹删削《诗集传》而成一小书定本在淳熙十三年"的证据，显然误将《二南说》作为《诗集传》的内容。见《朱熹年谱长编》卷下，第853页。

于周行之道矣，言其忧之切至也。二章三章皆臣下勤劳之甚，思欲酌酒以自解之辞，凡言我者，皆臣下自我也，此则述其所忧，又见不得，不汲汲于采卷耳也。四章甚言臣下之勤劳也。

这一论述与《小序》所言"《卷耳》，后妃之志也。又当辅佐君子，求贤审官，知臣下之勤劳，内有进贤之志，而无险诐私谒之心，朝夕思念，至于忧勤也"如出一辙。而在今传本《诗集传》中，朱熹则作出了不同的解释，他说《卷耳》是"后妃以君子不在而思念之，故赋此诗"，"此亦后妃所自作，可以见其贞静专一之至矣"，这一说法显然对《小序》之说进行了驳正，抛弃了其"求贤审官，知臣下之勤劳，内有进贤之志"的牵强说法。前后相较，充分展示出朱熹的《诗》学思想从遵《序》到废《序》的演进轨迹。

由此可见，朱熹在此阶段所编撰的《诗集传》，基本未脱《诗序》樊篱，遵《序》解诗是这一时期的主要特点。

第二，体例为集引众家之说，兼下己意。

隆兴元年（1163），朱熹在写给范伯崇的信中（参见表1-1.5）讨论到苏辙"陈灵以后未尝无诗"之说，又言在《诗集传》中"引苏氏之说而系之曰"云云，并将欧阳修的《本末论》收于"后语"中。考今传本《诗集传》，并没有引用所谓的"苏氏之说"，也没有收录欧阳修的《本末论》。而证之以乾道八年（1172）张栻所云："元晦向来《诗集解》必已曾见，某意谓不当删去前辈之说。今重编过，如二程先生及横渠、吕、杨之说，皆载之，其他则采其可者录之"。① 可见朱熹此时的《诗集传》，其原始体例很可能与《吕氏家塾读诗记》相似，先集引前人《诗》说，再下己意，而与今传本《诗集传》有所不同。虽然今传本《诗集传》也保留了不少前人之说（参见本书第五章第一节），但恐怕已经是经过后来大量删削的结

---

① （宋）张栻撰《南轩集》卷二五《寄吕伯恭》书三，文渊阁《四库全书》本。

果了。

朱熹在写给范伯崇的信中（参见表1-1.5）还说："十五《国风》次序恐未必有意，而先儒及近世诸先生皆言之，故《集传》中不敢提起，盖诡随非所安，而辩论非所敢也"，这向我们显示出虽然朱熹此时的《诗集传》多引众家成说，但是对于某些没有意义或者过于穿凿的争论，朱熹的态度是付之阙如的。这一做法与其对欧阳修《本末论》的推崇是紧密联系的。欧阳修在《本末论》中曾经说："今去其汩乱之说，则本义粲然而出矣"，①而朱熹"诡随非所安，辩论非所敢"故而"不敢提起"的做法显然是对欧阳修此论的发扬。而这实际上已经显示出朱熹辩证旧解、阐发新义的《诗》学追求，为其后来对《诗集传》的删订埋下了伏笔。

第三，推崇从文本出发、求其本义的治《诗》方法。

隆兴元年（1163），朱熹在写给范伯崇的信中（参见表1-1.5）说道："欧阳公《本末论》甚佳，熹亦收在'后语'中矣。似此等且当阙之，而先其所急乃为得耳"。朱熹对欧阳修的《本末论》十分推崇，以其为解《诗》之"所急"。

欧阳修的《本末论》是其所著《诗本义》卷十四中的一篇。在这篇文章中，欧阳修将学《诗》的方法与目的归纳为得"诗人之意"、行"太师之职"、获"圣人之志"以及习"经师之业"四种。并进而指出：

> 作此诗述此事，善则美、恶则刺，所谓诗人之意者，本也；正其名、别其类，或系于彼、或系于此，所谓太师之职者，末也。察其美刺，知其善恶，以为劝戒，所谓圣人之志者，本也。求诗人之意，达圣人之志者，经师之本也；讲太师之职，因其失传而妄自为之说者，经师之末也。今夫学者，得其本而通其

---

① （宋）欧阳修撰《诗本义》卷一四《本末论》，文渊阁《四库全书》本。

末，斯尽善矣。得其本而不通其末，阙其所疑可也。虽其本有所不能达者，犹将阙之，况其末乎？①

欧阳修强调学《诗》之要在于知本，在于"去其汨乱之说"以求得本义，同时更得出"知诗人之意则得圣人之志"的结论。这一观念得到朱熹的大力赞扬，②并为其所继承。朱熹所推崇的"一切莫问，而唯本文本意是求，则圣贤之指得矣"的治《诗》思路，③以及其在后来的书信与对门生的教导中屡次强调的读《诗》、解《诗》之法，无疑都是对欧阳修《本末论》的观点的发扬，这成为朱熹《诗》学思想贯穿始终的基本理念。而这一理念为朱熹的废《序》言《诗》奠定了坚实的理论基础，同时也对于我们上面所讨论到的朱熹对某些问题付之阙如的做法提供了思想背景。

束景南在《朱熹年谱长编》中以为《毛诗集解稿》成于隆兴元年（1163），并引此年朱熹写给范伯崇的信为证（参见表1-1.5），而我认为应以朱熹在隆兴二年冬写给柯国材的信为据（参见表1-1.6），信中云："更有《诗》及《孟子》，各有少文字，地远不欲将本子去，又无人别写得，不得相与商榷为恨尔"，据此可以确信《诗集传》初稿已经完成，并且只有手稿，尚未及抄出流传。

乾道二年（1166），朱熹在写给陈齐仲的信中说：

---

① （宋）欧阳修撰《诗本义》卷一四《本末论》。
② 如《朱子语类》卷八〇中就记载朱熹之言："欧阳公有《诗本义》二十余篇，煞说得有好处。有《诗本末》篇，又有论云：何者为诗之本，何者为诗之末，诗之本不可不理会，诗之末不理会得也无妨。其论甚好，近世自集注文字出，此等文字都不见了，也害事。如吕伯恭《读诗记》，人只是看这个，它上面有底便看，无底更不知看了"。此外，朱熹对于欧阳修《诗义》的推崇也可考见，如《朱子语类》卷八〇中所记："便如《诗本义》中辨毛郑处，文辞舒缓，而其说直到底，不可移易"，"子由《诗解》好处多，欧公《诗本义》亦好"等。以上所引见（宋）黎靖德编，王星贤点校《朱子语类》卷八〇，第2089、2090页。
③ 参见（宋）朱鉴编《诗传遗说》卷一。

向所寄示《诗》解,用意甚深,多以太深之故,而反失之。凡所疑处,重已标出,及录旧说求教,幸试思之,因便垂诲。幸幸!①

乾道五年,朱熹在写给林熙之的信中说:

《诗》之比兴,旧来以《关雎》之类为兴,《鹤鸣》之类为比。尝为之说甚详,今此本偶为人借去,未及录呈。大概兴诗不甚取义,特以上句引起下句(亦有取义者);比诗则全以彼物譬喻此物,有都不说破者,有下文却结在所比之事上者,其体盖不同也。上蔡言"学诗要先识六义而讽咏以得之",此学诗之要,若迂回穿凿,则便不济事矣。不识高明以为何如?②

乾道六年,朱熹在写给刘子澄的信中说:

张、吕时得书,有所讲论,然亦颇有未定者,未欲报去也。大抵圣贤立言,本自平易,而平易之中,其旨无穷。今必推之使高、凿之使深,是未必真能高深,而固已离其本指,丧其平易、无穷之味矣。所论《绿衣》篇,意极温厚,得学《诗》之本矣。但添入外来意思太多,致本文本意反不条畅,此《集传》所以于诸先生之言有不敢尽载者也。试更思之如何?③

束景南在《朱熹年谱长编》中根据上面所举书信,认为朱熹于此期间对《诗集传》初稿作出了修改。④ 然详考其文,朱熹亦只是

---

① 《文集》卷三九《答陈齐仲》。
② 《文集》《别集》卷五《答林熙之》。
③ 《文集》卷三五《答刘子澄》书三。
④ 束景南以前两封书信为朱熹第一次修订《诗集传》的证据,以第三封书信为第二次修订《诗集传》的证据。第三封书信束景南似系之于乾道九年(1173)之后,不知何据。今从陈来所考,系于乾道六年。束氏之说见《朱熹年谱长编》卷上,第 592 页。

对时人解《诗》时穿凿索隐、求高求深而转失《诗》之本意的做法提出批评，这是朱熹一贯的学术主张。所谓"此《集传》所以于诸先生之言有不敢尽载者也"，正与上面所引《答范伯崇》书二（参见表1-1.5）中"十五《国风》次序恐未必有意，而先儒及近世诸先生皆言之，故《集传》中不敢提起，盖诡随非所安，而辨论非所敢也。欧阳公《本末论》甚佳，熹亦收在后语中矣。似此等且当阙之，而先其所急乃为得耳"之语相合，朱熹言此，正是对自己学术主张的发明和对《诗集传》的维护。而其中所言"录旧说求教"、"尝为之说甚详"，更说明朱熹依然以《诗集传》初稿为立论之本，尚未对其进行删订。因此我相信至乾道六年，《诗集传》仍然是以其初稿本的形态存在的。

第二节　辨破《诗序》解《诗》阶段

隆兴二年（1164），《诗集传》初稿完成。然而朱熹到底是从什么时候开始着手对其进行修订的呢？由于文献不足，我们很难得出确切的结论，只能大致地推测到乾道六年（1170）朱熹似乎依然据旧说立论，并没有对《诗集传》进行明显的修订。但是，到乾道八年前后，情况开始有所变化（参见表1-2）。

表1-2　《诗集传》的修订与序定

序号	系年	系年出处	书信内容以及相关材料	书信及材料出处	结论
1	乾道八年（1172）或其后	见下文考证	元晦向来《诗集解》必已曾见，某意谓不当删去前辈之说。今重编过，如二程先生及横渠、吕、杨之说，皆载之，其它则采其可者录之。如此备矣。而其间或尚有余意，则以己见附之。	《南轩集》卷二五《寄吕伯恭》书三	朱熹在此之前已经对《诗集传》进行删削。

续表

序号	系年	系年出处	书信内容以及相关材料	书信及材料出处	结论
2	乾道八年前后	《编年考证》,第93页	二《南》篇义但当以程子之说为正。《邶》、《鄘》、《卫》之诗未详其说,然非诗之本义,不足深究,欧公此论得之……"倬彼云汉",则"为章于天"矣,"周王寿考",则"何不作人"乎(遐之为言何也),此等语言自有个血脉流通处,但涵泳久之,自然见得条畅浃洽,不必多引外来道理言语,却壅滞却诗人活底意思也。周王既是寿考,岂不作成人材,此事已自分明,更着个"倬彼云汉,为章于天",唤起来便愈见活泼泼地。此六义所谓兴也。兴,乃兴起之义,凡言兴者,皆当以此例观之。	《文集》卷四〇《答何叔京》书二〇	朱熹论《邶》、《鄘》、《卫》之诗似乎已经对旧说有所怀疑。
3	淳熙二年(1175)或三年	《编年考证》,第132页	窃承读《诗》终篇,想多所发明,恨未得从容以请。熹所集解,当时亦甚详备,后以意定,所余才此耳。然为旧说牵制,不满意处极多,比欲修正,又苦别无稽援,此事终累人也。	《文集》卷三三《答吕伯恭》书四二	朱熹继续对《诗集传》进行删订。
4	淳熙四年	朱熹自署	《诗经集传原序》朱鉴《诗传遗说》卷二引此序而云:"此乃先生丁酉岁用《小序》解经时所作"。	文渊阁《四库全书》本《诗集传》	朱熹对《诗集传》的删订获得阶段性成果。
5	淳熙四年之后	《编年考证》,第148页	所谕《诗》说,先儒本谓周公制作时所定者为正《风》、《雅》,其后以类附见者为变《风》、《雅》耳。固不谓变者,皆非美诗也。《大序》之文亦有可疑处。而《小雅》篇次尤多不可晓者,此未易考。但圣人之意,使人法其善,戒其恶,此则炳如日星耳,今亦不须问其篇章次序事实是非之如何,但玩味得圣人垂示劝戒之意,则诗之用在我矣。郑卫之诗,篇篇如此,乃见其风俗之甚不美,若止载一两篇,则人以为是适然耳。大抵圣人之心宽大平夷,与今人小小见识遮前掩后底意思不同,此语亦卒乍与人说不得,且徐思之,俟它日面讲也。	《文集》卷四五《答廖子晦》书四	怀疑《大序》,并开始对郑卫之诗有所批驳,已经开其"淫诗"说之先声。

续表

序号	系年	系年出处	书信内容以及相关材料	书信及材料出处	结 论
6	淳熙四年之后	《编年考证》，第148页	（问）德明读先生《诗传》极有感发，始知《诗》真可以兴也。所疑正变《风》《雅》，已荷开晓，又见教读书之说，且云圣人之心宽大平夷，与今人小小见识遮前掩后底意不同。夫温柔敦厚宽大平夷，固诗之教，求诸《绿衣》、《终风》、《柏舟》、《考槃》，尤晓然可见，但所谓小小见识遮前掩后者，不知所主何意，于诗何与，岂只以所载刺诗有淫亵不可告语者，圣人亦存而不删也耶？所疑未得，伏乞批诲。 （答）鄙意初亦正谓如此，但宽大平夷亦举大体而言，不专指此一类也。	《文集》卷四五《答廖子晦》书五	开"淫诗说"之先声。

表1-2.1张栻写给吕祖谦的信到底作于何时难于详考，但是信中所说之事与张栻写给吴翌的一封信的内容颇为相似，因此我们先来考证后者的作成时间。

张栻写给吴翌的信云：

> 日与诸人理会《诗》，方到《唐风》。向来元晦所编，多去诸先生之说，某意以为诸先生之说虽有不同，然自各有意思，在学者玩味如何，故尽载程子、张子、吕氏、杨氏之说，其它诸家有可取则存之，如元晦之说多在所取也，此外尚或有鄙意，即亦附之于末……如《论孟精义》编类得好，极宜习读，但书多不带来耳。近为曾幹作一记，并数诗录呈。①

信中张栻提到了朱熹的《论孟精义》，根据《文集》卷七五《语孟集义序》题下小注，则《语孟集义》后更名《语孟精义》，而文中朱熹则自称《论孟精义》，其署年为乾道壬辰，即乾道八年（1172）。

---

① （宋）张栻撰《南轩集》卷二八，《与吴晦叔》书一二。

张栻信中还提到"近为曾幹作一记","曾幹"乃"曾抚幹"之省称,"曾抚幹",即曾撙。张栻《南轩集》卷四一《张氏墓表》中记载:建昌南丰曾发,字信道,配张氏,子男五人,次曰撙,撙登隆兴元年(1163)进士第,官从政郎、荆湖南路安抚司准备差遣,在湖南时曾从张栻游。叶绍翁《四朝闻见录》中也记载:"刘德秀仲洪为桂阳教官,考校长沙回,至衡山,遇湖南抚幹曾撙节夫(原注:南丰人),亦自零陵考校回。曾,晦翁上足而刘之素厚善者也。"① 《文集》卷四六有《答曾节夫(原注:撙)》书信一通,《南轩集》卷二八有《与曾节夫抚幹》书信数通。由此可见,曾撙,字节夫,尝官荆湖南路安抚司准备差遣,与朱熹和张栻均有过从。曾撙"抚幹"之称,当据其"安抚司准备差遣"之职而来,② 宋人又有将"幹官某"简称为"某幹"的习惯,如周必大《文忠集》卷一七〇中云:"添差提刑司幹官张从政驹、教授郑从事汝谐相候。张幹,毗陵宜兴人",③ 将"提刑司幹官"直接简称为"幹",称其人为"张幹",据此,则"曾幹"为"曾抚幹"简称明矣。

《南轩集》卷一二中有《拙斋记》,云"旴江曾节夫以拙名其斋,而请予为之记"。张栻信中所云:"近为曾幹作一记",当即指其为曾撙所作之《拙斋记》,然而此《记》没有署年。在《南轩集》卷二〇《答朱元晦秘书》书一三中张栻又再次提到了这篇《记》,其中云"某近作一《拙斋记》,并录往,幸为删之",同时又说:"《克斋铭》读之无可疑者,但以欠数句说克己下手处,如何?《敬斋箴》皆当书之坐

---

① (宋)叶绍翁撰《四朝闻见录》丁集《庆元党》条后《考异》,中华书局,1989,第150页。
② 据龚延明《宋代官制辞典》,"抚幹"为"安抚司幹办公事"之简称,而"安抚司准备差遣"其简称为"准遣"、"准差遣"(详见龚延明编著《宋代官制辞典》,中华书局,1997,第503页)。然考宋人孙觌《鸿庆居士集》(文渊阁《四库全书》本)卷三五《宋故抚幹周府君墓志铭》中所记,周侁被授"安抚司准备差遣,辞不就",而孙氏称其为"抚幹周府君",结合曾撙之例,则"抚幹"之称似乎也可用于指代"安抚司准备差遣"之职。
③ 参见(宋)周必大撰《文忠集》卷一七〇《乾道庚寅奏事录》五月丁丑条,文渊阁《四库全书》本。

右也"。考其行文及语气，张栻所云"《克斋铭》"当是朱熹所作，而黄震在读完张栻写给朱熹的书信后，也认为《克斋铭》是朱熹的著述，他总结说：张栻"论晦翁著述云：《论语章句》精确简严，足诏后学；《中庸》、《大学章句》极涵蓄有味；《太极图解》析理精详；《西铭》之论甚精；《克斋铭》、《敬斋箴》皆当书之座右也"。①

然而，朱熹并没有《克斋铭》一文，②只有一篇《克斋记》，见于《文集》卷七七，文末自署作于"乾道壬辰"，即乾道八年。显然，此处《克斋铭》当为《克斋记》之误，而据此则张栻的《拙斋记》亦当作于同时。

综上所述，张栻此书大约作于乾道八年（1172）或稍后。书中提到"向来元晦所编，多去诸先生之说"，明确指出朱熹在乾道八年之前对《诗集传》进行了删削，而张栻不满意朱熹的这种做法，又新编了一本"《诗解》"（《诗解》之名参见表1-2.1及下所引与朱熹信），尽载众家成说，这其中也包括朱熹的说法，然后附以己意，其体例与吕祖谦的《吕氏家塾读诗记》完全相同。

张栻所作《诗解》，历代均不见著录，然而朱熹曾经说其"平生所著书，唯《论语说》最后出，而《洙泗言仁》、《诸葛忠武侯传》为成书，其他如《书》、《诗》、《孟子》、《太极图说》、《经世编年》之属，则犹欲稍更定焉而未及也"。③如此看来，张栻确有与《诗》相关的著述，只是由于"未及更定"，导致其书的失传。

在写给朱熹的一封书信中，张栻同样也谈到《诗解》的问题：

　　《诗解》诸先生之说尽编入，虽是觉泛，又恐学者须是先教

---

① （宋）黄震撰《黄氏日抄》卷三九《读本朝诸儒理学书七》读《南轩先生文集·与朱元晦》条，文渊阁《四库全书》本。
② 吴按：张栻作有《克斋铭》，张孝祥《于湖集》（文渊阁《四库全书》本）卷二八《题陈择之克斋铭》中云："陈琦择之，名其斋曰克。张敬夫为之铭，某复为书圣师问答。与敬夫之铭置斋中左右。序乾道丁亥七月，张某识。"乾道丁亥即乾道三年（1167），此时朱熹的《论孟精义》远未成书，因此张栻信中所说显然不是指自己所作的《克斋铭》。
③ 《文集》卷八九《右文殿修撰张公神道碑》。

如此考究,却可见平淡处耳,如何?①

在这封信中,张栻提到了胡实的去世和魏掞之的丧事。据《南轩集》卷四〇《钦州灵山主簿胡君墓表》所载,胡实"乾道九年十月庚辰没",据《文集》卷九一《国录魏公墓志铭》所载,魏掞之卒于乾道九年(1173)闰月壬戌。则张栻此书大概作于乾道九年或稍后。张栻在信中又再次阐述了应当将"诸先生之说尽编入"《诗解》的观点,信中所提到的《诗解》显然是张栻自己所编,而就其语气来看,此信前后,朱熹应当与其有所论辩。

表1-2.1所列材料是张栻写给吕祖谦的一封书信,其写作的准确时间无法详考,然而书中所言与上面所举张栻写给吴翌的信的内容基本一致,据此,我推测此信大概也作于乾道八年(1172)左右。根据张栻的这三封书信,应该可以得出这样的结论:

首先,乾道八年之前,朱熹已经对其《诗集传》初稿进行了修订。束景南在《朱熹年谱长编》中引用表1-2.1的内容,以"今重编过"为朱熹"将《诗集解》重加修订",因此得出朱熹在乾道九年对其"《诗集解》"进行第二次修改的结论。② 根据上文所述,束氏显然误把张栻的"今重编过"看作了朱熹的"今重编过",其结论是不准确的。而如果我在上一章所作的推测能够成立的话,那么朱熹的《诗集传》应该是在乾道六年至乾道八年之间进行了第一次修订,其修订的内容似乎是以删削所引用的前人成说为主。这样《诗集传》就从一部集解性质的工具书式著作,开始向传注性质的理论型著作过渡。

其次,张栻在提到朱熹的《诗集传》的时候,以《诗集解》称之,这再次证明了我在上一节中对朱熹《诗集传》初稿体例的分析。

---

① (宋)张栻撰《南轩集》卷二一《答朱元晦秘书》一三。
② 束景南将张栻写给吕祖谦的信定为乾道九年,不知何据;将张栻写给吴翌的信也定为乾道九年,根据是"是书言及为曾幹作《拙斋记》等,作于乾道九年",《拙斋记》亦没有明确纪年,不晓乾道九年据何而来。见《朱熹年谱长编》卷上,第592页。

而张栻在提到自己的新作的时候,同样称之为《诗解》,并且也是以集解的体例来要求自己的实际编撰工作的,同时张栻更对朱熹删削前人成说的做法表示不满。通过这些,我们可以看出集解的体例在当时很受重视,现在流传下来的南宋的《诗经》学著作,集解体占较大的比重,如吕祖谦的《吕氏家塾读诗记》,李樗、黄櫄的《毛诗李黄集解》,段昌武的《毛诗集解》,严粲的《诗缉》等,而即使是将《诗集传》中的集解大量删削的朱熹,在其已经将去《序》言诗的原则付诸实行以后,又表示出想要编撰一本集解体著作的意图,他在淳熙十三年(1186)写给潘友文的信中说:"近亦整顿诸家说,欲放伯恭《诗》说作一书,但鄙性褊狭,不能兼容曲徇,恐又不免少纷纭耳"。① 所有这些都向我们显示出集解体在南宋学者心目中的重要地位。集解体的兴盛与宋代特别是南宋的政治形势、社会形态以及学术环境有着直接的联系。如重文轻武的政策、科举考试的制度、学术思想的勃兴、佛教语录和唐代类书的影响、雕版印刷的通行以及南渡后中原文献的破坏,等等。关于集解体在南宋的盛行是一个很值得深入探讨的问题,容日后撰文详述。

根据表1-2.3朱熹写给吕祖谦的书信内容,我们可以看出朱熹对于《诗集传》的修订虽然在乾道八年(1172)已经初具规模,然而其工作并没有停止,到淳熙年间,朱熹依然在对《诗集传》进行着修订。信中说:"熹所集解,当时亦甚详备,后以意定,所余才此耳",大概即是指张栻所说的对前人成说的大量删削工作,而所云:"然为旧说牵制,不满意处极多,比欲修正,又苦别无稽援,此事终累人也",则已经不再局限于删削的工作了,朱熹已经开始对"旧说"表示不满,所谓"别无稽援"当是朱熹删削旧说过后想要自成一说时感到的苦恼。

《朱子语类》卷八〇中记载:

---

① 《文集》卷五〇《答潘文叔》书二。

《大序》言"一国之事，系一人之本，谓之风"，所以析卫为《邶》、《鄘》、《卫》。曰："诗，古之乐也。亦如今之歌曲，音各不同。卫有卫音，鄘有鄘音，邶有邶音。故诗有鄘音者系之《鄘》，有邶音者系之《邶》。若《大雅》、《小雅》则亦如今之商调、宫调，作歌曲者亦按其腔调而作尔。《大雅》、《小雅》亦古作乐之体格。按《大雅》体格作《大雅》，按《小雅》体格作《小雅》，非是做成诗后，旋相度其辞目为《大雅》、《小雅》也。大抵《国风》是民庶所作，《雅》是朝廷之诗，《颂》是宗庙之诗。"又云："《小序》汉儒所作，有可信处绝少。《大序》好处多，然亦有不满人意处。"①

此条乃金去伪录乙未所闻，如果《朱子语类》所载不误，则朱熹于淳熙乙未（1175）已经开始怀疑《诗序》，且态度相当坚定。在表1-2.2的信中朱熹说"《邶》、《鄘》、《卫》之诗未详其说"，或可与金去伪所录内容相互印证。②

　　淳熙四年（1177），朱熹序定其《诗集传》，王懋竑在《朱子年谱考异》卷二中根据《诗集传序》中所言"经自《邶》而下，则其国之治乱不同，人之贤否亦异，其所感而发者，有邪正是非之不齐"，以及"善者师之，而恶者改焉"等语，指出朱熹"亦不纯用《小序》，但不斥言《小序》之非"。王懋竑的观察可谓敏锐，自《邶》而下的风诗，《小序》多定为刺诗，以为是诗人所作以刺时也，而朱熹却说"其所感而发者，有邪正是非之不齐"，则是认为这些所谓的刺诗有其人自作的可能，并指出孔子之所以保留这些自言其丑的诗，目的在于使后人观其恶而改焉，这已经是朱熹废《序》言诗以后在《读吕氏诗记桑中篇》中所表达的观点的先声了。

---

① （宋）黎靖德编，王星贤点校《朱子语类》卷八〇，第 2066~2067 页。
② 束景南在《朱熹年谱长编》中指出"朱熹始疑《毛序》在淳熙二年，淳熙三年三衢之会上朱、吕遂就《毛序》说展开当面论辩。"（第 593 页）又引《朱子语类》中语证成其说（第 559 页）。束氏说可从，但所引《语类》中语均为辛亥（1191）后弟子记朱熹追述与吕祖谦辩论之语，所记未必确实。

淳熙五年，朱熹在写给吕祖谦的信中曾说："大抵《小序》尽出后人臆度，若不脱此窠臼，终无缘得正当也。去年略修旧说，订正为多。向恨未能尽去，得失相半，不成完书耳。"（参见本章第三节表1-3.1）朱熹于序定《诗集传》的次年即表示其对《诗集传》"订正为多"，并恨不能尽去《小序》，这正印证了王懋竑的看法，也证明《朱子语类》中金去伪所录内容比较可信。虽然淳熙二年朱熹即已经表现出对《诗序》的不满，但是其《诗集传序》终篇也没有一句直接辨《诗序》之非的话，由此看来，朱熹此时废《序》之观点尚未完全成熟。

淳熙六年吕祖谦在写给朱熹的信中曾经说：

> 《诗》说止为诸弟辈看，编得诂训甚详，其它多以《集传》为据，只是写出诸家姓名，令后生知出处。唯太不信《小序》一说，终思量未通也。[1]

吕祖谦之《吕氏家塾读诗记》，始编于淳熙元年（1174），复编于淳熙三年，初稿成于淳熙六年，后二年则继续修订。[2] 吕祖谦所引《诗集传》为朱熹淳熙四年序定之本。据香港学者杨钟基《诗集传旧说辑校·后记》中的统计，《吕氏家塾读诗记》所引与今传本《诗集传》相同者477条，有细微出入者167条，有明显差异者384条。[3] 杨钟基还统计出，《吕氏家塾读诗记》和严粲《诗缉》所引《诗集传》有关《诗序》之说123条，并指出：第一，淳熙四年序定之《诗集传》将《诗序》冠于篇首，且有详尽之训释。第二，对《邶风·雄雉》、《卫风·伯兮》、《大雅·行苇》三诗《诗序》表示怀疑，像这样的情况而不为吕祖谦所引的应该还有一些。本人检《吕氏家塾读诗

---

[1] （宋）吕祖谦撰，吕祖俭等编《东莱集》中《东莱别集》卷八《与朱侍讲元晦》。
[2] 此据杜海军《吕祖谦年谱》，中华书局，2007。
[3] 杨钟基统计《吕氏家塾读诗记》共引《诗集传》1134条，而此三项相加不足此数，不知其数据何处有误，容日后详考，此处备一说。参见杨钟基著《诗集传旧说辑校》，香港中文大学联合书院中国语文学系，1974。

记》中《郑风》部分所引《诗集传》说,如《将仲子》于第一章下所引云:"朱氏曰:虽知汝之言诚可怀思,而父母之言亦岂可不畏哉?"于《遵大路》第一章下所引云:"朱氏曰:君子去其国,国人思而望之,于其循大路而去也,揽持其袪以留之曰:子无恶我而不留,故旧不可以遽绝也。"于《山有扶苏序》下所引云:"朱氏曰:所美非美,所谓贤者佞、智者愚也。"于《扬之水》第二章下所引云:"朱氏曰:兄弟既不相容,所与亲者二人而已,然亦不能自保于谗间。此忽之所以亡也。"朱熹的这些解释都是遵循《小序》之说的,与今传本《诗集传》将他们定为"淫诗"大异。又如《东门之墠》、《子衿》、《野有蔓草》、《溱洧》等诗,吕氏《读诗记》所引与今传本《诗集传》除了个别字词,内容几乎完全相同,由于这些诗的《诗序》中也都涉及男女期会淫奔之说,因此并不能就此断定朱熹的解释是以之为"淫诗"。据此可见,朱熹淳熙四年序定之《诗集传》已经开始对《诗序》有所怀疑,但是比重不大,言辞温和,特别是还没有明确的"淫诗"观。另外,吕祖谦说其《读诗记》"多以《集传》为据,只是写出诸家姓名",如此看来,朱熹在淳熙四年序定的《诗集传》应该仍然保留了不少前人旧说,虽经删除,恐仍未全脱集解之体。至于吕祖谦所谓"唯太不信《小序》一说,终思量未通",恐怕指的是朱熹平日议论之语,如其弟子金去伪所记,朱熹的废《序》思想虽然已经产生,但是并不成熟。

表1-2.5、表1-2.6两条材料,前后相承,然而其准确年代却很难考察。陈来在《编年考证》中根据朱熹在淳熙四年(1177)序定《诗集传》,而信中提到了"读《诗传》",因此认为这两封书信作于淳熙四年以后。表1-2.5中云:"郑卫之诗,篇篇如此,乃见其风俗之甚不美,若止载一两篇,则人以为是适然耳。大抵圣人之心宽大平夷,与今人小小见识遮前掩后底意思不同,此语亦卒乍与人说不得,且徐思之,俟它日面讲也";表1-2.6中廖德明问:"岂只以所载刺诗有淫亵不可告语者,圣人亦存而不删也耶",朱熹回答"正谓如此"。显然,朱熹已经对

郑、卫诗中的"刺淫"诗产生了怀疑，但是并不敢直接斥之为"淫诗"；朱熹的理论准备还不充分，其"淫诗"说仍在萌芽阶段。这也可以证明《吕氏家塾读诗记》中所引朱氏对于《东门之墠》、《子衿》、《野有蔓草》、《溱洧》等诗的解释依然是在遵循《诗序》的前提下产生的。

通过上面所进行的一系列论述，我以为：朱熹在乾道六年（1170）至乾道八年之间，对《诗集传》中所引前人成说进行了删削，此后不断修订。淳熙初年，朱熹已经对《诗序》深致怀疑，但是并未形成系统的废《序》思想。淳熙四年（1177），朱熹序定《诗集传》。此本《诗集传》依然保留有大量前人之说，大旨仍循《诗序》，但已对《诗序》的部分内容表示怀疑。与此同时，其"淫诗说"也开始萌芽。朱熹所谓"第二次解者，虽存《小序》，间为辨破，然终是不见诗人本意"，大概指此一时期而言。

朱熹淳熙四年序定之《诗集传》当有刻本行世。尤袤《遂初堂书目·诗类》载有"朱氏《集传稿》"，或即其书。吕祖谦《吕氏家塾读诗记》"以《集传》为据"，廖德明亦读到朱熹《诗传》，严粲《诗缉》、段昌武《毛诗集解》所引朱熹《诗集传》的内容，多与吕祖谦所引相同，二书作于淳祐年间，则朱熹殁后数十年间，其淳熙四年序定之《诗集传》尚有流传。

第三节　去《序》解《诗》阶段

淳熙五年，也就是朱熹序定《诗集传》的后一年，他在写给吕祖谦的信中（参见表1-3.1）亲自提出了"大抵《小序》尽出后人臆度"的论断，并对淳熙四年序定之《诗集传》不能尽去《诗序》表示遗憾，这标志着朱熹"去《序》解《诗》"阶段的开始（参见表1-3）。

表 1-3 《诗集传》定本的形成与刊刻

序号	系年	系年出处	书信及相关材料内容	内容出处	结论
1	淳熙五年（1178）	《编年考证》，第153页	《诗》说所欲修改处是何等类，因书告略及之，比亦得间刊定。大抵《小序》尽出后人臆度，若不脱此窠臼，终无缘得正当也。去年略修旧说，订正为多。向恨未能尽去，得失相半，不成完书耳。	《文集》卷三四《答吕伯恭》书五六	朱熹正式主张废《序》言《诗》。
2	淳熙七年	《编年考证》，第176页	《诗》说昨已附《小雅》后二册去矣，《小序》之说未容以一言定，更俟来诲，却得反复。区区之意是不敢十分放手了。前谕未极，更须有说话也，恐尊意见得不如此处，却望子细一一垂喻，更容考究为如何，逐旋批示尤幸，并得之却难看也。	《文集》卷三四《答吕伯恭》书七九	与吕祖谦就《小序》问题展开辩论。
3	淳熙七年	《编年考证》，第177页	向来所喻《诗序》之说，不知后来尊意看得如何。"雅"、"郑"二字，"雅"恐便是大小《雅》，"郑"恐便是《郑风》，不应概以《风》为"雅"，又于《郑风》之外别求"郑声"也。圣人删录，取其善者以为法，存其恶者以为戒，无非教者，岂必灭其籍哉？看此意思，甚觉通达无所滞碍，气象亦自公平正大，无许多回互费力处，不审高明竟以为如何也。	《文集》卷三四《答吕伯恭》书八二	始言"雅、郑"之辨。"淫诗说"确立。
4	淳熙九年	朱熹自署	《吕氏家塾读诗记序》	《四部丛刊》续编本	自陈"雅郑邪正"之说比从前有所更定。

续表

序号	系年	系年出处	书信及相关材料内容	内容出处	结 论
5	淳熙十一年	文集自署	《读吕氏诗记桑中篇》	《文集》卷七〇	淫诗观已经确立，废《序》思想也已成熟。
6	淳熙十一年	《编年考证》，第223页	所论《诗序》之疑，旧尝有此论，而朋友多不谓然，亦不能与之力争，姑著吾说以俟后之知者而已。《关雎》序文之失固然，《论语》之意亦谓其乐得淑女也，不过而为淫，其哀夫不得也，不过而为伤，正如诗文之谓耳。但序者不晓，乃析哀乐淫伤为四事，而所谓伤善之心者，尤为无理，是则不可不察也。然此等处，姑默识之，不须遽与人辨。	《文集》卷第四九《答陈肤仲》书一	开始怀疑《关雎》序，其去《序》思想又向前推进了一步。
7	淳熙十三年	《编年考证》，第252页	《诗传》不曾修，近看《论语》却尽有合改处，候修毕，试整顿《诗》说看如何，但精力短，甚畏开卷也。	《文集续集》卷二《答蔡季通》其五〇	准备修订《诗集传》。
8	淳熙十三年	《编年考证》，第245页	近亦整顿诸家说，欲放伯恭《诗》说作一书，但鄙性褊狭，不能兼容曲徇，恐又不免少纷纭耳。《诗》亦再看，旧说多所未安，见加删改，别作一小书，庶几简约易读，若详考即自有伯恭之书矣。	《文集》卷五〇《答潘文叔》书二	删改《诗集传》。
9	淳熙十三年	《编年考证》，第254页	《诗》说见此抄写未毕，毕即拜呈求教矣……《豳》诗之说，则恐未然。盖《破斧》以后诸诗，未必是周大夫刺朝廷之诗，此自《小序》之误耳，它自缪说得彻尊听，当为印证其可，而掊击其不然，乃所愿也。	《文集别集》卷三《程沙随可久》其一	《诗集传》已经定本。

续表

序号	系年	系年出处	书信及相关材料内容	内容出处	结论
10	淳熙十三年	《编年考证》，第255页	向蒙喻及《诗》论，前书拜请，幸早寄示。谬说已写就，然尚有误字，旦夕校毕拜呈，以求教诲也。	《文集别集》卷三《程可久》其二	写本已成。
11	淳熙十四年	《编年考证》，第264页	《中庸》首章更欲改数处，第二版恐须换却，第二版却只刊补亦可。然想亦只是此处如此，后来未必皆然也，且催令补了此数版，并《诗传》示及也。来日取得来教，却别上状。	《文集续集》卷二《答蔡季通》书九五	首次刊刻。
12	淳熙十六年，又以为其年不详，或在其前	《编年考证》，第303页	《诗传》两本，烦为以新本校旧本，其不同者依新本改正。有纸冊，副在内，恐要帖换也。校时须两人对看，一听一读乃佳，着旬日功夫当可毕也。	《文集续集》卷八《与叶彦忠》其三	可能再次刊刻。
13	淳熙十六年，又以为其年不详，或在其后	《编年考证》，第302页	《诗传》中欲改数行，乃马庄父来说，当时看得不子细，只见一字不同便为此说，今详看乃知误也，幸付匠者正之，便中印一纸来。《中庸》必已了矣。	《文集续集》卷二《答蔡季通》书一一五	可能再次刊刻。
14	绍熙元年（1190）	《编年考证》，第306页	《诗传》中有音未备者，有训未备者，有以经统传，舛其次者。此类皆失之不详，今当添入。然印本已定，不容增减矣。不免别作《补脱》一卷，附之《辨说》之后，此间亦无精力办得，只烦伯丰为编集。 吴按：后文繁重，不录于此，详见表1-4所列。	《文集》卷五二《答吴伯丰》书三	著《补脱》，修正《诗集传》的刻本。

续表

序号	系年	系年出处	书信及相关材料内容	内容出处	结论
15	绍熙元年十月	朱熹自署	朱熹于漳州刊刻《易》、《书》、《诗》、《春秋》四经，将《诗序》附于经末。	《文集》卷八二《书临漳所刊四经后·诗》	
16	绍熙四年	《编年考证》，第353页	《中庸》、《诗传》幸速修改示及，《中庸》更有数处，今并录呈，幸即付之也。	《文集》卷四四《答蔡季通》书八	继续修订《诗集传》。
17	庆元二年（1196）	《编年考证》，第412页	今只校得《诗传》一本，并新刻《中庸》一本，与印到程书、《祭礼》并往，所寄楮券，适足无余，《诗》及《中庸》乃买见成者，故纸不佳，然亦不阂翻阅也。	《文集》卷六三《答孙敬甫》书四	继续校正《诗集传》。
18	庆元四年秋	《编年考证》，第461页	所喻四说，往岁在彼固皆闻之，只是欠却明理，其说如东坡所谓不以火点终不明耳。说《诗》近修得《国风》数卷，旧本且未须出。	《文集》卷第五九《答李公晦》书三	继续修订《诗集传》。
19	庆元四年秋	《编年考证》，第462页	（又有一问云）《小序·麟趾》诗，"虽衰世之公子皆信厚如麟趾之时也"，此句似无义理。《江有汜》诗是媵自作非美媵也，此二处下皆未曾注，未知如何？（答云）当补。	《文集》卷六〇《答潘子善》	继续修订《诗集传》。
20	庆元四年冬	《编年考证》，第468页	向留丞相来讨《诗传》，今年印得寄之。近得书来，云日读数版，秋来方毕，甚称其间好处。	《文集续集》卷一《答黄直卿》其五一	再次刊刻《诗集传》。

朱熹淳熙二年（1175）开始怀疑《诗序》，在淳熙四年的《诗集传序》中也已经指出"经自《邶》而下……其所感而发者有邪正是非之不齐"；接着，他在写给廖德明的信中（参见表1-2.5）又提出"《郑》、《卫》之诗"，"风俗不美"的说法；淳熙五年朱熹开

始直斥《小序》之非，并就此与吕祖谦展开了长期的争论（参见表 1-3.1~3）；淳熙七年（1180）他在写给吕祖谦的信中明确提出"雅"、"郑"之辨（参见表 1-3.3），朱熹指出"'雅'恐便是大小《雅》，'郑'恐便是《郑风》，不应概以《风》为'雅'，又于《郑风》之外别求'郑声'也"，这无疑是对《诗序》"正变美刺"观点以及孔子删《诗》、正乐的传统认识更进一步的修正，同时也标志着朱熹"淫诗说"的确立；淳熙九年（1182）朱熹作《吕氏家塾读诗记序》，再次强调自己的"雅、郑、邪、正"之辨；淳熙十一年作《读吕氏诗记桑中篇》，系统阐述其"淫诗说"，这标志着朱熹废《序》思想的真正成熟。

随着朱熹《诗》学思想的演进，其《诗集传》也得以再次修订。朱熹在淳熙五年已经对其序定的《诗集传》表示了不满（参见表 1-3.1），在与吕祖谦的论辩过程中，朱熹可能已经开始着手完善《诗集传》。到淳熙十三年，朱熹似乎有意将《诗集传》分成两部书，一部是在原有基础上继续删改而成，另一部则是由删削掉的"诸家说"组成的与《吕氏家塾读诗记》相似的集解之作（参见表 1-3.8）。然而后者并没有能够完成，朱熹将其淳熙四年序定的《诗集传》"见加删改，别作一小书"，然后抄写校对（参见表 1-3.9、10），并最终在淳熙十四年由其弟子蔡元定刊版印行（参见表 1-3.11）。

然而，朱熹对于已经刊刻的《诗集传》并不满意，淳熙十六年左右对《诗集传》重新进行了校改，并由蔡元定再次负责刊刻（参见表 1-3.12、13）。①

绍熙元年（1190），朱熹在写给吴必大（字伯丰）的信中说：

---

① 由于表 1-3.12、13 两条材料的系年不够准确，无法对淳熙十四年（1187）至绍熙元年（1190）之间《诗集传》的刊刻情况作出可靠的判断。但是表 1-3.12 中，朱熹嘱托叶彦忠以新本《诗集传》校订旧本，则此时《诗集传》已经再次刊刻明矣，表 1-3.13 中朱熹让蔡元定所刊刻的《诗集传》有可能就是所谓的新本，那么表 1-3.13 的系年就应该置于表 1-3.12 之前了。然而无论如何，从淳熙十四年至绍熙元年之间，《诗集传》大概至少又刊刻过一次，当时至少有"旧本"、"新本"两个刻本。

《诗传》中有音未备者,有训未备者,有以经统传,舛其次者。此类皆失之不详,今当添入。然印本已定,不容增减矣。不免别作《补脱》一卷,附之《辨说》之后,此间亦无精力办得,只烦伯丰为编集。①

从朱熹提到的情况来看,《诗集传》刻本的质量实在不高,但是他考虑到"印本已定,不容增减",因此想要"别作《补脱》一卷,附之《辨说》之后"。朱熹在信中附录了《补脱》的基本条例和与吴必大就《诗集传》所进行的问答,下面将其内容与今传二十卷本《诗集传》和八卷本《诗集传》的相关内容进行逐条比对(参见表1-4)。

表1-4 朱熹欲"补脱"之内容

序号	补脱和问答内容	二十卷本相关内容	八卷本相关内容	其他
1	《周南·樛木》:"乐只"("音止",二字合附本字下)	"乐只"下注"之氏反"。未补。	"乐只"下注"音纸"	
2	《鄘·载驰》"无我有尤"("尤,过也",三字合附"众人"字下。"无以我为有过,虽尔"八字合附"大夫君子"字下)	"尤,过也"未补"无以我为有过,虽尔"已补。	同二十卷	
3	《王·中谷有蓷》"遇人之不淑矣"("淑,善也",三字合移在"叹矣"字下)	已补。	同二十卷	
4	"黎,黑也",古语"黎元"犹秦言"黔首",《桑柔》篇中第二章注中已略言之,《孟子》首篇亦尝有解,今若《天保》篇中未解,可采用其说,著于《补脱》卷中,却删去《桑柔》篇注,或但略言之亦可也。	《小雅·天保》"群黎百姓,徧为尔德"句下注:"黎,黑也,犹秦言'黔首'也。《大雅·桑柔》"民靡有黎,具祸以烬。于乎有哀,国步斯频"句下注:"黎,黑也,谓黑首也"。已补。	同二十卷	

① 《文集》卷五二《答吴伯丰》书三。

续表

序号	补脱和问答内容	二十卷本相关内容	八卷本相关内容	其他
5	（问）《大序》"先王以是经夫妇"，《传》曰："先王谓文、武、周公、成王"，必大窃谓二《南》、《雅》、《颂》固多周公时所作，然遂谓周公为先王，则恐读者不能无疑。 （答）此无甚害。盖周公实行王事，制礼乐，若止言成王，则失其实矣。			考《诗传纲领》，与吴氏所引一致。
6	（问）《芣苢》："薄言有之"，《传》曰：有，藏也。然其下章曰掇、曰捋、曰袺、曰襭，而首章乃先言藏，恐非其序，必大恐有是"得之"之义。 （答）首章兼举始终而言，后章乃细述其次第，《诗》中亦有此例，或于《补脱》中附入亦可也。	《周南·芣苢》"采采芣苢，薄言采之。采采芣苢，薄言有之"句下注"采，始求之也；有，既得之也"。《诗集传》原文"有，藏也"已删，乃据吴氏说改。	同二十卷	
7	（问）《麟之趾》，《传》以麟兴文王后妃，以趾兴其子，故曰：麟性仁厚，故其趾亦仁厚，文王后妃仁厚，故其子亦仁厚。然则下文"吁嗟麟兮"为指谁耶？ （答）正指公子而言耳。	与吴氏所引《诗集传》原文同。无朱熹答语。	同二十卷	
8	（问）"昔育恐育鞠"，张子之说固善，然推之下文，"及尔颠覆"之云，意不甚贯，不若前说为顺。 （答）姑存异义耳，然旧说亦不甚明白也。	《邶·谷风》"昔育恐育鞠，及尔颠覆，既生既育，比予于毒"句下注"张子曰：育恐，谓生于恐惧之中；育鞠，谓生于困穷之际，亦通"。同于问答。	同二十卷	

续表

序号	补脱和问答内容	二十卷本相关内容	八卷本相关内容	其他
9	(问)《君子偕老》:"象之揥也",字书云:"揥,整髻钗也",是否? (答)不识此物,姑依旧说,字书之说亦与古注不殊也。或《补脱》中附之。	无"揥,整髻钗也"之语	同二十卷	
10	(问)齐地东至于海,西至于河,南至于穆陵,北至于无棣。《史记索隐》曰:按今淮南有故穆陵门,是楚之境。无棣在辽西,孤竹服虔以为太公受封所至,不然也。盖言其征伐所至之域,其说何如? (答)穆陵在密州之西,无棣是今棣州,更考《地志》可见,《索隐》恐非。	"齐地东至于海,西至于河,南至于穆陵,北至于无棣"乃卷五"齐一之八"下注文。 无朱熹答语。	同二十卷	
11	(问)《采薇》:"小人所腓",《传》曰:腓,犹庇也。又引程子曰:腓,随动也,如足之腓,足动则随而动也。必大按,《易·咸》传曰:腓,足肚,行则先动,足乃举之。非如腓之自动也。《易本义》亦曰:欲行则先自动。由程子前说观之,则腓为随足以动之物。由后二说观之,则腓为先足而动明矣。不当引之以解此诗之义,不若"犹庇"之云得之。《生民》诗"牛羊腓字之",《传》亦以"腓"为"庇",若施于此诗,与上文君子所依意义亦相类也。 (答)此非大义所系,今详两说,诚不合,当删去,然板本已定,只于《补脱》中说破可也。又"百卉具腓",又有他训,不知此字竟是何义也。	与吴氏所引《诗集传》原文同。 未如朱熹说删去。	同二十卷	

续表

序号	补脱和问答内容	二十卷本相关内容	八卷本相关内容	其他
12	（问）《楚茨》以下四篇，先生谓即《豳》雅，反复读之，其辞气与《七月》、《载芟》、《良耜》等篇大抵相类，无可疑，然又以为述"公卿有田禄者，力于农事以奉其宗庙之祭"，则恐未然。盖周自后稷以农事肇祀，其诗未尝不惓惓于此，今以为《豳风》、《豳颂》者皆是也。而孟子亦曰：礼曰诸侯耕助以供粢盛，粢盛不洁不敢以祭。古之人未有不先于民，而后致力于神者。恐不必专指公卿言之。（答）此诸篇在《小雅》，而非天子之诗，故止得以公卿言之。盖皆畿内诸侯矣。	与吴氏所引《诗集传》文同。无朱熹答语。	同二十卷	
13	（问）《瞻彼洛矣》，《传》以为"诸侯美天子之诗"。今考其间有"以作六师"之言，则其为天子之事审矣。然二章三章祈颂之语则不过保其家室、家邦而已，气象颇狭，反若天子所以告诸侯者何也？（答）家室家邦，亦趁韵耳。天子以天下为家，虽言家室何害？又凡言万年者，多是臣祝君之辞。	与吴氏所引《诗集传》文同。无朱熹答语。	同二十卷	
14	（问）《棫朴》"追琢其章，金玉其相"，《传》曰：追琢其章，所以美其文；金玉其相所以美其质。然不知所美之人为谁？（答）追琢金玉以兴我王之勉勉尔。	与吴氏所引《诗集传》文同。无朱熹答语。	同二十卷	
15	（问）《那》"绥我思成"《集传》郑氏所引《礼记》之说，程子则曰此特孝子平日思亲之心耳，若齐则不容有思，有思非齐也。必大窃谓：人心不容无思齐之日，特齐其不齐者尔，若思其居处之类，乃其致诚意以交乎神者，盖未害其为齐也。未知是否？（答）郑氏所引者，常法也；程子之义则益精矣。	与吴氏所引《诗集传》文同。无朱熹答语。	同二十卷	

通过上面的比对可以看出：

首先，《补脱》共列四条（即表1-4.1、2、3、4）。其中两条（表1-4.3、4）在今传本《诗集传》中已经订正。另有一条（表1-4.2）列补脱两处，一处已订正，一处未订正。表1-4.1所云则未作改动。

其次，《问答》中涉及要做《补脱》的共有三条（即表1-4.6、9、11）。其中只有表1-4.6在今传本《诗集传》中做了订正。

再次，《问答》共十一条，凡是吴必大所引《诗集传》原文，均与今传本一致。

根据朱熹所说，他之所以作《补脱》，是因为当时《诗集传》的印本已定、不容更易，他想要将《补脱》附于《诗序辨说》之后印行，以助益于已经刊刻的《诗集传》，如此看来，则当时《诗序辨说》已经附录在《诗集传》之后，这与陈振孙《直斋书录解题》中所云"《诗集传》二十卷、《诗序辨说》一卷"完全吻合。又根据吴必大在表1-4.5中所引，则当时的《诗集传》刻本应该是附有《诗传纲领》的。

朱熹在绍熙元年（1190）还给吴必大写过一封信：

> 所示诸说，别纸报去。但且如此推究玩味，久当自有得也。但前书偶寻未见，似其间亦有合报去者，今不暇也。苏氏《诗传》比之诸家，若为简直，但亦看《小序》不破，终觉有惹绊处耳。所欲抄《集传》，缘后来更欲修改一二处，且令住写，今须到官方得写去也。①

信中所谓"别纸"，大概即指表1-3.14这封书信，而朱熹说"但前书偶寻未见，似其间亦有合报去者，今不暇也"，则是对表1-3.14的内容有所保留或增益，同时朱熹又表示对《诗集传》还要有所修

---

① 《文集》卷五二《答吴伯丰》书四。

订，让吴必大暂时停止抄写。吴必大所主持的抄写工作应该就是朱熹在表1-3.14中所说的编集《诗集传补脱》的工作。可见朱熹对《诗集传》用心之深。

绍熙四年，朱熹又写信给蔡元定，督促他继续修改《诗集传》（参见表1-3.16）。[①] 庆元二年（1196），朱熹再次进行校勘（参见表1-3.17）。庆元四年（1198），朱熹一方面继续修订《诗集传》（参见表1-3.18），另一方面也在对《诗序辨说》进行完善（参见表1-3.19）。[②] 同年，《诗集传》又一次刊版印行（参见表1-3.20），此时距离朱熹去世已经不到两年的时间了。

第四节 《诗集传》宋代版本考

朱熹之孙朱鉴在《诗传遗说序》中说：

> 先文公《诗集传》，豫章、长沙、后山皆有本，而后山本雠校为最精。第初脱稿时，音训间有未备，刻版已竟，不容增益，欲著《补脱》，终弗克就，未免仍用旧版，茸为全书，补缀趔那，久将漫漶。揭来富川，郡事余暇，辄取家本亲加是正，刻置学宫，以传永久……端平乙未五月朔，孙承议郎权知兴国军兼管内劝农营田事节制屯戍军马鉴百拜敬识。

晁公武《郡斋读书志》附赵希弁《读书附志》卷上载："《诗集传》二十卷，《诗序辨说》一卷"。并注云："右晦庵先生朱文公所定也。江西漕台赵崇宪刻于计台而识其后。"[③]

陈振孙《直斋书录解题》中亦录有"《诗集传》二十卷，《诗序

[①] 据明正德本《朱子实纪》所载，朱熹于是年"七月序《诗集传》"，转引自杨钟基《诗集传旧说辑校·论说之部》，第3页。

[②] 表1-3.20所论，在今传《诗序辨说》之《麟之趾序》和《江有汜序》下均已补注，当为修改后之本。

[③] （宋）晁公武撰，孙猛校证《郡斋读书志》，第1093页。

辨说》一卷",并有解题云:"朱熹撰。以大、小《序》自为一编而辨其是非。其序《吕氏读书记》,自谓少年浅陋之说,久而知其有所未安,或不免有所更定。今江西所刻晚年本,得于南康胡泳伯量,校之建安本,更定者几什一云"。①

朱杰人在《诗集传》的《校点说明》中指出:第一,朱鉴所谓"后山本"即蔡元定所刻本,后山是建阳崇泰里地名,为蔡元定所居,建阳古属建安郡,故"后山本"也即陈振孙所谓之"建安本"。第二,陈振孙所谓之"江西本"即朱鉴于富川郡学所刻之本。原因在于兴国军南宋时属江南西路,其治所在永兴,永兴即富川,因此朱鉴于富川郡学所刻之本即为"江西本"。况且,朱鉴之跋,列举《诗集传》刻本,曰"豫章、长沙、后山皆有本",唯独不及"江西",这是因为"江西本"即其自己所刊之本。此外,陈振孙云"今江西所刻本",既言"今",说明其书刻于当时。陈氏主要活动在嘉定中至景定初,这一段时期《诗集传》只有朱鉴的富川本。因而,朱杰人认定陈振孙所谓"江西本"即朱鉴校改本。②

束景南在《朱熹年谱长编》中说,朱鉴所谓"豫章本"即朱熹请吴必大所刻之本,所谓"旧版"即蔡元定淳熙十四年(1187)所刻之建安本。"豫章本"即据"建安本"修补而成。③

我认为朱杰人和束景南两位先生的看法值得商榷。

首先,两位先生没有考虑赵希弁的记载。赵氏所云应该是真正的"江西本",也即"豫章本"。赵希弁《读书附志》明确说"江西漕台赵崇宪"于计台刻有《诗集传》。检真德秀《西山先生真文忠公文集》卷四四《赵华文墓志铭》所载:嘉定六年(1213)赵崇宪"提举江西常平兼权隆兴府及帅漕司事,除转运判官,仍兼帅事。七年,以兵部郎中召,寻改司封,皆固辞。遂直秘阁,知静江府、广

---

① (宋)陈振孙著,徐小蛮、顾美华点校之《直斋书录解题》,第39页。
② 参见(宋)朱熹撰,朱杰人、严佐之、刘永翔主编《朱子全书》第1册,第327~333页。
③ 参见束景南著《朱熹年谱长编》,第853页。

西经略安抚。"① 则赵崇宪嘉定六年为江西漕台，七年离职，其刻《诗集传》当在嘉定六年或七年，所刻当即陈振孙所谓之"江西本"。陈振孙称"得于南康胡泳伯量"，胡泳，字伯量，朱熹弟子，学者称洞源先生，《朱子语类》载有其戊午（1198）所闻，又据宋张世南《游宦纪闻》卷九载"胡堂长伯量，记度常卿涵星研云：宝庆丙戌秋八月，渝州度史君正奉诏入京，过金陵，出其所藏坡仙涵星研，而庐山胡泳记之曰……"云云，② 则胡泳至宝庆年间仍在世，持有赵崇宪嘉定所刻《诗集传》自无可疑。据陈乐素《〈直斋书录解题〉作者陈振孙》一文的考证，陈振孙始仕于嘉定中，卒于景定年间。③ 陈振孙云"今江西所刻晚年本"亦无不妥。朱鉴虽然没有提到"江西本"，但是却提到"豫章本"，江西古属豫章郡，故赵崇宪所刻"江西本"即朱鉴所谓"豫章本"。而朱鉴所刻富川郡学本当别属一本。

其次，束景南认为吴必大所刻之《诗集传》为"豫章本"，恐非事实。吴必大为吉水（属江西）丞，朱熹甚器重之，曾说"若得伯丰且在，与之切磨，可使江西一带路径不差"。④ 朱熹将编集《诗集传》补脱以及《祭礼》的工作委托给吴必大，但是并无明显证据表明吴必大曾为朱熹刊印书籍。朱熹晚年左目失明，右眼昏花，⑤ 校勘补订工作多委以弟子，唯独印书之事全赖居建阳后山之蔡季通等人。朱熹本人于建阳崇化书坊开有同文书院，印书自给，⑥ 似乎没有

---

① （宋）真德秀撰《西山先生真文忠公文集》卷四四《赵华文墓志铭》，《四部丛刊初编》本。
② （宋）张世南撰，张茂鹏点校《游宦纪闻》卷九，中华书局，1981，第78页。
③ （宋）陈振孙著，徐小蛮、顾美华点校之《直斋书录解题》附录二，第701页。
④ 《文集》《续集》卷一《答黄直卿》二九 "《大学或问》"。
⑤ 庆元元年（1195）朱熹在写给吴必大的信中说："今夏一病几死，今幸少安。然目苦内障，左已不复见物，右亦渐昏。度更数月，即不复可观书矣。"《文集》卷五二《答吴伯丰》一五 "久不闻问"。
⑥ 参见谢水顺、李珽著《福建古代刻书》，福建人民出版社，1997，第84页。朱熹自己经营书坊之事，张栻颇不以为然。张栻曾写信给朱熹说，"比闻刊小书板以自助，得来谕乃敢信。想是用度大段逼迫，某初闻之，觉亦不妨。已而思之，则恐有未安者……虽是自家心安，不恤它说，要是于事理终有未顺耳。"见《南轩集》卷二一《答朱元晦秘书》一六。

必要让远在江西的吴必大为之刊印书籍。而且按照朱鉴的说法,"欲著《补脱》,终弗克就",则《诗集传》之补脱并未完成,吴必大显然不曾或不能刻印。朱熹与吴必大的书信中亦仅语及"编集",从未提到刊印之事。因此,我认为吴必大只是帮助朱熹校正《诗集传》,实未尝刻书。

最后,"后山"与"建安"同指建阳没有问题,但不能因此将朱鉴之"后山本"与陈振孙之"建安本"简单的画等号。朱鉴说朱熹的《诗集传》"豫章、长沙、后山"三本当中,以"后山本"校雠最精,因为"后山本"是据"旧版"修订而成。我在前文已经讨论过:

淳熙十三年(1186)《诗集传》写本成(参见表1-3.10);

淳熙十四年首次刊刻(参见表1-3.11);

淳熙十六年前后,再次刊刻,有新本旧本之分(参见表1-3.12、13);

绍熙元年(1190)嘱吴必大作《补脱》,未成(参见1-3.14);

绍熙四年,嘱蔡季通修改《诗集传》(参见表1-3.16。吴按:是年,吴必大已经去世);

庆元二年(1196),继续校正《诗集传》,尚未重印(参见表1-3.17);

庆元四年,再次刊印《诗集传》(参见表1-3.20)。

由此可见,废《序》之《诗集传》自淳熙十四年首刊之后,起码在淳熙十六年和庆元四年还刊印过两次,而且每次均有修订。朱鉴说"后山本"校雠最精,"欲著《补脱》,终弗克就,未免仍用旧版,葺为全书",则"后山本"大概是庆元四年时经过屡次修订后的刻本。陈振孙所谓之"建安本"恐怕如束景南所说,是淳熙十四年初次刻印之本,也即朱鉴所谓之"旧版"。"建安本"与"后山本"同出一源,但是刊刻时间有先后之别,内容自然也多有更订。而赵崇宪之"江西本",也即"豫章本",或许就是据淳熙十六年前后所刻之新本(或淳熙十六年之后庆元四年之前的某一刻本)翻刻,淳熙十六年，朱熹已经六十岁，十一年后即谢世，与陈振孙所谓"江西所刻晚年本"，"校之建安本，更订者几什一云"相合，同时与朱鉴语亦合。

至于朱鉴所谓之"长沙本"，并未见于其他记载。朱熹乾道三年（1167）访张栻于长沙；绍熙五年（1194）官于长沙，修复岳麓书院并亲自讲学其中。疑"长沙本"乃受朱熹讲学之影响，刻于绍熙五年之后。

综上所述，朱熹废《序》之《诗集传》，共有"建安本"（即"旧版"）、"江西本"（即"豫章本"）、"长沙本"、"后山本"以及朱鉴以家本校订后刊刻的"富川郡学本"等五个本子。五种版本中，"建安本"为底本，其余版本则是在其基础上经过不同程度的校正后刊印而成。

辅广《诗童子问》卷末附有《协韵考异》，① 内容为朱熹弟子陈埴（字器之。吴按：本作"陈填"）对当时《诗集传》的经文、注文所作的校正。我将《协韵考异》的内容与《四部丛刊三编》本影印之宋刻二十卷本《诗集传》对校，发现后者多有据前者改订的情况。略举数例如下。

《协韵考异》于《周南》下列"《关雎》'采之'"条，云：

> 采，旧叶此礼反。永嘉陈填器之云：按"礼"当作"履"。古音谓"礼"为"履"，所谓礼者，履也。吴氏用古音。今韵书"礼"、"履"不同韵，若用"礼"字，恐人作"泚"字读，即与下"友"字音不叶，不若用"履"字之为分晓。后凡同音者放此。后请问，遂改从"履"字，其未经请问者，不敢易，并附于卷末。

考《四部丛刊三编》本《诗集传》，《关雎》诗"采"字注音正作"叶此履反"。

---

① 参见（宋）辅广撰《诗童子问》，文渊阁《四库全书》本。

《协韵考异》于《召南》下列"《甘棠》'勿败'"条,云:

> 败,叶蒲寐反。按本已涂去"寐"字,而不别出,今未有考。姑从旧字。

列"《何彼襛矣》'襛'"条,云:

> 古注本作"禯",从衣。陆音:"《说文》衣厚貌",二字不同。

考《四部丛刊三编》本《诗集传》,"败"下正作"叶蒲寐反",而"襛"字则从"示"从"農",似从"禯"字挖改,但并没能改作从"衣"。

《协韵考异》于《邶》下列"《谷风》'荼苦'"条,云:

> "详见《载芟》"当为"《良耜》"。

列"泾以"条,云:

> "永兴军高陵"作"京兆陵阳县"。云"泾水出今原州"止"入河"并系新添,内"至京兆陵阳县"六字阙,今辄增入。

列"我肄"条,云:

> 陈云:按"肄"训"劳",当从"以世反",若叶音,则当从"羊至反",合别出叶音。

考《四部丛刊三编》本《诗集传》,《谷风》诗第二章下已改作"详见《良耜》"。第三章下也添入"泾水出今原州百泉县笄头山,东南至永兴军高陵入渭。渭水出……入河",唯仍作"永兴军高陵",没有改为"京兆陵阳县"。"肄"字下亦作"以世反"。

《协韵考异》于《齐》下《东方未明》诗列"晨夜"条,云:

> "晨",诸本多作"辰"。

考《四部丛刊三编》本《诗集传》正作"不能辰夜"。

《协韵考异》于《唐》下《蟋蟀》诗列"其外"条，云：

> 吴氏《补音》"坠"作"队"。

考《四部丛刊三编》本《诗集传》"其外"下正作"叶五队反"。

《协韵考异》于《小雅》下《蓼萧》诗列"燕岂"条，云：

> 有"开改反"三字。

又列"寿岂"条，云：

> 无"开改反"三字。

考《四部丛刊三编》本《诗集传》"燕岂"下无"开改反"，"寿岂"下有之。

《协韵考异》于《小雅》下列"《菁菁者莪》"条，云：

> 旧以为比，今改为兴。又下三章四"比"字皆失改。

考《四部丛刊三编》本《诗集传》均已改作"兴"。

《协韵考异》于《小雅》下《正月》诗列"或曰"条，云：

> 以下五十五字皆无。

于《雨无正》诗列"或曰"条，云：

> 《正月》注文削去"或曰"一段。此"或曰亦"字，乃因前篇而为之，恐当削。

考《四部丛刊三编》本《诗集传》，《正月》诗中无"或曰"的内容，而《雨无正》诗则于第二章下云"或曰：疑此亦东迁后诗也"。

根据上面的例子可以看出，《四部丛刊三编》本《诗集传》与陈埴所见《诗集传》属于同一版本，并且按照陈埴之考异进行了部分修订。台湾有一部蓝格旧钞本《诗集传》,为二十卷,附《诗序辨说》一卷,共十二册,半叶九行,行二十二字,其中有《诗传童子问协韵考异》一篇,下题"南康胡泳伯量传,门人辅广辑录",内容与《诗童子问》卷末所附一致。① 如果此旧钞本不误,则《协韵考异》实为胡泳所传,陈振孙云"今江西所刻晚年本,得于南康胡泳伯量",那么很可能陈埴与胡泳曾据赵崇宪所刻江西本《诗集传》校正过旧本《诗集传》,而《四部丛刊三编》本《诗集传》则是据胡泳所传之《协韵考异》改订过的本子。

《四部丛刊三编》本《诗集传》有刻工黄垫、蔡友、蔡明、蔡仁、马良、郑恭、吴炎、王烨、游熙、何彬、贾直、周嵩、张元彧、贾端仁、刘霁等人。吕艺在《清及近代传世〈诗集传〉宋刊本概述》一文中,据日本人长泽规矩也《宋元刊本刻工名表初稿》指出,黄垫曾刻过淳熙本《史记》,王烨、吴炎、马良三人又刻过宝祐六年(1258)本《通鉴纪事本末》。且此本《诗集传》"鞡"字缺笔,避宁宗赵扩讳,当为宁宗时或其后所刻。吕艺又指出,此本刻工活动于湖州、杭州一带,字体为欧体,版式为左右双边、白口、单鱼尾,具有南宋浙本的普遍特点,应当是刊于宁宗以后至理宗宝祐六年之前(即1195年至1258年之间)的浙江刻本。② 结合上文的分析,吕艺所云当不误。

吕艺在《清及近代传世〈诗集传〉宋刊本概述》一文中将传世宋刊《诗集传》分为两个系统。

第一个系统即半页七行、行十五字版本系统。其中包括陆心源皕宋楼藏本(自卷一二《小雅·蓼莪》第三章朱注"则无所恃"至卷一七卒篇《大雅·板》亡佚,后钞补配齐),此本历经袁廷梼、

---

① 吴按:此钞本为本人硕士导师、北京大学中文系的吴鸥教授赴台湾讲学时所见,并将其行款、格式等内容抄录给我。在此向吴鸥老师致以谢意,希望以后能有机会亲自目验此钞本。
② 参见吕艺《清及近代传世〈诗集传〉宋刊本概述》,《文献》第22辑,书目文献出版社,1984年12月。

陈鳣、汪芑国收藏，后归陆心源，光绪三十三年（1907），陆心源之子陆树藩将陆氏藏书卖与日本岩崎氏，藏于静嘉堂文库，《四部丛刊三编》本即据以影印。此系统还有吴骞藏本（仅存八卷，至《豳风》止，《小雅》以下缺），后归钱塘丁氏，现藏南京图书馆。还有国图藏宋刻明印本（足本二十卷，缩微胶卷），此本原藏北平图书馆，后流至美国国会图书馆，现藏台北"中央图书馆"，国图之缩微胶卷，是20世纪五十年代王重民从美国拍回。还有文学古籍刊行社影印本，① 以及北京大学图书馆藏本（仅存卷一四第七至十一页，卷一五第三至十一页，卷一六第十六、十七页，卷一七第一页）、王文进《文禄堂访书记》所著之"宋刻临安本"、罗振常《善本书所见录》著录之十一卷宋刊本、《上海图书馆善本目录》著录之宋刊残本、国图蝶装本。②

在这一系统的宋刊本中，王文进《文禄堂访书记》所录值得我们注意，王文进云：

> 《诗集传》二十卷
>
> 宋朱熹撰。宋临安刻本。存卷四至八、卷十四至十七。半叶七行，行十五字，注双行。白口。板心上记大小字数，下记刊工姓名。张仪、何彬、蔡明、蔡仁、蔡友。宋讳避至"慎"字。③

此本显然与《四部丛刊三编》本不同。检《四部丛刊三编》本《诗集传》卷四至卷八，刻工有"游熙、吴炎、王烨、黄埜、郑恭"等人，而王氏皆未提及。又卷五《齐风·载驱》中有"鞹"字缺笔，避讳已至宁宗，而王氏仅云避孝宗（名"眘"）讳。如果王文进的

---

① 吕艺认为此本为伪宋本，包丽虹则在其博士论文《朱熹〈诗集传〉文献学研究》中认为是据《四部丛刊三编》本再次影印。
② 国图蝶装本，此据包丽虹博士论文《朱熹〈诗集传〉文献学研究》中所录之，包氏文中云此本与缪荃孙《清学部图书馆善本书目》所录相符，后佚失。
③ 王文进著，柳向春校《文禄堂访书记》卷一，上海古籍出版社，2007，第13页。

记录不误，则王氏所见本当刻于宋孝宗时，其所据以刊刻的本子应当是淳熙十四年或十六年左右之《诗集传》刻本。

第二个系统即半页八行，行十七字系统。仅存瞿镛铁琴铜剑楼本。此本存第十六卷"文王之什"（内残一页），现藏国家图书馆。包丽虹在博士论文《朱熹〈诗集传〉文献学研究》中将此本与国会本（国图有缩微胶卷，其内容与《四部丛刊三编》本同）就注音和注文内容进行了对比。包氏指出，国会本对瞿氏本有补充和纠正。① 显然，瞿氏本早于国会本。瞿镛《恬裕斋藏书记》中云此本"虽当时麻沙本，犹胜后来"。② 吕艺据瞿氏本刻工黄彦曾参与刊刻广东漕司宝庆元年（1226）之《新刊校定集注杜诗》之事推断，瞿氏本大概也刻于宝庆前后。既然瞿氏本刻工黄彦曾至广东，似乎瞿镛云此本为"麻沙本"亦不为误（本人不曾目验，实属揣测）。

综上所述，朱熹废《序》之《诗集传》见于宋人记载的共有"建安本（即"旧版"）"、"江西本（即"豫章本"）"、"长沙本"、"后山本"以及"富川郡学本"等五个本子。传世者则分半叶七行行十五字与半叶八行行十七字两个系统。前者中王文进所见之宋残本或以"建安本"为祖本，而以《四部丛刊三编》本为代表的其他本子或是在"江西本"的基础上加以校正而成。后者之瞿氏宋残本有可能是以"建安本"或"后山本"为其祖本。

最后特别需要说明的是，由于条件所限，本人对于传世宋本的讨论均来自吕艺、包丽虹以及清人目录的记载与分析，并未目验，其中失实之处在所难免，唯望日后重新整理此段内容，还祈方家见谅。

---

① 参见包丽虹《朱熹〈诗集传〉文献学研究》，第29~30页。
② 此据包丽虹博士论文所引转引，见《朱熹〈诗集传〉文献学研究》，第30页。包氏以为瞿氏本实为赵希弁、陈振孙所谓之"江西本"，而瞿镛误认此本为"麻沙本"。

第五节 《诗序辨说》与《诗传纲领》成书时间简述

束景南于《朱熹年谱长编》卷下淳熙十三年（1186）十月下云"《诗集传》成，作《诗序辨说》附后，刻版于建安"。① 其说大致不误。朱熹于《诗序辨说序》中说：

> 愚之病此久矣，然犹以其所从来也远，其间容或真有传授证验而不可废者，故既颇采以附《传》中，而复并为一编以还其旧，因以论其得失云。

朱熹废《序》之《诗集传》写成于淳熙十三年（参见表1-3.10），刻版于淳熙十四年（参见表1-3.11），《诗序辨说》当已附于其后。绍熙元年（1190），朱熹在写给吴必大的信中就说："《诗传》中有音未备者，有训未备者，有以经统传，舛其次者。此类皆失之不详，今当添入。然印本已定，不容增减矣。不免别作《补脱》一卷，附之《辨说》之后，此间亦无精力办得，只烦伯丰为编集。"（参见表1-3.14），这正可证明《诗序辨说》于淳熙末即已随《诗集传》刊刻。

庆元四年（1198）朱熹在《答潘子善》书（参见表1-3.19）中对潘氏所提《麟之趾序》和《江有汜序》下无注的提问回答说"当补"，检今传《诗序辨说》于此二《序》下均有注。② 可见今传之《诗序辨说》乃是庆元四年以后更订之本，或本附于"后山本"《诗集传》末。

今传本《诗序辨说》体现了朱熹晚年的《诗经》学思想。当然，其中不免有与今传本《诗集传》相出入之处，这大概是因为后

---

① 束景南著《朱熹年谱长编》卷下，第851页。
② 朱熹于《江有汜序》下注与潘氏所云不合，估计是朱熹另有考虑所致。

人仅着力于更订《诗集传》而不及《诗序辨说》所致。

关于《诗传纲领》的成书时间，朱杰人在《〈诗传纲领〉研究》一文中已经有过详细讨论。其实最直接的系时标准就是朱熹《答吴伯丰》书三中吴必大所引《大序》及《传》的内容（参见表1－4.5），是书作于绍熙元年（1190），其中所引《传》的内容与今传《诗传纲领》相合，足证《诗传纲领》是在绍熙元年之前与《诗集传》同时刊刻印行的。《朱子语类》中提及《诗传纲领》的有三条：

> 或问《诗》六义，注"三经、三纬"之说。曰："'三经'是赋、比、兴，是做诗底骨子，无诗不有。才无，则不成诗。盖不是赋便是比，不是比便是兴。如风、雅、颂，却是里面横串底，都有赋、比、兴，故谓之'三纬'"。（焘）

> 问："《诗传》说六义，以'托物兴辞'为兴，与旧说不同。"曰："觉旧说费力，失本指。如兴体不一，或借眼前物事说将起，或别自将一物说起，大抵只是将三四句引起……"（贺孙）①

> 问时举："看文字如何？"曰："《诗传》今日方看得《纲领》。要之，紧要是要识得六义头面分明，则《诗》亦无难看者。"曰："读《诗》全在讽咏得熟，则六义将自分明，须使篇篇有个下落，始得……"（时举）②

第一条所谓"三经三纬"，仅见于《诗传纲领》，此条为吕焘己未（1199）所闻。第二条所谓"托物兴辞"亦仅见于《诗传纲领》和《楚辞集注》，此条为叶贺孙辛亥（1191）以后所闻。第三条潘时举则直接举出《纲领》之名，为癸丑（1193）以后所闻。三条语

---

① 此二条见（宋）黎靖德编，王星贤点校《朱子语类》卷八〇，第2070页。
② （宋）黎靖德编，王星贤点校《朱子语类》卷八〇，第2088页。

录记录的时间均在绍熙元年之后，并且叶贺孙直接称《诗传纲领》的内容为《诗传》，潘时举亦将《诗传纲领》看作《诗传》的内容之一，加之《答吴伯丰》书中吴必大亦称之为《传》。可见，《诗传纲领》本身就是《诗集传》的一部分，它与《诗集传》是共同刊刻流传的。

作为《诗集传》的内容之一，随着朱熹《诗经》学思想从遵《序》到废《序》的转变，《诗传纲领》也经历了一个漫长的修订过程。吕祖谦在《吕氏家塾读诗记》卷二所引《大序》内容下，引用了朱熹的一些观点，这些观点与今传本《诗传纲领》仅有个别字句上的变化。如吕氏于"声成文谓之音"下引朱熹曰："声不止于言，凡嗟叹永歌皆是。声成文，谓其清浊高下疾徐疏数之节相应而和也"，吕氏于"主文而谲谏"下引朱熹曰："主于文词而托之以谏，虽优游不迫而感人实深"。这些内容都与今传本《诗传纲领》相合。而根据《朱子语类》中所记载的朱熹对《大序》的看法，大概在1186年之后朱熹对《大序》的态度转向批评为主，尤其是指出其中"止乎礼义"一句与"国史明乎得失之迹"一句均不可信（参见本论文第二章第二节讨论《大序》的部分）。因此，今传本《诗传纲领》的部分内容显然在淳熙四年（1177）朱熹序定遵《序》本《诗集传》时就已经完成，到淳熙十四年后，经过修订，与废《序》本《诗集传》再次共同刊刻印行。可以说，《诗传纲领》就是《诗集传》的一部分。虽然《四部丛刊三编》本《诗集传》不知为何没有附录《诗传纲领》，但是元代以羽翼朱《传》为主的各种《诗经》学著作均将《诗传纲领》录于书首，这亦可证明《诗传纲领》与《诗集传》实在是不可分割的整体。

朱杰人根据上引《朱子语类》第二条的内容，认为所谓的"旧说"乃指《诗集传》中所云"兴者，先言他物以引起所咏之词也"，故而认为《诗传纲领》对于《诗集传》的说法有所更订，乃作成于《诗集传》之后。本人认为朱杰人的看法并不准确，此处所谓"旧说"，应该指淳熙四年时朱熹对于"兴"的解释，见于吕祖谦《吕氏家塾读诗记》卷一《纲领·六义》下所引："因所见闻，或托物起兴而以事继其声，《关雎》、《樛木》之类是也。然有两例，兴有取所兴为义者，则以上句形容下句之情思，下句指言上句之事实。有全不取其义者，则但取一二字而已。要之，上句常虚，下句常实则同也。"朱熹"觉旧说费力，失本指"，乃是就《诗传纲领》本身的内容而言，《诗传纲领》与《诗集传》一同经历了一个修订过程，二者始终是结合在一起的。

第二章
朱熹之"废《序》说"

"废《序》说"是朱熹《诗经》学思想的中心内容,也是其"淫诗说"、"六义说"以及对诗篇本文理解的思想基础。在形式上,朱熹的"废《序》"表现为淳熙十三年(1186)改定后的《诗集传》不载《诗序》,并作成《诗序辨说》集中对《诗序》作出批评;绍熙元年(1190),朱熹于漳州刊刻《诗经》,将《诗序》从本文中撤去单独成编。朱熹"废《序》说"的形成有一个从"曲护"到"辨破"直至"废去"《诗序》的演变过程,关于这一过程详见第一章中的讨论。在这一章中,将集中分析其"废《序》"思想的学术背景和具体内涵。

众所周知,《诗经》流传到汉代出现了所谓的"四家诗",即鲁人申培所传之《鲁诗》,齐人辕固所传之《齐诗》,燕人韩婴所传之《韩诗》以及毛公所传之《毛诗》。[1] 前三家诗属于今文经学,《毛

---

[1] 汉代经、传分行,《汉书》卷三〇《艺文志》中有"《诗经》二十八卷,鲁、齐、韩三家",以及"《毛诗》二十九卷",又有"《鲁故》二十五卷"、"《鲁说》二十八卷"、"《齐后氏故》二十卷"、"《韩故》三十六卷"、"《毛诗故训传》三十卷",等等。〔(汉)班固撰,(唐)颜师古注,中华书局,1962,第1707~1708页〕后来经、传逐渐合而为一,《隋书》卷三二《经籍志一》中有"《韩诗》二十二卷"即"汉常山太傅韩婴"所著,"薛氏章句";"《毛诗》二十卷"即"汉河间太傅毛苌传,郑氏笺。"〔(唐)魏徵等撰,中华书局,1973,第916页〕四家诗所据《诗经》文本略有异同。本文所云"四家诗"者,均合经传言之。

诗》属于古文经学。四家诗均有《诗序》。但是自从郑玄为《毛诗》作《笺》，而"三家遂废"（陆德明语），《隋书·经籍志》中云："《齐诗》魏代已亡，《鲁诗》亡于西晋，《韩诗》虽存，无传之者"，① 北宋以后，《韩诗》也亡佚了，流传下来的《韩诗外传》乃"杂引古事古语，证以诗词，与经义不相比附"。② 因此，汉以后学者所传习的《诗经》文本实惟《毛诗》而已。所谓《诗序》，也仅指《毛诗序》而言，即传世《毛诗》中每篇诗前面的序言。

《诗序》有大小之分。宋以前，以"《关雎》，后妃之德也"至"用之邦国焉"为"《关雎》序"，也即"《小序》"；自"风，风也"至"是《关雎》之义也"为"《大序》"。③ 宋以后，以朱熹为代表，多认为自"诗者，志之所之也"至"是谓'四始'，诗之至也"为"《大序》"，其余为"《小序》"。④ 本文除引用原文以及特殊注明外一律采用朱熹的分法。

《诗大序》旨在说明诗之起源、功用以及《诗经》"风、雅、颂"之所由分，《小序》则论说具体诗篇的作者、作义及其时代背景。《诗序》体现出用儒家政教思想解读《诗经》的强烈意图。东汉郑玄作《毛诗传笺》，为《诗序》作注。唐初孔颖达作《毛诗正义》，也对《诗序》进行疏解发挥。皮锡瑞在《经学历史》中说："永徽四年，颁孔颖达《五经正义》于天下，每年明经依此考试。自唐至宋，明经取士，皆遵此本"，"自《正义》、《定本》颁之国胄，用以取士，天下奉为圭臬。唐至宋初数百年，士子皆谨守官书，莫敢异议矣"。⑤ 孔氏之《毛诗正义》据《诗序》说诗，则《诗序》

---

① （唐）魏徵等撰《隋书》卷三二《经籍志一》，第918页。
② （清）永瑢等撰《四库全书总目》卷一六《经部·诗类二·韩诗外传》，中华书局，1965，第136页。
③ （唐）陆德明撰，黄焯断句《经典释文》卷五《毛诗音义上》，中华书局，1983，第53页。
④ 参见朱熹《诗序辨说》所分《大序》，《朱子全书》第1册，第354页；（宋）黎靖德编，王星贤点校《朱子语类》卷八〇所记，第2071页。
⑤ （清）皮锡瑞著，周予同注释《经学历史》第七章《经学统一时代》，中华书局，1959，第198、207页。

自唐至北宋初已成为理解《诗经》的最权威的依据。

北宋庆历以后,疑辨之风渐起,这其中也包括对于《诗序》的质疑。王应麟在《困学纪闻》卷八中引陆游语云:"唐及国初,学者不敢议孔安国、郑康成,况圣人乎?自庆历后,诸儒发明经旨,非前人所及,然排《系辞》,毁《周礼》,疑《孟子》,讥《书》之《胤征》、《顾命》,黜《诗》之《序》,不难于议经,况传注乎?"① 阎若璩注指出所谓"黜《诗》之《序》者"为晁说之。晁说之,字以道,因慕司马光之为人而号景迂,元丰五年(1082)进士,建炎三年(1129)卒。晁说之有《诗序论》四篇,谓《诗序》晚出,既非作诗者自作,亦非子夏所作,乃毛公、卫宏等后儒润益而成,他还指出《诗序》多有"骈蔓不纯"、"骈蔓自戾"等不合义理之处,无益于解诗,不应据信,并说"今之说者反因此以诬商周之君子,何异以王莽论周公哉"。② 其实,在晁说之之前,欧阳修在《诗本义》中,苏辙在《诗集传》中已经对《诗序》进行了驳正,二人的影响更为显著,也对朱熹《诗经》学思想的形成有着极大的促进作用。到南宋时,郑樵力攻《诗序》,他的观点直接为朱熹所继承。而朱熹的"废《序》"思想集前人之大成,自成体系,影响深远,四库馆臣说"数百年朋党之争,兹其发端",甚至称其为"说经之家第一争讼之端"。③ 朱熹之"废《序》说"以及与之相辅相成的其他《诗经》学思想,真正动摇了以《毛传》、《郑笺》、《孔疏》为代表的汉唐《诗经》学的权威地位,并极大地推动了《诗经》学的进一步发展,是经学史上一次极富意义的变革。

---

① (宋)王应麟著,(清)翁元圻等注,栾保群、田松青、吕宗力校点《困学纪闻》卷八《经说》,上海古籍出版社,2008,第1095页。又,孙钦善据《宋史·儒林传》中所记北宋初学者如王昭素、孙复、周尧卿等人的疑辨观点指出陆游"唐及国初,学者不敢议孔安国、郑康成,况圣人乎"一句"不尽符史实",参见其所著《中国古文献学史》,中华书局,1994,第486~487页。
② 晁说之《景迂生集》卷一一,文渊阁《四库全书》本。
③ (清)永瑢等撰《四库全书总目》卷一五《经部·诗类一·诗序》下提要,第119页。

第一节 "废《序》说"的学术背景

尽管孔颖达的《毛诗正义》以官方身份确立了《诗序》的权威地位，但是却并没能解决《诗序》究竟为谁所作的问题，而这实际上就成为以朱熹为代表的宋代"废《序》"派学者颠覆汉唐《诗经》学思想的最重要的突破口。

郑玄作《诗谱》，认为"《大序》是子夏作，《小序》是子夏、毛公合作。卜商意有不尽，毛更足成之。"郑玄此意不见于今传《诗谱》中，此乃《经典释文》中引沈重所叙郑玄《诗谱》意。① 郑玄在《南陔》、《白华》、《华黍》三诗之序的笺语中还说："此三篇者……遭战国及秦之世而亡之，其义则与众篇之义合编，故存。至毛公为《诂训传》，乃分众篇之义各置于其篇端"。② 郑玄指出《诗序》成于毛公之前，原本合编，至毛公作《传》始被分冠各篇之首。这一观点后来为朱熹所驳正，详见下文。

三国时，魏人王肃为《诗经》学大家，其论诗以申毛驳郑为主。他在为《孔子家语》所作的注中说："子夏所序诗意，今之《毛诗序》是也。"③ 是则王肃认为《诗序》为子夏所作。

三国时，吴人陆玑撰《毛诗草木鸟兽虫鱼疏》，书后附有《毛诗》的传授源流：

> 孔子删诗授卜商，商为之《序》……九江谢曼卿亦善《毛诗》，乃为其训。东海卫宏从曼卿受学，因作《毛诗序》，得

---

① 参见（唐）陆德明撰，黄焯断句《经典释文·毛诗音义上》"之德也"下，第53页。又见（清）阮元校刻《十三经注疏·毛诗正义》《诗序》"关雎，后妃之德也"下，中华书局，1980，第269页。
② （清）阮元校刻《十三经注疏·毛诗正义》，第418页。
③ （三国魏）王肃注《孔子家语》卷九"七十二弟子解""卜商，卫人，字子夏，少孔子四十四岁，习于《诗》，能通其义"句下注，文渊阁《四库全书》本。

《风》、《雅》之旨,世祖以为议郎。济南徐巡师事宏,亦以儒显。①

此处先说子夏作《序》,后又说卫宏作《序》,不知其究竟属意于谁。《经典释文》中也保存了两种《毛诗》的传授源流,其第二种记载与陆玑书后所叙师承顺序皆同(且不提陆玑之名仅云"一云"和"或云"),唯独缺少卫宏及其弟子徐巡,② 而卫宏和徐巡之事则见于《后汉书·卫宏传》。③

南朝宋范晔在所撰《后汉书》的《儒林传》中云:

> 卫宏,字敬仲,东海人也……初,九江谢曼卿善《毛诗》,乃为其训。宏从曼卿受学,因作《毛诗序》,善得《风》、《雅》之旨,于今传于世。后从大司空杜林更受《古文尚书》,为作《训旨》。时济南徐巡师事宏,后从林受学,亦以儒显,由是古学大兴。光武以为议郎。④

《后汉书·卫宏传》的说法为朱熹所采纳。

南朝梁萧统编辑《文选》收入了《关雎》诗前整篇《序》文,题为《毛诗序》,署名为"卜子夏"。萧统也认为《诗序》为子夏所作。

陆德明《经典释文》中既引沈重所叙郑玄《诗谱》意,谓《大

---

① (三国吴)陆玑撰《毛诗草木鸟兽虫鱼疏》卷下《毛诗》条,文渊阁《四库全书》本。
② 参见(唐)陆德明撰,黄焯断句《经典释文》卷一《注解传述人》下有关《诗经》的部分,第10页。
③ 陆玑《毛诗草木鸟兽虫鱼疏》乃后世重新纂辑而成,后人以为书后所附"四家诗源流"乃"割裂正史《儒林传》及《释文序录》为之,不知出何人手。"(参见(宋)王应麟著,(清)翁元圻等注,栾保群、田松青、吕宗力校点《困学纪闻》卷三"《序录》:'子夏传曾申……'"条下翁元圻按语,第315页)考陆玑书所叙《毛诗》授受源流,与《经典释文序录》和《后汉书·卫宏传》所叙前后相合;所云小毛公名见于《后汉书·儒林传》,大毛公名实始见于唐初类书《初学记》。然则《毛诗草木鸟兽虫鱼疏》后所附毛诗授受源流及大小毛公姓名,虽为唐以前旧说,但恐非陆玑原书所有。
④ (宋)范晔撰,(唐)李贤等注《后汉书》卷七九《儒林传》,中华书局,1965,第2575页。

序》是子夏作，《小序》是子夏、毛公合作。又引"或云"："《小序》是东海卫敬仲所作"。则两存其说。但是陆德明接着又说："今谓此《序》止是《关雎》之序，总论诗之纲领，无大小之异"，① 他认为《诗序》无分大小，且又在"白华、华黍"下注云："子夏序《诗》，篇义合编，故诗虽亡而义犹在也，毛氏《训传》各引《序》冠其篇首，故《序》存而诗亡"，② 这样看来，陆德明在《郑笺》的基础上加以发挥，认定《诗序》仅为子夏所作。

《隋书·经籍志》中说："先儒相承，谓之《毛诗》。《序》，子夏所创，毛公及敬仲又加润益。"这种观点显然是综合之前众说而成。③

孔颖达作《毛诗正义》，尽管将《经典释文》所引沈重说和"或云"都采入书中，但是其本身的观点与陆德明一致，都认为《诗序》为子夏所作。他在郑玄《诗谱序》"故孔子录懿王、夷王时诗，讫于陈灵公淫乱之事，谓之变《风》、变《雅》"句下云："据今者及亡诗六篇，凡有三百一十一篇，皆子夏为之作《序》。"④

然而，《周颂·丝衣》的序说："绎宾尸也。高子曰：'灵星之尸也。'""高子"与孟子同时，后于子夏，这就与子夏作《诗序》的观点产生了矛盾，孔颖达对此解释说：

> 子夏作《序》，则唯此一句而已（吴按：指"绎宾尸也"一句）。后世有高子者，别论他事云"灵星之尸"……后人……引高子之言以证"宾尸"之事。子夏说受圣旨，不须引

---

① （唐）陆德明撰，黄焯断句《经典释文·毛诗音义上》"之德也"下，第53页。
② （唐）陆德明撰，黄焯断句《经典释文·毛诗音义中》"白华华黍"下，第76页。
③ 参见（唐）魏徵等撰《隋书》卷三二《经籍志一》，第918页。吴按：商务印书馆1958年缩印百衲本二十四史之《隋书》用元大德刻本，作"先儒相承，谓《毛诗序》子夏所创，毛公及敬仲又加润益"，行文更为通畅，后人所引亦多与此本内容相符。此处引文则据中华书局本《隋书》。至于版本是非，容日后讨论。
④ （清）阮元校刻《十三经注疏·毛诗正义》《诗谱序》，第263页。

人为证。毛公分《序》篇端，于时已有此语。必是子夏之后，毛公之前有人著之。史传无文，不知谁著之。故《郑志》答张逸云："高子之言，非毛公后人著之"。止言"非毛公后人"，亦不知前人为谁也。以郑言"非毛公后人著之"，不云《诗序》本有此文，则知郑意不以此为子夏之言也。郑知"非毛公后人著之者"，郑玄去毛公未为久远，此书有所传授，故知毛时有之。若是后人著之，则郑宜除去。答之以此，明已不去之意，以毛公之时已有此言故也。①

孔颖达承认《丝衣序》中，只有"绎宾尸也"一句是子夏所作，后面"高子"之言乃是后人引入。他又根据《郑志》，认定所谓的"后人"是子夏之后、毛公之前的人，这样就避免了毛公或者卫宏造作、增益《诗序》的说法。孔颖达所说的"子夏作《序》，则唯此一句而已"的话，只是就《丝衣序》而言，这只是一个特例，孔颖达并没有因此而怀疑其他的《诗序》。

《唐会要》中记载，永徽四年（653）《五经正义》修改完毕，唐高宗下诏"颁于天下，每年明经，依此考试。"尽管之后对于《周易》、《尚书》、《礼记》、《左传》等俱有争论，唯《毛诗》独无。② 可见《毛诗正义》在当时地位最为稳固，孔颖达所主张的子夏作《诗序》的观点必然已经深入人心。唐人成伯玙在《毛诗指说》中就说："今学者以《诗》大小序皆子夏所作"，③ 当时的学术倾向于此可见。即颇有辨伪精神的柳宗元也认为："卜子夏为《诗序》，使后世知《风》、《雅》之道。"④

就现有资料来看，终唐一代，唯有韩愈和成伯玙对子夏序

---

① （清）阮元校刻《十三经注疏·毛诗正义·丝衣序》下疏，第603页。
② 参见（宋）王溥撰《唐会要》卷七七《论经义》条，文渊阁《四库全书》本。
③ （清）朱彝尊撰，林庆彰等主编《经义考新校》卷九九《卜子诗序》下所引，上海古籍出版社，2010，第1843页。
④ （唐）柳宗元撰《柳河东集》卷二四《法华寺西亭夜饮赋诗序》，文渊阁《四库全书》本。

《诗》提出了质疑。宋人李樗曾经引用韩愈所作《诗之序议》中的话说：

> 《诗》之《序》，明作之所以云。其辞不讳君上，显暴丑乱之迹、帷箔之私，不是六经之志，若人云哉？察夫《诗序》，其汉之学者欲自显立其《传》，因藉之子夏，故其序大国详、小国略，斯可见矣。①

晁说之在《景迂生集》中也引用韩愈的话说：

> 子夏不序《诗》之道有三焉。不智，一也。暴中冓之私，《春秋》所不明、不道，二也。诸侯犹世，不敢以云，三也。②

韩愈认为《诗序》不是子夏所作，而是汉人托名子夏而作。同时他还指出《诗序》"其辞不讳君上，显暴丑乱之迹、帷箔之私，不是六经之志"，"暴中冓之私，《春秋》所不明、不道"，这表明其对《诗序》的内容也不能认同了。前人提出《诗序》为子夏作，子夏、毛公合作，卫宏作等种种观点，其目的在于保留传闻史实和建构学术观点，并不涉及对《诗序》内容的判定；而韩愈对《诗序》作者的质疑，却与对《诗序》内容的质疑息息相关，这是表现于《诗序》上的"疑辨"思潮的真正发端。韩愈的观点更是直接影响到南宋"废《序》派"的重要学者郑樵。郑樵说："诸《风》皆有指当代之某君者，惟《魏》、《桧》二风无一篇指言某君者，以此二国，《史记》世家、年表、书传不见有所说，故二风无指言也。若《序》是春秋前人作，岂得无所一言？"③ 这显然是从韩愈"其序大国详、小国略"的观点引发出来的。

成伯玙则在其《毛诗指说》中说：

---

① （宋）李樗、黄櫄著《毛诗李黄集解》卷一《周南关雎诂训传第一》下李樗集解。
② （宋）晁说之《景迂生集》卷一一《诗之序论二》。
③ （宋）郑樵著，顾颉刚辑点《诗辨妄》，朴社，1933，第3页。

第二章 朱熹之"废《序》说"

今学者以《诗》大小《序》皆子夏所作,未能无惑。如《关雎》之序,首尾相接,冠束二《南》,故昭明太子亦云《大序》是子夏全制,编入文什。其余众篇之《小序》,子夏惟裁初句耳,至"也"字而止。《葛覃》,后妃之本也。《鸿雁》,美宣王也。如此之类是也。其下皆是大毛公自以诗中之意而系其辞也。后人见序下有注,又曰东海卫宏所作。事虽两存,未为允当。当是郑玄于毛公传下即得称笺,于毛公序末,略而为注耳。毛公作传之日,汉兴已亡其六篇。但据亡篇之《小序》,惟有一句,毛既不见诗体,无由得措其辞也。又"高子"是战国时人,在子夏之后,当子夏之世,祭皆有尸,"灵星之尸",子夏无为取引。一句之下,多是毛公,非子夏明矣。①

成伯玙认为《关雎》之前的序(吴按:即包括我们所谓的《大序》和《关雎》序)为子夏所作,各诗之前的《小序》,首句为子夏作,后面续申之辞为大毛公(毛亨)所作。成伯玙并没有像韩愈一样对《诗序》的内容提出批评,其观点的意义在于指出《诗序》中文体之异,并明确将首句与续句区分为两个不同时代的作品。而这可以说是苏辙《诗集传》中只保留《诗序》首句做法的先声。此外,成伯玙还提出,《诗序》并非卫宏所作,前人之所以有这种看法是因为误将郑玄为《诗序》所作的注当作了卫宏所作。成氏此说不知是否真有版本依据,但是无论如何,他对卫宏作《诗序》的记载提出了一种新的解释,亦可备一说。②

---

① 此据(清)朱彝尊撰,林庆彰等主编《经义考新校》卷九九《卜子诗序》下所引,第1843页。而文渊阁《四库全书》本《毛诗指说·解说第二》"序者,绪也"下原文则作"今学者以为《大序》皆是子夏所作,未能无惑,如《关雎》……",成氏并不怀疑《大序》为子夏作,若如《四库全书》本则其文前后躇驳,故从朱氏所引。
② 吴按:自从朱熹相信《后汉书·儒林传》中的记载,主张卫宏作《诗序》以后,学者从其说者甚夥,甚至现代史学家如顾颉刚等亦持此论。然而,张西堂在《诗经六论》中引宋人以及清人说备论卫宏不曾作《诗序》。本人以为张氏所论较合事实,参见张西堂著《诗经六论》,商务印书馆,1957,第131~133页。

进入宋代以后，疑辨之风大起。杨新勋根据叶国良《宋人疑经改经便检表》作成《宋儒疑经便检表》。① 据杨氏表，两宋疑经者共有 165 人，其中北宋 52 人，南宋 113 人。仅就《诗经》来说，在朱熹之前对《诗经》提出过质疑的就有 27 人。而这一统计所反映的还只是两宋疑经的大概情况，未能计算入内的估计尚有不少。比如，《宋史·儒林传二》中就记载周尧卿"长于毛、郑《诗》及《左氏春秋》。其学《诗》，以孔子所谓'诗三百，一言以蔽之曰，思无邪'、孟子所谓'说诗者，以意逆志，是为得之'考经指归而见毛、郑之得失，曰：'毛之《传》欲简，或寡于义理，非一言以蔽之也。郑之《笺》欲详，或远于性情，非以意逆志也。是可以无去取乎？'"② 周尧卿质疑《毛传》、《郑笺》，以义理、性情解《诗》，著有《诗说》三十卷，惜其书不传。周氏卒于庆历五年（1045），年长于欧阳修 12 岁，可以说是北宋疑《诗》之先驱了。又如，《宋史·艺文志一》的《诗经》类中还载有"周轼《笺传辨误》八卷"、"丘铸《周诗集解》二十卷"。③ 二书均列于欧阳修《诗本义》之前，则其成书必先于《诗本义》。二书虽久已失传，但是周轼之书从题名即可见为辨疑之作。而丘铸之书，郑樵谓其"只取《序》中第一句以为子夏作，后句则削之"，④ 则其删《诗序》的举动更在苏辙之前。

在传世文献中，时代最早、影响最大的疑辨《诗经》的著作无疑就是欧阳修的《诗本义》。《四库提要》云："自唐以来，说《诗》者莫敢议毛、郑。虽老师宿儒，亦谨守《小序》。至宋而新义日增，

---

① 参见杨新勋著《宋代疑经研究》附录一，中华书局，2007。
② （元）脱脱等撰《宋史》卷四三二《儒林传二》，中华书局，1977，第 12847 页。
③ （元）脱脱等撰《宋史》卷二〇二《艺文志一》，第 5045 页。朱彝尊《经义考》卷一〇四中也载有二书。朱彝尊指出周轼之书《绍兴书目》作"周式"，其书为二十卷。周式，大中祥符年间为岳麓书院山长，见张栻《南轩集》卷一〇《潭州重修岳麓书院记》。
④ （宋）郑樵撰，王树民点校《通志二十略·艺文略第一》《周诗集解》下郑注，中华书局，1995，第 1463 页。

旧说几废。推原所始，实发于修。"① 朱彝尊在《经义考》中亦引南宋楼钥的话说："由汉以至本朝，千余年间，号为通经者，不过经述毛、郑，莫详于孔颖达之《疏》，不敢以一语违忤。二家自不相侔者，皆曲为说以通之。韩文公，大儒也。其上书所引《菁菁者莪》，犹规规然守其说。惟欧阳公《本义》之作，始有以开百世之惑。曾不轻议二家之短长，而能指其不然，以深持诗人之意。其后王文公、苏文定公、伊川程先生，各著其说，更相发明，愈益昭著，其实自欧阳氏发之。"②

欧阳修的《诗本义》意在辨毛、郑之失而求诗之本义，也即其所谓"予欲志郑学之妄，益毛氏疏略而不至者，合之于经。"③ 其书中有《序问》一篇，集中阐述了他对于《诗序》的认识。欧阳修首先明确指出《诗序》非子夏所作。但是他又说"自汉以来，学者多矣。其卒舍三家而从毛公者，盖以其源流所自，得圣人之旨多欤？今考《毛诗》诸序，与孟子说诗多合，故吾于《诗》常以《序》为证也。至其时有小失，随而正之。惟《周南》、《召南》，失者类多，吾固已论之矣。学者可以察焉。"④ 然则，欧阳修对于《诗序》还是以尊重为主，倾向于以《序》证诗，他对于《诗序》的主要质疑集中在二《南》中，其他诗篇的序有"小失"的则随时纠正。

以《序》证诗者，如欧阳修在对《召南·草虫》的本义说解中云："盖由毛、郑不以《序》意求诗义，既失其本，故枝辞衍说，文义散离，而与《序》意不合也"，在《王风·兔爰》下则云："郑氏于诗其失非一。或不取《序》文，致乖诗义；或远弃诗义，专泥《序》文；或《序》与诗皆所无者，时时自为之说"，这都是批评毛、郑的解释不合《诗序》之意，其对 114 篇诗所作的本义说解中，

---

① （清）永瑢等撰《四库全书总目》卷一五《经部·诗类一·毛诗本义》下提要，第 121 页。
② （清）朱彝尊撰，林庆彰等主编《经义考新校》卷一○四《欧阳氏毛诗本义》下，第 1944 页。
③ （宋）欧阳修撰《诗本义》卷一五《诗解统序》。
④ （宋）欧阳修撰《诗本义》卷一四《序问》。

"据《序》"而言者甚多,此不备举。

随正《诗序》小失者,如《周南·螽斯》之《序》作"后妃子孙众多也。言若螽斯不妒忌,则子孙众多也",而欧阳修认为"《序》文颠倒,遂使毛、郑从而解之失也","据《序》宜言'不妒忌,则子孙众多如螽斯也'"。他还认为《郑风》中,《有女同车》和《山有扶苏》二诗之《序》互倒;认为《小雅·节南山》非"家父"所作,《大雅·崧高》和《大雅·烝民》亦非"尹吉甫"所作;此外,欧阳修还对《小雅·伐木》、《小雅·雨无正》、《小雅·鼓钟》等诗之《序》表示怀疑而阙其解。

欧阳修对于二《南》的批评,主要是反对《诗大序》(以及郑玄《诗谱》)将《周南》看作王者之风而系于周公,将《召南》看作诸侯之风而系于召公的做法。欧阳修认为二《南》实为周衰之作,乃追述文王之德以刺当时之政。① 如他在对《周南·关雎》的本义说解中云:"《关雎》乐而不淫,其思古以刺今,而言不迫切,故曰哀而不伤";于《周南·卷耳》则云:"诗人述后妃此意以为言,以见周南君后皆贤,其宫中相语者如是而已,非有私谒之言也。盖疾时之不然。"另外,欧阳修还批评《诗序》以《周南·麟之趾》和《召南·驺虞》分别为《周南·关雎》和《召南·鹊巢》之应的"怪妄"之说。他在对《麟之趾》的本义说解中说:

> 然至于二《南》,其序多失。而《麟趾》、《驺虞》,所失尤甚,特不可以为信。疑此二篇之《序》,为讲师以己说汩之,不然安得缪论之如此也?据诗直以国君有公子如麟有趾尔,更无他义也。若《序》言"关雎之应",乃是关雎化行,天下太平,

---

① 参见(宋)欧阳修撰《诗本义》卷一四《时世论》。吴按:文渊阁《四库全书》本《诗本义》卷一五为《诗解》,其中有《二南为正风解》一篇,论二《南》作于文王时,于商而言为变风,于周而言为正风,非周衰之诗。《诗解》为欧阳修早年之作,故其说与《诗本义》其他内容多有矛盾。应以《时世论》和其对具体诗篇的本义说解为据。参见洪湛侯《诗经学史》论欧阳修的部分。

有瑞麟出而为应，不惟怪妄不经，且与诗意不类……此篇《序》既全乖，不可引据，但直考诗文自可见其意。①

欧阳修认为《麟之趾》只是用麟为比喻，并非真有祥瑞相应之事。不信符瑞是欧阳修的一贯态度，晁公武说他："平日不信符命，尝著书以《周易》、《河图》、《洛书》为妖妄。今又以《生民》、《玄鸟》之诗为怪说。苏子瞻曰：'帝王之兴，其受命之符，卓然见于《诗》、《书》者多矣。《河图》、《洛书》，《玄鸟》、《生民》之诗，岂可谓诬也哉？恨学者推之太详，流入谶纬。而后之君子亦矫枉过正，举从而废之，以为王莽、公孙述之流缘此作乱。使汉不失德，莽、述何自起？而归罪三代受命之符，亦过矣。'"②朱熹也说："自欧公不信祥瑞，故后人才见说祥瑞皆辟之。若如后世所谓祥瑞，固多伪妄。然岂可因后世之伪妄，而并真实者皆以为无乎？'凤鸟不至，河不出图'，孔子之言不成亦以为非？"③苏轼、朱熹虽然不信后代之谶纬祥瑞，但是对上古传说中的祥瑞则信而不疑，并批评欧阳修的过分怀疑。以我们今天的观点来看，自当以欧阳修为是。

虽然欧阳修的《诗本义》主张以《序》证诗，其对《诗序》的具体而直接的批评大概只有十余条。但实际上，欧阳修在探求《诗经》本义的时候，经常涉及对《诗序》如何理解的问题。他认为毛、郑由于误解《诗序》而造成了对诗歌本身的曲解，这一方面揭示出《诗序》与毛、郑之间的矛盾，另一方面也不自觉地对《诗序》进行了新的诠释，对于冲破传统《诗经》学的束缚有着极为重要的意义。欧阳修对《诗经》的很多理解对朱熹造成了巨大的影响。我们在上一章中已经讨论过朱熹对欧阳修《本末论》的推崇。除此以外，欧阳修将《邶风·静女》解为"述卫

---

① （宋）欧阳修撰《诗本义》卷一《麟之趾》。
② （宋）晁公武撰，孙猛校证《郡斋读书志校证》卷二，第66页。欧阳修对《大雅·生民》、《商颂·玄鸟》中所在帝王降生的神奇事迹的批驳见其《诗本义》卷一〇《生民》的本义说解。
③ （宋）黎靖德编，王星贤点校《朱子语类》卷八一《生民》下，第2129页。

风俗，男女淫奔之诗尔"实为朱熹之"淫诗说"导夫先路，他将《周颂·昊天有成命》和《周颂·噫嘻》之"成王"解作周成王，指二诗乃康王以后之作，又将《周颂·执竞》之"成康"解作周成王和周康王，定其为昭王以后之诗，这些都直接为朱熹所采纳。① 欧阳修的这些观点虽然都没有明确反对《诗序》，甚至是"据《序》"而得出的结论，但实际上其独立思考的精神已经超出了《诗序》的范畴，在朱熹的《诗经》学体系中就转变成为"废《序》"的重要依据。

北宋另一位重要的疑辨《诗经》的学者就是苏辙。苏辙在所作《诗集传》中说：

> 孔子之叙书也，举其所为作书之故。其赞《易》也，发其可以推易之端，未尝详言之也。非不能详，以为详之则隘。是以常举其略，以待学者自推之。故其言曰："仁者见之谓之仁，智者见之谓之智"。夫唯不详，故学者有以推而自得之。今《毛诗》之叙何其详之甚也？世传以为出于子夏，予窃疑之。子夏尝言诗于仲尼，仲尼称之，故后世之为《诗》者附之。要之，岂必子夏为之，其亦出于孔子或弟子之知诗者欤？然其诚出于孔氏也，则不若是详矣。孔子删诗而取三百五篇，今其亡者六焉，诗之叙未尝详也。诗之亡者，经师不得见矣，虽欲详之而无由。其存者，将以解之，故从而附益之，以自信其说。是以其言时有反复烦重，类非一人之词者。凡此皆毛氏之学，而卫宏之所集录也。东汉《儒林传》曰："卫宏从谢曼卿受学，作《毛诗叙》，善得《风》、《雅》之旨。至今传于世"。隋《经籍志》曰："先儒相承，谓《毛诗叙》子夏所创，毛公及卫敬仲又加润益。"古说本如此，故予存其一言而已，曰是诗言是事也，

---

① 吴按：欧阳修对《诗经》所作的本义说解和《一义解》亦多为朱熹所采用，参见洪湛侯《诗经学史》，第311页。

而尽去其余。独采其可者，见于今《传》。其尤不可者，皆明著其失，以为此孔氏之旧也。①

苏辙认为《诗序》的本来面目是以简易为特点的，是孔子及其弟子所传。但是后世的《诗序》"有反复烦重，类非一人之词者"，乃是"毛氏之学，而卫宏之所集录也。"因此，他在自己的《诗集传》中，仅保留了《诗序》的首句，"而尽去其余"，认为这样才符合《诗序》的本貌。② 后人对于苏辙，往往忽略了其对于《诗序》的本质认识以及其力图恢复"孔氏之旧"的努力，而这正是苏辙勇于删去《诗序》续申之辞的理论基础。

尽管唐人成伯玙已经提出《小序》的首句为子夏作，下面为毛公所系之辞，但是成氏并没有将这一观点落实到真正的解诗实践中。而上面所提到的"只取《序》中第一句以为子夏作，后句则削之"的丘铸的《周诗集解》则早已失传，几乎无人知晓。而苏辙删定《诗序》的做法却对后世造成了很大的影响，四库馆臣说："自辙创矣。厥后王得臣、程大昌、李樗皆以辙说为祖。"③ 因此，如果说欧阳修是宋代疑《诗》的先驱，那么苏辙就是宋代废《序》的先驱。朱熹对于二人都相当推崇，并将苏辙大量的观点直接引用在他自己所作的《诗集传》中。

稍后于欧阳修与苏辙，质疑《诗序》而有较大影响的就是晁说

---

① （宋）苏辙撰《诗集传》卷一"《关雎》，后妃之德也"下注，文渊阁《四库全书》本。
② 吴按：苏辙在实际操作中往往又将所删去的部分作为注解标示在其删定的《诗序》下。尽管有时候是为了批评所删部分的不合理。但是，如《卫风·河广》原序作"宋襄公母归于卫，思而不止，故作是诗也。"苏辙删为"宋襄公母作也"，又在下注云："宋桓公之夫人、卫文公之妹也，生襄公而出，思之而义不得往，故作此诗以自解。"又如《王风·丘中有麻》原序作"思贤也。庄王不明，贤人放逐，国人思之而作是诗也。"苏辙删为"思贤也"，又注云："《毛诗》之序曰：庄王之诗也。"这实际上是承认了其所删部分仍然有可以信据的地方。苏辙并非彻底摒弃《诗序》的续申之辞。
③ （清）永瑢等撰《四库全书总目》卷一五《经部·诗类一·诗集传》提要，第121页。

之。其大致的观点已经在上文介绍,此不赘言。如果陆游所说"黜《诗》之《序》"者确如阎若璩所注为晁说之,则其观点之影响已及南宋。两宋之交的员兴宗作《辩言》一书,于中亦曾引晁说之《诗序论》中语。① 则晁氏有关《诗序》之说似乎确有较大影响。晁说之为朱熹叔祖朱弁的老师,晁氏还妻以兄女。② 朱熹文集中屡次言及晁氏,然而却于其对《诗经》的观点只字不提,不知究为何故。

进入南宋,郑樵对于《诗经》的质疑直接影响了朱熹。郑樵(1104-1162),字渔仲,自称溪西遗民,学者称夹漈先生,兴化军莆田(今属福建)人。他博览群书,识见过人,是南宋初期的重要学者,其治学范围极广,涉及经学、礼乐之学、文字之学、天文地理之学、虫鱼草木之学、方书之学、图谱之学、目录之学等。郑樵一生著书约五十八部,五百九十余卷,可惜大部分都已佚失,流传至今的唯有《通志》二百卷,《尔雅注》三卷,《夹漈遗稿》三卷,以及顾颉刚所辑《诗辨妄》残本和吴怀祺校补之《郑樵文集》。③

郑樵的《诗经》学思想主要集中在《原切广论》、《诗传》与《诗辨妄》三书中。顾颉刚在所辑《诗辨妄》附录四的案语中说:"读虞集《序》,知《诗传》终宋之世未刊,元斡玉伦徒始取刻之。《诗辨妄》一书或从未一刊,其写本仅为周孚、朱熹数人所见,故惟有此数人者得举其文,其他皆依声学舌而已"。④ 要之,《诗辨妄》流传有限,宋末或元代已佚,《诗传》元后亦亡。而《原切广论》

---

① 参见(宋)员兴宗撰《辩言》中辩"《毛诗序》为毛公之词。《郑志》、诸儒例皆称之。《诗谱》曰:'《诗总序》子夏之所作也"一段,文渊阁《四库全书》本。
② 参见(清)黄宗羲原著,全祖望补修,陈金生、梁运华点校《宋元学案》卷二二《景迂学案》中"景迂门人"下朱弁传,第898页。
③ 此外还有《六经奥论》六卷,旧题为郑樵所撰。然据今人考订,此书实为后人纂辑,多有窜易增删,难以据信。因此本文不予采用。关于《六经奥论》的问题可参看顾颉刚于所辑《诗辨妄》附录中选录《六经奥论》之案语,以及杨新勋《宋代疑经研究》一书所附录的《〈六经奥论〉作者与成书考》一文。郑樵著述的统计数字来自于《福建兴化县志》所载之《郑樵传》,见吴怀祺校补《郑樵文集》,书目文献出版社,1992,第81页。
④ (宋)郑樵著,顾颉刚辑点《诗辨妄》,第101页。

仅见于郑樵《寄方礼部书》中，郑樵说"作《原切广论》三百二十篇，以辨《诗序》之妄"。但是在后文中，他又说："谨内上……《辨诗序妄》一策，百二十七篇。余书或著而未成，或成而未写……"，① 并不见有《原切广论》。看来《辨诗序妄》即《原切广论》的缩编本，而《原切广论》全本则早已佚失。② 顾颉刚从周孚的《非诗辨妄》以及他人著作中辑出《诗辨妄》的零章短简，虽然十不存一，但是参考郑樵的《通志》以及其他相关材料，亦可略窥郑氏《诗经》学之一斑。本文所谓《诗辨妄》云者，皆指顾氏辑本。

郑樵的《诗经》学思想主要是强调《诗经》的乐歌本质以及反对《诗序》，二者相辅相成。其实历代学者大多都不否认《诗经》为乐歌，但是他们在理解《诗经》文本的时候往往忽视其音乐性质而专求义理，特别是经学中的汉学一派，过分夸大《诗经》的政教风化功能，附会儒家的历史、政治、伦理思想，造成对《诗经》本义的曲解。而郑樵却强调："《诗》主在乐章，而不在文义"。③ 他还说：

> 乐以诗为本，诗以声为用。风土之音曰"风"；朝廷之音曰"雅"；宗庙之音曰"颂"。仲尼编《诗》，为正乐也。以《风》、《雅》、《颂》之歌为燕享祭祀之乐……④
>
> 古之达礼三：一曰燕，二曰享，三曰祀……古之达乐三：一曰风，二曰雅，三曰颂……礼乐相须以为用：礼非乐不行，乐非礼不举。自后夔以来，乐以诗为本，诗以声为用，八音六律为之羽翼耳。仲尼编《诗》，为燕、享、祀之时用以歌，而非用以说义也。古之诗，今之辞曲也。若不能歌之，但能诵其文

---

① 吴怀祺校补《郑樵文集》，第 28 页。
② 顾颉刚有《郑樵著述考》一文可参考，《国学季刊》第 1 卷第 1 号，北京大学出版部，1923。
③ 吴怀祺校补《郑樵文集·寄方礼部书》，第 29 页。
④ （宋）郑樵撰，王树民点校《通志二十略·通志总序》，总序第 7 页。

而说其义，可乎？不幸腐儒之说起，齐、鲁、韩、毛四家各为序训而以说相高，汉朝又立之学官，以义理相授，遂使声歌之音湮没无闻。①

郑樵指出，诗为本，乐为用，而诗乐又是为了行礼。孔子编辑《诗经》，目的在于正乐，从而恢复礼乐制度。《诗经》是儒家理想的礼乐制度中的一环，并非是用来说教义理的工具；而汉儒用义理说《诗》造成了诗乐的消亡，同时也使《诗经》用非所用，失去了其本来意义。因此，郑樵说："乱先王之典籍，而纷乱其说，使后学不知大道之本，自汉儒始"，②"学者所以不识《诗》者，以大小《序》与毛、郑为之蔽障也"，③只有破除这些屏障，恢复《诗经》"以声为用"的本质，才是真正继承了孔子的精神。

故而，郑樵"作《原切广论》三百二十篇，以辨《诗序》之妄。然后人知自毛、郑以来，所传《诗》者皆是录传"，④又云"作《诗辨妄》六卷，可以见其（吴按：指《毛传》、《郑笺》）得失"。⑤这是郑樵破除《诗序》与毛、郑旧说的努力。然而，诗乐既亡，旧说又不足为信，剩下的《诗经》文本又该如何理解呢？于是，郑樵作《诗传》二十卷。此书今已不传。据郑樵自己所说，"释《诗》者于一篇之义不得无总叙，故樵《诗传》亦有叙焉"，⑥则其《诗传》亦有序有传。郑樵还说：

> 臣之序《诗》，专为声歌，欲以明仲尼之正乐。臣之释《诗》，深究鸟兽草木之名，欲以明仲尼教小子之意……夫诗之本在声，而声之本在兴；鸟兽草木乃发兴之本。汉儒之言《诗》

---

① （宋）郑樵撰，王树民点校《通志二十略·乐略第一·乐府总序》，第883页。
② （宋）郑樵著，顾颉刚辑点《诗辨妄》，第13页。
③ 吴怀祺校补《郑樵文集·寄方礼部书》，第29页。
④ 吴怀祺校补《郑樵文集·寄方礼部书》，第29页。
⑤ （宋）郑樵撰，王树民点校《通志二十略·艺文略第一》"诗故训类"末郑注，第1463页。
⑥ （宋）郑樵著，顾颉刚辑点《诗辨妄》，第2页。

者，既不论声，又不知兴，故鸟兽草木之学废矣。①

可见，郑樵之《诗传》，序的部分在于通过揭示诗篇的"兴"义来彰显其乐歌性质。郑樵曾说："《芣苢》之作，兴'采之'也，如后人之采菱则为采菱之诗，采藕则为采藕之诗，以述一时所采之兴尔，何它义哉？"② 郑樵反对《诗序》以《芣苢》为"妇人乐有子"之诗，认为这就是采芣苢之诗而已。这种将"兴"看作是诗人一时见闻有感于心者发而成声的观点，以我们现在来看，确实是相当符合《诗经》中某些民歌的本质的。这远比汉儒牵强附会的解释要可信的多。虽然由于文献的缺失，我们无法了解郑樵的完整观点，但是就此而言，恐怕朱熹对于"兴"的理解多少都受到郑樵的影响。在郑樵《诗传》中，传的部分则如其所说，主要是考究鸟兽草木之名而为认识"兴"提供依据。郑樵认为，孔子编辑《诗经》有两个意图，一个就是前面所说的正乐，另一个就是《论语·阳货》中所记载的"小子何莫学夫《诗》？《诗》，可以兴，可以观，可以群，可以怨。迩之事父，远之事君；多识于鸟兽草木之名。"因此，对于郑樵来说，阐明"兴"义则可以"明仲尼之正乐"，而注明鸟兽草木之名则可以"明仲尼教小子之意"，这样就真正达到了孔子对《诗经》的要求，恢复了《诗经》的本来意义。可见，对于儒家思想传统的重新诠释与建构是郑樵（也包括欧阳修、苏辙、朱熹等人）疑辨思想产生的真正动力。朱彝尊的《经义考》中引用朱德润和虞集为《诗传》所作的两篇序言。通过朱、虞二人序中所云，亦可证郑樵《诗传》的特点确实是以声歌说诗，并特重名物训诂的。③

---

① （宋）郑樵撰，王树民点校《通志二十略·昆虫草木略第一·序》，第1980页。
② （宋）郑樵著，顾颉刚辑点《诗辨妄》，第4页。
③ 参见（清）朱彝尊撰，林庆彰等主编《经义考新校》卷一○六《郑氏诗传》、《诗辨妄》下，第1973~1976页。

显然，郑樵的《诗经》学思想有着极强的内在逻辑并且自成系统，章学诚说郑樵有"独断之学"，① 信不诬也。

郑樵对《诗序》的意见，概括说来是"以为《大序》不出于子夏，《小序》不出于毛公，盖卫宏所为而康成之为说如此"。② 其原因在于，"设如有子夏所传之《序》，因何齐、鲁间先出，学者却不传，返出于赵也？《序》既晚出于赵，于何处而传此学？"郑樵对于毛、郑基本上是持批评态度的，而于郑玄尤甚。他说："汉人尚三家而不取毛氏者，往往非不取其义也，但以妄诞之故，故为时人所鄙"，"郑所以不如毛者，以其书生家，太泥于三《礼》、刑名、度数。"郑樵以为《诗序》为卫宏、郑玄之辈所为，他既不满汉儒"乱先王之典籍而纷乱其说，使后学不知大道之本"，又鄙薄郑玄之学术，故有所谓《诗序》为"村野妄人所作"之语。③

郑樵既反对《诗序》，其所作《诗传》又自为之序，故他将《诗序》从每篇诗前撤下，集合在一起附于经后。朱熹说："旧曾有一老儒郑渔仲，更不信《小序》，只依古本与叠在后面。某今亦只如此，令人虚心看正文，久之其义自见。"④ 朱熹作《诗集传》不载《诗序》，在漳州刊《诗经》亦将《诗序》驱于经末，显然都是受到郑樵的影响。

虽然朱熹对于郑樵的某些具体说法并不认同。但是，在思路和理论上，郑樵都极大的启发了朱熹。《朱子语类》中曾六次引用郑樵有关于《诗序》的观点，这其中包括了认为《郑风·将仲子》为淫诗，"风、雅"为乐歌之不同体制，《诗序》附会史传、妄生美刺，以及《诗序》为村野妄人所作和将《诗序》附

---

① （清）章学诚著，叶瑛校注《文史通义校注》卷五《答客问中》，中华书局，1985，第478页。
② （清）朱彝尊撰，林庆彰等主编《经义考新校》卷一〇六《郑氏诗传》、《诗辨妄》下所引虞集序，第1975页。
③ "村野妄人所作"乃朱熹引郑樵语，见（宋）黎靖德编，王星贤点校《朱子语类》卷八〇，第2076页。其余郑樵语，均见《诗辨妄》。
④ （宋）黎靖德编，王星贤点校《朱子语类》卷八〇，第2068页。

于经后。郑樵的这些观点对朱熹的"废《序》说"、"淫诗说"以及"六义说"等《诗经》学思想的建立都起到不同程度的促进作用。

南宋初期,除郑樵力攻《诗序》外,还有王质(1127 – 1188)作《诗总闻》删除《诗序》以说诗。但是其书成于朱熹《诗集传》之后,瞿镛《铁琴铜剑楼藏书目》卷三于王质《诗总闻》下云:"雪山(吴按:王质号)登第后于朱子十二年,其著此书,当亦在朱子后。观《鲁颂·閟宫》、《商颂》'苞有三蘖'皆引朱子之说可见"。[①] 因此,对于王质就不再赘述。

第二节 "废《序》说"的具体内涵

朱熹之"废《序》说"是在欧阳修、苏辙以及郑樵等人思辨成果的基础上经过长期思考、反复探索而形成的。除了文集和《朱子语类》中所记载的批评《诗序》的言论外,其主要成果就是《诗传纲领》、《诗序辨说》与《诗集传》。下面,我们就结合这些材料,对朱熹的"废《序》说"进行讨论。

(一)朱熹对《诗序》作者的认识

朱熹在《诗序辨说》的序言中说:

> 《诗序》之作,说者不同。或以为孔子,或以为子夏,或以为国史,皆无明文可考。唯《后汉书·儒林传》以为卫宏作《毛诗序》,今传于世,则《序》乃宏作明矣。
>
> 然郑氏又以为诸《序》本自合为一编,毛公始分以置诸篇之首,则是毛公之前,其传已久,宏特增广而润色之耳。故近世诸儒多以《序》之首句为毛公所分,而其下推说云云者,为后人所益,

---

[①] 瞿镛《铁琴铜剑楼藏书目》卷三,《续修四库全书》第926册,据光绪瞿氏家塾刻本影印。

理或有之。

但今考其首句，则已有不得诗人之本意而肆为妄说者矣，况沿袭云云之误哉？然计其初，犹必自谓出于臆度之私，非经本文，故且自为一编，别附经后。又以尚有齐、鲁、韩氏之说并传于世，故读者亦有以知其出于后人之手，不尽信也。及至毛公引以入经，乃不缀篇后，而超冠篇端；不为注文，而直作经字；不为疑辞，而遂为决辞。其后三家之传又绝，而毛说孤行，则其抵牾之迹无复可见。故此《序》者遂若诗人先所命题，而诗文反为因《序》以作。于是读者转相尊信，无敢拟议。至于有所不通，则必为之委曲迁就，穿凿而附合之。宁使经之本文缭戾破碎，不成文理，而终不忍明以《小序》为出于汉儒也。

愚之病此久矣，然犹以其所从来也远，其间容或真有传授证验而不可废者，故既颇采以附《传》中，而复并为一编以还其旧，因以论其得失云。①

朱熹在序言中详细讨论了《诗序》的来历，并作出相当激烈的批评，然而其结论却并不十分明确。他先是根据《后汉书·儒林传》的记载，指出《诗序》为卫宏所作。接着，他又根据郑玄为《南陔》、《白华》、《华黍》三诗序所作的笺，认为各《诗序》的首句作于毛公之前，由毛公分冠诸诗之首，而首句之后的"推说"之辞则是卫宏等后人附加上去的。这似乎与苏辙的观点比较接近，不同之处在于，朱熹认为即使是《诗序》首句也同样出于"臆度之私"，不值得保留。朱熹还指出，毛公引《序》入经，冠于篇端，后来三家诗亡，后人无从比较借鉴才导致了以《诗序》为经文的认识，其实《诗序》实是出于汉儒。总之，朱熹认为《诗序》乃是卫宏所作，但是却并没有排除有毛公以前汉人所作的可能。

《诗序辨说》大约是淳熙十三年（1186）左右完成的，附于朱

---

① （宋）朱熹撰，朱杰人、严佐之、刘永翔主编《朱子全书》第 1 册，第 353 页。

熹废《序》之《诗集传》中。但是此后朱熹对于《诗集传》一直没有停止修改，其对《诗序》的思考也逐步加深与成熟。绍熙元年（1190），朱熹于漳州刊刻《易》、《书》、《诗》、《春秋》四经，他在《书临漳所刊四经后·诗》中写道：

> 郑康成说《南陔》等篇遭秦而亡，其义则与众篇之义合编，故存。至毛公为《诂训传》，乃分众篇之义，各置于其篇端。愚按，郑氏谓三篇之义本与众篇之义合编者，是也。然遂以为诗与义皆出于先秦，诗亡而义犹存，至毛公乃分众义各置篇端，则失之矣。后汉《卫宏传》明言宏作《毛诗序》，则《序》岂得为与《经》并出而分于毛公之手哉？然《序》之本不冠于篇端，则因郑氏此说而可见。熹尝病今之读诗者，知有《序》而不知有诗也，故因其说而更定此本，以复于其初，犹惧览者之惑也，又备论于其后云。绍熙庚戌冬十月壬辰，新安朱熹识。①

朱熹此时的意见已经相当明确，他放弃了《诗序辨说序》中《诗序》有可能作于毛公之前的观点，而完全采用了《后汉书·儒林传》中的说法，认定《诗序》为卫宏所作。

《朱子语类》卷八〇中记载了朱熹有关《诗序》作者的一系列说法，按照记录年代从早到晚的顺序排列如下：

> 某由此见得《小序》大故是后世陋儒所作。〔余大雅戊戌（1178）以后所闻〕②

> 因论《诗》，历言《小序》大无义理，皆是后人杜撰，先后增益凑合而成。多就《诗》中采摭言语，更不能发明诗之大旨……《大序》却好，或者谓补凑而成，亦有此理。〔周谟己亥（1179）以后所闻〕③

---

① （宋）朱熹撰《晦庵集》卷八二，文渊阁《四库全书》本。
② （宋）黎靖德编，王星贤点校《朱子语类》卷八〇，第 2078 页。
③ （宋）黎靖德编，王星贤点校《朱子语类》卷八〇，第 2075 页。

《诗序》，东汉《儒林传》分明说道是卫宏作。后来经意不明，都是被他坏了。某又看得亦不是卫宏一手作，多是两三手合成一序，愈说愈疏。〔邵浩丙午（1186）所闻〕①

《诗大序》只是后人作，其间有病句。〔李方子戊申（1188）以后所闻〕②

《诗序》多是后人妄意推想诗人之美刺，非古人之所作也……看来《诗序》当时只是个山东学究等人做，不是个老师宿儒之言，故所言都无一事是当。〔黄卓所录，其师事朱熹最早亦在绍熙二年（1191）〕③

虽然记录时间并不能当作绝对的时间标准，而且《语录》也不能等同于朱熹本身的著作，但是我们依然可以借助它略窥朱熹思想的大致演进轨迹。在作《诗序辨说》之前，朱熹认为《小序》是后世陋儒杜撰，而对于《大序》却认为有可能是"补凑而成"，也即《大序》中有前人旧说存在的可能。与作《诗序辨说》同时，朱熹又指出《诗序》出自卫宏乃至卫宏以后的多人之手。这些观点都与《诗序辨说序》接近。但是此后，对于《大序》朱熹从关注其是转而关注其非，认为《大序》"只是后人作"，《诗序》并非"老师宿儒"之言，而这些又都与《书临漳所刊四经后·诗》中否认《诗序》有毛公之前旧说的观点接近。

因此，我认为，朱熹对于《诗序》作者的比较确定的观点应该是：《诗序》为卫宏所作，并有卫宏以后人增益的内容。

（二）朱熹对《诗大序》的态度

尽管朱熹经常笼统地说"《诗序》实不足信"，"《诗序》多是后

---

① （宋）黎靖德编，王星贤点校《朱子语类》卷八〇，第 2074 页。吴按：邵浩应为郭浩之误，参见陈荣捷著《朱子门人》，华东师范大学出版社，2007，第 140 页。
② （宋）黎靖德编，王星贤点校《朱子语类》卷八〇，第 2072 页。
③ （宋）黎靖德编，王星贤点校《朱子语类》卷八〇，第 2077 页。吴按：黄卓师从朱熹的时间根据陈荣捷《朱子门人》中的讨论，参见该书第 177 页。

人妄意推想诗人之美刺,非古人之所作也"。① 但实际上,朱熹对于《大序》和《小序》的看法似乎又有所不同。自从朱熹持废《序》说以来,对于《小序》以批评为主,而对于《大序》却是既有批评又有肯定。

我同样先将《朱子语类》卷八〇和卷八一中所记载的朱熹有关《诗大序》的话按照记录时间从早到晚的顺序排列如下:

《小序》,汉儒所作,有可信处绝少。《大序》好处多,然亦有不满人意处。〔金去伪乙未(1175)所闻〕②

因论《诗》,历言《小序》大无义理,皆是后人杜撰,先后增益凑合而成。多就《诗》中采摭言语,更不能发明诗之大旨……《大序》却好,或者谓补凑而成,亦有此理。〔周谟己亥(1179)以后所闻〕③

盖所谓《序》者,类多世儒之误,不解诗人本意处甚多。且如"止乎礼义",果能止礼义否?《桑中》之诗,礼义在何处?〔余大雅戊戌(1178)以后所闻〕④

问"止乎礼义"。曰:"如变《风》《柏舟》等诗,谓之'止乎礼义'可也。《桑中》诸篇曰'止乎礼义'则不可。盖大纲有'止乎礼义'者。"〔黄𫍯戊申(1188)所闻〕⑤

《诗大序》只是后人作,其间有病句。〔李方子戊申(1188)以后所闻〕⑥

《诗大序》只有"六义"之说是,而程先生不知如何,又

---

① (宋)黎靖德编,王星贤点校《朱子语类》卷八〇,第2076、2077页。
② (宋)黎靖德编,王星贤点校《朱子语类》卷八〇,第2067页。
③ (宋)黎靖德编,王星贤点校《朱子语类》卷八〇,第2075页。
④ (宋)黎靖德编,王星贤点校《朱子语类》卷八〇,第2068页。吴按:此段话之前朱熹还说:"旧曾有一老儒郑渔仲更不信《小序》,只依古本与迭在后面。某今亦只如此",则此当为《诗序辨说》成书之后所云,其时间应该为淳熙十三年(1186)左右,故列于此。
⑤ (宋)黎靖德编,王星贤点校《朱子语类》卷八〇,第2072页。
⑥ (宋)黎靖德编,王星贤点校《朱子语类》卷八〇,第2072页。

却说从别处去。〔杨道夫己酉（1189）以后所闻〕①

"止乎礼义"，如《泉水》、《载驰》固止乎礼义，如《桑中》有甚礼义？《大序》只是拣好底说，亦未尽。〔陈淳庚戌（1190）己未（1199）所闻〕②

《大序》亦有未尽，如"发乎情、止乎礼义"，又只是说正诗，变《风》何尝止乎礼义？〔吴振所录，据陈荣捷考证其师事朱熹大概在1191年以后〕③

《诗》才说得密，便说他不着。"国史明乎得失之迹"这一句也有病。《周礼》、《礼记》中，史并不掌诗，《左传》说自分晓。以此见得《大序》亦未必是圣人做，《小序》更不须说。〔舒高甲寅（1194）所闻〕④

通过上面的材料可以看出，朱熹在1179年之前虽然也认为《大序》"亦有不满人意处"，但是他依然承认其中"好处多"。而1186年之后朱熹则以批评《大序》为主，他确定《大序》"只是后人作"，指出其中"止乎礼义"一句与"国史明乎得失之迹"一句均有问题，甚至说"《诗大序》只有'六义'之说是"。虽然《语录》所记不免有片面的地方，但是我以为朱熹对于《大序》的态度经历了一个从认为其瑕不掩瑜到瑜不掩瑕的转变过程，这大概是符合事实的。

在《诗传纲领》中，朱熹对《大序》进行了详细的注解与分析。我在上文讨论《诗传纲领》的成书时已经指出，其中对《大序》的解说多来自朱熹淳熙四年（1177）序定《诗集传》时的旧说，但是对《大序》"止乎礼义"与"国史明乎得失之迹"两句的分析则是修改后的新说，特别是后者，大概是朱熹晚年的发现，它

---

① （宋）黎靖德编，王星贤点校《朱子语类》卷八〇，第2072页。
② （宋）黎靖德编，王星贤点校《朱子语类》卷八〇，第2072页。
③ （宋）黎靖德编，王星贤点校《朱子语类》卷八〇，第2072页。吴按：吴振师事朱熹的时间参见其陈荣捷著《朱子门人》，第61页。
④ （宋）黎靖德编，王星贤点校《朱子语类》卷八〇，第2072页。

们反映了朱熹废《序》思想确立后的观点。

《大序》云："故变《风》发乎情，止乎礼义。发乎情，民之性也；止乎礼义，先王之泽也。"朱熹于此下注云："情者，性之动，而礼义者，性之德也。动而不失其德，则以先王之泽入人者深，至是而犹有不忘者也。然此言亦其大概有如此者，其放逸而不止乎礼义者，固已多矣。"①

朱熹指出"止乎礼义"一句并不全面，《诗经》中多有不止乎礼义者。《朱子语类》中对此句批评亦最多，并多举《桑中》为言，这显然是为"淫诗说"张目。

《大序》云："国史明乎得失之迹，伤人伦之废，哀刑政之苛，吟咏情性，以风其上，达于事变，而怀其旧俗者也。"朱熹于此下注云："诗之作，或出于公卿大夫，或出于匹夫匹妇，盖非一人，而《序》以为专出于国史，则误矣。说者欲盖其失，乃云国史紬绎诗人之情性而歌咏之，以风其上，则不唯文理不通，而考之《周礼》，大史之属掌书而不掌诗，其诵诗以谏，乃太师之属，瞽矇之职也。故《春秋传》曰：'史为书，瞽为诗'。说者之云，两失之矣。"②

这实际上是针对程颐的观点所作的反驳。程颐曾说："《诗小序》便是当时国史作……如《大序》，则非圣人不能作"，③ "得失之迹，刺美之义，则国史明之矣。史氏得诗，必载其事，然后其义可知，今《小序》之首是也，其下则说《诗》者之辞也"。④ 程颐信《大序》"国史明乎得失之迹"一句，因此将《小序》首句看作国史所作而将《大序》看做是孔子所作。朱熹则根据文献考证，证明国史本不掌诗，既非作诗者，亦非序诗者。《大序》中出现这样违背史实的硬伤，则其作者自然不是孔子只能是"后人"了；同时《小

---

① （宋）朱熹撰，朱杰人、严佐之、刘永翔主编《朱子全书》第 1 册，第 345 页。
② （宋）朱熹撰，朱杰人、严佐之、刘永翔主编《朱子全书》第 1 册，第 345 页。
③ （宋）程颢、程颐著，王孝鱼点校《二程集》卷一九《河南程氏遗书》"伊川先生语五"，中华书局，2004，第 256 页。
④ （宋）程颢、程颐著，王孝鱼点校《二程集》卷三《河南程氏经说·诗解》，第 1047 页。

《序》的作者绝非国史，则其可信程度亦自不待言。朱熹通过对"国史"一句的批驳，廓清了对《诗序》作者的疑虑，巩固了"废《序》说"的基础。

此外，朱熹对《大序》"至于王道衰，礼义废，政教失，国异政，家殊俗，而变《风》变《雅》作矣"一句也有怀疑，他说："然正变之说，经无明文可考，今姑从之，其可疑者，则具于本篇云"。① 朱熹的这一看法早在其"废《序》说"确立以前就已经产生，② 可见对正变之说以及《诗经》时世的怀疑是朱熹贯彻始终的观点。

朱熹对《大序》的批评与质疑主要就集中在这三段话上，而《大序》的其他内容，朱熹则没有表示异议。特别是他对于"六义"的提法极为推崇，许之为"三百篇之纲领管辖"，并对其做了大量发挥。③ 朱熹之所以将《大序》置于《诗传纲领》之首，恐怕也与此有很大的关系。

莫砺锋曾经指出，朱熹对于《大序》的驳斥，其内容都与《小序》和对具体作品的解说有关，并非反对《大序》的基本理论。④ 我认为，莫氏的看法基本上是不错的，但是并不全面。朱熹对《大序》所述诗与志与情与音乐的关系以及对"六义"的提法都是相当认同的。他对于"止乎礼义"一句的批评植根于对"淫诗"的认定，对变《风》、变《雅》的怀疑则来自于对《小序》所系时世的异议，作为概括性的综述，《大序》中这两段话只有偏与全之差并无是与非之别。然而，朱熹对"国史明乎得失之迹"的辩驳却涉及《大序》本身认识上的错误，这直接影响到对《大序》作者及其内

---

① （宋）朱熹撰，朱杰人、严佐之、刘永翔主编《朱子全书》第 1 册，第 344 页。
② 严粲《诗缉》与段昌武《毛诗集解》中就引用了这一观点，二书所引为朱熹淳熙四年用《诗序》解诗时《诗集传》中的观点，参见（宋）朱熹撰，朱杰人、严佐之、刘永翔主编《朱子全书》第 26 册所载束景南辑《诗集解》，第 114 页。
③ 参见（宋）朱熹撰，朱杰人、严佐之、刘永翔主编《朱子全书》第 1 册，第 344 页。可参考本文之第四章"朱熹之'六义'说"。
④ 参见莫砺锋《朱熹文学研究》，第 212 页。

容可信度的判断。

因此我认为朱熹对《大序》的最终态度在本质上与《小序》并无不同，他强调的是《诗序》为卫宏及其后人所为并且存在很多问题与谬误，绝不能与经文等量齐观，从而破除学者对于《诗序》的迷信与盲从，最大限度地获得《诗经》的本义。这就是朱熹在废《序》的《诗集传》以及漳州所刊《诗经》中将《诗序》撤出《诗经》本文而单独成编的原因。然而，由于《大序》是一篇理论综述文献，很少涉及对具体诗篇的解说，其理论又为朱熹所认同，故而在形式上朱熹对于《大序》的肯定反而多于批评。

（三）朱熹对《小序》的态度

《朱子语类》中所记载的朱熹对于《小序》的评价，基本上都是比较激烈的批评。此等言语数量极多，略举数例如下：

> 《小序》，汉儒所作，有可信处绝少。[1]
> 《诗小序》全不可信。[2]
> 因论《诗》。历言《小序》大无义理，皆是后人杜撰先后增益凑合而成。多就诗中采摭言语，更不能发明诗之大旨。[3]
> 学者当兴于《诗》，须先去了《小序》，只将本文熟读玩味。[4]

其实，朱熹也曾说过"如《小序》亦间有说得好处，只是杜撰处多"，"《小序》如《硕人》、《定之方中》等见于《左传》者，自可无疑"。[5] 然而这种相对来说属于正面的评价，数量较少，常为其激烈的批评所掩。因此，为了客观认识朱熹对《小序》所持的态度，

---

[1] （宋）黎靖德编，王星贤点校《朱子语类》卷八〇，第 2067 页。
[2] （宋）黎靖德编，王星贤点校《朱子语类》卷八〇，第 2074 页。
[3] （宋）黎靖德编，王星贤点校《朱子语类》卷八〇，第 2075 页。
[4] （宋）黎靖德编，王星贤点校《朱子语类》卷八〇，第 2085 页。
[5] （宋）黎靖德编，王星贤点校《朱子语类》卷八〇，第 2072、2078 页。

我们结合《诗集传》、《诗序辨说》以及相关材料,先将朱熹对《小序》内容的取舍作一全面的统计(参见表 2-1)。

表 2-1 朱熹对《小序》的态度

单位:篇

	《风》	《小雅》	《大雅》	《颂》	总计
与《小序》一致	48	16	10	14	88
与《小序》有出入	50	16	8	9	83
与《小序》完全不同	62	48	13	17	140
总　　计	160	80	31	40	311

需要说明的是,已有多位学者做过类似统计,由于标准不一,各自的统计数字亦异。其中,如莫砺锋、杨新勋二人,[①] 均以朱熹之《诗集传》为考察对象,莫氏列"采用《小序》说"、"不提《小序》而全袭其说"、"与《小序》大同小异"、"与《小序》不同"、"存疑"五个条目;杨氏则列"基本内容同于《小序》"、"与《小序》部分内容相同"、"在《小序》基础上有发展"、"与《小序》说不同"、"与《小序》两可"、"存疑"六个条目。

我认为:第一,条目过细容易由于个人认识的差异导致界定混乱,不利于从总体上把握朱熹对于《小序》的基本态度,因此我只列出三类:"与《小序》一致",指朱熹对诗的理解基本上采取了《小序》的意见;"与《小序》有出入",指其对《小序》有批评同时又有肯定,部分地采用了《小序》的意见;"与《小序》完全不同",指其对《小序》完全采取批评态度,不用《小序》说诗。我将以这三类情况为基础作具体分析。

第二,仅依靠朱熹在《诗集传》中的表述来考察他对《小序》的取舍是不全面的。比如《周南·关雎》,《诗集传》中即引《小

---

① 参见莫砺锋著《朱熹文学研究》,第 216 页;杨新勋著《宋代疑经研究》,第 187 页。

序》"《关雎》、《麟趾》,王者之风,故系之周公……故系之召公"于诗前,并说"斯言得之",又于诗第一章下注"周之文王生有圣德,又得圣女姒氏以为之配,宫中之人于其始至,见其有幽闲贞静之德,故作是诗",则似乎朱熹采用《小序》之说,莫砺锋就是如此认为的,然而在《诗序辨说》中,朱熹却说:"但其诗虽若专美大姒,而实以深见文王之德。《序》者徒见其词而不察其意,遂壹以后妃为主而不复知有文王,是固已失之矣。至于化行国中,三分天下,亦皆以为后妃之所致,则是礼乐征伐皆出于妇人之手,而文王者徒拥虚器以为寄生之君也,其失甚矣。"此外,《诗序辨说》中还批评了《关雎序》中"是以《关雎》乐得淑女以配君子,忧在进贤,不淫其色,哀窈窕,思贤才,而无伤善之心焉"一句的错误,可见,朱熹对于《关雎序》并非是完全采用的。在我的表格内,《关雎》就被统计入"与《小序》有出入"类。因此,我在统计过程中,以《诗集传》为依据,同时又参照《诗序辨说》以及其他相关材料,以求能尽量客观的确定朱熹对《小序》的取舍程度。

第三,莫、杨二表均未将六篇"笙诗"统计入内,朱熹认为"笙诗"乃"有声而无词",又认为《小序》所谓"有其义而亡其辞","有其义"者,非真有,"亡其辞"者,乃本无。[1] 因此,朱熹对六篇"笙诗"的《小序》是持反对意见的,我将其统计入"与《小序》完全不同"类,因此,本表共有诗311篇。

按照我的统计,朱熹在解诗时与《小序》意见一致的共有88篇,包括以下四种情况。

第一,完全采用《小序》说,以为《小序》说有根据。如《周南·樛木》,《小序》云:"后妃逮下也。言能逮下,而无嫉妒之心焉",《诗序辨说》云:"此《序》稍平",《诗集传》云:"后妃能逮下而无嫉妒之心,故众妾乐其德而称愿之"。又如《鄘风·载

---

[1] 参见(宋)朱熹撰,朱杰人、严佐之、刘永翔主编《朱子全书》第1册中《诗序辨说》与《诗集传》中的相应内容,第383、557页。

驰》，《小序》云："许穆夫人作也。闵其宗国颠覆，自伤不能救也。卫懿公为狄人所灭，国人分散，露于漕邑。许穆夫人闵卫之亡，伤许之小，力不能救，思归唁其兄，又义不得，故赋是诗也"，《诗序辨说》云："此亦经明白而《序》不误者。又有《春秋传》可证"，《诗集传》用《小序》说而云："事见《春秋传》"。此类情况共63篇。

第二，完全采用《小序》说，但是对《小序》的个别文字有更订。如《周南·麟之趾》，小序云："《关雎》之应也。《关雎》之化行，则天下无犯非礼，虽衰世之公子，皆信厚如麟趾之时也"，《诗集传》云："文王后妃德修于身，而子孙宗族皆化于善，故诗人以麟之趾兴公子"，《诗序辨说》则云："'之时'二字可删。"又如《召南·羔羊》，《小序》云："《鹊巢》之功致也。召南之国化文王之政，在位皆节俭正直，德如羔羊也"，《诗集传》云："南国化文王之政，在位皆节俭正直，故诗人美其衣服有常，而从容自得如此也"，《诗序辨说》则云："此《序》得之，但'德如羔羊'一句为衍说耳。"此类情况共三篇，除上所举两篇外还有《郑风·清人》一篇。

第三，完全采用《小序》说，但是对《小序》的个别文字进行重新诠释。如《召南·野有死麕》，《小序》云："恶无礼也。天下大乱，强暴相陵，遂成淫风。被文王之化，虽当乱世，犹恶无礼也"，《诗集传》云："南国被文王之化，女子有贞洁自守，不为强暴所污者，故诗人因所见以兴其事而美之"，《诗序辨说》云："此《序》得之。但所谓'无礼'者，言淫乱之非礼耳，不谓无聘币之礼也"。又如《召南·何彼襛矣》，《小序》云："美王姬也。虽则王姬，亦下嫁于诸侯，车服不系其夫，下王后一等，犹执妇道以成肃雍之德也"，《诗集传》云："王姬下嫁于诸侯，车服之盛如此，而不敢挟贵以骄其夫家"，《诗序辨说》云："《序》云'虽则王姬，亦下嫁于诸侯'，说者多笑其陋。然此但读为两句之失耳，若读此十字合为一句，而对下文'车服不系其夫，下王后一等'为义，则序者之意亦自明白。盖曰王姬虽嫁于诸侯，然其车服制度与他国之夫人不同，所以甚言其贵盛之极，而犹不敢挟贵以骄其夫家也。但立文不善，终费词说耳。"此类情况共有四篇，除所举两篇外，还有《召南·驺虞》、《大雅·文王》两篇。

第四，采用《小序》说，但不能确定其是非，只是"姑从之"。① 或者对《小序》表示怀疑，但是没有作新的解释而只是引用"旧说"（即《小序》说）。如《邶风·绿衣》，《小序》云："卫庄姜伤己也。妾上僭，夫人失位而作是诗也"，《诗序辨说》云："此诗下至《终风》四篇，《序》皆以为庄姜之诗，今姑从之，然唯《燕燕》一篇诗文略可据耳"，《诗集传》中云："庄姜事见《春秋传》。此诗无所考，姑从《序》说。下三篇同。"又如《鄘风·墙有茨》，《小序》云："卫人刺其上也。公子顽通乎君母，国人疾之而不可道也"，《诗序辨说》无说，《诗集传》则云："旧说以为宣公卒，惠公幼，其庶兄顽烝于宣姜，故诗人作此诗以刺之，言其闺中之事皆丑恶而不可言。理或然也。"又如《小雅·何人斯》，《小序》云："苏公刺暴公也，暴公为卿士，而谮苏公焉，故苏公作是诗而绝之"，《诗序辨说》云："此诗中只有'暴'字而无'公'字及'苏公'字，不知《序》何所据而得此事也"，《诗集传》云："旧说暴公为卿士而谮苏公，故苏公作诗以绝之……但旧说于诗无明文可考，未敢信其必然耳"。像这样的情况共有18篇。

朱熹在解诗的时候与《小序》意见有出入的共有83篇。包括以下五种情况。

第一，对诗作者持不同意见。如《鄘风·桑中》，《小序》云："刺奔也。卫之公室淫乱，男女相奔，至于世族在位，相窃妻妾，期于幽远，政散民流而不可止"，《诗序辨说》云："此诗乃淫奔者所自作。《序》之首句以为刺奔，误矣。其下云云者，乃复得之《乐

---

① 朱熹曾说："《诗传》中或云'姑从'，或云'且从其说'之类，皆未有所考，不免且用其说。"（宋）黎靖德编，王星贤点校《朱子语类》卷八〇，第2093页。

记》之说，已略见本篇矣"，《诗集传》云："卫俗淫乱，世族在位，相窃妻妾，故此人自言将采唐于沬，而与其所思之人，相期会迎送如此也。"又如《大雅·江汉》，《小序》云："尹吉甫美宣王也。能兴衰拨乱，命召公平淮夷"，《诗序辨说》云："吉甫见上，它说得之"，上一篇《韩奕》之《诗序辨说》云："其曰尹吉甫者未有据。下二篇同"，《诗集传》中云："宣王命召穆公平淮南之夷，诗人美之。"此类情况共有11篇。

第二，对美刺持不同意见。如《鄘风·蝃蝀》，《小序》云："止奔也。卫文公能以道化其民，淫奔之耻，国人不齿也"，《诗序辨说》无说，《诗集传》云："此刺淫奔之诗。"又于《干旄》后云："此上三诗（吴按：指《蝃蝀》、《相鼠》、《干旄》），《小序》皆以为文公时诗……《小序》之言，疑亦有所本云"，则朱熹亦认同《蝃蝀序》将此诗系于卫文公时，只是以之为"刺淫奔"而非"止奔"。又如《郑风·大叔于田》，《小序》云："刺庄公也。叔多才而好勇，不义而得众也"，《诗序辨说》云："非刺庄公也。下两句得之"，《诗集传》云："盖叔多材好勇，而郑人爱之如此。"此类情况共有四篇。除上所举外，还有《唐风·无衣》和《小雅·大东》两篇。

第三，反对《小序》所系时世。如《齐风·鸡鸣》，《小序》云："思贤妃也。哀公荒淫怠慢，故陈贤妃贞女，夙夜警戒相成之道焉"，《诗序辨说》云："此《序》得之，但哀公未有所考，岂亦以谥恶而得之欤"，《诗集传》中云："盖贤妃当夙兴之时，心常恐晚，故闻其似者而以为真。非其心存警畏而不留于逸欲，何以能此？故诗人叙其事而美之也"。又如《小雅·巧言》，《小序》云："刺幽王也。大夫伤于谗，故作是诗也"，《诗序辨说》无说，《诗集传》于第一章诗下注云："大夫伤于谗，无所控告，而诉之于天……"，用《小序》说而不以为"幽王"时诗。需要指出的是，由于《小序》中常说到"刺某王"，朱熹一方面反对其所系时世，不承认其作于"某王"之时，一方面在对某些诗的解说当中也在刻意消解这首诗所谓"刺"的性质。因此，朱熹的反对《小序》所系时世，有时候也是包括反对其所标美刺性质在内的，如其对《小雅·蓼莪》等诗的处理就是如此。总之，此类情况共有32篇。

第四，承认《小序》所定美刺以及时世，但是对《小序》所指出的美刺对象则表示不同意见。如《齐风·载驱》，《小序》云："齐人刺襄公也。无礼义，故盛其车服，疾驱于通道大都，与文姜淫，播其恶于万民焉"，《诗序辨说》云："此亦刺文姜之诗"，《诗集传》云："齐人刺文姜乘此车而来会襄公也"。又如《魏风·硕鼠》，《小序》云："刺重敛也。国人刺其君重敛蚕食于民，不修其政，贪而畏人，若大鼠也"，《诗序辨说》云："此亦托于硕鼠以刺其有司之词，未必直以硕鼠比其君也"，《诗集传》云："民困于贪残之政，故托言大鼠害己而去之也。"此类情况共有六篇，除上所举外，还有《邶风·击鼓》、《齐风·东方未明》、《齐风·南山》、《魏风·汾沮洳》）。

第五，对《小序》的部分内容有更正或批评。比如《周南·兔罝》，《小序》云："后妃之化也。《关雎》之化行，则莫不好德，贤人众多也"，《诗序辨说》云："此《序》首句非是，而所谓'莫不好德，贤人众多'者得之"，《诗集传》云："化行俗美，贤才众多，虽罝兔之野人，而其才之可用犹如此，故诗人因其所事以起兴而美之，而文王德化之盛因可见矣。"又如《齐风·敝笱》，《小序》云："刺文姜也。齐人恶鲁桓公微弱，不能防闲文姜，使至淫乱，为二国患焉"，《诗序辨说》云："'桓'当作'庄'"，《诗集传》云："齐人以敝笱不能制大鱼，比鲁庄公不能防闲文姜，故归齐而从之者众也。"此外，如《王风·兔爰》，《小序》云："闵周也。桓王失信，诸侯背叛，构怨连祸，王师伤败，君子不乐其生焉"，《诗序辨说》云："'君子不乐其生'一句得之，余皆衍说。其指桓王，盖据《春秋传》郑伯不朝，王以诸侯伐郑，郑伯御之，王卒大败，祝聃射王中肩之事。然未有以见此诗之为是而作也"，《诗集传》云："周室衰微，诸侯背叛，君子不乐其生，而作此诗。"这首诗，朱熹既怀疑其所系时世，又指其他说法为衍说，则其与《小序》的出入不仅在于时世，因此，像这样综合了几种不同批评意见的一律归入此类，不再作细分。此类情况共有 30 篇。

在剩下的 140 篇诗中，朱熹对《小序》完全持否定态度而自出新解（这其中包括《卫风·芄兰》、《唐风·椒聊》、《唐风·羔裘》和《秦风·蒹葭》四篇"阙疑"诗，朱熹既不用《小序》说，亦不强作解人。要之，亦属反对《小序》旧说，故归入此类），其具体类型无须细分，故略举二例，以觇其余。如《邶风·柏舟》，《小序》云："言仁而不遇也。卫顷公之时，仁人不遇，小人在侧"，《诗序辨说》云："如《柏舟》，不知其出于妇人，而以为男子；不知其不得于夫，而以为不遇于君，此则失矣。然有所不及而不自欺，则亦未至于大害理也。今乃断然以为卫顷公之时，则其故为欺罔以误后人之罪，不可揜矣"，《诗集传》云："妇人不得于其夫，故以柏舟自比"。又如《小雅·蓼萧》，《小序》云："泽及四海也"，《诗序辨说》云："《序》不知此为燕诸侯之诗，但见'零露'之云，即以为泽及四海，其失与《野有蔓草》同。臆说浅妄类如此云"，《诗集传》云："诸侯朝于天子，天子与之燕，以示慈惠，故歌此诗"。

根据上面的统计，朱熹的解说"与《小序》完全不同"的共 140 篇，占整部《诗经》的约 45%，再加上"与《小序》有出入"的 83 篇，则朱熹与《小序》持不同意见的共占总数的约 72%。即使是在朱熹承认为"正始之道，王化之基"的二《南》25 篇诗中，其对《小序》有异议的也占到了一半，有 12 篇之多。可见，朱熹对于《小序》的态度无疑确实是以批评为主的。

朱熹曾在对《邶风·柏舟序》的辩说中云：

> 诗之文意事类可以思而得，其时世名氏则不可以强而推。故凡《小序》，唯诗文明白直指其事，如《甘棠》、《定中》、《南山》、《株林》之属，若证验的切见于书史，如《载驰》、《硕人》、《清人》、《黄鸟》之类，决为可无疑者。其次则词旨

大概可知必为某事，而不可知其的为某时某人者，尚多有之。若为《小序》者，姑以其意推寻探索，依约而言，则虽有所不知，亦不害其为不自欺，虽有未当，人亦当恕其所不及。今乃不然，不知其时者，必强以为某王某公之时，不知其人者，必强以为某甲某乙之事。于是傅会书史，依托名谥，凿空妄语，以诳后人。其所以然者，特以耻其有所不知，而唯恐人之不见信而已。

且如《柏舟》，不知其出于妇人，而以为男子；不知其不得于夫，而以为不遇于君，此则失矣。然有所不及而不自欺，则亦未至于大害理也。今乃断然以为卫顷公之时，则其故为欺罔以误后人之罪，不可揜矣。盖其偶见此诗冠于三卫变《风》之首，是以求之《春秋》之前。而《史记》所书，庄、桓以上，卫之诸君，事皆无可考者，谥亦无甚恶者，独顷公有赂王请命之事，其谥又为"甄心动惧"之名，如汉诸侯王，必其尝以罪谪，然后加以此谥，以是意其必有弃贤用佞之失，而遂以此诗予之。若将以衒其多知，而必于取信，不知将有明者从旁观之，则适所以暴其真不知，而启其深不信也。

凡《小序》之失，以此推之，什得八九矣。又其为说，必使《诗》无一篇不为美刺时君国政而作，固已不切于情性之自然，而又拘于时世之先后，其或书传所载，当此一时，偶无贤君美谥，则虽有词之美者，亦例以为陈古而刺今。是使读者疑于当时之人绝无善则称君，过则称己之意。而一不得志，则扼腕切齿，嘻笑冷语以怼其上者，所在而成群。是其轻躁险薄，尤有害于温柔敦厚之教，故予不可以不辨。[1]

朱熹在《大雅·行苇序》的辨说中又说：

此诗章句本甚分明，但以说者不知比兴之体、音韵之节，

---

[1] （宋）朱熹撰，朱杰人、严佐之、刘永翔主编《朱子全书》第1册，第361页。

遂不复得全诗之本意,而碎读之,逐句自生意义,不暇寻绎血脉,照管前后。但见"勿践"、"行苇",便谓"仁及草木"。但见"戚戚兄弟",便谓"亲睦九族"。但见"黄耇台背",便谓"养老"。但见"以祈黄耇",便谓"乞言"。但见"介尔景福",便谓"成其福禄"。随文生义,无复伦理。诸《序》之中,此失尤甚,览者详之。①

在这两段话中,朱熹对《小序》作了比较全面的总结。他指出,《小序》值得采信的原因主要有两点:"诗文明白直指其事"则《序》得不误;"证验的切见于书史"则《序》无可疑。同时,《小序》不可采信的原因有三点:强不知以为知——"不知其时者,必强以为某王某公之时,不知其人者,必强以为某甲某乙之事",其表现则为"傅会书史、依托名谥、凿空妄语";锢蔽于美刺之说——"必使《诗》无一篇不为美刺时君国政而作",其表现则为妄生美刺;不懂诗歌文学——"不知比兴之体、音韵之节","而碎读之,逐句自生意义",其表现则为"随文生义,无复伦理"。《朱子语类》卷八〇中也多记载有朱熹评论《小序》之语,与《诗序辨说》所云正可相互引证,此不赘举。

朱熹对于《小序》的取舍与批评显然是经过反复研读、长期思考所得出的慎重结论,而他对文献依据与文本本身的重视更显示出其严谨的学术态度。明人杨慎说"文公因吕成公太尊《小序》,遂尽变其说。盖矫枉过正,非平心折中之论也"。② 四库馆臣明知其为意度之词而信之,其门户之见实不足取。

(四)"废《序》说"中的尊王思想

朱熹在《资治通鉴纲目》一书的序言中说:"岁周于上而天道明矣,统正于下而人道定矣",他在是书之前列有凡例十九条,可以

---

① (宋)朱熹撰,朱杰人、严佐之、刘永翔主编《朱子全书》第 1 册,第 392 页。
② (明)杨慎撰《升庵集》卷四二"《诗小序》"条下,文渊阁《四库全书》本。

看作是对所谓"春秋笔法"的全面总结。朱熹所列第一条凡例即"统系",他指出,宋以前的"正统"只有周、秦、汉、晋、隋、唐六朝(吴按:此根据《资治通鉴》之起讫而言),又分别定义何为"列国"、"篡贼"、"建国"、"僭国"、"无统"、"不成君小国",并说"凡正统,全用天子之制以临四方,书法多因旧文,略如《春秋》书周、鲁事"。① 可见,朱熹努力要建设一个以正统天子为中心,足以展现其政治伦理的历史谱系。而这种"正统"、"尊王"的倾向在朱熹对《诗序》的取舍与批评中同样表现得相当突出。

朱熹曾就《大雅·文王序》"文王受命作周也"一句说:

> 受命,受天命也。作周,造周室也。文王之德,上当天心,下为天下所归往。三分天下而有其二,则已受命而作周矣。武王继之,遂有天下,亦卒文王之功而已。然汉儒惑于谶讳,始有赤雀丹书之说,又谓文王因此遂称王而改元。殊不知所谓天之所以为天者,理而已矣。理之所在,众人之心而已矣。众人之心,是非向背,若出于一,而无一毫私意杂于其间,则是理之自然,而天之所以为天者不外是矣。今天下之心既以文王为归,则天命将安往哉?《书》所谓:"天视自我民视,天听自我民听",所谓"天聪明自我民聪明,天明畏自我民明畏",皆谓此尔。岂必赤雀丹书而称王改元哉? 称王改元之说,欧阳公、苏氏、游氏辨之已详。去此而论,则此《序》本亦得诗之大旨,而于其曲折之意有所未尽,已论于本篇矣。②

《诗经》是周代的诗歌,然而作为周代"开国之君"的周文王,对于他是否曾称王改元的问题,历代学者一直争论不休。③ 汉人多以

---

① (宋)朱熹撰《资治通鉴纲目·凡例》,文渊阁《四库全书》本。
② (宋)朱熹撰,朱杰人、严佐之、刘永翔主编《朱子全书》第1册《诗序辨说》,第391页。
③ 关于此问题的争论,可以参见(清)梁玉绳撰《史记志疑》卷三,中华书局,1981,第80页。

为是，司马迁在《史记·周本纪》中即说："诗人道西伯，盖受命之年称王而断虞、芮之讼。后十年而崩，谥为文王。改法度，制正朔矣。追尊古公为太王，公季为王季：盖王瑞自太王兴。"这种看法唐人张守节即已驳之。① 入宋以来，欧阳修作《泰誓论》，极论文王受命称王为妄说。② 苏轼作《周公论》，亦反对称王之说，并云："故凡以文王、周公为称王者，皆过也，是资后世之篡君而为之藉也。"③ 游酢力辨称王之非，并说："君臣之分，犹天尊地卑。纣未可去，而文王称王，是二天子也。服事商之道，固如是耶？"④ 朱熹在对《文王序》的辩说中云："称王改元之说，欧阳公、苏氏、游氏辨之已详"，显然他是反对周文王称王改元之说的。⑤

然而《文王序》中又说"文王受命作周也"，郑玄注云："受命，受天命而王天下，制立周邦"，孔颖达《疏》引纬书《尚书中候》云"季秋之月甲子，赤雀衔丹书入丰，止于昌户，再拜稽首受"，则所谓"天命"者，羼杂谶纬之说，为"受天命为天子"之义。⑥ 若如此，则《文王序》似乎又成为周文王称王之一证。因而，朱熹对"受命作周"进行了详细的阐释，力辟谶纬谬说。朱熹以"天理"释"天命"，其表现形式就是人心所向，那么文王之"受天命"，就是得到人民的拥戴。经过这样的解释，周文王作为朱熹道统中的一环，于历史中亦保证了纯粹的正统地位。

朱熹还曾针对《关雎序》"后妃之德也"一句说：

---

① 参见（汉）司马迁撰《史记·周本纪》，中华书局，1959，第119页。
② 参见（宋）欧阳修撰《文忠集》卷一八，文渊阁《四库全书》本。
③ （宋）苏轼撰《东坡全集》卷四二，文渊阁《四库全书》本。
④ （宋）朱熹撰《中庸辑略》卷下"子曰：无忧者其惟文王乎，以王季为父，以武王为子，父作之，子述之"下所引游氏语，文渊阁《四库全书》本。
⑤ 《朱子语录》中记载，朱熹曾据伪古文尚书《武成》篇的内容而对欧阳修《泰誓论》中的意见有所保留，因此两存之，参见（宋）黎靖德编，王星贤点校《朱子语录》卷六三，第1553页；卷七八，第1980页。本文则仅据朱熹所作《诗序辨说》和《诗集传》立论，至于朱熹的态度到底如何，容日后详考。
⑥ （清）阮元校刻《十三经注疏·毛诗正义》，第502页。

后妃,文王之妃大姒也。天子之妃曰后。近世诸儒多辨文王未尝称王,则大姒亦未尝称后,序者盖追称之,亦未害也。

但其诗虽若专美大姒,而实以深见文王之德。序者徒见其词而不察其意,遂壹以后妃为主而不复知有文王,是固已失之矣。至于化行国中,三分天下,亦皆以为后妃之所致,则是礼乐征伐皆出于妇人之手,而文王者徒拥虚器以为寄生之君也,其失甚矣。

唯南丰曾氏之言曰:"先王之政,必自内始,故其闺门之治所以施之家人者,必为之师傅保姆之助,《诗》《书》图史之戒,珩璜琚瑀之节,威仪动作之度,其教之者有此具。然古之君子未尝不以身化也,故家人之义归于反身,二《南》之业本于文王,岂自外至哉?世皆知文王之所以兴,能得内助,而不知其所以然者,盖本于文王之躬化。故内则后妃有《关雎》之行,外则群臣有二《南》之美,与之相成。其推而及远,则商辛之昏俗,江汉之小国,《兔罝》之野人,莫不好善而不自知,此所谓身修故国家天下治者也。"窃谓此说庶几得之。[①]

朱熹在这里依然强调文王不曾称王,所谓"文王"乃是后人追称,所谓"后妃"亦属追称,不存在僭越的问题。但是令朱熹不满的是,《关雎序》只说是"后妃之德",甚至《周南》十一篇诗中的八篇都只赞美后妃,而完全不提文王。因此朱熹引曾巩之说,特意指出"二《南》之业本于文王"。"文王之所以兴"在于"能得内助",之所以"能得内助"则又在于"文王之躬化",必须将道德功业的源头归本到为君为夫的文王身上,才算是真正领会了诗意。

朱熹对于周文王正统地位的保护与强调还是情有可原的,毕竟周文王是儒家的明君,其历史形象一直都是正面的,有关于他的诗篇也都属于正《风》、正《雅》。但是面对那些讥刺昏庸君主的变

[①] (宋)朱熹撰,朱杰人、严佐之、刘永翔主编《朱子全书》第1册《诗序辨说》,第355页。

《风》、变《雅》时,朱熹的态度大多也是倾向于君主一方的。他在《郑风·狡童序》的辩说中云:

> 昭公尝为郑国之君,而不幸失国,非有大恶,使其民疾之如寇雠也。况方刺其"不能与贤人图事,权臣擅命",则是公犹在位也,岂可忘其君臣之分,而遽以狡童目之耶?①

朱熹对于《狡童序》的辩说并非没有道理,但是我们这里所关注的则是"公犹在位也,岂可忘其君臣之分"的说法。在朱熹看来,作为臣子不论君主如何,都应当守君臣之分,不能对君主过分讥刺。因此,《齐风·载驱序》云"齐人刺襄公"则不妥,而云"齐人刺文姜乘此车马而来会襄公"(《诗集传》)则可。而《魏风·硕鼠序》的辩说云:"此亦托于硕鼠以刺其有司之词,未必直以硕鼠比其君也。"《秦风·黄鸟》,朱熹以为《序》说"哀三良"、"刺穆公"为不误(吴按:但是《诗集传》中只言"国人哀之,为之赋《黄鸟》"而回避了"刺穆公"),并力斥秦国殉人之俗,但是他又说"或以为穆公遗命如此,而三子自杀以从之,则三子亦不得为无罪。今观临穴惴栗之言,则是康公从父之乱命,迫而纳之于圹,其罪有所归矣",就是说既然君要臣死,臣必然有获死之罪,这种迂腐或者说猜疑之心实已异于朱熹平素之修养,观之令人心寒。又《卫风·考槃》,郑玄笺注有"自誓以不忘君之恶"以及"不入君之朝"、"不告君以善道"之说,朱熹在《诗序辨说》中云:"至于郑氏……则其害义又有甚焉。于是程子易其训诂,以为陈其不能忘君之意、陈其不得过君之朝、陈其不得告君以善。则其意忠厚而和平矣。"显然,朱熹更不能忍受臣子与君主之决裂。

因此,朱熹在《邶风·柏舟序》的辩说中云:

> 又其为说,必使《诗》无一篇不为美刺时君国政而作,固已不切于情性之自然,而又拘于时世之先后,其或书传所载,

---

① (宋)朱熹撰,朱杰人、严佐之、刘永翔主编《朱子全书》第1册《诗序辨说》,第372页。

当此一时，偶无贤君美谥，则虽有词之美者，亦例以为陈古而刺今。是使读者疑于当时之人绝无善则称君，过则称己之意。而一不得志，则扼腕切齿，嘻笑冷语以怼其上者，所在而成群。是其轻躁险薄，尤有害于温柔敦厚之教，故予不可以不辨。①

又《小雅·绵蛮序》云："微臣刺乱也。大臣不用仁心，遗忘微贱，不肯饮食教载之，故作是诗也"，朱熹则辩说：

> 此诗未有刺大臣之意，盖方道其心之所欲耳。若如序者之言，则褊狭之甚，无复温柔敦厚之意。②

朱熹认为，作为臣子应当是"善则称君，过则称己"，绝不应该讥刺怨恨其君，甚至自己的上级，否则就是违反了"温柔敦厚"的诗教。朱熹在《诗集传》中切实贯彻了这一点，根据我初步统计，朱熹明确指出为刺诗的只有大概25首诗。③《诗序》所标"刺某王"之诗，朱熹即使采用其说，也刻意避免用"刺"这个字眼，同时模糊其指向，这其中固然有相当一部分确实属于《诗序》所系时世不可信据，但是朱熹对"刺"的回避，却是无可争辩的事实。

除了强调君臣之义，朱熹还表现出强烈的诋斥僭臣的态度，这实际上就是从反面所进行的尊王。《邶风·击鼓序》云："怨州吁也。卫州吁用兵暴乱，使公孙文仲将而平陈与宋，国人怨其勇而无礼也"，朱熹在辩说中云：

---

① （宋）朱熹撰，朱杰人、严佐之、刘永翔主编《朱子全书》第1册《诗序辨说》，第361页。
② （宋）朱熹撰，朱杰人、严佐之、刘永翔主编《朱子全书》第1册《诗序辨说》，第390页。
③ 即《邶风·匏有苦叶》、《邶风·新台》、《鄘风·墙有茨》、《鄘风·鹑之奔奔》、《鄘风·蝃蝀》、《齐风·东方未明》、《齐风·南山》、《齐风·载驱》、《齐风·猗嗟》、《魏风·葛屦》、《魏风·汾沮洳》、《魏风·采苓》、《陈风·宛丘》、《陈风·墓门》、《曹风·蜉蝣》、《曹风·候人》、《小雅·祈父》、《小雅·节南山》、《小雅·巧言》（见《何人斯》后面注）、《小雅·角弓》、《大雅·桑柔》、《大雅·瞻卬》、《大雅·召旻》，《大雅·民劳》和《大雅·板》二诗则在疑似之间。

> 《春秋》隐公四年，宋、卫、陈、蔡伐郑，正州吁自立之时也。《序》盖据诗文"平陈与宋"而引此为说，恐或然也。然《传》记鲁众仲之言曰："州吁阻兵而安忍。阻兵无众，安忍无亲。众叛亲离，难以济矣。夫兵，犹火也，弗戢，将自焚也。夫州吁弑其君而虐用其民，于是乎不务令德，而欲以乱成，必不免矣。"按州吁篡弑之贼，此《序》但讥其勇而无礼，固为浅陋，而众仲之言亦止于此，盖君臣之义不明于天下久矣，《春秋》其得不作乎！①

朱熹虽然对于《击鼓序》所叙诗义并不十分认同，但是对其说法却相当关注。朱熹认为《序》说和所引鲁众仲之说都没有抓住重点，没有对乱臣贼子给予应有的抨击，这本身就是君臣之义不明的表现。

又《唐风·无衣序》云："美晋武公也。武公始并晋国，其大夫为之请命乎天子之使，而作是诗也"，朱熹则辩说：

> 《序》以《史记》为文，详见本篇。但此诗若非武公自作以述其赂王请命之意，则诗人所作以著其事而阴刺之耳。《序》乃以为美之，失其旨矣。且武公弑君篡国，大逆不道，乃王法之所必诛而不赦者，虽曰尚知王命之重，而能请之以自安，是亦御人于白昼大都之中，而自知其罪之甚重，则分薄赃饵贪吏，以求私有其重宝而免于刑戮，是乃猾贼之尤耳。以是为美，吾恐其奖奸诲盗，而非所以为教也。《小序》之陋固多，然其颠倒顺逆，乱伦悖理，未有如此之甚者，故予特深辨之，以正人心，以诛贼党，意庶几乎《大序》所谓"正得失"者，而因以自附于《春秋》之义云。②

---

① （宋）朱熹撰，朱杰人、严佐之、刘永翔主编《朱子全书》第1册《诗序辨说》，第362页。

② （宋）朱熹撰，朱杰人、严佐之、刘永翔主编《朱子全书》第1册《诗序辨说》，第377页。

朱熹于此竟然大发脾气，其原因就在于《无衣序》"颠倒顺逆，乱伦悖理"，竟然赞美一个"弑君篡国，大逆不道"之人，这是朱熹万万不能接受，必须要明辨其非以正视听的。

对于朱熹来说，辩驳《诗序》，废而去之，这种举动本身就是其尊王思想的一种实现，而这种尊王思想同时也是朱熹所认定的圣贤精神和正统历史的一个重要组成部分。朱熹说："某解《诗》，多不依他《序》。纵解得不好，也不过只是得罪于作《序》之人。只依《序》解而不考本诗上下文意，则得罪于圣贤也。"① 这句话的意义正在于此。

作为理学家，朱熹强调通过道问学而尊德性，通过道德修养体认圣贤之道。朱熹曾说："圣贤千言万语，只是教人明天理、灭人欲"；② 又说："大抵某之解经，只是顺圣贤语意，看其血脉贯通处，为之解释，不敢以己意说道理也。"③ 可见，在朱熹看来，"天理"可以通过圣贤之语来领会，圣贤之语就记录在经书当中，而研读经书就是"道问学"的过程。因此，朱熹对待经书的态度是求其"真"而明其理。

朱熹之废《序》，实际上就是最大限度接近圣贤本意的一种手段。然而，任何人在理解文本本意的时候，都要有一个预先的价值设定，否则所谓"本意"就无从衡量。现代学者对于《诗经》首先是将其设定为文学作品的，因此对《诗经》解说正确与否的判断以是否符合其文学特性为标准。而对于朱熹来说，体现周代的礼乐制度和道德风化才是《诗经》的本旨所在，因此他对《诗序》的批评和对诗篇本义的揭示在我们今天看来仍然不免附会穿凿。朱熹的废《序》亦并不彻底，而他的尊王思想更是影响到对《诗经》的正确理解。但是，脱离历史背景评价历史人物与学术思想是没有意义的。我认为，朱熹之废《序》说，仍然可以说是《诗经》学史上一次意

---

① （宋）黎靖德编，王星贤点校《朱子语类》卷八〇，第2092页。
② （宋）黎靖德编，王星贤点校《朱子语类》卷一二，第207页。
③ （宋）黎靖德编，王星贤点校《朱子语类》卷五二，第1249页。

义深远的重大革新。

《诗序》,从狭义的角度来说,是指《大序》与每篇诗前之《小序》,但是从广义的角度来说,则包括了《毛传》、《郑笺》、《诗谱》乃至《毛诗正义》在内的汉唐《诗经》学的整体理念。《诗大序》确定了《诗经》作为政教语言的性质,并提出了正变美刺之说;《小序》则是对正变美刺的具体执行;郑玄的《诗谱》又将《诗序》语焉不详的政治演化轨迹系统化,构建出一个完整的政治历史坐标;《毛传》、《郑笺》、《正义》则构成了这个历史坐标中的详细注脚。这个庞大的《诗经》学体系,目的就在于要为学者提供一部考察周代政治得失以为借鉴的教科书。

而朱熹之废《序》,则颠覆了这一庞大体系和古老传统,破除了附着在《诗经》本文上的政教理念,厘清了《诗经》本身与汉人附会内容的界限,为重新诠释《诗经》开辟了巨大的空间。朱熹对《诗序》的批评,在一定程度上纠正了对《诗经》含义的歪曲,还原了其作为乐歌的本来面貌。废《序》说中所体现出来的注重文献考证、强调涵泳本文、运用文学规律、衡以人情物理的方法论,以及独立思考的精神和是其是、非其非的严谨态度,都是极具积极意义的。

清人姚际恒曾指责朱熹:"其从《序》者十之五,又有外示不从而阴合之者,又有意实不然之而终不能出其范围者,十之二三。故愚谓遵《序》者莫若《集传》,盖深刺其隐也。"[①] 现代学者郑振铎也认为朱熹"因袭《毛诗序》的地方太多……除了朱熹认《国风》的'风'字应作'风谣'解,认《郑风》是淫诗,与《诗序》大相违背外,其余的许多见解仍然都是被《诗序》所范围而不能脱身跳出"。[②] 这种观点直到今天仍然为许多人所认同,台湾学者黄忠

---

① (清)姚际恒著《诗经通论》卷首《论旨》,《续修四库全书》第 62 册,据清道光十七年铁琴山馆刻本影印。
② 郑振铎《读毛诗序》,收录于顾颉刚编著《古史辨》第 3 册,上海古籍出版社,1982,第 386 页。

慎在《朱子〈诗序辨说〉新论——以〈二南〉为中心的考察》一文中，通过详细的比较分析，认为"朱子说《诗》不是反《序》派，不是守《序》派……他是尊重《诗序》而不全盘接收……是标准的尊《序》者。"[①] 对于这些说法，本文上面的数据统计已经足以驳之，此不再论。但还需要说明的是所谓"尊《序》"之说，黄忠慎以二《南》为中心考察朱熹对《诗序》的态度，这一方法本身就值得商榷，朱熹对二《南》极为重视，将其比作"乾坤"，早年还作有《二南说》，但这并不能作为朱熹对《诗序》整体态度的依据，更何况朱熹对二《南》近一半的《小序》亦持有异议。朱熹将《诗序》从《诗经》本文中撤下这一举动本身已足以说明其对《诗序》的态度。因此，我认为朱熹作为反《序》者的身份是不可动摇的。

---

① 载黄忠慎《朱子〈诗经〉学新探》一书，台北：五南图书出版公司，2002。

第三章
朱熹之"淫诗说"

所谓"淫诗说",概括说来就是指朱熹将《国风》中的28篇诗①指为"淫诗",并对认定这些"淫诗"涉及的诗经学问题进行理论阐释。在本节中,我将努力对朱熹的"淫诗说"做出比较全面的梳理,希望能勾勒出一个相对清晰的发展脉络。本章将分两部分进行论述,即"淫诗说"的理论建构与"淫诗"具体篇目分析。

第一节 "淫诗说"的理论建构

除了在《诗集传》和《诗序辨说》中直接指出某些诗篇是"淫诗"并申述其理由以外,朱熹有关于"淫诗说"的论述还屡见于其书信、语录、文集等材料中。其中比较系统完整的论述是他在淳熙十一年(1184)春所作的《读〈吕氏诗记·桑中〉篇》(下文简称为《读桑中》)一文。为了便于分析,先将全文引在下面:

> 《诗》体不同,固有铺陈其事不加一词而意自见者,然必其事之犹可言者,若《清人》之诗是也。至于《桑中》、《溱洧》之篇,则雅人庄士有难言之者矣。

---

① 关于朱熹所认定的"淫诗"的具体篇数历来说法不同,本人以为是28篇。具体篇目见表3-1,详细分析见下文。

孔子之称"思无邪"也,以为《诗》三百篇,劝善惩恶,虽其要归无不出于正,然未有若此言之约而尽者耳,非以作诗之人所思皆无邪也。今必曰:"彼以无邪之思,铺陈淫乱之事,而闵惜惩创之意,自见于言外。"则曷若曰:"彼虽以有邪之思作之,而我以无邪之思读之。则彼之自状其丑者,乃所以为吾警惧惩创之资"耶?而况曲为训说而求其无邪于彼,不若反而得之于我之易也;巧为辨数而归其无邪于彼,不若反而责之于我之切也。

若夫"雅"也、"郑"也、"卫"也,求之诸篇,固各有其目矣。"雅"则《大雅》、《小雅》若干篇是也,"郑"则《郑风》若干篇是也,"卫"则《邶》、《鄘》、《卫》风若干篇是也。是则自卫反鲁以来,未之有改。而《风》、《雅》之篇,说者又有正变之别焉。至于《桑中》小序"政散民流而不可止"之文,与《乐记》合,则是诗之为"桑间"又不为无所据者。今必曰:"三百篇皆雅,而大小《雅》不独为'雅',《郑风》不为'郑',《邶》、《鄘》、《卫》之风不为'卫',《桑中》不为'桑间'亡国之音。"则其篇帙混乱,邪正错糅,非复孔子之旧矣。

夫二《南》,正风,房中之乐也,乡乐也;二《雅》之正朝廷之乐也;商周之《颂》,宗庙之乐也。是或见于《序》义,或出于传记,皆有可考。至于变《雅》,则固已无施于事;而变《风》,又特里巷之歌谣。其领在乐官者,以为可以识时变、观土风,而贤于四夷之乐耳。今必曰:"三百篇者,皆祭祀朝聘之所用",则未知《桑中》、《溱洧》之属当以荐何等之鬼神,接何等之宾客耶?盖古者天子巡狩,命太师陈诗以观民风,固不问其美恶而悉陈以观也。既已陈之,固不问其美恶而悉存以训也。然其与先生《雅》、《颂》之正,篇帙不同,施用亦异,如前所陈,则固不嫌于庞杂矣。今于"雅"、"郑"之实,察之既不详;于庞杂之名,畏之又太甚。顾乃引夫浮放之鄙词,而文以风刺之美说，必欲强而置诸先王《雅》、《颂》之列，是乃反为庞杂之甚而不自知也。夫以胡部与"郑卫"合奏，犹曰不可，而况强以《桑中》、《溱洧》为雅乐，又欲合于《鹿鸣》、《文王》、《清庙》之什而奏之宗庙之中、朝廷之上乎？其以二诗为犹止于中声者，太史公所谓"孔子皆弦歌之，以求合于韶武之音"，其误盖亦如此。然古乐既亡，无所考正，则吾不敢必为之说，独以其理与其词推之，有以知其必不然耳。

又以为近于劝百讽一，而止乎礼义，则又信《大序》之过者。夫《子虚》、《上林》侈矣，然自天子芒然而思，以下犹实有所谓讽也。《汉广》知不可而不求，《大车》有所畏而不敢，则犹有所谓礼义之止也。若《桑中》、《溱洧》则吾不知其何词之讽，而何礼义之止乎？

若曰："孔子尝欲放郑声矣"，不当于此又收之以备六籍也。此则曾南丰于《战国策》，刘元城于"三不足之论"，皆尝言之，又岂俟吾言而后白也哉？

大抵吾说之病，不过得罪于"桑间濮外"之人，而其力犹足以完先生之乐。彼说而善，则二诗之幸甚矣，抑其于《溱洧》而取范氏之说，则又似以"放郑声"者，岂理之自然固有不可夺耶？因读《桑中》之说，而惜前论之不及，竟又痛伯恭之不可作也。因书其后，以为使伯恭生而闻此，虽未必遽以为然，亦当为我逌然而一笑也。呜呼悲夫！[①]

朱熹的这篇文章，是针对吕祖谦在《吕氏家塾读诗记》中《桑中》一诗后的一段议论而作。关于吕祖谦的观点，我将在后面论及，此不赘言。

在这篇文章中，朱熹对《诗经》学史上三个重要的问题表达了不同于传统的看法，并以此作为理论依据，构成了自己的"淫诗

---

① （宋）朱熹撰《晦庵先生朱文公文集》卷七〇，《四部丛刊》初编本。

说"。下面，我就按照朱熹在《读桑中》一文内所叙述的顺序，结合其他相关资料，逐一进行分析。

（一）关于"思无邪"

"思无邪"是《诗经·鲁颂·駉》第四章中的一句诗："駉駉牡马，在坰之野。薄言駉者，有驒有骆，有驔有鱼，以车祛祛。思无邪，思马斯徂。"一般认为，《駉》诗是歌颂鲁僖公牧马之功的，"思无邪"是指鲁僖公"思遵伯禽之法，专心无复邪意也"（郑玄笺）。[1]

孔子曾经引用"思无邪"一句诗作为对《诗经》的整体性评价，《论语·为政》中记载：

> 子曰："《诗》三百，一言以蔽之，曰：'思无邪'。"[2]

孔子在这里将"思无邪"引申为《诗经》所有诗篇的中心思想。尽管他并没有对自己的这句话作更详细的解释，但是通过《论语》中所记载的孔子对于《诗经》的看法，如："《关雎》，乐而不淫，哀而不伤"，"兴于《诗》，立于礼，成于乐"，"小子何莫学夫《诗》？《诗》，可以兴，可以观，可以群，可以怨。迩之事父，远之事君；多识于鸟兽草木之名"，等等。[3] 孔子无疑将《诗经》看成一本具有丰富的社会伦理与政治理想含义的教科书。孔子所谓"思无邪"，就是指《诗经》各篇的内容没有"邪思"，都具有正面意义，这已经脱离了"思无邪"在诗篇中的原义，体现了先秦时候"断章赋诗"的传统习惯。因此，苏辙在所作《诗集传》中说："昔之为此诗者，则未必知此也。孔子读《诗》至此，而有会于其心，是以取之。盖

---

[1] 宋人项安世指出《诗经》中"思"是语辞，清人俞樾更指出"思无邪"之"思"也是语辞；清人郑浩认为"邪"即"徐"也，则"无邪"即"无虚徐"，即心无他骛、专心致志之意。近人程树德以为"思无邪"当结合二说作解。参见程树德撰，程俊英、蒋见元点校《论语集释》卷三，中华书局，1990，第65~66页。
[2] 杨伯峻译注《论语译注》，中华书局，1980，第11页。
[3] 上所引分别见杨伯峻译注《论语译注》中的《八佾》、《泰伯》、《阳货》篇，第30、81、185页。

断章云尔。"朱熹也说："此一句出处止是说马，孔子见得此一句皆盖三百篇之义，故举以为说。"①

自孔子此言后，"思无邪"就成为《诗经》阐释的基调，历来并无异议。随着宋代性理学说的发展，宋人对于"思无邪"进行了更深入的诠释。

苏辙在他的《诗集传》中说：

> 孔子曰："《诗》三百，一言以蔽之，曰：'思无邪'"，何谓也？人生而有心，心缘物则思。故事成于思，而心丧于思。无思，其正也。有思，其邪也。有心未有无思者也。思而不留于物，则思而不失其正，正存而邪不起，故《易》曰："闲邪存其诚。"此"思无邪"之谓也。②

朱熹则在《论语精义》中引用了各家对"思无邪"的说法：

> 伊川曰：思无邪，诚也。（吴按：程颐）
>
> 范曰：《诗》之义，主于正己而已。故一言可以蔽之，思无邪是也。（吴按：范祖禹）
>
> 谢曰：君子之于《诗》，非徒诵其言，亦将以考其情性，非特以考其情性，又将以考先王之泽。盖法度礼乐虽亡，于此犹能并与其深微之意而传之。故其为言，率皆乐而不淫，忧而不困，怨而不怒，哀而不愁……若夫言天下之事，美圣德之形容，固不待言而可知也。其与愁忧思虑之作，孰能优游不迫也？孔子所以有取焉。作诗者如此，读诗者可以邪心读之乎？（吴按：谢良佐）
>
> 杨曰：《诗》，发于人情，止乎礼义。固惟"思无邪"一言足以蔽之。（吴按：杨时）
>
> 尹曰：《诗》三百篇，虽美恶怨刺之不同，其旨则可一言以

---

① （宋）朱鉴编《诗传遗说》卷三"又曰不必说是诗人思及读诗之思"条。
② （宋）苏辙撰《诗集传》卷一九《駉》末章下注。

蔽之，曰：《诗》无邪而已。夫子既删之，止乎礼义，动天地、感鬼神，莫近于《诗》，非正奚可哉？（吴按：尹焞）①

吕祖谦在《吕氏家塾读诗记》《桑中》诗后说：

> 仲尼谓："《诗》三百，一言以蔽之，曰：'思无邪'"。诗人以无邪之思作之，学者亦以无邪之思观之。闵惜惩创之意，隐然自见于言外矣。②

上面所引的这些说法大致可以分为两类。第一类是谢良佐、杨时、尹焞以及吕祖谦等人的看法，他们认为《诗经》中的诗，发乎情、止乎礼义，作诗者即已"思无邪"，读诗者更要"思无邪"，这实际上是对孔子用意的顺承。第二类是苏辙、范祖禹的看法，他们认为所谓"思无邪"是要求读诗的人要通过读诗达到防闲邪思、正己存诚的目标，他们将侧重点放在诗的接受者身上。而朱熹正是沿着后者的思路形成自己对于"思无邪"的理解。

朱熹在《读桑中》一文中指出，孔子所谓"思无邪"，并非指"作诗之人所思皆无邪也"，而应该理解成读诗之人要做到"思无邪"。朱熹认为，要求千余年前的作诗者"思无邪"是不现实的，这只会造成对诗歌本义的曲解。相反，要求读诗者自己"思无邪"却是可以实现的。这就解决了朱熹在研读《诗经》本文时，发现某些诗篇的诗旨与"思无邪"的评价扞格难通的矛盾。朱熹将"思无邪"划归给读诗人的做法，实际上就是宣布了《诗经》中"邪思"的存在；他要求读诗人以"无邪之思读之"，"以为警惧惩创之资"，则是给"邪思"的存在提供了一个正当的理由和一个如何面对它的正当的方式。朱熹通过这种解释，既顾全了孔子的权威，同时又对

---

① （宋）朱熹撰《论孟精义》卷一下"子曰诗三百一言以蔽之曰思无邪"章下所引，文渊阁《四库全书》本。
② （宋）吕祖谦撰《吕氏家塾读诗记》卷五《桑中序》下注。

其进行了大胆的修正，使自己的诗学理念得以自圆其说并发扬光大。

朱熹在其他地方，也多次提到如何理解"思无邪"的问题。如他在《论语集注》"思无邪"下注云：

> 凡《诗》之言，善者可以感发人之善心，恶者可以惩创人之逸志。其用归于使人得其情性之正而已。然其言微婉，且或各因一事而发，求其直指全体，则未有若此之明且尽者。故夫子言《诗》三百篇而惟此一言足以尽盖其义。其示人之意，亦深切矣。①

所谓"善者可以感发人之善心，恶者可以惩创人之逸志"，可以说就是对《读桑中》一文中讨论"思无邪"的一段话的概括。同时，朱熹指出《诗经》的功用"归于使人得其情性之正"，他认为这是孔子用"思无邪"来概括整个《诗经》内涵的深意所在。而这实际上就将"思无邪"也上升到了"诗教"的高度。

朱熹曾明确指出"思无邪"即是"诗教"。他说"《诗》中因情而起则有思，欲其思出于正，故独指'思无邪'以示教焉"。又说："'思无邪'一语直截见得诗教之本意……圣人言《诗》之教，只要得人'思无邪'，其他篇篇是这意思，惟是此一句包说得尽"，"只此一言当得三百篇之义，读《诗》者只要得思无邪耳。看得透每篇各是一个思无邪，总三百篇亦是一个思无邪。'毋不敬'，礼之所以为教；'思无邪'，《诗》之所以为教。"②

朱熹将"思无邪"当作"诗教"的观点，与其理学思想有着紧密的关系。在朱熹的理学思想中，"理一分殊"是一个相当重要的哲学命题。正如陈来所指出的，这一命题"实际上被朱熹作为一个模

---

① （宋）朱熹撰《四书章句集注》中《论语集注》《论语·为政》："子曰：'《诗》三百，一言以蔽之，曰：思无邪'"句下注，第53~54页。
② 上所引朱熹语参见（宋）黎靖德编，王星贤点校《朱子语类》卷二三"《诗》三百章"条下和（宋）朱鉴编《诗传遗说》卷三。

式处理各种跟本原与派生、普遍与特殊、统一与差别有关的问题"。① 朱熹曾从李侗受学,正是在他的指导下,朱熹才最终确立了"理一分殊"的思想。陈来指出"李侗重视分殊更重于重视理一的思想无疑是朱熹'格物穷理'方法论的一个来源"。② 朱熹曾经提到:

> 因忆顷年见汪端明,说沈元用问尹和靖:"伊川《易传》何处是切要?"尹云:"体用一源、显微无间,此是切要处。"后举以问李先生,先生曰:"尹说固好,然须是看得六十四卦、三百八十四爻都有下落,方始说得此话。若学者未曾子细理会便与他如此说,岂不误他。"某闻之悚然。始知前日空言无实不济事,自此读书益加详细云。③

李侗所说"看得六十四卦、三百八十四爻都有下落",就是强调对于"分殊"的理会,只有深刻理解了具体事物中的道理,才能真正明白其所体现出的超越个体的普遍规律,即所谓的"理一"。"理一"如果不建立在仔细体会"分殊"的基础上,就只能是空话误人了。朱熹对这一观点是极为推崇的,并且也以此来要求自己。

朱熹曾经说:

> 若是常人言,只道一个"思无邪"便了,便略了那"《诗》三百"。圣人须是从《诗》三百逐一篇理会了,然后理会"思无邪",此所谓下学而上达也。今人止务上达,自要免得下学。如说道"洒扫应对进退"便有天道,都不去做那"洒扫应对进退"之事。到得洒扫则不安于洒扫;进退,则不安于进退;应对,则不安于应对。那里面曲折去处,都鹘突无理会了。这个

---

① 陈来著《朱子哲学研究》第 5 章"理一分殊",华东师范大学出版社,2000,第 123 页。
② 陈来著《朱子哲学研究》第 12 章"格物致知",第 271 页。
③ (宋)黎靖德编,王星贤点校《朱子语类》卷一一,第 191 页。

须是去做,到得熟了,自然贯通。到这里方是一贯。古人由之而不知,今人不由而但求知,不习而但求察。①

朱熹将李侗所强调的理会"分殊"的做法应用在对《诗经》的理解上。他指出必须通过"下学",才能"上达",而所谓的"下学"就是"从《诗》三百逐一篇理会了"。他认为孔子所说的"思无邪"就是通过逐一涵泳《诗经》的本文而得出的结论,绝非一句囫囵的评语。而这实际上就是理会"分殊"得出"理一"的过程,也即是"格物致知"的过程。朱熹曾说"读书而求其义,处事而求其当,接物存心察其是非邪正,皆是"致知,②还说"读书便就文字上格,听人说话便就说话上格,接物便就接物上格,精粗大小都要格它。久后会通,粗底便是精,小底便是大,这便是理之一本处。"③可见,在朱熹看来,由"分殊"而"理一"与"格物致知"是同一个过程。

朱熹在回答弟子关于"《诗》说'思无邪'与《曲礼》说'毋不敬'意同否"的提问时说:

"毋不敬"是用功处,所谓"正心、诚意"也。"思无邪",思至此自然无邪,功深力到处,所谓"心正、意诚"也。若学者当求无邪思,而于正心、诚意处着力。然不先致知,则正心、诚意之功何所施?所谓敬者,何处顿放?今人但守一个"敬"字,全不去择义,所以应事接物处皆颠倒了。《中庸》"博学之、审问之、慎思之、明辨之、笃行之";《孟子》"博学而详说之,将以反说约也";颜子"博我以文,约我以礼",从上圣贤教人,未有不先自致知始。④

---

① (宋)黎靖德编,王星贤点校《朱子语类》卷二三"《诗》三百章"条下,第538页。
② (宋)黎靖德编,王星贤点校《朱子语类》卷一五,第283页。
③ (宋)黎靖德编,王星贤点校《朱子语类》卷一五,第286页。
④ (宋)黎靖德编,王星贤点校《朱子语类》卷二三"《诗》三百章"条下,第545页。

朱熹认为"毋不敬"是手段,"思无邪"是目标。然而要想做到"毋不敬"、达到"思无邪"就必须从"致知"开始。我们在上面已经分析了。逐一理会《诗》三百篇就是一个"格物致知"的过程。因而朱熹说"看得透每篇各是一个思无邪,总三百篇亦是一个思无邪",前者即是格物致知,后者则为心正意诚。这样,"思无邪"实际上就概括了朱熹思想中的方法论和认识论,并成为《大学》中所提出的"修齐治平"的出发点。"思无邪"之成为"诗教",自然是顺理成章了。

总之,朱熹对于"思无邪"的理解,首先是建立在自己涵泳《诗经》本文的基础之上,同时又贯彻了自己的理学思想。既体现了朱熹最大限度的力求实事求是的治学态度,又反映出他用理学思想整合儒家经典的努力。"思无邪"的诗教观,相比于传统的"温柔敦厚"的诗教观,更具有哲学层面上的深刻内涵。"思无邪"与"温柔敦厚"都出自孔子之口,前者来自《论语》,后者出自《礼记》。"温柔敦厚"在《礼记·经解》中被明确标为"诗教",而以"思无邪"为诗教则大概确属朱熹的创造。[1]

（二）关于"郑声"

如何理解"郑声"是《诗经》学史上一个聚讼纷纷的难题。朱熹的"淫诗说",其最直接的理论依据也植根于此。为了弄清楚朱熹观点的渊源所自,我们有必要先对"郑声"问题的发展轨迹做出考察。

"郑声"问题的出现导源于孔子的两段话。《论语》中记载：

> 颜渊问为邦。子曰："行夏之时,乘殷之辂,服周之冕,乐

---

[1] 朱自清《诗言志辨·诗教》中《温柔敦厚》一章从文学的角度对朱熹提出"思无邪"的诗教观做出分析,可参看。（朱自清著《诗言志辨》,华东师范大学出版社,1996）

则《韶》、《舞》。放郑声,远佞人。郑声淫,佞人殆。"①

子曰:"恶紫之夺朱也,恶郑声之乱雅乐也,恶利口之覆邦家者。"②

孔子明确提出了"放郑声"、"郑声淫",并将"郑声"与"雅乐"相对立。孔子还说:

吾自卫反鲁,然后乐正,《雅》、《颂》各得其所。③

"《雅》、《颂》各得其所"是孔子"正乐"的结果。但是,孔子的"正乐"与"放郑声"有没有关系,"郑声"的具体含义指的到底是什么,"郑声"是否即是《诗经》中的《郑风》?对于这些问题,孔子没有做出明确的解释。这就导致了后世的无穷争论。

孔子以后,"郑声"更演化为"郑卫之音",成为淫邪之乐的代称。《荀子·乐论》中说"姚冶之容、郑卫之音,使人之心淫"。④《吕氏春秋·孟春纪·本生》中说:"靡曼皓齿,郑卫之音,务以自乐。命之曰:'伐性之斧'"。⑤而在《礼记·乐记》中,对于"郑声"、"郑卫之音"做出了更为详细的描述。《乐记》说:

是故治世之音安以乐,其政和;乱世之音怨以怒,其政乖;亡国之音哀以思,其民困。声音之道,与政通矣。宫为君,商为臣,角为民,徵为事,羽为物。五者不乱,则无怗懘之音矣……五者皆乱,迭相陵,谓之"慢"。如此则国之灭亡无日矣。郑卫之音,乱世之音也,比于"慢"矣。桑间濮上之音,

---

① 杨伯峻译注《论语译注·卫灵公》,第164页。
② 杨伯峻译注《论语译注·阳货》,第187页。
③ 杨伯峻译注《论语译注·子罕》,第92页。
④ (清)王先谦著《荀子集解·乐论》,《诸子集成》本,上海书店,1986,第254页。
⑤ (汉)高诱注,(清)毕沅校《吕氏春秋》,《诸子集成》本,上海书店,1986,第5页。

亡国之音也，其政散、其民流，诬上行私而不可止也。①

《乐记》中还记载：

> 魏文侯问于子夏曰："吾端冕而听古乐，则唯恐卧。听郑卫之音，则不知倦。敢问古乐之如彼，何也？新乐之如此，何也？"
>
> 子夏对曰："今夫古乐，进旅退旅，和正以广。弦匏笙簧，会守拊鼓，始奏以文，复乱以武，治乱以相，讯疾以雅，君子于是语，于是道古。修身及家，平均天下，此古乐之发也。今夫新乐，进俯退俯，奸声以滥，溺而不止，及优侏儒，獶杂子女、不知父子，乐终不可以语，不可以道古，此新乐之发也。今君之所问者，乐也。所好者，音也。夫乐者，与音相近而不同。"
>
> 文侯曰："敢问何如？"
>
> 子夏对曰："……德音之谓乐……今君之所好者，其溺音乎？"
>
> 文侯曰："敢问溺音何从出也？"
>
> 子夏对曰："郑音好滥淫志。宋音燕女溺志。卫音趋数烦志。齐音敖辟乔志。此四者，皆淫于色而害于德，是以祭祀弗用也。"②

《乐记》认为"郑卫之音"五音相陵，是"怨以怒"的乱世之音。《乐记》又引用子夏的话将"郑音"描述成"好滥淫志"，将"卫音"描述成"趋数烦志"。再加上"宋音"和"齐音"，它们代表了"进俯退俯，奸声以滥，溺而不止"并且伴有纯娱乐性质的俳优表演的"新乐"，这些"新乐"被子夏斥之为"溺音"，是"淫于

---

① （清）孙希旦撰，沈啸寰、王星贤点校《礼记集解》，中华书局，1989，第978~981页。
② （清）孙希旦撰，沈啸寰、王星贤点校《礼记集解》，第1013~1016页。

色而害于德"的，不能用于祭祀等正式场合。

对于"郑音"的"好滥淫志"，"卫音"的"趋数烦志"，郑玄注云："滥，滥窃奸声也"，"趋数读为促速"，"烦，劳也"。这就是说"郑音"中多用"奸声"，使人心志淫邪；"卫音"节奏较快，使人心志烦劳。再加上前面所说的五音相陵，"郑卫之音"显然是一种音调复杂、节奏明快的新兴音乐形式。①

《乐记》对于"郑卫之音"的这种描述，大概代表了先秦时期知识阶层，特别是儒家学者的一种普遍认识。在儒家学者看来，音乐是人心感于物而自然生发出来的，是人情所必不可免的。然而这种人心感物而生的欲望必须受到节制，否则就会扰乱社会的秩序，即所谓"夫物之感人无穷，而人之好恶无节，则是物至而人化物也。人化物也，灭天理而穷人欲者也。于是有悖逆诈伪之心，有淫佚作乱之事……此大乱之道也。"②因此，先王对于"乐"既是有"制作"的，也是有"节制"的，荀子说："人不能不乐，乐则不能无形。形而不为道，则不能无乱。先王恶其乱也，故制雅、颂之声以道之"。③《乐记》中则说："乐者，所以象德也。礼者，所以缀淫也（郑玄注：'缀犹止也'）"。④如果没有"礼"来节制"乐"，如果不遵从先王的"雅、颂之声"，那么"乐"就会流于"淫"、流于"乱"。《吕氏春秋·仲夏纪·适音》中说："夫音亦有适。太钜则志荡"，"太小则志嫌"，"太清则志危"，"太浊则志下"，"故太钜、太

---

① 《乐记》中，子夏在说完"郑、宋、卫、齐"四国之乐后，接着对钟声、石声、丝声、竹声、鼓鼙之声做出了描述，他说："竹声滥，滥以立会，会以聚众"。清人孙希旦在《礼记集解》中说："愚谓笙、竽之声繁会，有泛滥旁行之义，故闻之使人立会，谓会聚其人民也。"笙竽等竹制乐器适合"聚众"，这显示出其声音高亢明亮、音节繁复，子夏评之曰"滥"。这个"滥"的意思虽然不能作为"郑音好滥淫志"的解释，但是仍可以看出，"滥"本源于对某种乐声的感受，而所谓"奸声以滥"、"好滥淫志"、"滥窃奸声"等说法恐怕都是根据现实音乐状况引申出来的一种抽象评价。
② （清）孙希旦撰，沈啸寰、王星贤点校《礼记集解》，第984页。
③ （清）王先谦著《荀子集解·乐论》，第252页。
④ （清）孙希旦撰，沈啸寰、王星贤点校《礼记集解》，第997页。

小、太清、太浊,皆非适也。何谓'适'?衷音之适也。何谓'衷'?大不出钧,重不过石,小大轻重之衷也。黄钟之宫,音之本也,清浊之衷也。衷也者,适也。以适听适,则和矣。"① 在这里,对于音乐的节制有了更为具体的、可操作的规定。虽然这种规定不一定完全准确,但是它显示出先秦儒家学者的一种音乐理念,即音乐也应该符合中庸之道,否则就会使人心志不正。然而,这种过于理想主义的观念显然是不合现实情况的。《吕氏春秋·仲夏纪·侈乐》中说:

> 故乐愈侈而民愈郁、国愈乱、主愈卑,则失乐之情也。凡古圣王之所谓贵乐者,为其乐也。夏桀、殷纣作为侈乐大鼓,钟磬管箫之音,以钜为美,以众为观。俶诡殊瑰,耳所未尝闻,目所未尝见。务以相过,不用度量。宋之衰也,作为千钟。齐之衰也,作为大吕。楚之衰也,作为巫音。侈则侈矣。自有道者观之,则失乐之情。失乐之情,其乐不乐。乐不乐者,其民必怨,其生必伤。②

这段话将"侈乐"的始作俑者归于夏桀、殷纣,实不足为训。但是它指出的"以钜为美、以众为观,俶诡殊瑰"的现象恐怕是有其现实依据的。这段话还指出宋、齐、楚之衰在于其分别作"千钟"、"大吕"和"巫音"。"千钟"、"大吕",高诱注均解释为一种律吕之名,其具体含义还待进一步考证。"巫音",《墨子·非乐》中说"其恒舞于宫,是谓巫风",③ 则"巫音"恐怕就是伴有大量舞蹈的音乐。要之,"千钟"、"大吕"和"巫音"都体现了各国音乐之"侈",高诱注将"侈"解释为"淫",也就是过分的意思。这种所谓的"侈乐",与《乐记》中所描述的郑、卫、宋、齐各国之音

---

① (汉)高诱注,(清)毕沅校《吕氏春秋》,第49~50页。
② (汉)高诱注,(清)毕沅校《吕氏春秋》,第48页。
③ (清)孙诒让著《墨子间诂》卷八《非乐上》,《诸子集成》本,上海书店,1986,第160页。

基本一致，都被认为是伤民乱国的祸根。《乐记》中说："流辟、邪散、狄成、涤滥之音作，而民淫乱"，孔颖达疏曰："狄成、涤滥，言乐之曲折，疾速而成，速疾而止。"清人孙希旦《礼记集解》云："流辟者，流宕而偏僻。邪散者，淫邪而散乱。狄成……所谓'流湎以忘本'也。涤滥，如水之涤荡放滥，往而不返也。"① 显然，所谓的"郑卫之音"与这些"流辟、邪散、狄成、涤滥之音"并无二致，它们都是音乐在失去"节制"后的一种表现形式。

值得注意的是，为《乐记》作者所诟病的"淫声"，以郑、卫、宋、齐为主要代表，这四国正是春秋初期实力较强的国家，它们国力的发达自然会导致音乐娱乐上的发达；而后来其国势转强为弱、甚至遭到灭亡，这让学者们在总结历史经验的时候，很容易将其所发展出的新的音乐形式也看作是衰亡的征兆之一而加以指斥。当然，各国音乐的发展不可能是同步的，大概郑、卫的发展最快，而宋、齐等国的发展相对较缓。特别是郑国，它作为周室东迁以后最早崛起的国家，商业发达、经济强盛，有利于郑人吸纳异国、异族的音乐从而发展自己的音乐，并且将这种音乐形式迅速传播出去。② 清人芮长恤在《匏瓜录》中指出："《左传》萧鱼之会，郑人赂晋侯以师悝、师触、师蠲、钟磬、女乐。襄公十五年，以赂请尉氏、司氏之余盗于宋，而师茷、师慧与焉。慧过宋朝而讥其无人，且曰：'若犹有人焉，岂其以千乘之相，易淫乐之矇？'由此观之，当时列国必尚郑声，故郑以此行赂于晋、宋。"③ 郑声在当时流行于各国，这恐怕

---

① （清）孙希旦撰，沈啸寰、王星贤点校《礼记集解》，第 998~1000 页。
② 《荀子·王制》中曾说："修宪命，审诗商（吴按：王引之认为'商'为'章'之误，见其《读书杂志》），禁淫声，以时顺修，使夷俗邪音不敢乱雅，大师之事也"，可以看出乱雅之"淫声"主要是"夷俗邪音"，即周边民族以及民间的音乐，所谓的"郑声"很可能就是这种"夷俗邪音"的代表。这涉及春秋时期民族融合以及社会、历史发展的诸多问题，容作者另撰文说明。又，关于郑国在春秋时的国势，可参见童书业《春秋左传札记》第 27 条"郑庄小霸"，载于童书业《春秋左传研究（校订本）》，第 284 页，以及其《春秋时郑国之强》一文，载于《童书业史籍考证论集》，第 442 页。
③ 转引自程树德撰，程俊英、蒋见元点校《论语集释》卷三一，第 1088 页。

就是孔子首先拈出"郑声"作为乱雅乐的祸首的原因。

《礼记·乐记》中对于"郑卫之音"的复杂音调所作的描述，以及《吕氏春秋》中对于"侈乐"的批评从音乐考古学上也能得到一些验证。李纯一根据出土编钟的测音结果指出，西周晚期的音阶调式基本为四声（羽、宫、角、徵）音阶，到春秋中期通行或流行的音阶调式则已发展成为五声，同时七声音阶也已产生。到战国时候，曾侯乙编钟能奏出五声音阶又能奏出七声音阶，能奏出古七声音阶又能奏出新七声音阶（新七声音阶即同于今天的七声音阶），其音分五组（简单地说就是分为五个八度），有十二律。因此，战国时期，甚至更早，三分损益法（以及五声和十二律相生法）已经产生，音乐得到了迅速的发展。[①] 王子初也指出，"从西周初期出现3个一组的甬钟起，至西周中、晚期，编钟发展到诸如'柞钟'8个一套，甚至如晋侯苏编钟的16个一套，其音列均仍为五声缺商，不出宫角徵羽四声"，"早期的编钟，并不用来演奏完整的曲调，主要用来演奏旋律中的骨干音，以加强节奏、烘托气氛"，"演奏旋律的主体乐器，应是琴瑟笙管类乐器"。然而到了春秋战国时期，钟磬之乐急剧发展，考古发现的编钟、编磬等遗物，以此时为最多，"其规模之大、数量之多、音乐性能之优良、所体现的文化和科技水平之高，均达到了前所未有的程度"。曾侯乙编钟已能"演奏采用和声、复调及转调手法写成的现代乐曲"。春秋战国时期编钟、编磬大量出现的这种现象，显示出反映等级差别的西周"乐悬"制度的破坏，而这很可能就体现了所谓"礼崩乐坏"的过程。[②]

由此可见，孔子所指出的"郑声之乱雅乐"的情况，大概就反映了从西周晚期到春秋时期音乐的发展状况，而《荀子》、《吕氏春秋》、《礼记》等书中对"郑卫之音"以及对"宋音"、"齐音"等"新乐"的描述，则是体现了以"郑声"为代表的新兴音乐的逐渐

[①] 参见李纯一著《先秦音乐史》，人民音乐出版社，2005。
[②] 参见王子初著《中国音乐考古学》，福建教育出版社，2003。

普及,大概反映了从春秋时期到战国时期音乐的发展状况。① 从孔子时"郑声"与"雅乐"的对立,到《乐记》中"新乐"与"古乐"的对立,"郑声"成为"新乐","雅乐"变为"古乐",则显示出新旧两种音乐形式消长变化的过程。

通过上面的论述可以看出,孔子所谓的"郑声淫"是有着强烈的现实音乐、社会发展背景的,对于"淫"的解释,恐怕还是应该先从音乐的角度入手进行理解。

在《礼记·乐记》中记载着孔子与宾牟贾的一段对话:

> 宾牟贾侍坐于孔子,孔子与之言及乐曰:"夫《武》之备戒之已久,何也?"
> 对曰:"病不得其众也。"
> ……
> "声淫及商,何也?"
> 对曰:"非《武》音也。"
> 子曰:"若非《武》音,则何音也?"
> 对曰:"有司失其传也。若非有司失其传,则武王之志荒矣。"
> 子曰:"唯,丘之闻诸苌弘,亦若吾子之言是也。"②

在这段对话中,孔子提到了《武》乐"声淫及商"的问题。郑玄注和孔颖达疏将"淫"解释为"贪","声淫及商"即"贪商之声",也就是说《武》乐中有贪求商之天下的意思。然而,如果依郑、孔二氏的解释,则此"贪商之声"如何能从音律上得出呢?如果说这是从其诗歌的内容上得出的疑问则更不合情理。《武》乐是为了纪念

---

① 虽然《礼记》的成书较晚,但是据周柱铨、吕骥等人的考证,《礼记·乐记》的主要作者大概是孔子的再传弟子公孙尼子,其生活年代在魏文侯之后,荀子之前。则《乐记》所记录的内容仍然可以说是保留了战国时的文献资料。参见吕骥《〈乐记〉理论新探》,新华出版社,1993年;《〈乐记〉论辩》,人民音乐出版社,1983。

② (清)孙希旦撰,沈啸寰、王星贤点校《礼记集解》,第1021~1022页。

武王伐纣的功绩所作，楚庄王总结《武》乐为"禁暴、戢兵、保大、定功、安民、和众、丰财者也。"① 并且在孔子与宾牟贾这段对话的后面，《乐记》继续引孔子的话说："且夫《武》：始而北出；再成而灭商；三成而南；四成而南国是疆；五成而分陕，周公左、召公右；六成复缀以崇。"《武》乐是歌颂祖德的颂歌，即使是"有司失其传"，怎么会将贪图商之天下的意思羼杂进来呢。况且，孔子问为什么会"声淫及商"，宾牟贾回答"非《武》音也"，孔子又问"若非《武》音，则何音也"。这些问答明确标出"声"、"音"二字，显然是就音律问题所进行的讨论。郑孔二人对"声淫及商"的解释实在过于牵强，难以取信于人。

因此，宋人程大昌提出"声淫及商者"，"谓'有司失传'而声音夺伦耳，非谓武王之《武》实荒放无检也"。② 他明确地将"淫"解释为音调相犯之意。元人陈澔在《陈氏礼记集说》中引他人之说云："商声为杀伐之声，'淫'谓商声之长也。"③ 清人秦蕙田在《五礼通考》中引李光地的话说："'声淫及商'谓歌奏之声杂以商调也。"④ 清人孙希旦在《礼记集解》中也说："愚谓淫，过也。商，商声也。商声主杀伐。"⑤ 又，《周礼·春官·大司乐》中说："凡乐，圜钟为宫，黄钟为角，太簇为徵，姑洗为羽……函钟为宫，太簇为角，姑洗为徵，南吕为羽……凡乐，黄钟为宫，大吕为角，太簇为徵，应钟为羽……"⑥ 这里阐述的是祭祀用乐的调式变化，然

---

① 杨伯峻编著《春秋左传注·宣公十二年》，中华书局，1990，第 745~746 页。
② （宋）程大昌撰，刘尚荣校证《考古编》卷二《诗论九》，中华书局，2008，第 24 页。程大昌还认为孔子说《关雎》"乐而不淫，哀而不伤"也是从音乐的角度出发所做的论述。其言曰："是说也，夫子非以言说也。或者鲁太师挚之徒乐及《关雎》，而夫子嘉其音节中度。故曰：'虽乐矣，而不及于淫；虽哀矣，而不至于伤。'皆从乐奏中言之，非以叙列其诗之文义也。"亦见该书卷二《诗论九》，第 24 页。
③ （元）陈澔撰《陈氏礼记集说》卷七，文渊阁《四库全书》本。
④ （清）秦蕙田撰《五礼通考》卷七一，文渊阁《四库全书》本。
⑤ （清）孙希旦撰，沈啸寰、王星贤点校《礼记集解》，第 1022 页。
⑥ （清）孙诒让撰，王文锦、陈玉霞点校《周礼正义》，中华书局，1987，第 1757 页。

而其中五音独缺"商"音,郑玄注云:"此乐无商者,祭尚柔,商坚刚也"。我们在上文已经说过,根据李纯一、王子初等人的研究,"西周晚期编甬钟测音结果均⋯⋯为四声(羽、宫、角、徵)羽调式",① 这与《周礼·春官·大司乐》中所记祭祀用乐无"商"音,以及《乐记》中孔子认为"声淫及商"非周代《武》乐之原音正相符合。据此,我们以为,《乐记》中所谓的"声淫及商",实是指音乐中杂有"商"音,所谓"淫"指的就是音调相犯、相杂。

通过这里"声淫"的用意,还有《乐记》中对"古乐"、"新乐"在演奏形式和内容上的描述,以及对"郑卫之音"音乐特点的描述,我们有理由相信《论语》中所记载的"郑声淫"的论断,很可能就是指"郑声"音调繁杂,不合于传统古乐平易的以"四声"为主的曲调。孔子和《乐记》的作者是亲身经历了"礼崩乐坏"的过程,对当时的音乐发展状况有着直观的感受和体会,对以"郑声"、"郑卫之音"为代表的"新乐"首先是从音乐的角度进行批评的。清人陈启源说:"淫者,过也。非专指男女之欲也。古之言淫多矣,于星言淫,于雨言淫,于水言淫,于刑言淫,于游观、田猎言淫。皆言过其常度耳。乐之五音十二律,长短高下皆有节焉。郑声靡曼幼渺,无中正和平之致,使闻之者导欲增悲,沉溺而忘返,故曰淫也。"② 他的这种看法应该是比较接近事实的。

但是《乐记》的大旨在于发展完善孔子的礼乐思想,构建出一个完整的音乐伦理学或音乐政治学系统。③《乐记》中说:

> 凡音者,生于人心者也。乐者,通伦理者也。是故知声而不知音者,禽兽是也。知音而不知乐者,众庶是也。唯君子为能知乐。是故审声以知音,审音以知乐,审乐以知政,而治道

---

① 参见李纯一著《先秦音乐史》第3章第2节《西周乐器》。
② (清)陈启源撰《毛诗稽古编》卷五《郑风》总说,文渊阁《四库全书》本。
③ 《荀子·乐论》和《吕氏春秋》的《仲夏纪》、《季夏纪》也同样表现出这样一种趋势,此处只以《乐记》为说。

备矣……是故先王之制礼乐也。非以极口腹耳目之欲也。将以教民平好恶,而反人道之正也。①

《乐记》强调的是通过音乐提高道德修养,强调音乐是达到理想政治的一种辅助手段。因此,尽管《乐记》对"郑卫之音"的具体描述是从其音乐特性出发,但是其对"郑卫之音"所下的结论必然会牵扯浓厚的社会伦理和现实政治含义。《乐记》说"郑卫之音"是乱世之音,说"郑宋卫齐"等新乐"淫于色而害于德"。这就使孔子"郑声淫"的"淫"从"淫于声"转变为"淫于色",也即从"音调相杂"转变为"沉湎淫佚",对后世如何理解"郑声淫"造成了巨大的影响。

班固在《汉书·地理志》中根据刘向、朱赣所记对各地的地理风俗进行了具体的描写与分析。②他直接将"郑卫之音"与男女"淫佚"联系起来,并首先提出《诗经·郑风》中的诗篇就是郑国"淫风"的反映:

  卫地有桑间濮上之阻,男女亦亟聚会,声色生焉。故俗称郑卫之音。

  郑国……土陿而险,山居谷汲,男女亟聚会。故其俗淫。《郑诗》曰:"出其东门,有女如云。"(吴按:《郑风·出其东门》之诗)又曰:"溱与洧,方涣涣兮。士与女,方秉蕳兮。""洵盱且乐,惟士与女,伊其相谑。"(吴按:《郑风·溱洧》之诗)此其风也,吴札闻郑之歌曰:"美哉!其细已甚,民弗堪也。是其先亡乎?"③

---

① (清)孙希旦撰,沈啸寰、王星贤点校《礼记集解》,第982~983页。
② 班固云:"成帝时,刘向略言其地分,丞相张禹使属颍川朱赣条其风俗,犹未宣究,故辑而论之,终其本末著于篇。"参见(汉)班固撰,(唐)颜师古注《汉书》卷二八《地理志》,第1640页。
③ 参见(汉)班固撰,(唐)颜师古注《汉书》卷二八《地理志》,第1665、1651~1652页。

班固在讨论郑国风俗时引用了吴公子季札观乐时的一段话来做总结。据《左传·襄公二十九年》记载,吴公子季札聘鲁,观周乐,乐工"为之歌《郑》",季札曰:"美哉,其细已甚。民弗堪也。是其先亡乎?"班固没有明确指出孔子所谓的"郑声"就是季札所听到的"郑之歌",也没有明确指出"郑之歌"为淫,但是他将郑国的风俗、诗歌与音乐联系成为一个整体,其俗淫导致其诗淫,其诗淫导致其乐淫。同时,班固又指出"郑卫之音"为男女聚会、声色生焉的淫佚音乐,那么作为"郑卫之音"的组成部分的"郑音"为淫应当是不言而喻的。班固在《白虎通义》上卷的《礼乐》条中更明确地说:

> 乐尚雅,雅者,古正也。所以远郑声也。孔子曰"郑声淫",何?郑国土地民人,山居谷浴,男女错杂,为郑声以相悦怿,故邪僻声皆淫色之声也。

班固在这里直接将"郑声淫"归咎于郑俗淫。结合《汉书·地理志》中郑俗淫导致郑诗淫的说法,"郑声淫"即"郑诗淫"的观点几乎也呼之欲出了。此外,班固说"卫地有桑间濮上之阻……故俗称郑卫之音",这就将《礼记·乐记》中分开论述的"郑卫之音"与"桑间濮上之音"合而为一了。从此,"桑间濮上之音"又成为"郑卫之音"的代称。

到许慎作《五经异义》,就直接将"郑声淫"等同于"郑诗淫"了:

> 《异义》云:今论说郑国之为俗,有溱洧之水,男女聚会,讴歌相感,故云"郑声淫"。《左传》说"烦手淫声谓之郑声"者,言烦手踯躅之声,使淫过矣。许君谨案:郑诗二十一篇,说妇人者十九矣,故"郑声淫"也。(孔颖达案语:郑诗说妇人者唯九篇,《异义》云"十九"者,误也,无"十"字矣)[①]

[①] (清)阮元校刻《十三经注疏·礼记正义·乐记》:"郑卫之音,乱世之音也……"句下孔颖达疏所引,第1528页。

此孔颖达所引《五经异义》中有"《左传》说'烦手淫声谓之郑声'者"的话，检《左传·昭公元年》记载医和的话云："于是有烦手淫声，慆堙心耳，乃忘平和，君子弗听也。"杜预注云："五降而不息，则杂声并奏，所谓郑卫之声。"则"烦手淫声谓之郑声"乃是后人见杜预注后，合传、注一并言之，绝非许慎所能说出。因此有关《左传》对"郑声"的解释应是窜入之文，甚或是孔颖达自己的话。但是无论如何，这说明在许慎前后，对"郑声淫"的解释仍然莫衷一是、各执一词。除了杜预将"郑声淫"解释为"烦手淫声"外，①《公羊传·庄公十七年》"书甚佞也"句下徐彦疏云："或何氏云'郑声淫'与服君同，皆谓'郑重其手而音淫过'，非郑国之'郑'也"，阮元校勘记于"皆谓郑重其手而音淫过"下引惠栋语云："'郑重'，犹频烦也，左氏《传》'烦手淫声'是也。"②徐彦疏中的何氏指何休，服君指服虔，二人早于杜预。看来将"郑声淫"解为"烦手淫声"或"郑重其手而音淫过"（即不按规格弹奏音乐）也是当时颇有影响的一种看法。

许慎所提出的"郑声淫"即"郑诗淫"的观点，似乎没有在后代造成广泛的影响。因为这与孔子"正乐"、"放郑声"的说法相互矛盾。如果承认"郑声淫"即"郑诗淫"，那么《诗经》经过孔子修订的神圣地位就要受到质疑。因此，南宋吕祖谦为了维护孔子与《诗经》的地位，将"郑声"与"郑诗"进行了分离：

> 或曰：《乐记》所谓"桑间濮上之音"，安知非即此篇乎

---

① 孔颖达于医和"五降之后，不容弹矣"句下引刘炫的话说："五声皆降则声一成，曲既未成，当（阮元校勘记：宋本'当'下有'更'字，是也）从上始，不以后声未（阮元校勘记：宋本、闽本、监本、毛本'未'作'来'）接前声，而容手妄弹击，是为烦手，此手所击非复正声，是为淫声。淫声之慢（阮元校勘记：宋本、监本、毛本'慢'作'漫'），塞人心耳，乃使人忘失平和之性，故君子不听也。"据此，所谓"烦手淫声"是指不合规格的弹奏音乐，杜预认为这就是"郑卫之音"。这种解释与《礼记·乐记》中所说"郑音好滥淫志"的话颇相合。参见（清）阮元校刻《十三经注疏·春秋左传正义·昭公元年》，第 2025 页。

② （清）阮元校刻《十三经注疏·春秋公羊传注疏·庄公十七年》，第 2234 页。

(吴按：指《鄘风·桑中》)？

曰：《诗》，雅乐也。祭祀朝聘之所用也。"桑间濮上之音"，郑卫之乐也，世俗之所用也。雅、郑不同部，其来尚矣。战国之际，魏文侯与子夏言古乐、新乐。齐宣王与孟子言古乐、今乐。盖皆别而言之。虽今之世，太常教坊各有司、局，初不相乱，况上而春秋之世，宁有编郑卫乐曲于雅音中之理乎？《桑中》、《溱洧》诸篇作于周道之衰，其声虽已降于烦促，而犹止于中声，荀卿独能知之。其辞虽近于讽一劝百，然犹止于礼义，《大叙》独能知之。仲尼录之于经，所以谨世变之始也。借使仲尼之前，雅、郑果尝庞杂，自卫反鲁正乐之时，所当正者无大于此矣。唐明皇令胡部与郑卫之声合奏，谈俗乐者尚非之。曾谓仲尼反使雅、郑合奏乎？《论语》答颜子之问，乃孔子治天下之大纲也，于郑声亟欲放之，岂有删《诗》示万世，反收郑声以备六艺乎？①

吕祖谦认为，《诗经》全部为雅乐，而所谓"郑卫之音"则为世俗之乐，二者不会混同，特别是经过孔子的整理后，更不可能在《诗经》中混入"郑声"。而那些节奏"烦促"、意旨不美的诗，如《桑中》、《溱洧》之类，是"止于中声"、"止于礼义"的，孔子选录这些诗是为了让人们对世风开始转变加以重视。吕祖谦否认《诗经》中有"郑声"存在，不承认"郑诗"与"郑声"有什么联系。

而朱熹在《读桑中》一文中对吕祖谦的说法进行了辩驳，同时也解决了"郑声淫"与"放郑声"的矛盾，从而为自己的"淫诗说"提供了理论根据。

朱熹以《鄘风·桑中》一诗为突破口，指出这首诗在内容上写男女淫奔，② "雅人庄士有难言之者"。③ 而《诗序》云："《桑中》，

---

① （宋）吕祖谦撰《吕氏家塾读诗记》卷五《鄘风·桑中》后的议论。
② 朱熹在《诗序辨说》中说："此诗乃淫奔者所自作"。〔（宋）朱熹撰，朱杰人、严佐之、刘永翔主编《朱子全书》第1册，第364页〕
③ 参见朱熹《读桑中》一文。下文所引朱熹语，凡未注明出处的均引自此文。

刺奔也。卫之公室淫乱，男女相奔，至于世族在位，相窃妻妾，期于幽远，政散民流而不可止。"尽管朱熹认为《诗序》说《桑中》为刺诗是不正确的，但是《诗序》提到"政散民流而不可止"，这与《礼记·乐记》中所说"桑间濮上之音，亡国之音也，其政散、其民流，诬上行私而不可止也"正相符合，说明《诗序》也是把《桑中》当成"桑间濮上之音"看待的。而且"邶、鄘"二国为卫国所并，在地理上均属"卫"地。因此，朱熹明确地指出，《桑中》就是"桑间"，所谓"郑卫之音"的"卫"就是"《邶》、《鄘》、《卫》风若干篇是也"，同样，所谓"郑"就是"《郑风》若干篇是也"，这样朱熹就把班固和许慎有关于"郑卫之音"的理解综合在了一起。①

但是朱熹如何解决孔子曾"放郑声"这一问题呢？他在《论语集注》中说，"放，谓禁绝之。郑声，郑国之音。"② 朱熹认为"放郑声"只是"禁绝郑国之音"，而非郑国之诗。他在《诗序辨说》《桑中序》后说："夫子之于《郑》、《卫》，盖深绝其声于乐以为法，而严立其词于诗以为戒。"朱熹解释孔子之所以保留郑国之诗的原因说："此则曾南丰于《战国策》，刘元城于'三不足之论'，皆尝言之，又岂俟吾言而后白也哉？"所谓"曾南丰于《战国策》"之言，指曾巩在《战国策》的序中所言"君子之禁邪说也，固将明其说于天下，使当世之人皆知其说之不可从，然后以禁，则齐；使后世之人皆知其说之不可为，然后以戒，则明。岂必灭其籍哉？放而绝之，莫善于是。"③ 所谓"刘元城于'三不足'之论"，指刘安世论王安石"三不足"之言曰："此乃祸天下后世之言，虽闻之不可从也。譬如毒药不可绝。而神农与历代名医言之曰：此乃毒药，如何形色，

---

① 朱熹还说过"郑、雅也只是一个乐，雅较平淡，郑便过而为淫哇。盖过了那雅，便是乱雅"（见《朱子语类》卷四七"恶紫之夺朱"条），在这里朱熹又从音乐的角度对"郑声"作出了解释。朱熹实际上是整合了几乎所有关于"郑声"的理解，详见下文。
② （宋）朱熹撰《四书章句集注·论语集注》，第164页。
③ （宋）曾巩撰《元丰类稿》卷一一《战国策目录序》，《四部丛刊》初编本。

食之必杀人。故后人见而识之，必不食也。今乃绝之，不以告人，既不能绝，而人误食之死矣。"① 朱熹引用曾巩与刘安世的观点，认为放绝邪说最好的办法不是删去邪说，而是保存其说以警后人。孔子的"放郑声"，只绝其音，保留其诗，正是意在于此。

朱熹对"放郑声"的解释还牵扯到孔子是否"删诗"的问题。最早提出孔子曾经删诗的是《史记·孔子世家》：

> 古者诗三千余篇，及至孔子，去其重，取可施于礼义，上采契、后稷，中述殷、周之盛，至幽、厉之缺……三百五篇，孔子皆弦歌之，以求合韶、武、雅、颂之音。②

吕祖谦相信司马迁的说法，认定孔子曾经删诗，所谓的"放郑声"就是孔子删诗的一种手段。而朱熹则对司马迁的话表示怀疑，他曾说："然太史公谓三百篇诗，圣人删之，使皆可弦歌。伯恭泥此，以为皆好。盖太史公之评自未必是，何必泥乎？"显然，朱熹对《史记》的怀疑是与他认为《诗经》中存在"淫诗"的观点相辅相成的。如果他承认孔子删诗，那么对"淫诗"的存在就无法解释。因此，朱熹说："如太史公说古诗三千篇，孔子删定三百，怕不曾删得如此多。"这实际上是采取了孔颖达在郑玄《诗谱》疏中的意见。朱熹最终认定："人言夫子删诗，看来只是采得许多诗，夫子不曾删去，往往只是刊定而已。"③ 这种观点，我们今天看来是比较符合事实的。④ 朱熹既然认为孔子不曾删诗，那么他对"放郑声"是存其说而非灭其籍的解释也就顺理成章了。

朱熹还在《诗集传》中说：

> 郑卫之乐皆为淫声，然以诗考之，卫诗三十有九，而淫奔

---

① （宋）马永卿编，（明）王崇庆解《元城语录解》卷上，文渊阁《四库全书》本。
② （汉）司马迁撰《史记》卷四七《孔子世家》，第1936页。
③ 本段所引朱熹语均见（宋）黎靖德编，王星贤点校《朱子语类》卷二三《论语五》"诗三百章"条，第538~547页。
④ 对于孔子不曾删诗的比较系统的论述，参见张西堂《诗经六论·诗经的编订》。

之诗才四之一。郑诗二十有一，而淫奔之诗已不翅七之五。卫犹为男悦女之辞，而郑皆为女惑男之语。卫人犹多刺讥惩创之意，而郑人几于荡然无复羞愧悔悟之萌。是则郑声之淫有甚于卫矣。故夫子论为邦，独以郑声为戒，而不及卫，盖举重而言，固自有次第也。"诗可以观"，岂不信哉？①

朱熹在这里又将"郑"、"卫"之诗作了比较。他认为《郑风》中的淫诗比重最大，而且都为"淫女"之语，其程度比卫诗严重，孔子择要而言，因此只提到"郑声"。朱熹的这种解释将孔子只提到"郑声"而不曾提及"郑卫之音"的情况弥缝的相当圆满，同时也为他认定《国风》中其他各国的淫诗廓清了道路。

朱熹对于"郑声"和"郑卫之音"的理解，其渊源实来自郑樵。吕祖谦曾经在给朱熹的信中说：

"思无邪"、"放郑声"。区区朴直之见，只守此两句，纵有他说，所不敢从也。（原注：《论语集注》解"思无邪"一段，虽说得行，终不若旧说之省力。至于"放郑声"一句，决与郑渔仲之说不可两立。）横渠谓夫子自卫反鲁乐正，雅颂各得其所，后伶人贱工识乐之正。及鲁益衰，三桓僭窃，自太师而下，皆知散之四方，圣人俄顷之助，功化如此。若如郑渔仲之说，是孔子反使雅郑淆乱，然则正乐之时，师挚之徒便合入河、入海矣，可一笑也……或喜渔仲之说方锐，乞且留此纸数年之后，试取一观之，恐或有可采耳。②

吕祖谦在提到"放郑声"的时候，不直接说朱熹，反而说"决与郑渔仲之说不可两立"，并说若按照郑樵的观点，则"是孔子反使雅郑淆乱"。吕祖谦最后指出朱熹"喜渔仲之说方锐"，看来，朱熹有关

---

① （宋）朱熹撰《诗集传》《郑风》结尾处注。
② （宋）吕祖谦撰，吕祖俭等编《东莱集》中《东莱别集》卷一六《师友问答·与朱侍讲答问》"又诗说辨疑"条下。

"放郑声"的观点应是得自于郑樵。

此外,朱熹在《诗集传》中还引用张载的话说:

> 张子曰:卫国,地滨大河。其地土薄,故其人气轻浮;其地平下,故其人质柔弱;其地肥饶、不费耕耨,故其人心怠惰。其人情性如此,则其声音亦淫靡。故闻其乐使人懈慢而有邪僻之心也。①

张载显然是继承了班固在《汉书·地理志》中的说法,朱熹引张载此语解释郑卫之音淫靡的根源所在。看来,张载的观点对于朱熹如何理解"郑卫之音"也颇有一定的影响。张载的原话见于其《经学理窟》的《礼乐》篇,② 与朱熹所引在文字上有些出入,此不具论。

(三)关于诗与乐的关系

《诗经》全为乐歌,这已经在顾颉刚《论诗经所录全为乐歌》一文以及张西堂《诗经六论·诗经是中国古代的乐歌总集》中得到了充分的论证。③

在朱熹之前,对于《诗经》为乐歌并无太多分歧。只有程大昌提出了除二《南》以外的十三国风为"徒诗"的观点:

> 盖"南"、"雅"、"颂",乐名也。若今乐曲之在某宫者也。"南"有周、召,"颂"有周、鲁、商,本其所从得而还以系其国土也。二"雅"独无所系,以其纯当周世,无用标别也,均之为雅音。类既同又有别为大小,则声度必有丰杀廉肉,亦如十二律然,既有大吕,又有小吕也。若夫邶、鄘、卫、王、郑、齐、魏、唐、秦、陈、桧、曹、豳,此十三国者,诗皆可采而

---

① (宋)朱熹撰《诗集传》《卫风》结尾处注。
② (宋)张载著,章锡琛点校《张载集》,中华书局,1978,第263页。
③ 顾氏文章见顾颉刚编著《古史辨》第3册。

声不入乐,则直以徒诗著之本土。①

春秋战国以来,诸侯、卿、大夫、士赋诗道志者,凡诗杂取无择,至考其入乐,则自邶至豳,无一诗在数也。享之用《鹿鸣》,乡饮酒之笙《由庚》、《鹊巢》,射之奏《驺虞》、《采蘋》,诸如此类,未有或出《南》、《雅》之外者,然后知《南》、《雅》、《颂》之为乐诗,而诸国之为徒诗也。②

程大昌认为"南"、"雅"、"颂"是根据音乐的不同所划分的乐名,他还根据《左传》和《仪礼》中没有演奏十三国风的记载认定这除二《南》以外的十三国风都是不入乐的徒诗。

张西堂在《诗经六论·诗经是中国古代的乐歌总集》中认为朱熹受到程大昌的影响,以为变《雅》和变《风》都不入乐,为徒诗。我认为,这恐怕是对朱熹观点的误解。

朱熹在《读桑中》一文中说:

夫二《南》,正风,房中之乐也,乡乐也;二《雅》之正朝廷之乐也;商周之《颂》,宗庙之乐也……至于变《雅》,则固已无施于事;而变《风》,又特里巷之歌谣。其领在乐官者,以为可以识时变、观土风,而贤于四夷之乐耳……盖古者天子巡狩,命太师陈诗以观民风,固不问其美恶而悉陈以观也。既已陈之,固不问其美恶而悉存以训也。然其与先生《雅》、《颂》之正,篇帙不同,施用亦异,如前所陈,则固不嫌于庞杂矣。

朱熹指出二《南》是乡乐,二《雅》是朝廷之乐,《颂》是宗庙之乐。变《雅》"无施于事",变《风》(也即十三国风)为里巷歌谣。朱熹认为变《雅》、变《风》美恶杂陈,是用以观民风的,它们与《雅》、《颂》之正篇帙不同,施用亦异,它们不能

---

① (宋)程大昌撰,刘尚荣校证《考古编》卷一《诗论一》,第12页。
② (宋)程大昌撰,刘尚荣校证《考古编》卷一《诗论二》,第12页。

用于宗庙、朝廷或乡乐，但并非是不入乐的徒诗。朱熹此段话的重点在于强调雅乐与郑声的区别，而不是讨论变《风》、变《雅》是否入乐的问题。

朱熹在《诗序辨说》《桑中序》后说：

> 二《南》、《雅》、《颂》，祭祀朝聘之所用也。《郑》、《卫》、桑、濮，里巷侠邪之所歌也。夫子之于《郑》、《卫》，盖深绝其声于乐以为法，而严立其词于诗以为戒。

朱熹还曾说：

> 吕伯恭以为"放郑声"矣，则其诗必不存。某以为，放是放其声，不用之郊庙宾客耳，其诗则固存也。如《周礼》有官以掌四夷之乐，盖不以为用亦存之而已。伯恭以为三百篇皆正诗，皆好人所作。某以为正声乃正《雅》也，至于国风，逐国风俗不同，当是周之乐师存列国之风耳，非皆正诗也。如二南，固正矣。郑卫诗分明是有郑卫字，安得谓之正乎？①

朱熹指出所谓"放郑声"是只"放其声，不用之郊庙宾客耳"，是"深绝其声于乐以为法，而严立其词于诗以为戒"。这与《读桑中》一文中正变施用不同的看法是一致的。如果朱熹认为变《风》、变《雅》为徒诗，又何必还要特意提出"放其声"呢？

朱熹还曾对孔子"恶紫之夺朱也，恶郑声之乱雅乐也"两句话做出解说：

> 紫近黑色，盖过了那朱。既为紫了，便做朱不得，便是夺

---

① （宋）黎靖德编，王星贤点校《朱子语类》卷二三《论语五》"诗三百章"条，第539页。

了。元只是一个色做出来，紫是过则个。郑、雅也只是一个乐，雅较平淡，郑便过而为淫哇。盖过了那雅，便是"乱雅"。①

朱熹承认"郑"、"雅"只是一个乐，这已经明确表明他没有将《郑风》之类的变《风》、变《雅》当作徒诗看待。同时，朱熹更提出"雅较平淡，郑便过而为淫哇"，这表明他对"郑声淫"的理解还包括了音乐层面上的认识。看来，朱熹对于"郑声"的理解，是整合了几乎所有重要见解而形成的。

其实，朱熹曾明确说过：

> 诗，古之乐也，亦如今之歌曲，音各不同。卫有卫音，鄘有鄘音，邶有邶音。故诗有鄘音者系之《鄘》，有邶音者系之《邶》。若《大雅》、《小雅》，则亦如今之商调、宫调，作歌曲者，亦按其腔调而作尔。《大雅》、《小雅》亦古作乐之体格，按《大雅》体格作《大雅》，按《小雅》体格作小雅；非是做成诗后，旋相度其辞，目为《大雅》、《小雅》也。大抵《国风》是民庶所作，《雅》是朝廷之诗，《颂》是宗庙之诗。②
>
> 《风》、《雅》、《颂》乃是乐章之腔调，如言仲吕调、大石调、越调之类。③

显然，朱熹是将《诗经》全部看作乐歌的。就理论上而言，朱熹要确立自己的"淫诗说"，就必须解决"郑声"与"郑诗"的问题。他只有承认《诗经》全为乐歌，才能将"郑声"与"郑诗"既联系在一起又分离得开来，联系起来的目的在于为"淫诗"的存在寻找历史依据，分离开来的目的则在于为"淫诗"的存在提供合适的理由，同时维护孔子的权威。

郑樵曾在《通志》的《总序》中说："乐以诗为本，诗以声为

---

① （宋）黎靖德编，王星贤点校《朱子语类》卷四七，第1189页。
② （宋）黎靖德编，王星贤点校《朱子语类》卷八〇，第2066页。
③ （宋）黎靖德编，王星贤点校《朱子语类》卷八〇，第2067页。

用。风土之音曰'风';朝廷之音曰'雅';宗庙之音曰'颂'",在《通志·乐略·乐府总序》中说:"仲尼编《诗》,为燕享祀之时用以歌,而非用以说义也。古之诗,今之辞曲也。若不能歌之,但能诵其文而说其义,可乎!不幸腐儒之说起,齐、鲁、韩、毛四家各为序训,而以说相高,汉朝又立之学官,以义理相授,遂使声歌之音湮没无闻"。① 朱熹对郑樵从音乐角度来解释《诗经》的观点多所借鉴。但是郑樵所极力强调的诗是用以歌而"非用以说义"的看法,却并不为朱熹所认同。朱熹在写给陈体仁的一封信中说:

> 来教谓诗本为乐而作,故今学者必以声求之,则知其不苟作矣。此论善矣。然愚意有不能无疑者。盖以《虞书》考之,则诗之作本为言志而已。方其诗也,未有歌也。及其歌也,未有乐也。以声依永,以律和声,则乐乃为诗而作,非诗为乐而作也……凡圣贤之言《诗》,主于声者少,而发其义者多……况今去孔孟之时千有余年,古乐散亡,无复可考,而欲以声求诗,则未知古乐之遗声今皆以推而得之乎? 三百五篇皆可协之音律而被之弦歌已乎? 诚既得之,则所助于《诗》多矣,然恐未得为诗之本也,况未必可得,则今之所讲,得无有画饼之讥乎? 故愚意窃以为:诗出乎志者也,乐出乎诗者也。然则志者,诗之本;而乐者,其末也。末虽亡,不害本之存。患学者不能平心和气、从容讽咏以求之情性之中耳。②

朱熹认为,诗本为言志而作,乐乃是为诗而作。志为本,乐为末。求诗之义,就应当求其所言之志。诗之乐存,自然有利于对诗的理解,诗之乐不存,也不会影响对诗的解读。朱熹明确指出在诗与乐的关系上,诗是第一位的,乐则是从属于诗的。这其实也为他将"放郑声"解释为只放其声而留其词提供了理论上的依据。既然

---

① 转引自(宋)郑樵著,顾颉刚辑点《诗辨妄》,第65、68页。
② (宋)朱熹撰《晦庵集》卷三七《答陈体仁》。

诗的志为本，诗的乐为末，那么"放郑声"、留郑诗也就是无可厚非、顺理成章的了。

《诗传遗说》卷一中也记载：

> 徐寓问："立于礼，犹可用力。《诗》今难晓，乐又无，何以兴成乎？"
>
> 曰："今既无此家具，只有理义在。只得就理义上讲究，如分别是非，到感慨处，有以兴起其善心、惩创其恶志，便是兴于《诗》之功也。涵养和顺，无斯须不和、不乐，恁地和平，便是成于乐之功也……"
>
> 问："先生授以《诗传》，且教诲之曰：'须是熟读'。尝熟读一二篇，未有感发。窃谓古人教人兼以声歌之，渐渐引迪，故最平易……"
>
> 答曰："……古之学诗者，固有待于声音之助。然今已亡之，无可奈何，只得熟读而从容讽咏之耳……"

朱熹在这里强调，既然无法通过已亡之"乐"来领会《诗》，那么就应该通过熟读《诗》之"文"、探索其义理来掌握《诗经》。朱熹反对郑樵过度强调《诗经》的音乐性而忽略其义理的观点。他并不将"诗"与"乐"的关系绝对化。这种诗乐观实际上保证了《诗经》的可诠释性，与朱熹的整个《诗经》学思想，特别是"思无邪"的诗教观是相辅相成的。

总之，朱熹在诗与乐的关系上是承认《诗经》全为乐歌的，同时也指出在诗与乐中，诗是第一位的。他据此发展了自己的"淫诗说"理论，指出所谓的"放郑声"是只放其声而存其词，这就使得对孔子"放郑声"的解释更为圆满，其"淫诗说"的理论基础也由此更为巩固。

朱熹"淫诗说"的理论依据是建立在对各种传统观念的整合与重构的基础上的，可谓源远流长。而最直接影响到朱熹，使其认定"淫诗"的存在并建构自己"淫诗说"理论体系的，就是郑樵。朱熹曾说：

> 《诗》之意不一，求其切于大体者，惟"思无邪"足以当之，非是谓作者皆无邪心也。为此说者，乃主张《小序》之过。《诗》三百篇，大抵好事足以劝，恶事足以戒。如《春秋》中好事至少，恶事至多。此等诗，郑渔仲十得其七八。如《将仲子》诗只是淫奔，艾轩亦见得。①

朱熹所说的"此等诗"，就是指"恶事足以戒"的"淫诗"。朱熹说"郑渔仲十得其七八"，显然郑樵已经对这些"淫诗"做出过评论与界定，从而影响到朱熹。

此外，朱熹还提到"如《将仲子》诗只是淫奔，艾轩亦见得"。"艾轩"，即林光朝（1113－1177），字谦之，谥文节，学者称为"艾轩先生"。林光朝与郑樵亦师亦友，郑樵"数为当路贤者言艾轩德望，且为之作书，荐于同列"，②而林光朝则称郑樵为"六兄"，并说"吾曹门户绝无人，六兄当为天下倡"，③可见林光朝对郑樵之尊重与推崇，其观点自然来自于郑樵。林光朝年长于朱熹十余岁，朱熹兄事之。《朱子语类》中多有朱熹引述林氏之语，恐怕朱熹之受郑樵影响，亦有林氏之力。

下面，我们再来考察一下朱熹"淫诗说"的确立与发展的时间过程。

淳熙四年（1177）十月，朱熹序定《诗集传》。此时他还没有摆脱传统的看法，依然认为孔子曾经删诗。他在《诗集传序》中说孔子对于《诗经》曾"去其重复，正其纷乱。而其善之不足以为法，恶之不足以为戒者，则亦刊而去之，以从简约"，并指出孔子的目的在于"使夫学者即是而有以考其得失，善者师之，而恶者改

---

① （宋）黎靖德编，王星贤点校《朱子语类》卷二三，第539页。
② 吴怀祺校补《郑樵文集》收录《福建兴化县志》所载《郑樵传》，第84页。
③ 吴怀祺校补《郑樵文集》收录林光朝《与郑编修渔仲》，第92页。又参见（宋）林光朝撰《艾轩集》卷六，文渊阁《四库全书》本。

焉"。朱熹又说"经自《邶》而下,则其国之治乱不同,人之贤否亦异,其所感而发者有邪正是非之不齐,而所谓先王之风者于此焉变矣"。这一说法实际上已经隐含了《诗经》中有不贤的人所自作的邪诗的意思,而孔子保留其诗的目的在于使读诗之人引以为戒,其"淫诗说"于此已经有所萌发。

淳熙四年十月序定《诗集传》之后,淳熙五年直斥《小序》之前,朱熹在写给廖德明的信中说(参见表1-2.5、6):

>《郑》、《卫》之诗,篇篇如此,乃见其风俗之甚不美,若止载一两篇,则人以为是适然耳。大抵圣人之心宽大平夷,与今人小小见识遮前掩后底意思不同,此语亦卒乍与人说不得,且徐思之,俟它日面讲也。

在另一封信中,廖德明问朱熹:"但所谓小小见识遮前掩后者,不知所主何意?于《诗》何与?岂只以所载刺诗有淫亵不可告语者,圣人亦存而不删也耶?所疑未得,伏乞批诲。"而朱熹则回答:"鄙意初亦正谓如此,但宽大平夷亦举大体而言,不专指此一类也。"

朱熹在这两封信中,已经明确表现出《郑》、《卫》之诗"风俗不美",有"淫亵不可告语者"的观点,这正是朱熹认定"淫诗"的先声。但是朱熹对《诗经》中为什么会保存有这样的诗等问题还没有考虑清楚,他说:"圣人之心宽大平夷,与今人小小见识遮前掩后底意思不同","但宽大平夷亦举大体而言,不专指此一类也"。朱熹显然还没有形成比较系统的理论解释,"圣人之心宽大平夷"的说法还只是一种普泛的认识。

淳熙七年,朱熹在写给吕祖谦的一封信中说(参见表1-3.3):

>向来所喻《诗序》之说,不知后来尊意看得如何?"雅"、"郑"二字,"雅"恐便是大小《雅》,"郑"恐便是《郑风》。不应概以《风》为"雅",又于《郑风》之外别求"郑声"也。圣人删录,取其善者以为法,存其恶者以为戒,无非教者。岂

必灭其籍哉？看此意思，甚觉通达，无所滞碍，气象亦自公平正大，无许多回互费力处，不审高明竟以为如何也？

显然，此时朱熹的"淫诗说"理论已经初步确立起来。

淳熙九年，朱熹为吕祖谦的《吕氏家塾读诗记》作序，其中表示坚持自己确立的"雅郑邪正"之说。

淳熙十一年春，朱熹作《读吕氏诗记桑中篇》，系统阐述自己的"淫诗说"。

通过上面的讨论，我们已经比较完整的勾勒出朱熹"淫诗说"的理论建构及其发展过程。我们还必须了解，朱熹的"淫诗说"是与他解读《诗经》的理念紧密相关的。朱熹曾说：

> 今欲观《诗》，不若且置《小序》及旧说，只将元诗虚心熟读，徐徐玩味。候仿佛见个诗人本意，却从此推寻将去，方有感发。如人拾得一个无题目诗，再三熟看，亦须辨得出来。若被旧说一局局定，便看不出来。今虽说不用旧说，终被他先入在内，不期依旧从它去。①

朱熹主张通过熟读《诗经》原文以见诗人之意，主张对《诗经》有自己真正的理解。他不止一次地说读诗之法在于涵咏讽颂，甚至说："一切莫问，而唯本文本意是求，则圣贤之指得矣。"② 朱熹还曾说："看《诗》，义理外更好看他文章"，"读《诗》，且只将做今人做底诗看。"③ 同时，他还反对死读《诗经》、牵缠义理、深文附会，他说："如《诗》亦要逐字将理去读，便都碍了。"④ 这种理念在很大程度上削弱了对于《诗经》的经学束缚，使其文学审美方面的特性得到凸显。朱熹正是从经学与文学两个方面对《诗经》

---

① （宋）黎靖德编，王星贤点校《朱子语类》卷八〇，第2085页。
② （宋）朱鉴编《诗传遗说》卷一。
③ （宋）黎靖德编，王星贤点校《朱子语类》卷八〇，第2083页。
④ （宋）黎靖德编，王星贤点校《朱子语类》卷八〇，第2082页。

进行了解读，因而其眼界更为开阔，其观点更为大胆，其理解在我们今天看来也更为平实可据。

朱熹在《读桑中》一文内说："然古乐既亡，无所考正，则吾不敢必为之说，独以其理与其词推之，有以知其必不然耳"。显然，朱熹就是通过阅读《诗经》本文、根据自己的判断体会出"淫诗"的存在并构建出其"淫诗说"的理论。尽管朱熹对于这些"淫诗"持否定态度，但是客观上却相当于对《诗经》中情爱诗歌的公开承认。对于"淫诗"的认定，在实际上颠覆了汉唐经学的传统，使原本烦琐牵缠的汉唐经学趋向平实简捷，其意义并不止于对《诗经》文学性的彰显，更重要的是朱熹为传统的经学赋予了新的诠释活力，使经学得以继续繁荣发展。

第二节　"淫诗"具体篇目分析

对于朱熹所认定的"淫诗"的具体篇目，历来说法有所不同。马端临在《文献通考》中认为朱熹认定之"淫诗"共有24篇：

> 今以文公《诗传》考之，其指以为男女淫佚奔诱而自作诗以叙其事者，凡二十有四。如《桑中》、《东门之墠》、《溱洧》、《东方之日》、《东门之池》、《东门之杨》、《月出》，则《序》以为刺淫，而文公以为淫者所自作也。如《静女》、《木瓜》、《采葛》、《丘中有麻》、《将仲子》、《遵大路》、《有女同车》、《山有扶苏》、《蘀兮》、《狡童》、《褰裳》、《丰》、《风雨》、《子衿》、《扬之水》、《出其东门》、《野有蔓草》，则《序》本别指他事，而文公亦以为淫者所自作也。①

周予同的看法与马端临相同。②

---

① （宋）马端临《文献通考》卷一七八，文渊阁《四库全书》本。
② 参见朱维铮编《周予同经学史论著选集（增订本）》中《朱熹》的第 4 章中的"诗经学"部分，第 159 页。

曹虹认为朱熹认定之"淫诗"当为 26 篇,他去掉了马端临所列 24 篇中的《郑风·出其东门》一篇,而增加了《陈风·东门之枌》、《陈风·防有鹊巢》和《陈风·泽陂》三篇。①

檀作文在《朱熹诗经学研究》一书中认为是 28 篇,是在曹虹所定 26 篇的基础上,增加了《卫风·氓》和《王风·大车》两篇,此外还指出有《郑风·叔于田》一篇朱熹在疑是之间,则实共 29 篇。②

台湾学者程元敏也认为朱熹所谓之"淫诗"为 29 篇,只是他的 29 篇比檀氏所列多出一篇《卫风·有狐》,减少了一篇《郑风·东门之墠》。③

莫砺锋则认为朱熹所认定之淫诗当为 30 篇。莫氏的 30 篇比檀氏的 29 篇少《王风·采葛》、《陈风·东门之池》两篇,而多出《卫风·有狐》、《郑风·出其东门》、《唐风·绸缪》三篇。④

综上所述,共有 32 首诗曾被认为是朱熹所定之"淫诗",即:《邶风·静女》、《鄘风·桑中》、《卫风·氓》、《卫风·有狐》、《卫风·木瓜》、《王风·采葛》、《王风·大车》、《王风·丘中有麻》、《郑风·将仲子》、《郑风·叔于田》、《郑风·遵大路》、《郑风·有女同车》、《郑风·山有扶苏》、《郑风·萚兮》、《郑风·狡童》、《郑风·褰裳》、《郑风·丰》、《郑风·东门之墠》、《郑风·风雨》、《郑风·子衿》、《郑风·扬之水》、《郑风·出其东门》、《郑风·野有蔓草》、《郑风·溱洧》、《齐风·东方之日》、《唐风·绸缪》、《陈风·东门之枌》、《陈风·东门之池》、《陈风·东门之杨》、《陈风·防有鹊巢》、《陈风·月出》、《陈风·泽陂》。

下面,本文将在《诗序辨说》和《诗集传》的基础上,结合相

---

① 参见曹虹《朱熹〈诗集传〉新论》,收于南京大学古典文献研究所《古典文献研究》,南京大学出版社,1989。转引自檀作文《朱熹诗经学研究》,第 91 页。
② 参见檀作文《朱熹诗经学研究》,第 91 页。
③ 参见程元敏《王柏之生平与学术》,台湾学海出版社,1975,第 858~870 页。
④ 参见莫砺锋《朱熹文学研究》一书,第 225~231 页。

关材料对这些诗作出分析,以见朱熹所定"淫诗"之具体篇数。当然,关于"淫诗"的最终确定,还有两个标准需要提前说明。

第一,辅广于朱熹晚年受学,其所著《诗童子问》"主于羽翼《诗集传》,以述平日闻于朱子之说"。① 辅广所闻当为朱熹晚年定论,故凡有所疑问,则以《诗童子问》中所录决之。

第二,朱熹在《读〈吕氏诗记·桑中〉篇》中指出,所谓"思无邪"应该理解成"彼虽以有邪之思作之,而我以无邪之思读之。则彼之自状其丑者,乃所以为吾警惧惩创之资"。② 《朱子语类》中也记载:"李茂钦问:'先生曾与东莱辨论淫奔之诗。东莱谓诗人所作,先生谓淫奔者之言,至今未晓其说。'曰:'若是诗人所作讥刺淫奔,则婺州人如有淫奔,东莱何不作一诗刺之?'"③ 则朱熹以为"淫诗"为"淫者"所自作无疑,这也将作为我们判断朱熹所认定之"淫诗"的一个重要标准。

《邶风·静女》 《诗集传》中云:"此淫奔期会之诗也",则朱熹以《静女》为淫诗无疑。

《鄘风·桑中》 《诗序辨说》云:"此诗乃淫奔者所自作",《诗集传》中云:"卫俗淫乱,世族在位,相窃妻妾,故此人自言将采唐于沬而与其所思之人相期会迎送如此也",朱熹曾作《读〈吕氏诗记·桑中〉篇》备论其"淫诗"理论,《朱子语类》中亦多言及《桑中》之"淫",则《桑中》为淫诗无疑。

《卫风·氓》 《诗集传》中云:"此淫妇为人所弃而自叙其事以道其悔恨之意也",既是"淫妇"自"道其悔恨之意",似乎立意不可谓"淫"。但是诗中还交代了淫奔的经过,特别是,朱熹认为是"淫妇"使用手段诱惑了氓,他在诗之第一章下解曰:"夫既与之谋而不遂往,又责所无以难其事,再为之约,以坚其志,此其计亦狡

---

① (清)永瑢等撰《四库全书总目》卷一六《经部·诗类一·诗童子问》,第 125 页。
② (宋)朱熹撰《晦庵先生朱文公文集》卷七〇。
③ (宋)黎靖德编,王星贤点校《朱子语类》卷八〇,第 2092 页。

矣。以御蛰蛰之氓，宜其有余，而不免于见弃。盖一失身，人所贱恶。始虽以欲而迷，后必有时而悟，是以无往而不困耳。士君子立身一败，而万事瓦裂者，何以异此？可不戒哉。"这样看来，朱熹恐怕还是将《氓》当作"淫诗"以为士人之戒的。

《卫风·有狐》 《诗集传》中云："国乱民散，丧其妃耦，有寡妇见鳏夫而欲嫁之，故托言有狐独行而忧其无裳也。"朱熹是将这首诗当作一首乱世背景下的求偶诗来看待的，并未以其为"淫"。辅广在《诗童子问》中则云："寡妇见鳏夫欲嫁之，且比之以狐，则必非得已也。故《序》以为'丧其妃耦焉'，而先生以国乱而民散言之。"辅广以为"比之以狐，必非得已"。既然以为其情可原，则必非"淫诗"。

《卫风·木瓜》 《诗集传》中云："疑亦男女相赠答之词，如《静女》之类"。则朱熹怀疑《木瓜》也有可能是"淫诗"，但并不肯定。《诗童子问》中就不主张其为"淫诗"，辅广说："先生疑以为男女相赠答之辞，如《静女》之类者，则亦以卫风多淫乱之诗而疑其或然耳……尝试思之，《静女》之诗，其为男女相赠答，于诗文可见。至此诗，则全不见有男女之辞，若只据诗文，以为寻常相问遗之意似亦通。先施之者虽薄，而后报之者常过厚，是亦忠厚之情也，且与《家语》之说亦不相戾。"可见，朱熹对此诗并无定论，故权将其算作"准淫诗"。

《王风·采葛》 《诗序辨说》云："此淫奔之诗，其篇与《大车》相属，其事与'采唐、采葑、采麦'相似，其词与《郑·子衿》正同。《序》说误矣。"《诗集传》解第一章诗曰："采葛所以为绨绤，盖淫奔者托以行也。"则《采葛》为"淫诗"无疑。

《王风·大车》 《小序》云："刺周大夫也。礼义陵迟，男女淫奔，故陈古以刺今大夫不能听男女之讼焉"，《诗序辨说》则云："非刺大夫之诗，乃畏大夫之诗"，《诗集传》云："周衰，大夫犹有能以刑政治其私邑者，故淫奔者畏而歌之如此。然其去二《南》之化则远矣。此可以观世变也"。虽然朱熹指出此诗乃是"淫奔者"

所作，但又指出此为"畏大夫之诗"。《诗童子问》中于第三章下云："世变虽下，而大夫能使人如此，亦可谓贤也已矣。始则不敢奔而已，终则没其身不得遂其志，刑政之效亦可见矣。"则此诗所表现的是"大夫刑政之效"，看来朱熹将这首诗的意义重点着落在"畏大夫"而不敢淫奔上，因此《大车》并非"淫诗"。又，束景南辑《诗集解》，搜集朱熹早年用《序》解诗时语，于《大车》下录段昌武《毛诗集解》和吕祖谦《吕氏家塾读诗记》中所引朱熹注，与《诗集传》全同，① 则朱熹对此诗的理解在"淫诗说"成立前后并无差异，故此诗非"淫诗"明矣。此外，此诗上篇《采葛》，下篇《丘中有麻》，朱熹均以为"淫诗"，并且在《采葛序》的辩说中云："其篇与《大车》相属"，在《丘中有麻序》的辩说中云："其篇上属《大车》而语意不庄"，则又似乎证明《大车》亦为"淫诗"。然而，篇次相属并不能作为"淫诗"的证据，否则《郑风》岂不篇篇当为"淫诗"？《大车》中淫奔者畏大夫而不敢，虽见大夫刑政之严，亦见当时淫风流行，故朱熹考《采葛》、《丘中有麻》二诗辞气以为"淫诗"，其原因在此而不在彼。因此，我认为《大车》不在朱熹所认定的"淫诗"范围之内。

《王风·丘中有麻》　《诗序辨说》云："此亦淫奔者之词。其篇上属《大车》而语意不庄，非望贤之意，《序》亦误矣。"《诗集传》中云："妇人望其所与私者而不来，故疑丘中有麻之处复有与之私而留之者，今安得其施施然而来乎？"则《丘中有麻》为"淫诗"无疑。

《郑风·将仲子》　朱熹采纳郑樵的意见以之为"淫诗"。《诗集传》中云："莆田郑氏曰：'此淫奔者之辞'。"《朱子语类》中亦多论及。《将仲子》为"淫诗"无疑。

《郑风·叔于田》　《诗序辨说》中云："国人之心贰于叔，而

---

① 参见（宋）朱熹撰，朱杰人、严佐之、刘永翔主编《朱子全书》第26册所载束景南辑《诗集解》卷四，第183页。

歌其田狩适野之事，初非以刺庄公，亦非说其出于田而后归之也。或曰：段以国君贵弟受封大邑，有人民兵甲之众，不得出居闾巷，下杂民伍，此诗恐其民间男女相说之词耳。"《诗集传》中亦云："段不义而得众，国人爱之，故作此诗。言叔出而田则所居之巷若无居人矣，非实无居人也，虽有而不如叔之美且仁，是以若无人耳。或疑此亦民间男女相说之词也。"则《叔于田》与《木瓜》相似，应属"准淫诗"的范畴。

《郑风·遵大路》 《诗序辨说》中云："此亦淫乱之诗"，《诗集传》于第一章下注云："淫妇为人所弃，故于其去也，掔其祛而留之曰……"，则《遵大路》为"淫诗"无疑。

《郑风·有女同车》 《诗集传》中云："此疑亦淫奔之诗"。则《有女同车》亦当为"准淫诗"。

《郑风·山有扶苏》 《诗序辨说》中云："此下四诗（吴按：指《萚兮》、《狡童》、《褰裳》、《丰》）及《扬之水》，皆男女戏谑之词。序之者不得其说，而例以为刺忽，殊无情理。"《诗集传》于第一章下注云："淫女戏其所私者曰……"则《山有扶苏》为"淫诗"无疑。

《郑风·萚兮》 《诗集传》中云："此淫女之词"。则其为"淫诗"无疑。

《郑风·狡童》 《诗集传》中云："此亦淫女见绝而戏其人之词"。其为"淫诗"无疑。

《郑风·褰裳》 《诗集传》于第一章下注云："淫女语其所私者曰……"其为"淫诗"无疑。

《郑风·丰》 《诗序辨说》中云："此淫奔之诗"，《诗集传》中云："妇人所期之男子已俟乎巷，而妇人以有异志不从，既则悔之而作是诗也"。其为"淫诗"无疑。

《郑风·东门之墠》 《序》云："刺乱也。男女有不待礼而相奔者也。"《诗序辨说》中云："此《序》得之"，这是认同《诗序》的观点，将此诗看作了刺淫诗。然而，《诗集传》在第一章下注云：

"门之旁有墠,墠之外有阪,阪之上有草,识其所与淫者之居也。室迩人远者,思之而未得见之词也",则此诗为第一人称,又云"所与淫者",似乎朱熹是将其看作"淫诗"的。但是,吕祖谦在《吕氏家塾读诗记》中《东门之墠》诗下引用了朱熹对诗的解释,与《诗集传》几乎没有差别。① 吕祖谦是极力反对朱熹"淫诗说"的,如果朱熹对此诗的说解是为了阐明其为"淫诗",吕祖谦必不会全引朱说于其书中。则此诗到底应该如何判定呢?辅广在《诗童子问》中说此诗:"与《丰》之意大略相似",按照辅广的意思,朱熹是将《东门之墠》看作"淫诗"的。我们认为既然辅广问学于朱熹晚年〔《朱子语类》中辅广所录为"甲寅"后所闻,"甲寅"为绍熙五年(1194)〕,则应以其说为据。大概朱熹对于此诗诗句之解释前后并无不同,只是对此诗之看法有一个从认为是刺诗到认为是"淫诗"的转变,吕祖谦引用朱熹的解释的时候朱熹尚持与《小序》相同之刺诗说,甚至淳熙十三年前后《诗序辨说》完成时亦无更动,直到晚年,朱熹于此诗看法或有更订然未及追改。我们不能确信事实就是如此,但是朱熹对《东门之墠》的解释实在符合其对"淫诗"的看法,马端临亦以为朱熹将此诗看作"淫诗"。因此,我姑且将《东门之墠》算作"淫诗"。

《郑风·风雨》 《诗序辨说》中云:"考诗之词,轻佻狎昵,非思贤之意也。"《诗集传》中云:"淫奔之女,言当此之时,见其所期之人而心悦也"。则《风雨》为"淫诗"无疑。

《郑风·子衿》 《诗集传》中云:"此亦淫奔之诗"。则《子衿》为"淫诗"无疑。

《郑风·扬之水》 《诗序辨说》中云:"此男女要结之词"。

---

① 吕氏所引甚至比《诗集传》中所云还要详细一些。如《诗集传》在第二章下注云:"门之旁有栗,栗之下有成行列之家室,亦识其处也。即,就也。"而吕祖谦所引则作:"门之旁有栗,栗之下有成行列之室家,亦志其处也。'岂不尔思,子不我即',俟其就己而俱往耳。"吕氏所引多"俟其就己而俱往耳"一句,见《吕氏家塾读诗记》卷八,亦参见《朱子全书》第26册载束景南辑《诗集解》卷四,第195页。

《诗集传》于第一章诗下注云:"淫者相谓言……"则《扬之水》为"淫诗"无疑。

《郑风·出其东门》 《诗序辨说》中说"此乃恶淫奔者之词"。《诗集传》中云:"人见淫奔之女而作此诗"。则《出其东门》乃"恶淫奔"之诗而非"淫诗"。

《郑风·野有蔓草》 《小序》云:"思遇时也。君之泽不下流,民穷于兵革,男女失时,思不期而会焉。"《诗序辨说》中云:"东莱吕氏曰:'"君之泽不下流",乃讲师见"零露"之语,从而附益之'。"朱熹除了指出《小序》"君之泽不下流"一句为附会外,并没有说明自己是否认同《序》意。《诗集传》于第一章诗下注云:"男女相遇于野田草露之间,故赋其所在以起兴。言野有蔓草,则零露溥矣;有美一人,则清扬婉矣;邂逅相遇,则得以适我愿矣。"吕祖谦在《吕氏家塾读诗记》中引用了朱熹的串讲"野有蔓草,则零露溥矣;有美一人,则清扬婉矣;邂逅相遇,则得以适我愿矣。"并在此下又引欧阳修的话云:"男女昏娶失时,邂逅相遇于草野之间。"则《诗集传》中朱熹所说,似乎是在自己旧说的基础上融合欧阳修的话而成。《诗集传》于第二章诗下注云:"'与子偕臧',言各得其所欲也",这同样也为吕祖谦所引用。这样看来,对于此诗的解读,朱熹前后似乎并无太大差别,很难确定其是否为"淫诗"。而辅广在《诗童子问》中则说:"'适我愿兮'、'与子偕臧',则与前篇之'聊乐我员'、'聊可与娱'者异矣。大抵乐于理者和易安徐,乐于欲者沉溺荡肆。"所谓"前篇",即《出其东门》,辅广以为《出其东门》为"乐于理",故"和易安徐",而《野有蔓草》则是"乐于欲",因此"沉溺荡肆",则以《野有蔓草》为"淫诗"明矣。我依《东门之墠》之例,姑且从辅广之说,认为朱熹以之为"淫诗"。

《郑风·溱洧》 《诗集传》中云:"此诗淫奔者自叙之词"。则《溱洧》为"淫诗"无疑。辅广《诗童子问》此诗下云:"《郑风》二十一篇,而淫奔之诗凡十有四,故《集传》以为七之五",由于辅广不以《叔于田》为"淫诗",故按照他的意见《郑风》中之

"淫诗"正好14篇,即《将仲子》、《遵大路》、《有女同车》、《山有扶苏》、《萚兮》、《狡童》、《褰裳》、《丰》、《东门之墠》、《风雨》、《子衿》、《扬之水》、《野有蔓草》、《溱洧》。

《齐风·东方之日》 《诗序辨说》中云:"此男女淫奔者所自作,非有刺也。"《诗集传》于第一章下注:"言此女蹑我之迹而相就也"。辅广《诗童子问》中云:"'东方之日'、'东方之月',恐是因其时以起兴,言彼淫奔之女,旦则蹑我之迹而来,暮则蹑我之迹而去也"。则《东方之日》为"淫诗"无疑。

《唐风·绸缪》 《诗序辨说》中云:"此但为婚姻者相得而喜之词。"《诗集传》于第一章诗下注:"国乱民贫,男女有失其时,而后得遂其婚姻之礼者。诗人叙其妇语夫之词曰……"此乃新婚之词,并且乃是诗人转述,绝非"淫诗"。

《陈风·东门之枌》 《诗集传》于第一章下云:"此男女聚会歌舞,而赋其事以相乐也",于第三章下云:"言又以善旦而往,于是其众行,而男女相与道其慕悦之词曰……"。朱熹虽然没有明说其是否为"淫诗",但是男女聚会,相与道其慕悦之词,恐怕非"淫诗"不能如此解释。辅广《诗童子问》中云:"好乐不已,则使人气荡而志昏,此淫乱之所自起也。又曰:男女杂处而无间,淫乱必生。"这样看来,《东门之枌》之为"淫诗"必矣。

《陈风·东门之池》 《诗序辨说》中云:"此淫奔之诗",《诗集传》中云:"此亦男女会遇之词"。则《东门之池》为"淫诗"无疑。

《陈风·东门之杨》 《诗集传》中云:"此亦男女期会而有负约不至者,故因其所见以起兴也。"则《东门之杨》为"淫诗"无疑。

《陈风·防有鹊巢》 《诗集传》中云:"此男女之有私而忧或间之之词"。则《防有鹊巢》亦为"淫诗"。

《陈风·月出》 《诗集传》中云:"此亦男女相悦而相念之辞。"则《月出》亦当为"淫诗"。

《陈风·泽陂》 《诗集传》中云："此诗大旨与《月出》相类"。则《泽陂》亦为"淫诗"。

综上所述,我以为朱熹所定之"淫诗"为 25 首,另有 3 首"准淫诗",合计为 28 首。列表 3-1 于本章之末,以清眉目。

在这 28 首"淫诗"当中,"三卫"诗有 4 首,《王风》2 首,《郑风》15 首,《齐风》1 首,《陈风》6 首。"淫女"所自作的共 14 首,"淫男"所自作的 9 首,"淫男"或"淫女"所作的 4 首。然而《郑风·溱洧》一诗乃男女对话,显然是诗人所作。但是按照朱熹的看法,"淫诗"应为"淫者"所自作,如果是诗人转述,则为刺诗。因此,朱熹仍然认为《溱洧》是"淫奔者自叙之词",即"淫者"自己采用第三人称的手法来叙述其事,这样解释未免牵强,不如以特例待之,而仍以为诗人所作。

朱熹在《诗集传·郑风》的结尾处说:"郑、卫之乐,皆为淫声。然以诗考之,卫诗三十有九,而淫奔之诗才四之一。郑诗二十有一,而淫奔之诗已不翅七之五。卫犹为男悦女之词,而郑皆为女惑男之语。卫人犹多刺讥惩创之意,而郑人几于荡然无复羞愧悔悟之萌。是则郑声之淫,有甚于卫矣。"就数量上来说,"卫诗"中的淫诗并没有那么多,大概是算上了涉及淫乱之事的刺诗,而《郑风》中"淫诗"的数量与"不翅七之五"的说法倒很吻合。朱熹认为郑声之淫为最著之理由有三:第一,即数量最多,所占比重最大。第二,即多为"女惑男之语"。第三,直抒胸臆,毫无掩饰。显然,在朱熹看来,"女惑男"比"男惑女"更不能忍受,而内容直白、毫无羞色的特点就更令他不满。因此,朱熹之"淫诗说"在客观上是宣告了《诗经》中情爱诗的存在,这说明他在解读《诗经》的时候确实注重对其文学特性的保护。但在主观上,朱熹其实无法接受这些诗歌,他研究《诗经》的思想基础和价值判断标准依然是理学家的,这是毋庸置疑的事实。因此,朱熹"淫诗说"的突破意义更重要的是在经学层面而非文学层面,这是应该特别指出的。

第三章 朱熹之"淫诗说"

表 3-1 朱熹所定淫诗

序号	诗篇名	小 序	朱熹《诗序辨说》解说	朱熹《诗集传》解说	诗作者
1	《邶风·静女》	刺时也。卫君无道,夫人无德。	此《序》全然不似诗意。	此淫奔期会之诗也。	"淫男"
2	《鄘风·桑中》	刺奔也。卫之公室淫乱,男女相奔。至于世族在位,相窃妻妾,期于幽远。政散民流而不可止。	此诗乃淫奔者所自作。	卫俗淫乱,世族在位,相窃妻妾,故此人自言将采唐于沬而与其所思之人相期会迎送如此也。	"淫男"
3	《卫风·氓》	刺时也。宣公之时,礼义消亡,淫风大行,男女无别,遂相奔诱,华落色衰,复相弃背。或乃困而自悔,丧其妃耦,故序其事以风焉。美反正,刺淫泆也。	此非刺诗。宣公未有考。"故序其事"以下亦非是,其曰"美反正"者,尤无理。	此淫妇为人所弃而自叙其事以道其悔恨之意也。	"淫女"
4	《卫风·木瓜》"准淫诗"	美齐桓公也。卫国有狄人之败,出处于漕。齐桓公救而封之,遗之车马器服焉。卫人思之,欲厚报之,而作是诗也。	说见本篇。	疑亦男女相赠答之词,如《静女》之类。	"淫男"或"淫女"
5	《王风·采葛》	惧谗也。	此淫奔之诗,其篇与《大车》相属,其事与"采唐、采葑、采麦"相似,其词与《郑·子衿》正同。《序》说误矣。	采葛所以为绨绤也。盖淫奔者托以行也。故因以指其人而言思念之深,未久而似久也。	"淫男"

续表

序号	诗篇名	小序	朱熹《诗序辨说》解说	朱熹《诗集传》解说	诗作者
6	《王风·丘中有麻》	思贤也。庄王不明,贤人放逐,国人思之而作是诗也。	此亦淫奔者之词。其篇上属《大车》而语意不庄,非望贤之意,《序》亦误矣。	妇人望其所与私者而不来,故疑丘中有麻之处复有与之私而留之者,今安得其施施然而来乎?	"淫女"
7	《郑风·将仲子》	刺庄公也。不胜其母以害其弟,弟叔失道而公弗制,祭仲谏而公弗听,小不忍以致大乱焉。	事见《春秋传》,然莆田郑氏谓此实淫奔之诗,无与于庄公、叔段之事,《序》盖失之,而说者又从而巧为之说,以实其事,误益甚矣。今从其说。	莆田郑氏曰:此淫奔者之辞。	"淫女"
8	《郑风·叔于田》"准淫诗"	刺庄公也。叔处于京,缮甲治兵以出于田,国人说而归之。	国人之心贰于叔,而歌其田狩适野之事,初非以刺庄公,亦非说其出于田而后归之也。或曰:段以国君贵弟受封大邑,有人民兵甲之众,不得出居闾巷,下杂民伍,此诗恐其民间男女相说之词耳。	段不义而得众,国人爱之,故作此诗。言叔出而田则所居之巷若无居人矣,非实无居人也,虽有而不如叔之美且仁,是以若无人耳。或疑此亦民间男女相说之词也。	"淫女"
9	《郑风·遵大路》	思君子也。庄公失道,君子去之,国人思望焉。	此亦淫乱之诗,《序》说误矣。	淫妇为人所弃,故于其去也,揽其袪而留之曰……	"淫女"
10	《郑风·有女同车》"准淫诗"	刺忽也。郑人刺忽之不昏于齐。太子忽尝有功于齐,齐侯请妻之齐女,贤而不取,卒以无大国之助,至于见逐,故国人刺之。	《序》乃以为国人作诗以刺之,其亦误矣。	此疑亦淫奔之诗。	"淫女"

第三章 朱熹之"淫诗说" | 145

续表

序号	诗篇名	小序	朱熹《诗序辨说》解说	朱熹《诗集传》解说	诗作者
11	《郑风·山有扶苏》	刺忽也。所美非美然。	此下四诗及《扬之水》,皆男女戏谑之词。序之者不得其说,而例以为刺忽,殊无情理。	淫女戏其所私者曰……	"淫女"
12	《郑风·萚兮》	刺忽也。君弱臣强,不倡而和也。	见上。	此淫女之词。	"淫女"
13	《郑风·狡童》	刺忽也。不能与贤人图事,权臣擅命也。	……大抵序者之于郑诗,凡不得其说者,则举而归之于忽,文义一失,而其害于义理有不可胜言者……	此亦淫女见绝而戏其人之词。	"淫女"
14	《郑风·褰裳》	思见正也。狂童恣行,国人思大国之正己也。	此序之失,盖本于子大叔、韩宣子之言,而不察其断章取义之意耳。	淫女语其所私者曰……	"淫女"
15	《郑风·丰》	刺乱也。昏姻之道缺,阳倡而阴不和,男行而女不随。	此淫奔之诗,《序》说误矣。	妇人所期之男子已俟乎巷,而妇人以有异志不从,既则悔之而作是诗也。	"淫女"
16	《郑风·东门之墠》	刺乱也。男女有不待礼而相奔者也。	此《序》得之(详见上文分析)	门之旁有墠,墠之外有阪,阪之上有草,识其所与淫者之居。室迩人远者,思之而未得见之词也。	"淫女"
17	《郑风·风雨》	思君子也。乱世则思君子不改其度焉。	序意甚美,然考诗之词,轻佻狎昵,非思贤之意也。	淫奔之女,言当此之时,见其所期之人而心悦也。	"淫女"

续表

序号	诗篇名	小序	朱熹《诗序辨说》解说	朱熹《诗集传》解说	诗作者
18	《郑风·子衿》	刺学校废也。乱世则学校不修焉。	疑同上篇，盖其词意儇薄，施之学校，尤不相似也。	此亦淫奔之诗。	"淫女"
19	《郑风·扬之水》	闵无臣也。君子闵忽之无忠臣良士，终以死亡，而作是诗也。	此男女要结之词，《序》说误矣。	淫者相谓言……	"淫男"或"淫女"
20	《郑风·野有蔓草》	思遇时也。君之泽不下流，民穷于兵革，男女失时，思不期而会焉。	东莱吕氏曰："'君之泽不下流'，乃讲师见'零露'之语，从而附益之。"	男女相遇于野田草露之间，故赋其所在以起兴。言野有蔓草，则零露漙矣；有美一人，则清扬婉矣；邂逅相遇，则得以适我愿矣。	"淫男"
21	《郑风·溱洧》	刺乱也。兵革不息，男女相弃，淫风大行，莫之能救焉。	郑俗淫乱，乃其风声气习流传已久，不为"兵革不息、男女相弃"而后然也。	此诗淫奔者自叙之词。	诗人
22	《齐风·东方之日》	刺衰也。君臣失道，男女淫奔，不能以礼化也。	此男女淫奔者所自作，非有刺也。其曰："君臣失道"者，尤无所谓。	言此女蹑我之迹而相就也；……言蹑我而行去也。	"淫男"
23	《陈风·东门之枌》	疾乱也。幽公淫荒，风化之所行，男女弃其旧业，亟会于道路，歌舞于市井尔。	同上。（吴按：上篇《宛丘序》之辩说："陈国小，无事实，幽公但以谥恶，故得'游荡无度'之诗，未敢信也。"）	此男女聚会歌舞，而赋其事以相乐也……言又以善旦而往，于是其众行，而男女相与道其慕悦之词曰……而交情好。	"淫男"

续表

序号	诗篇名	小 序	朱熹《诗序辨说》解说	朱熹《诗集传》解说	诗作者
24	《陈风·东门之池》	刺时也。疾其君之淫昏,而思贤女以配君子也。	此淫奔之诗,《序》说盖误。	此亦男女会遇之词,盖因其会遇之地所见之物以起兴也。	"淫男"
25	《陈风·东门之杨》	刺时也。婚姻失时,男女多违,亲迎女犹有不至者也。	同上。(吴按:即《东门之池》)	此亦男女期会而有负约不至者,故因其所见以起兴也。	"淫男"或"淫女"
26	《陈风·防有鹊巢》	忧谗贼也。宣公多信谗,君子忧惧焉。	此非刺其君之诗。	此男女之有私而忧或间之之词。	"淫男"或"淫女"
27	《陈风·月出》	刺好色也。在位不好德而说美色焉。	此不得为刺诗。	此亦男女相悦而相念之辞。	"淫男"
28	《陈风·泽陂》	刺时也。言灵公君臣淫于其国,男女相说,忧思感伤焉。		此诗大旨与《月出》相类。	"淫男"

第四章
朱熹之"六义"说

所谓"六义",指"风、赋、比、兴、雅、颂",其说见于《诗大序》:"故《诗》有六义焉:一曰风,二曰赋,三曰比,四曰兴,五曰雅,六曰颂。"① 其说亦见于《周礼》,谓之"六诗",《周礼·春官·大师》:"教六诗,曰风,曰赋,曰比,曰兴,曰雅,曰颂。"② 孔颖达在《毛诗正义》中指出,"六义"与"六诗"两个名称只是行文上的不同而已,它们在本质上没有差别。③ 对此,历来几无异义,而以称"六义"为常。

朱熹对于"六义"极为重视。他在《诗传纲领》中说:"此一条(吴按:指《诗大序》论'六义'一句)本出于《周礼·大师》之官,盖三百篇之纲领管辖也。"他在《楚辞集注》中说:"大师掌六诗以教国子,曰风、曰赋、曰比、曰兴、曰雅、曰颂。而《诗大序》谓之'六义'。盖古今声诗条理无出此者。"④ 朱熹还说:"《诗大序》只有'六义'之说是。"⑤ 他还不止一次地表现出对谢良佐所

---

① (清)阮元校刻《十三经注疏·毛诗正义》,第271页。
② (清)阮元校刻《十三经注疏·周礼注疏》,第796页。
③ 孔颖达在《诗大序》"六义"一段的疏中说:"上言诗功既大明,非一义能周,故又言'诗有六义'。《大师》,上文未有'诗'字,不得径云'六义',故言'六诗',各自为文,其实一也。"(清)阮元校刻《十三经注疏·毛诗正义》,第271页。
④ (宋)朱熹注《楚辞集注》《离骚序》"至圆不能过规矣"下注,广陵书社影印海源阁藏宋本《楚辞集注》,2011。
⑤ (宋)黎靖德编,王星贤点校《朱子语类》卷八〇,第2072页。

提出的学《诗》应该先认识"六义体面",然后"讽咏以得之"的观点的推崇,认为谢良佐此语"深得《诗》之纲领",为"他人所不及"。①

朱熹如此注重"六义",并将其看作是一部《诗经》的纲领所在。那么他对于"六义"的解说实际上也就成为其《诗经》学体系中的指导性概念和基础理论。下面,本文将从朱熹对"六义"的解释和对"赋、比、兴"的运用两个方面来分析其"六义说"。

第一节 朱熹对于"六义"的解释

自从《诗大序》提出"六义"之名,对于这六者的内涵及其相互关系一直众说纷纭。而毋庸置疑的是,朱熹对"六义"的解释是为最多人所接受、影响最深远的一种观点。在此,本文将先讨论朱熹对于"六义"的整体看法,然后再逐一考察他对"六义"的具体解释及其观点的渊源所自。

(一)朱熹对于"六义"的整体看法

《诗大序》提出《诗》有"六义",并将"风"、大小"雅"和"颂"看做是《诗经》的"四始",又说"《关雎》,后妃之德,风之始也"。如此看来,"六义"中的"风、雅、颂"应该就是指《诗经》中的十五《国风》、大小《雅》和三《颂》。但是,《诗序》并没有对"赋、比、兴"做出解释,这三者的排列位置又将"风"与"雅、颂"隔开,其原因何在,同样也不得而知。

《毛传》"独标兴体",在《诗经》的第一句"关关雎鸠,在河之洲"下即注明"兴也",则毛公是将"兴"看作诗歌的写作手法的。

郑玄为《周礼·春官·大师》"六诗"一句作注时,引郑众之

---

① (宋)朱鉴编《诗传遗说》卷一。

言曰:"古而自有风、雅、颂之名,故延陵季子观乐于鲁时,孔子尚幼,未定《诗》、《书》,而因为之歌《邶》、《鄘》、《卫》,曰:'是其《卫风》乎?'又为之歌《小雅》、《大雅》,又为之歌《颂》。论语曰:'吾自卫返鲁,然后乐正,雅、颂各得其所。'时礼乐自诸侯出,颇有谬乱不正,孔子正之。曰比、曰兴。比者,比方于物也。兴者,托事于物。"① 是则在郑众看来,"六义"中的"风、雅、颂"就是指十五《国风》、大小《雅》和三《颂》,而"赋、比、兴"则是作诗的修辞手法。

然而郑玄自己的观点似乎有异于此。《郑志》中记载:

> 张逸问:"何诗近于比、赋、兴?"
>
> 答曰:"比、赋、兴,吴札观《诗》已不歌也。孔子录《诗》已合《风》、《雅》、《颂》中,难复摘别。篇中义多兴。"②

显然,张逸是将"赋、比、兴"当做与"风、雅、颂"并列的诗体名称。郑玄的答语虽然指出"赋、比、兴"已经混入《风》、《雅》、《颂》中无法分别,但是他说季札观《诗》时已不歌,孔子录《诗》时已合并,则实已承认"赋、比、兴"原本即是诗体。郑玄在《六义论》中说:"至周分为'六诗'",③ "六诗"可分,则其中的"赋、比、兴"自当是与"风、雅、颂"相并列的诗体名称了。

特别是《周礼·春官·籥章》中说:"籥章掌土鼓、豳籥。中春,昼击土鼓,吹豳诗,以逆暑。中秋夜迎寒,亦如之。凡国祈年于田祖,吹豳雅,击土鼓,以乐田畯。国祭蜡,则吹豳颂,击土鼓,

---

① (清)阮元校刻《十三经注疏·周礼注疏·春官·大师》,第796页。
② (清)阮元校刻《十三经注疏·毛诗正义》《诗序》"六义"句下孔《疏》,第271页。
③ (清)阮元校刻《十三经注疏·毛诗正义》《诗序》"六义"句下孔《疏》,第271页。

以息老物。"郑玄为这句话作注云：

> 豳诗，《豳风·七月》也，吹之者，以籥为之声。《七月》言寒暑之事，迎气歌其类也，此"风"也，而言"诗"。"诗"，总名也……豳雅，亦《七月》也。《七月》又有"于耜"、"举趾"，"馌彼南亩"之事，是亦歌其类，谓之"雅"者，以其言男女之正。豳颂，亦《七月》也。《七月》又有"获稻"、作酒、"跻彼公堂，称彼兕觥，万寿无疆"之事，是亦歌其类也。谓之"颂"者，以其言岁终人功之成。①

郑玄将《周礼》中所谓的"豳诗"、"豳雅"、"豳颂"都指为《豳风·七月》。他又在《毛诗传笺》中将《七月》的前二章看作"豳风"，将第三、第四、第五章以及第六章的前六句看作是"豳雅"，将第六章的后五句到第八章看作是"豳颂"。虽然郑玄在《毛诗传笺》中对《七月》各章诗体的划分与《周礼注》中有所不同，但是《七月》一诗而兼"风、雅、颂"三体则是确定的。郑玄的这一观点虽然只是就《七月》一首诗而言，但是却造成了"风、雅、颂"在界定上的混乱。

到了唐代，孔颖达作《毛诗正义》，对"六义"进行了全面梳理。首先，他将"六义"的内容分为两种性质，"风、雅、颂"是诗体名称，"赋、比、兴"则是修辞手段。他说："然则风、雅、颂者，《诗》篇之异体。赋、比、兴者，《诗》文之异词耳。大小不同，而得并为六义者，赋、比、兴是《诗》之所用，风、雅、颂是《诗》之成形，用彼三事成此三事，是故同称为'义'，非别有篇卷也。"

其次，孔颖达对于"六义"的排列顺序作出了明确的解释，他说："'六义'次第如此者，以《诗》之四始以风为先，故曰风。风之所用，以赋、比、兴为之辞，故于风之下即次赋、比、

---

① （清）阮元校刻《十三经注疏·周礼注疏·春官·籥章》，第801、802页。

兴。然后次以雅、颂。雅、颂亦以赋、比、兴为之，既见赋、比、兴于风之下，明雅、颂亦同之。"解决了"赋、比、兴"为什么会排在"风"和"雅"之间的问题，孔颖达对"六义"性质的理解就更为圆通。

孔颖达还进一步对"风、雅、颂"和"赋、比、兴"各自的排列顺序作出了解释。他认为"风、雅、颂"虽是诗体名称，但是其本质则是"施政之名"，体现了施政教化的不同阶段。因此，他说："风、雅、颂同为政称，而事有积渐。教化之道，必先讽动之，物情既悟，然后教化，使之齐正。言其风动之初，则名之曰风。指其齐正之后，则名之曰雅。风俗既齐，然后德能容物，故功成，乃谓之颂。先风，后雅、颂，为此次故也。"对于"赋、比、兴"的顺序，他说："赋、比、兴如此次者，言事之道，直陈为正，故《诗经》多赋，在比、兴之先。比之与兴虽同是附托外物，比显而兴隐，当先显后隐，故比居兴先也。《毛传》特言兴也，为其理隐故也。"其实，"风、雅、颂"绝非"政称"，"赋、比、兴"的排列也不一定有什么规律，但是孔颖达将《诗序》当作是一篇系统性的论文，因此力求义理完备、字字有据，其解释虽然牵强附会，却亦能自圆其说。[①]

孔颖达在努力将"六义"体系化的同时，也试图通过重新诠释，消除郑玄的观点所造成的混乱。

对于郑玄所提出的《豳风·七月》一诗而兼有"风、雅、颂"三体的问题。孔颖达解释说《七月》"独有三体者"，是因为"周公陈豳公之教，亦自始至成。述其政教之始，则为豳风；述其政教之中，则为豳雅；述其政教之成，则为豳颂。故今一篇之内，备有风、雅、颂也。言此豳公之教能使王业成功故也。"他还指出："诸诗未有一篇之内备有风、雅、颂"者。"周、召，陈王化之基，未有雅、

[①] 上所引孔颖达观点，参见（清）阮元校刻《十三经注疏·毛诗正义》《诗序》"六义"句下孔《疏》，第271页。

颂、成功,故为《风》也。《鹿鸣》,陈燕劳群臣之事,《文王》陈祖考天命之美,虽是天子之政,未得功成道洽,故为《雅》。天下太平,成功告神,然后谓之为《颂》。"① 孔颖达将《七月》看作是一个特例,体现了王政教化自始至终的整个过程,因此可以兼有三体。而《诗经》中的《风》、《雅》、《颂》三类诗体,则体现了王政教化的不同阶段,因此只能属于固定的一种诗体。这样,孔颖达所认为的"风、雅、颂者,皆是施政之名","政既不同,诗亦异体"就成为一个统一的标准,② 可以涵盖整部《诗经》。

对于《郑志》中所提出的"赋、比、兴"与"风、雅、颂"同为诗体名称的问题。孔颖达认为郑玄的答语"言吴札观《诗》已不歌,明其先无别体,不可歌也。孔子录《诗》已合《风》、《雅》、《颂》中,明其先无别体,不可分也",因此,"比、赋、兴元来不分,唯有《风》、《雅》、《颂》三诗而已"。他还说:"或以为:郑云孔子已合于《风》、《雅》、《颂》中,则孔子以前未合之时,比、赋、兴别为篇卷。若然,则乱其章句、析其文辞、乐不可歌、文不可诵。且风、雅、颂以比、赋、兴为体,若比、赋、兴别为篇卷,则无风、雅、颂矣。是比、赋、兴之义,有诗则有之。"孔颖达明确指出,将"赋、比、兴"看作是诗体名称只会混乱《诗经》体制,并强调就现有《诗经》而言,"赋、比、兴"只能是诗歌的修辞手段而已。③

经过孔颖达的梳理,"六义"次序井然,体系渐备。其说为朱熹所采纳。

尽管在朱熹之前或同时,宋代学者多有就郑玄之说立论者。比如,程颐、张载、李樗等人都推衍《七月》一诗而兼三体的观点,

---

① (清)阮元校刻《十三经注疏·毛诗正义·七月》第二章下孔《疏》,第390页。
② 参见(清)阮元校刻《十三经注疏·毛诗正义》《诗序》"六义"句下孔《疏》,第271页。
③ 参见(清)阮元校刻《十三经注疏·毛诗正义》《诗序》"六义"句下孔《疏》,第271页。

认为《诗经》中的每篇诗都有可能兼备三体。① 而王质则认为,"六义"均为诗体名称,"赋、比、兴三诗先亡,风、雅、颂三诗独存。"②

然而,朱熹在对"六义"的整体看法上,是继承了孔颖达的观点的。

首先,朱熹认同孔氏将"六义"分为诗体名称与修辞手段两种性质。他在《诗传纲领》中说:

> 风则十五国《风》,雅则大、小《雅》,颂则三《颂》也。赋、比、兴,则所以制作风、雅、颂之体也……故大师之教国子,必使之以是六者三经而三纬之,则凡诗之节奏指归,皆将不待讲说而直可吟咏以得之矣。③

朱熹在这里提出了"三经三纬"的问题,曾有弟子就此发问,朱熹回答说:

> "三经"是赋、比、兴,是做诗底骨子,无诗不有,才无,则不成诗。盖不是赋,便是比;不是比,便是兴。如《风》、《雅》、《颂》,却是里面横串底,都有赋、比、兴,故谓之三纬。④

朱熹认为"赋、比、兴"是"三经","风、雅、颂"是"三纬"。但是在辅广的《诗童子问》中却记载:"三经谓风、雅、颂,盖其体之一定也;三纬谓赋、比、兴,盖其用之不一也。"

---

① 关于程颐之说,参见(宋)程颢、程颐著,王孝鱼点校《二程集》,第311页。关于李樗的观点,参见(宋)李樗、黄櫄撰《毛诗李黄集解》卷一《诗大序》"六义"句下李樗语,文渊阁《四库全书》本。关于张载之说,参见(宋)吕祖谦撰《吕氏家塾读诗记》卷一"六义"条下所引。
② (宋)王质撰《诗总闻》卷二《闻风一》,台北新文丰出版公司《丛书集选》本,1984,第23页。
③ (宋)朱熹撰,朱杰人、严佐之、刘永翔主编《朱子全书》第1册,第344页。
④ (宋)黎靖德编,王星贤点校《朱子语类》卷八〇,第2070页。

在元人刘瑾的《诗传通释》、朱公迁的《诗经疏义会通》和明人胡广等纂辑的《诗传大全》中，都以为"三经"是"风、雅、颂"，"三纬"是"赋、比、兴"。他们所依据的就是《朱子语类》中朱熹的答语，但是却引作"三经是风、雅、颂，是做诗底骨子。赋、比、兴，却是里面横串底，都有赋、比、兴，故谓三纬。"① 朱熹在"赋、比、兴"为"做诗底骨子"后，还对此有进一步的论述，是不能用"风、雅、颂"来取代的，他们的引文显然是错误的，不足为据。而辅广的说法虽然不可谓没有道理，但是《朱子语类》所记为朱熹原话，亦见于朱熹之孙朱鉴所编的《诗传遗说》卷三，并且朱熹对于"三经"的论述尚有指向明确的解释，是不能被置换的。因此，我们以为应当以《朱子语类》所记"三经三纬"说为准。也就是说，朱熹认为"三经"是"赋、比、兴"，"三纬"是"风、雅、颂"，而其说显然是从孔颖达所说"赋、比、兴是《诗》之所用，风、雅、颂是《诗》之成形，用彼三事成此三事"的话而来。朱熹将"六义"分为"三经"与"三纬"，这一方面显示出他对于"六义"在解读《诗经》时所起作用的重视，另一方面也体现出"六义"两种不同性质的内容。

其次，朱熹对于孔颖达所做"六义"顺序的解释也表示赞许。朱熹在《答潘恭叔》的信中说："'六义'次序，孔氏得之。"② 在《诗传纲领》中，朱熹就是按照孔颖达的观点解释了"六义"的排列顺序，他说：

> 六者之序，以其篇次。《风》固为先，而《风》则有赋、比、兴矣，故三者次之，而《雅》、《颂》又次之，盖亦以是三

---

① 参见（元）刘瑾撰《诗传通释》卷一，（元）朱公迁撰《诗经疏义会通》"纲领"，（明）胡广等撰《诗传大全》"纲领"。三书均为文渊阁《四库全书》本。
② （宋）朱熹撰《晦庵集》卷五〇《答潘恭叔》之六"诗备六义之旨"。

者为之也。①

此外,与孔颖达回护郑玄观点的做法相反,朱熹直接对郑玄提出的《七月》一诗而兼三体的观点进行了批驳。他说:

> 且诗有六义,先儒更不曾说得明。却又因《周礼》说《豳》诗有"豳雅"、"豳颂",即于一诗之中要见六义。思之皆不然。②

朱熹在答《答潘恭叔》的信中说:

> "六义"次序,孔氏得之。但六字之旨极为明白,只因郑氏不晓《周礼·籥章》之文,妄以《七月》一诗分为三体,故诸儒多从其说,牵合附会,紊乱颠错,费尽安排,只符合得郑氏曲解《周礼》一章,而于诗之文义意旨,了无所益,故鄙意不敢从之。只且白直依文解义,既免得纷纭枉费心力,而"六义"又都有用处,不为虚设。盖使读《诗》者知是此义,便作此义,推求极为省力。今人说《诗》,空有无限道理,而无一点意味,只为不晓此意耳。《周礼》以六诗教国子,亦是使之明此义例。推求诗意,庶乎易晓。若如今说,即是未通经时无所助于发明,既通经后徒然增此赘说,教国子者何必以是为先,而《诗》之为义又岂止于六而已耶?《籥章》之"豳雅"、"豳颂",恐《大田》、《良耜》诸篇当之。不然,即是别有此诗而亡之,如王氏说。又不然,即是以此《七月》一篇吹成三调,词同而音异耳。若如郑说,即两章为"豳风"犹或可成音节,至于四章半为"豳雅",三章半为"豳颂",不知成何曲拍耶?③

---

① (宋)朱熹撰,朱杰人、严佐之、刘永翔主编《朱子全书》第1册,第344页。
② (宋)黎靖德编,王星贤点校《朱子语类》卷八〇,第2067页。
③ (宋)朱熹撰《晦庵集》卷五〇《答潘恭叔》之六"诗备六义之旨"。

朱熹指出,郑玄将《七月》一诗分为三体的做法是误解了《周礼》原文,而后代学者囿于其说,使得"六义"的解释愈发混乱,从而失去了解读《诗经》的正确门径。朱熹认为,《周礼》所谓的"豳雅"和"豳颂",有可能是指《小雅·大田》和《周颂·良耜》等农事诗,或者如王安石所说是"别有此诗而亡之",或者是将《七月》一诗分别按照"风、雅、颂"的曲调来演奏。① 总之,说一诗不可分为三体。朱熹极力反对将"风、雅、颂"混为一谈,他认为《周礼》以"六诗"教国子,就是要使人明白《诗经》义例,从而推求诗意。作为"义例",就必须清楚明确,简易直白。而朱熹采取孔颖达的观点,就是因为他的解释并没有脱离"六义"的字面意思和原本顺序,最少深文曲解。

尽管在对"六义"的整体认识上,朱熹采取了孔颖达的观点。但是朱熹毕竟有自己的《诗经》学理念,在很多具体问题上是不同于孔颖达或汉儒的。下面本文就来逐一分析朱熹对于"六义"的理解。

（二）朱熹对于"风"的观点

《诗序》云:"风,风也、教也。风以动之,教以化之","上以风化下,下以风刺上。主文而谲谏。言之者无罪,闻之者足以戒。故曰风"。②

郑玄在《周礼·春官·大师》"六诗"句下作注云:"风,言贤圣治道之遗化也。"③

---

① 朱熹的这些观点亦可参见《诗集传》卷八《豳风》末所注。
② （清）阮元校刻《十三经注疏·毛诗正义》,第269、271页。吴按:《诗大序》,唐以前人以为自"风,风也"至"是关雎之义也"为《大序》,宋人则以为自"诗者,志之所之也"至"是谓四始,诗之至也"为《大序》。因而,《诗序》"六义"一句,无论唐前宋后均属《大序》,故而前面说"六义"时,明书为《诗大序》。但是"风,风也"一句在归类上会发生分歧,为了避免混乱,以下概称《诗序》,不分大小。
③ （清）阮元校刻《十三经注疏·周礼注疏·春官·大师》,第796页。

汉儒对于"风"的理解,着重于讽谏、教化的含义。虽然郑玄在《毛诗传笺》中将《诗序》所言的"主文"解释为"主与乐之宫商相应也",但是"主文"的目的依然在"谲谏",郑玄解"谲谏"为"咏歌依违不直谏",又说《诗序》中所谓的"风化"、"风刺","皆谓譬喻、不斥言也"。① 在郑玄看来,《诗经》之"风"固然是乐歌,但其与音乐的联系只是一种形式或手段,其最终的目的在于鼓吹圣道,委婉的讽谏君主或教化下民,这种强大的政治功能才应该是"风"的意义所在。

汉以后到赵宋以前,学者对于"风"的理解都是通过诠释《诗序》而来,因此与汉人没有太大的差别(除了孔颖达有所发挥,详见下)。

陆德明在《经典释文》中"国风"条下云:"风者,诸侯之诗",在"风之始也"条下云:"此风谓十五《国风》,风是诸侯政教也。"陆德明解"风",一谓"诸侯之诗",一谓"诸侯政教"。显然他是将"诗"与"政教"看为一体的,前面冠之以"诸侯"则是《诗序》所言"以一国之事,系一人之本,谓之风"之意。

陆德明还在"风,风也"条下注云:"崔灵恩《集注》本,下即作'讽'字。刘氏云:动物曰风,托音曰讽。崔云:用风感物则谓之讽。沈云:上风是国风,即诗之六义也;下风即是风伯鼓动之风。君上风教能鼓动万物,如风之偃草也。今从沈说。"崔灵恩,南朝梁人,作有《毛诗集注》。刘氏,指晋人刘昌宗,有《周礼音》、《毛诗音》。沈,谓北周沈重,有《诗音义》。崔灵恩、刘昌宗将"风,风也"直接看作"风,讽也","讽"的意思是婉转的劝告,"托音"是其表象,"感物"是其指归,则"风"的含义依然在于郑玄所谓的"主文而谲谏"。沈重虽然没有将"风也"读作"讽也",但是其释义同样着重于"风"的教化功用,与《诗序》毫无二致。②

---

① (清)阮元校刻《十三经注疏·毛诗正义》,第271页。
② 上两段所引均见(唐)陆德明撰,黄焯断句《经典释文》卷五《毛诗音义上》,第53页。

唐人孔颖达作《毛诗正义》云：

> 风，训讽也，教也。讽，谓微加晓告；教，谓殷勤诲示。讽之与教，始末之异名耳。言王者施化，先依违讽谕以动之。民渐开悟，乃后，明教命以化之。风之所吹，无物不扇；化之所被，无往不沾。故取名焉。①

孔颖达训"风"为"讽"，② 并认为"讽"与"教"是教化过程中前后称名之异。他对于"风"的解释，更加详尽、明晰的发挥了《诗序》的意思。

但是，孔颖达在为"上以风化下……故曰风"这句话所作的《正义》中提出一个观点，他说：

> 上言"风，风也、教也"，向下以申"风"义。此云"故曰风"，向上而结彼文。使首尾相应，解尽"风"义。此"六义"之下而解名"风"之意，则"六义"皆名为"风"。以"风"是政教之初，"六义"，"风"居其首，故"六义"总名为"风"。"六义"，随事生称耳。③

由于《诗序》中，"风，风也、教也。风以动之，教以化之"一句在前，隔数句之后是"故《诗》有六义焉……"，接着就是"上以风化下……故曰风"一句。孔颖达认为，"风，风也……"是开始，"上以风化下……故曰风"是结束，这中间的内容都是在解释"风"的意义。由于《诗序》所列"六义"也在这部分内容之中，并且

---

① （清）阮元校刻《十三经注疏·毛诗正义》《诗序》"风，风也、教也。风以动之，教以化之"句下，第269页。
② "风"、"讽"为古今字，唐以前"风"即含"讽"意，故而刘昌宗、崔灵恩、孔颖达均将"风也"理解为"讽也"。《诗序》原字当为"风也"，陆德明在《经典释文》中从沈重说，而不从刘、崔之说，可见陆氏以为当以"风也"为正，孔疏所引也作"风，风也"。关于此点，可参看阮元为"风风也"所作校勘记，见（清）阮元校刻《十三经注疏》第275页。
③ （清）阮元校刻《十三经注疏·毛诗正义》，第271页。

"风"居"六义"之首,又是"政教之初",因此,孔颖达以为"六义"都是"风","风"是"六义"的总称,而所谓"六义",只是"随事生称"而已,它们之所以会有六种名称,是因为偏重于不同的事类、适应于不同的情况。

孔颖达指出,"六义"中的"赋、比、兴"是"《诗》文之异词",是"《诗》之所用",是构成"风、雅、颂"的手段。因此,如果从整体上来看,说"风、雅、颂"即可以包括"赋、比、兴"。他还说:"风、雅、颂者,皆是施政之名也……言其风动之初,则名之曰'风'。指其齐正之后,则名之曰'雅'。风俗既齐,然后德能容物,故功成,乃谓之'颂'"。① 如此,则"风、雅、颂"的区别主要在于其体现了施政教化的不同阶段,它们在本质上都是"政教"之名。因此,"风、雅、颂"也就可以统一到一个名目之下,而这个名目就是居"六义"之首、为"政教之初"的"风"。于是,"风"就成为"政教"的代名词。

孔颖达之所以会如此作解,就是为了将相隔甚远的两句有关"风"的话贯穿一体,以见《诗序》是一篇完整、系统的论述。然而这种做法与观点实在过于牵强,并造成了对"风、雅、颂"界定上的混乱,宋人李樗就曾经批评他说:"其说之不通,一至于此。学者之于《诗序》,苟不涣散而求之,则于此数说皆可废矣。"②

孔颖达认为"风、雅、颂""皆是施政之名",将《诗经》的本质看作是王政教化的体现。然而,孔颖达并非无视《诗经》的音乐特质。他曾说过:"风、雅之诗,缘政而作。政既不同,诗亦异体","诗体既异,其声亦殊","大师听声得情,知其本意。《周南》为王者之风,《召南》为诸侯之风,是听声而知之也。"③ 孔颖达虽然强

---

① 上所引见(清)阮元校刻《十三经注疏·毛诗正义》《诗序》"六义"句下孔疏,第271页。
② (宋)李樗、黄櫄撰《毛诗李黄集解》卷一《诗序》"六义"句下。
③ (清)阮元校刻《十三经注疏·毛诗正义》《诗序》"六义"句下孔疏,第271页。

调诗歌的第一性是政教，但是仍然指出其音乐对于表达其内涵的重要性。孔颖达的这种观点，是对汉以来用义理、政教说《诗》的经学思想的一次全面总结。

到了宋代，学者对于"风"的理解开始转变。

郑樵在《通志·总序》中指出："乐以诗为本，诗以声为用。风土之音曰'风'；朝廷之音曰'雅'；宗庙之音曰'颂'"。他还在《通志·六书略第四》中说："'风'，本风虫之风；'雅'本乌鸦之鸦；'颂'本颜容之容。三诗、五音，皆声也。声不可象，并因音而借焉。"① 郑樵反对汉以来用政教风化理念解说《诗经》的做法，他力图揭示出《诗经》的乐歌本质，从音乐的角度来理解"风、雅、颂"。这种观点影响了其后的许多学者，特别是朱熹。

《朱子语类》中记载，朱熹在回答弟子陈埴的提问时，曾经举出郑樵所说"出于朝廷者为'雅'，出于民俗者为'风'"的话，并加以发挥。② 可见朱熹确实受到郑樵的很大启发。

朱熹曾明确指出"风、雅、颂"的界定首先源于音乐体式的不同，这其中既包括各自乐腔上的区别，也包括由乐腔而引起的篇章、字句上的区别。他在《诗传纲领》所引《诗序》"六义"句下明确指出："风、雅、颂者，声乐部分之名也。"③ 在《楚辞集注》中，他说"风、雅、颂"，"其所以分者，皆以其篇章节奏之异而别之也"。④ 他还说："风、雅、颂乃是乐章之腔调，如言仲吕调、大石调、越调之类。"⑤ 这都表明朱熹清楚地认识到了《诗经》的乐歌本质。

对于"风"，朱熹在《诗集传》卷一"国风一"下注云：

> 风者，民俗歌谣之诗也。谓之风者，以其被上之化以有言，而其言又足以感人，如物因风之动以有声，而其声又足以动物

---

① 转引自（宋）郑樵著，顾颉刚辑点《诗辨妄》，第65、68页。
② 参见（宋）黎靖德编，王星贤点校《朱子语类》卷八〇，第2067页。
③ （宋）朱熹撰，朱杰人、严佐之、刘永翔主编《朱子全书》第1册，第344页。
④ （宋）朱熹注《楚辞集注》《离骚序》"至圆不能过规矣"下注。
⑤ 参见（宋）黎靖德编，王星贤点校《朱子语类》卷八〇，第2067页。

也。是以诸侯采之以贡于天子，天子受之而列于乐官，于以考其俗尚之美恶，而知其政治之得失焉。

所谓"风者，民俗歌谣之诗也"，源于郑樵的"风土之音曰'风'"的说法。朱熹在其他地方也多有类似的表述。他曾经说："凡诗之所谓《风》者，多出于里巷歌谣之作。所谓男女相与咏歌，各言其情者也"，①"'风'则闾巷风土、男女情思之词"，②又说："'风'多出于在下之人"，"若《国风》乃采诗有采之民间，以见四方民情之美恶。"③ 朱熹一方面从音乐本质出发，将"风"界定为民歌。另一方面，他又整合汉唐旧注，不否认其教化功用。因此，朱熹在明确"风"为"民俗歌谣之诗"后，接着又说"谓之风者，以其被上之化以有言……而知其政治之得失焉"。

朱熹的《诗序辨说》以辨《诗序》之非为宗旨，然而他在"风，风也，教也，风以动之，教以化之"下注云："以象言，则曰风；以事言，则曰教。"④ 所谓"以象言"，就是他在《诗集传》"国风一"下所说的"如物因风之动以有声，而其声又足以动物也"，也即孔颖达所言"风之所吹，无物不扇"，沈重所言"君上风教能鼓动万物，如风之偃草也"之义。朱熹没有训"风"为"讽"，但也没有像郑樵所说的将之视为借字。他就"风"之本义加以引申，将传统观点贯入其中。这种折中的做法，正体现了朱熹尊重儒家经典的治学态度，也是他改造传统经学的重要手段。而所谓"以事言"，就是指他在《诗集传》中所说的"考其俗尚之美恶，而知其政治之得失焉"。这与其从接受者角度出发的"思无邪"的诗教观相辅相成，是对传统的"圣贤治道之遗化"观念的突破。可见，就如我们在上一章所讨论过的，朱熹认为"诗出乎志者也，乐出乎诗

---

① 《诗集传序》，（宋）朱鉴编《诗传遗说》卷二所引。
② （宋）朱熹注《楚辞集注》《离骚序》"至圆不能过规矣"下注。
③ （宋）黎靖德编，王星贤点校《朱子语类》卷八〇，第 2066～2067 页。
④ （宋）朱熹撰，朱杰人、严佐之、刘永翔主编《朱子全书》第 1 册，第 356 页。

者也。然则志者，诗之本；而乐者，其末也"，① 虽然"风、雅、颂"之区别是源于音乐体式的不同，但是它们归根结底仍然是言志之诗，因此是不可能摆脱教化含义的。朱熹在写给潘友恭的一封信中说：

> 凡言风者，皆民间歌谣。采诗者得之，而圣人因以为乐，以见风化流行，沦肌浃髓而发于声气者，如此其谓之风。正以其自然而然，如风之动物而成声耳。②

这段话与《诗集传》中的话如出一辙。朱熹一直强调"风"是民歌，同时也一直表明其功用在于教化。我们绝不能截断二者，片面理解朱熹的《诗经》学思想。相比于郑樵，朱熹的态度更为温和，由于他对于传统经学思想加以改造吸收，也因此更易为人接受。

（三）朱熹对于"雅"的观点

《诗序》云："雅者，正也，言王政之所由废兴也。政有小大，故有《小雅》焉，有《大雅》焉。"③

郑玄在《周礼·春官·大师》"六诗"句下作注云："雅，正也，言今之正者，以为后世法。"④

《诗序》与郑玄虽然都训"雅"为"正"，但是《诗序》倾向于将"雅"理解为"王政"，而郑玄则倾向于将"雅"解作"正统"、"正确"、"正当"。孔颖达作《毛诗正义》，力求综合二说。他在《诗序》"雅者，正也……"一句的疏中说：

> 雅者，训为正也，由天子以政教齐正天下，故民述天子之政，还以齐正为名……王者政教有小大，诗人述之亦有小大，

---

① （宋）朱熹撰《晦庵集》卷三七《答陈体仁》。
② （宋）朱熹撰《晦庵集》卷五〇《答潘恭叔》之六"关雎疑周公所作"。
③ （清）阮元校刻《十三经注疏·毛诗正义》，第272页。
④ （清）阮元校刻《十三经注疏·周礼注疏·春官·大师》，第796页。

> 故有《小雅》焉，有《大雅》焉。《小雅》所陈有饮食宾客、赏劳群臣、燕赐以怀、诸侯征伐以强中国、乐得贤者养育人材，于天子之政，皆小事也。《大雅》所陈，受命作周、代殷继伐、荷先王之福禄、尊祖考以配天、醉酒饱德、能官用士、泽被昆虫、仁及草木，于天子之政皆大事也。诗人歌其大事，制为大体；述其小事，制为小体。体有大小，故分为二焉。①

孔颖达说"天子以政教齐正天下，故民述天子之政，还以齐正为名"，这显然是将《诗序》与郑玄的解释融合在了一起。他还根据二《雅》中各诗之《序》所述诗旨，详细阐释了大小《雅》赖以区分的所谓大小之政。

孔颖达接着还提出了一个观点：

> 诗体既异，乐音亦殊。《国风》之音，各从水土之气，述其当国之歌而作之。《雅》、《颂》之音，则王者遍览天下之志，总合四方之风而制之。《乐记》所谓"先王制雅、颂之声以道之"，是其事也。诗体既定，乐音既成，则后之作者各从旧俗。《变风》之诗，各是其国之音。季札观之，而各知其国，由其音异故也。《小雅》音体亦然。正经述大政为《大雅》，述小政为《小雅》。有《小雅》、《大雅》之声。王政既衰，变《雅》兼作。取《大雅》之音，歌其政事之变者，谓之变《大雅》。取其《小雅》之音，歌其政事之变者，谓之变《小雅》。故变《雅》之美刺皆由音体有小大，不复由政事之大小也。②

在这段话中，孔颖达明确指出"诗体既定，乐音既成，则后之作者各从旧俗"。这就是说，在"风"、二"雅"、"颂"四种诗体已经确立、各自的音乐已经形成后，后来作诗的人就按照之前的样子续作，这时所作的诗歌就不再按照其内容分类，而是按照其诗体和音乐的

---

① （清）阮元校刻《十三经注疏·毛诗正义》，第272页。
② （清）阮元校刻《十三经注疏·毛诗正义》，第272页。

形式来分类了。虽然孔颖达的这种观点只是为了解决变《风》、变《雅》的分类问题，并且对于所谓的二《南》（即正《风》）、正《雅》以及《周颂》来说，① 其定义与分类依然是以政治教化的不同程度为标准的，也就是说，他依然坚持《诗经》的本质是政教而非乐歌。但是，这种观点毕竟指出了《诗经》作为乐歌的某些特点，使部分诗篇减轻了牵强的政教束缚，获得了些许接近诗歌本身意义的自由，这不能不算是一种突破。郑樵和朱熹都曾将《诗》比作宋时之辞曲，他们的看法相比于前人是一次质的飞跃，然而追根溯源，孔颖达的观点可以说是导夫先路。

到了宋代，郑樵将"雅"解释为"乌鸦"之"鸦"的借字，认为"朝廷之音曰'雅'"。郑樵在《六经奥论》中还说："盖《小雅》、《大雅》者，特随其音而写之律耳。律有小吕、大吕，则歌《大雅》、《小雅》宜其有别也。"②

朱熹对于"雅"的理解，与"风"相似，同样是在采纳郑樵观点的同时，尽量融合汉唐以来的传统说法。他在《诗集传》卷九"小雅二"下云：

> 雅者，正也。正乐之歌也。其篇本有大小之殊，而先儒说又各有正变之别。以今考之，正《小雅》，燕飨之乐也；正《大雅》，会朝之乐、受釐陈戒之辞也。故或欢欣和说以尽群下之情，或恭敬齐庄以发先王之德。词气不同，音节亦异，多周公制作时所定也。及其变也，则事未必同而各以其声附之，其次序时世则有不可考者矣。

---

① 孔颖达认为三《颂》体各不同，《诗序》所释之"颂"为《周颂》，详见下文。
② 转引自（宋）郑樵著，顾颉刚辑点《诗辨妄》，第91页。关于《六经奥论》，一般认为是后人纂辑郑樵以及其他人的言论而成。顾颉刚在《诗辨妄》附录三《六经奥论》的案语中说："兹刊印《诗辨妄》，即从《奥论》中选录其不与辨妄之旨相背者，又郑氏于《诗》学主声而不主义，又选其议论之与此义近者，凡九篇，列为附录之三。"我们即从顾颉刚选录的第五篇"雅非有正变辨"中转引而来。对于《六经奥论》的详细考证，可参见顾颉刚案语以及杨新勋《宋代疑经研究》一书的附录之三《〈六经奥论〉作者与成书考》。

朱熹认为"雅"为"正乐之歌",正《小雅》为"燕飨之乐",正《大雅》为"会朝之乐、受釐陈戒之辞"。这种揭示"雅"的乐歌本质的观点显然是受到了郑樵的启发。然而,朱熹训"雅"为"正",并在指出其为乐歌的同时,不忘标明其为"正乐之歌",这个"正"字的意思与郑玄的理解近似。此外,他还采用孔颖达对于变《雅》的看法,认为变《雅》是"事未必同而各以其声附之"。这些都显示出朱熹对于汉唐旧说的采信。

关于大小《雅》之所以分,朱熹的观点是二者"词气不同,音节亦异"。他既说过:"若《大雅》、《小雅》,则亦如今之商调、宫调,作歌曲者,亦按其腔调而作尔",① 又说过:"《小雅》是所系者小,《大雅》是所系者大。'呦呦鹿鸣'其义小;'文王在上,於昭于天'其义大。"② 可见,朱熹并没有像郑樵一样纯粹从音乐的角度区分二《雅》,而是认为二者的划分是在义理与音乐的共同作用下完成的。朱熹说正《小雅》是"燕飨之乐","以尽群下之情",正《大雅》是"会朝之乐、受釐陈戒之辞","以发先王之德",并且指出二者"多周公制作时所定也",这些看法本身就包含了强烈的义理内容。

关于二《雅》的施用,朱熹说:"《小雅》恐是燕礼用之,《大雅》须飨礼方用。《小雅》施之君臣之间,《大雅》则止人君可歌。"③ 这虽然与朱熹对大小《雅》的规定稍有出入,但基本上仍是可以相互发明的。

关于二《雅》的作者,朱熹认为"乃士夫所作"、④ "公卿大夫所作"。⑤ 他尤其指出:"《大雅》非圣贤不能为,其间平易明白,正大光明。"⑥ 这就与"民庶所作","出于在下之人"的"风"有了

---

① (宋)黎靖德编,王星贤点校《朱子语类》卷八〇,第 2066 页。
② (宋)黎靖德编,王星贤点校《朱子语类》卷八〇,第 2068 页。
③ (宋)黎靖德编,王星贤点校《朱子语类》卷八一"二雅"条,第 2117 页。
④ (宋)黎靖德编,王星贤点校《朱子语类》卷八〇,第 2066 页。
⑤ (宋)朱熹撰《楚辞集注》《离骚序》"至圆不能过规矣"下注。
⑥ (宋)黎靖德编,王星贤点校《朱子语类》卷八一,第 2126 页。

等级上的差别。① 朱熹对于《风》、《雅》作者的看法,是根据他对二者性质的规定以及它们篇章、意旨、辞气的各自特点所得出的推论。尽管《大雅》确与《风》诗判然有别,但是《小雅》与《风》诗中的某些篇章却很难严格区分开来。因此,朱熹的这一看法只能是一种理想化的概念而已。

(四)朱熹对于"颂"的观点

《诗序》中说:"颂者,美盛德之形容,以其成功,告于神明者也。"②

郑玄在《周颂谱》中说:"颂之言容。天子之德,光被四表,格于上下,无不覆焘,无不持载,此之谓容。"③ 他在《周礼·春官·大师》"六诗"句下作注云:"颂之言诵也、容也,诵今之德,广以美之。"④

郑玄遵循《诗序》的意旨而深化之。他利用声训,将"颂"解为"容"、"诵",以为"颂"是歌颂赞美天子之德。

到了唐代,颜师古注《汉书》时明确指出"颂"与"容"相通。他说"古者'颂'与'容'同",⑤ "'颂'读曰'容'"。⑥ 因此,孔颖达作《毛诗正义》只用"容"而不用"诵"来理解"颂"。

孔颖达在《毛诗正义》中解释《诗序》和郑玄《周颂谱》的意思说:

> 《易》称圣人"拟诸形容、象其物宜"。则"形容"者,谓形状容貌也。作《颂》者,"美盛德之形容",则天子政教有形容也。可美之形容,正谓道教周备也。故《颂谱》云:"天子

---

① (宋)黎靖德编,王星贤点校《朱子语类》卷八〇,第 2066 页。
② (清)阮元校刻《十三经注疏·毛诗正义》,第 272 页。
③ (清)阮元校刻《十三经注疏·毛诗正义》,第 581 页。
④ (清)阮元校刻《十三经注疏·周礼注疏·春官·大师》,第 796 页。
⑤ (汉)班固撰,(唐)颜师古注《汉书》卷二《惠帝纪》"皆颂系"下颜注,第 87 页。
⑥ (汉)班固撰,(唐)颜师古注《汉书》卷八八《王式传》"颂礼甚严"下颜注,第 3611 页。

之德,光被四表,格于上下,无不覆焘,无不持载,此之谓容",其意出于此也。①

"颂之言容",歌成功之容状也。②

孔颖达指出,"容"即"容状"、"容貌","形容"即"形状容貌"。"颂"就是歌颂天子政教功成之形容的诗歌。

到了宋代,郑樵更进一步指出"颂"本颜容之"容",因音同而借为"风、雅、颂"之"颂",他还认为"颂"是"宗庙之音"。

朱熹采用郑樵"宗庙之音"的观点,但是在训诂上却依然沿用唐人的说法。他在《诗集传》卷一九"颂四"下说:③

颂者,宗庙之乐歌。《大序》所谓"美盛德之形容,以其成功,告于神明者也。"盖"颂"与"容"古字通用,故《序》以此言之。

朱熹对于"颂"的整体看法如此。但是,《颂》分为《周颂》、《鲁颂》、《商颂》,历来对于《鲁颂》和《商颂》的作者及其性质争论甚多,而这实际上也影响到了对于"颂"的认识。因此,我们有必要对此做出考察。

《诗序》以为《周颂》是祭祀周之先王、社稷等的诗,《鲁颂》是歌颂鲁僖公的诗,《商颂》是祭祀商之祖先的诗。郑玄在《周颂谱》中释"颂"为"容",并指出其展现了天子之德。然而对于周来说,鲁为诸侯,商为敌国,他们怎么也会有"颂"呢?郑玄在《鲁颂谱》中解释说:"成王以周公有太平制典法之勋,命鲁郊祭天

---

① (清)阮元校刻《十三经注疏·毛诗正义》《诗序》"颂者,美盛德之形容……"句下,第272页。
② (清)阮元校刻《十三经注疏·毛诗正义》《周颂谱》"颂之言容……"句下,第581页。
③ 吴按:《四部丛刊》本《诗集传》作"颂曰",此处据《朱子全书》本《诗集传》改为"颂四"。

三望，如天子之礼。故孔子录其诗之《颂》，同于王者之后。"① 对于《商颂》，郑玄以为是商人所作以颂先王，周灭商，封其后于宋，周宣王时，宋大夫正考父"校商之名《颂》十二篇于周太师，以《那》为首，归以祀其先王"，"孔子录诗之时，则得五篇而已，乃列之以备三《颂》，著为后王之义，监三代之成功，法莫大于是矣。"② 郑玄还指出，鲁、宋之所以作为诸侯国而没有变《风》，是因为鲁为功臣之后，宋为王者之后，都受到周王朝的优待，因此存其《颂》而舍其《风》。

到了唐代，孔颖达在《毛诗正义》中提出不同的意见：

> 王者政有兴废，未尝不祭群神。但政未太平，则神无恩力。故太平德洽，始报神功，《颂》诗直述祭祀之状，不言得神之力，但美其祭祀，是报德，可知此解"颂"者，唯《周颂》耳。其商、鲁之《颂》则异于是矣。《商颂》虽是祭祀之歌，祭其先王之庙，述其生时之功，正是死后颂德，非以成功告神，其体异于《周颂》也。《鲁颂》主咏僖公功德，才如变《风》之美者耳，又与《商颂》异也。"颂"者，美诗之名。王者不陈鲁诗，鲁人不得作风，以其得用天子之礼，故借天子美诗之名，改称为《颂》，非《周颂》之流也。孔子以其同有"颂"名，故取备三《颂》耳。置之《商颂》前者，以鲁是周宗亲同姓，故使之先前代也。③

孔颖达对《诗序》中"颂"的解释进行发挥，认为其应为王政功成后，祭祀报德之诗，因此这实际上只是指《周颂》而言。《商颂》仅仅是歌颂祖德，因此与《周颂》的体制是不同的。而《鲁颂》更只是变《风》之体，与《周颂》不可相提并论。《商颂》、

---

① （清）阮元校刻《十三经注疏·毛诗正义》《鲁颂谱》，第608页。
② （清）阮元校刻《十三经注疏·毛诗正义》《商颂谱》，第620页。
③ （清）阮元校刻《十三经注疏·毛诗正义》《诗序》"颂者，美盛德之形容。以其成功告于神明者也"句下孔《疏》，第272页。

《鲁颂》只是附名而已。这样，孔颖达就把三《颂》分作了三种不同的诗体，而"六义"之"颂"只能以《周颂》实之。

朱熹的意见则是尊重经文，调和汉唐。首先，他采纳了郑玄《诗谱》中的说法，认为宋、鲁之无《风》在于周世对二国之优待："先儒以为，时王褒周公之后，比于先代，故巡守不陈其诗，而其篇第不列于太师之职，是以宋、鲁无《风》，其或然欤？"① 朱熹对于五篇《商颂》的意旨持论谨慎，但是对于其来源，同样采取了《诗序》以及《诗谱》的意见。

其次，朱熹采纳了孔颖达对《鲁颂》的看法，认为"其体固列国之《风》"。朱熹又进一步指出，成王赐伯禽以天子之礼乐，因此鲁国应当有《颂》，但是后来鲁国人自己作诗以称美其君亦名之为《颂》，这就属于僭越的行为了。这些僭越之诗在内容上都是歌颂当时之事，能够反映出"先王礼乐教化之遗意"，它们没有涉及宗庙祭祀的内容，因此它们虽有"颂"名而实是"风"体，就其文辞内容上来说还是可以接受的。孔子刊定《诗经》，因《鲁颂》之名而将其列为三《颂》之一，就是要寓褒贬于其中，使后人知道其中的是非得失。②

《朱子语类》中还记载了朱熹与门人的一段问答：

伯丰问："《商颂》恐是宋作？"

曰："宋襄一伐楚而已，其事可考，安有'莫敢不来王'等事！"

又问："恐是宋人作之，追述往事，以祀其先代。若是商时所作，商尚质，不应《商颂》反多于《周颂》。"

曰："《商颂》虽多，如《周颂》，觉得文势自别。《周颂》虽简，文自平易。《商颂》之辞，自是奥古，非宋襄可作。"

又问："《颂》是告于神明，却《鲁颂》中多是颂当时之

---

① （宋）朱熹撰《诗集传》卷二〇"鲁颂四之四"下注解。
② 参见（宋）朱熹撰《诗集传》卷二〇"鲁颂四之四"下注解。

君。如'戎狄是膺，荆舒是惩'，僖公岂有此事？"

曰："是颂愿之辞。"

又问："'戎狄是膺，荆舒是惩'，孟子引以为周公，如何？"

曰："孟子引经自是不仔细。"

又问："或谓《鲁颂》非三百篇之类，夫子姑附于此耳。"

曰："'思无邪'一句正出《鲁颂》。"①

在这段对话中，朱熹再次表明了他对于《商颂》和《鲁颂》的态度。第一，他根据文辞和史事重申《商颂》是商人所作，而非入周后宋人的作品。第二，他确认《鲁颂》原来就是《诗经》的一部分，而不是后附上去的。

总体来看，朱熹基本沿袭了孔颖达的观点。不同之处在于，孔颖达贬低《鲁颂》并将《商颂》也区分为一种不同的诗体，而朱熹则尽力为《鲁颂》之列于《颂》寻找合理的解释，认为它可以体现孔子的春秋笔法，并且不对《周颂》与《商颂》进行区分。因此，在朱熹看来，三《颂》中，《周颂》和《商颂》为"宗庙之乐歌"，而《鲁颂》则实为燕饮落成祝愿之歌，其诗实非"颂"体。

（五）朱熹对于"赋"、"比"、"兴"的观点

郑玄于《周礼·春官·大师》"六诗"句下注云："赋之言铺，直铺陈今之政教善恶。比，见今之失，不敢斥言，取比类以言之。兴，见今之美，嫌于媚谀，取善事以喻劝之。"②

郑玄认为"赋"的特点在于"直铺陈"，也就是"直接叙述"，后人对于"赋"的理解皆祖述此说。但是，他以美刺区分"兴"和"比"，这就纯属无稽之谈了。《邶风·雄雉》为刺诗，而毛《传》于首句"雄雉于飞，泄泄其羽"下标"兴也"，郑玄同意毛说，并

---

① （宋）黎靖德编，王星贤点校《朱子语类》卷八一"商颂"条下，第 2139 页。
② （清）阮元校刻《十三经注疏·周礼注疏·春官·大师》，第 796 页。

作《笺》详述"兴"义。用"兴"而为刺诗，则郑玄无异于自乱其说。像这样的例子还有很多，如《邶风·北门》、《邶风·北风》、《王风·扬之水》、《郑风·山有扶苏》等都是如此。因而，孔颖达在《毛诗正义》中委婉的批评郑玄说："于比、兴云'不敢斥言'、'嫌于媚谀'者，据其辞不指斥，若有嫌惧之意，其实作文之体，理自当然，非有所嫌惧也。"①

对于"比"和"兴"的解释，倒是郑玄所引郑众之说更为平实可据，郑众说："比者，比方于物也。兴者，托事于物。"②

孔颖达作《毛诗正义》，他对于"赋、比、兴"的界定就是在郑玄之"赋"说和郑众之"比"、"兴"说的基础上加以发挥而成，他说：

> 郑以赋之言铺也，铺陈善恶，则《诗》文直陈其事、不譬喻者皆赋辞也。郑司农云："比者比方于物"，诸言"如"者，皆比辞也。司农又云："兴者，托事于物"，则兴者，起也，取譬引类、起发己心，《诗》文诸举草木鸟兽以见意者，皆兴辞也。③

孔颖达认为"《诗》文诸举草木鸟兽以见意者，皆兴辞"，这又是根据毛《传》所标之"兴"的实例总结出来的。

其实，在孔颖达之前，六朝时人也多有论"赋"、"比"、"兴"之语。比如，挚虞说："赋者，敷陈之称也。比者，喻类之言也。兴者，有感之辞也。"④ 钟嵘说："故诗有三义焉。一曰兴，二曰比，

---

① （清）阮元校刻《十三经注疏·毛诗正义》《诗序》"六义"句下孔《疏》，第271页。
② （清）阮元校刻《十三经注疏·周礼注疏·春官·大师》"六诗"句下郑《注》所引，第796页。
③ （清）阮元校刻《十三经注疏·毛诗正义》《诗序》"六义"句下孔《疏》，第271页。
④ （唐）欧阳询撰，汪绍楹校《艺文类聚》卷五六所引（晋）挚虞《文章流别论》，上海古籍出版社，1999，第1018页。

三曰赋。文已尽而义有余，兴也。因物喻志，比也。直书其事、寓言写物，赋也。"① 而刘勰则云：

> 赋者，铺也，铺采摛文，体物写志也。②
>
> 比者，附也。兴者，起也。附理者切类以指事，起情者依微以拟议。起情故兴体以立，附理故比例以生。比则畜愤以斥言，兴则环譬以记讽。盖随时之义不一，故诗人之志有二也。观夫兴之托谕，婉而成章，称名也小，取类也大。关雎有别，故后妃方德。尸鸠贞一，故夫人象义。义取其贞，无从于夷禽。德贵其别，不嫌于鸷鸟。明而未融，故发注而后见也。且何谓为比？盖写物以附意，扬言以切事者也。故"金锡"以喻明德，"珪璋"以譬秀民，"螟蛉"以类教诲，"蜩螗"以写号呼，"澣衣"以拟心忧，"卷席"以方志固，凡斯切象，皆比义也。至如"麻衣如雪"、"两骖如舞"，若斯之类，皆比类者也。③

对于"赋"的解释，三人都是植根于郑玄之说，只是刘勰与钟嵘二人所谓的"铺采摛文"、"寓言写物"的提法，显然受到了当时文体之"赋"的影响，已非纯粹"六义"之"赋"的定义。

对于"比"的解释，无论是"喻类"、"附理（意）"、"喻志"，虽然提法不同，观点却基本一致，都是"比方""比喻"之意。刘勰更是举出了《诗经》中"比"的一些用例：《卫风·淇奥》"有匪君子，如金如锡，如圭如璧"，《小雅·小宛》"螟蛉有子，蜾蠃负之"，《大雅·荡》"如蜩如螗，如沸如羹"，《邶风·柏舟》"心之忧矣，如匪澣衣"、"我心匪席，不可卷也"，《曹风·蜉蝣》"蜉蝣掘阅，麻衣如雪"，《郑风·大叔于田》"执辔如组，两骖如舞"。这些

---

① （南朝梁）钟嵘著，王叔岷笺证《钟嵘诗品笺证稿·诗品序》，中华书局，2007，第72页。
② （南朝梁）刘勰著，詹锳义证《文心雕龙义证·诠赋》，中华书局，1989，第270页。
③ （南朝梁）刘勰著，詹锳义证《文心雕龙义证·比兴》，第1337~1355页。

句子就是刘勰所认为的"切类以指事"、"写物以附意、扬言以切事",他用了这么多话实际上说的就是"比喻"。

对于"兴",挚虞之"有感"、刘勰之"起情",其实一也,都是因外物而触动情感之意。刘勰又详述"兴"的特性为"依微以拟议","婉而成章,称名也小,取类也大",并且举《周南·关雎》和《召南·鹊巢》为说。在刘勰看来,"兴"是从某物的某一特征发挥出大道理,而这一道理与起兴之物只有形而上的联系而没有物质形态上的必然相似。"比"、"兴"相较,"比"是形似,而"兴"是理通。所谓"比则畜愤以斥言,兴则环譬以记讽",就是表明二者一显一隐,一直一曲而已。而钟嵘所谓的"文已尽而义有余",就是强调"兴"的委婉深长的特性,以与相对直接的"比"相区别。然而,这一说法很接近"兴味"之义,若如此解,则《诗经》中凡是令人回味的诗篇即可谓"兴",这只能导致言人人殊、标准混乱,因此钟嵘之说实不足取。

尽管刘勰对于"比"、"兴"的辨析相当细密,但是依然会让人感到无所适从。"兴"体虽然"取类也大",毕竟要从小处"称名"、要"环譬以记讽",而这与"比"之间的界限就很难把握。"维鹊有巢,维鸠居之"与"螟蛉有子,蜾蠃负之",仅就这两句来看,按照刘勰对"比"、"兴"的界定实在无法区别。后来陆德明博采汉魏六朝各家音注训诂而作《经典释文》,将"兴"解作"譬喻之名",认为"意有不尽,故题曰'兴'。"① 这实际上是将刘勰的"环譬以记讽"与钟嵘的"文已尽而义有余"的两种说法结合在了一起,对于"兴"的表述似乎更为清晰,但是并没有给出"比"的定义,"兴"已是"譬喻之名",那么"比"又是什么呢?两者的区别依然很不清楚。陆德明并没有比刘勰前进多少。

因此,孔颖达为了规范"六义",在二郑之说(大概也受到了刘勰所举"比"、"兴"之例的影响)的基础上,同时又结合毛

---

① 参见(唐)陆德明撰,黄焯断句《经典释文》卷五《毛诗音义上》,第53页

《传》标"兴"之实例,制定了一个比较明确的标准:"直陈其事、不譬喻者"为"赋";"诸言'如'者"为"比";"举草木鸟兽以见意者"为"兴"。

孔颖达的这一看法,确实比刘勰繁复的辨析清晰简捷的多,似乎也更具普遍的操作性。上文引刘勰所举的"比"、"兴"之例,大多可以按照孔氏的标准进行准确的区别,虽然"螟蛉有子,蜾蠃负之"没有"如"字,但是其下句"教诲尔子,式榖似之"出现了"似"字,如果我们不将孔氏的标准呆看,则其为"比"亦甚明了。然而,孔颖达的这一观点,标准过于单一刻板,并且忽视了诗句之间的联系,即使灵活用之,在面对很多具体诗篇时,仍多扞格。比如《邶风·凯风》"凯风自南,吹彼棘心",与《召南·殷其雷》"殷其雷,在南山之阳"同样都以自然现象发端,然而前者为"兴",后者非是。又如《鄘风·鹑之奔奔》"鹑之奔奔,鹊之彊彊",实属"举鸟兽以见意者",然而却非"兴"。此外,《诗经》中许多用"如"字的句子实非"比方于物",而有比喻之义的亦并非皆用"如"字。如《邶风·柏舟》"耿耿不寐,如有隐忧",《王风·采葛》"一日不见,如三月兮",《小雅·常棣》"凡今之人,莫如兄弟",等等,这些"如"字意在比较、比拟,绝非"比方于物"之"比"。而《魏风·硕鼠》、《豳风·鸱鸮》实为"比方于物",却通篇无"如"字。

由于孔颖达坚守"疏不破注"的原则,而毛《传》于三百篇诗"独标兴体",因此孔颖达在《毛诗正义》中基本只对毛《传》所标之"兴"进行疏解,而对于毛《传》未标之"兴"以及"赋"和"比"则没有明确的标注和解释。他的所谓标准,并没有贯彻到每一篇诗歌当中,不能得到实际的验证,其扞格难通之处自然在所难免。

而对于朱熹来说,《诗序》既不足信,《传》、《笺》亦不足凭,孔颖达所坚守的原则已经不复存在。朱熹通过涵泳本文的办法重新分析《诗经》,对"赋、比、兴"的理解与界定都直接应用到具体的诗篇当中,不再是空具其文而已。

对于"赋",朱熹认为:

> 赋者,直陈其事,如《葛覃》、《卷耳》之类是也。①
> 赋者,敷陈其事而直言之者也。②
> 直指其名、直叙其事者,赋也。③

对于"比",朱熹认为:

> 比者,以彼状此,如《螽斯》、《绿衣》之类是也。④
> 比者,以彼物比此物也。⑤
> 引物为况者,比也。⑥

对于"兴",朱熹认为:

> 兴者,托物兴词,如《关雎》、《兔罝》之类是也。⑦
> 兴者,先言他物以引起所咏之词也。⑧
> 本要言其事,而虚用两句钓起,因而接续去者,兴也。⑨

朱熹还对于"比"和"兴"之间的区别进行了详细的辨析。《朱子语类》中记载:

> 说出那物事来是兴,不说出那物事是比……比底只是从头比下来,不说破。兴、比相近,却不同。

---

① (宋)朱熹撰,朱杰人、严佐之、刘永翔主编《朱子全书》第1册《诗传纲领》"六义"句下,第344页。
② (宋)朱熹撰《诗集传·周南·葛覃》第一章下注。
③ (宋)黎靖德编,王星贤点校《朱子语类》卷八〇,第2067页。
④ (宋)朱熹撰,朱杰人、严佐之、刘永翔主编《朱子全书》第1册《诗传纲领》"六义"句下,第344页。
⑤ (宋)朱熹撰《诗集传·周南·螽斯》第一章下注。
⑥ (宋)黎靖德编,王星贤点校《朱子语类》卷八〇,第2067页。
⑦ (宋)朱熹撰,朱杰人、严佐之、刘永翔主编《朱子全书》第1册《诗传纲领》"六义"句下,第344页。
⑧ (宋)朱熹撰《诗集传·周南·关雎》第一章下注。
⑨ (宋)黎靖德编,王星贤点校《朱子语类》卷八〇,第2067页。

如《关雎》、《麟趾》相似,皆是兴而兼比。然虽近比,其体却只是兴。且如"关关雎鸠",本是兴起到得下面说"窈窕淑女",此方是入题说那实事。盖兴是以一个物事贴一个物事说。上文兴而起,下文便接说实事。如"麟之趾"下文便接"振振公子",一个对一个说。盖公本是个好底人,子也好、孙也好、族人也好,譬如麟趾也好、定也好、角也好。及比,则却不入题了。如比那一物说,便是说实事。如"螽斯羽,诜诜兮。宜尔子孙,振振兮","螽斯羽"一句便是说那人了,下面"宜尔子孙",依旧是就"螽斯羽"上说,更不用说实事。此所以谓之比。大率诗中比、兴皆类此。

比是以一物比一物,而所指之事常在言外。兴是借彼一物以引起此事,而其事常在下句。但比意虽切却浅,兴意虽阔而味长。①

在朱熹看来,《诗经》中的"比"就是所谓的"借喻",也就是说用喻体代替本体,而本体本身并不出现在诗句当中。在三百零五篇诗中,朱熹标注为纯粹"比"诗的有20首,按照他的解释都应算是借喻。朱熹标注为"比"的章节共102章,另外标为"比,或曰兴"的有9章,"兴,或曰比"的有6章,"兴而比"的有6章,"赋而比"的有2章,"比而兴"的有5章,"赋而兴又比"的有3章。在这与"比"相关的共133章诗中,除了《邶风·谷风》的第二章(标"赋而比")和《大雅·绵》的第一章(标"比")可以说有本体出现外,其余131章诗均属借喻。尽管吕祖谦在《吕氏家塾读诗记》卷一"六义"条下引朱熹的话说:"比者,以物为比,而不正言其事,《甫田》、《硕鼠》、《衡门》之类是也。比方有两例,有继所比而言某事者,有不言其事者。"似乎朱熹以为"比"亦有"暗喻"之意,然而这一观点恐怕正如朱熹在《吕氏家塾读诗记序》

---

① 上所引均见(宋)黎靖德编,王星贤点校《朱子语类》卷八〇,第2069~2070页。

中所说,是他"少时浅陋之说",不能代替朱熹最终的看法。这段话中举比诗,提到了《陈风·衡门》,而《诗集传》中已将其改为"赋"诗,可见吕氏所引并非朱熹的定论,不能据以为说。根据《朱子语类》中的材料以及《诗集传》中对"比"的实际运用情况,朱熹以"比"为借喻,是可以确定的。

朱熹认为"兴"是"一个物事贴一个物事说","是借彼一物以引起此事,而其事常在下句"。他还说:

> 如兴体不一,或借眼前物事说将起,或别自将一物说起,大抵只是将三四句引起。如唐时尚有此等诗体。如"青青河畔草"、"青青水中蒲",皆是别借此物,兴起其辞,非必有感有见于此物也。有将物之无兴起自家之所有,将物之有兴起自家之所无。①

按照朱熹的理解,"兴"是由两个部分共同构成的,我们姑且称之为"起兴句"和"承兴句"。例如,"关关雎鸠,在河之洲"为"起兴句",而"窈窕淑女,君子好逑"则为"承兴句"。二者之间的关系可分为两种。

其一,二者有意义上的联系,如《周南·关雎》,"雎鸠"之"挚而有别"与"淑女"之"和乐恭敬"是可以相通的,这就使起兴句和承兴句有些类似于喻体和本体的关系,很像是一种"暗喻"(即没有比喻词,但是喻体、本体俱在)。因此,朱熹也说《关雎》等诗"近比",但却只是"兴",原因就在于朱熹眼中的"比"是借喻,文本中只有喻体,并且喻体本身的意义是完整的,与下面的诗句是并列或递进的关系,而这类暗喻性质的"兴"诗不仅喻体、本体同时出现,并且二者是偏正关系,喻体并不承担意义,表达的重点只在本体。此外,这种有意义关联的"兴"还包括一种反向比喻的情况,也就是朱熹所说的:"将物之无兴起自家之所有,将物之有

---

① (宋)黎靖德编,王星贤点校《朱子语类》卷八〇,第 2070 页。

兴起自家之所无"。如《鄘风·相鼠》："相鼠有皮，人而无仪"即属此种情况。

其二，二者没有意义上的联系。这大致又可分为两类。即所谓"或借眼前物事说将起"和"或别自将一物说起"。前者如《陈风·东门之杨》："东门之杨，其叶牂牂。昏以为期，明星煌煌"，朱熹注曰："此亦男女期会而有负约不至者，故因其所见以起兴也。"后者最直接的例子是《小雅·南有嘉鱼》的第四章，朱熹注曰："此兴之全不取义者也"；此外又如《王风·扬之水》："扬之水，不流束薪。彼其之子，不与我戍申"，朱熹注曰："兴取'之'、'不'二字"，这就是说，起兴句的作用只是为承兴句提供了用"之"和用"不"两个字的句型，不仅没有意义上的联系，同时也不是眼前之物事。其实，这种情况大概是因为很多起兴句实为当时的固定成语，比如《王风·扬之水》和《郑风·扬之水》都用"扬之水，不流束薪（楚）"的句子起兴，《邶风·简兮》、《郑风·山有扶苏》、《唐风·山有枢》、《秦风·晨风》、《小雅·四月》都用"山有……隰有……"的句子起兴，《小雅·鸳鸯》和《小雅·白华》都用"鸳鸯在梁，戢其左翼"，等等。对于这种没有意义关联的"兴"，朱熹还进一步指出其作用在于韵律的需要，他在《召南·小星》："嘒彼小星，三五在东。肃肃宵征，夙夜在公。寔命不同"下注云："盖众妾进御于君，不敢当夕，见星而往，见星而还，故因所见以起兴。其于义无所取，特取其'在东'、'在公'两字之相应耳。"发现起兴句可以只在句型和韵律上，而不在内容上与其他诗句有关联，这是朱熹的卓越识见。[①] 这对于认识《诗经》的乐歌本质有着相当重要的意义。

[①] 《秦风·无衣》，朱熹标为"赋"，但是又注曰："或曰：兴也，取'与子同'三字为义。"虽然取"与子同"为义，但是却表明起兴句"岂曰无衣，与子同袍"本身并没有实际意义，其作用只是为了引起后面的"与子同仇"、"与子偕作"、"与子偕行"的诗句。这种起兴与在句型上与后面诗句发生联系的情况比较类似。朱熹所引"或曰"不知果出于何人，或许当时也有人对"兴"有所领悟而启发到朱熹。

总之，朱熹认为"兴"是由起兴句与承兴句共同构成的，它包括暗喻、反喻以及纯粹句型和韵律上的发端铺垫。"兴"与"比"的区别就在于，"兴"需要有承兴句作为叙述主体，而"比"本身就是叙述主体。

朱熹对于"兴"的认识，可能也同样受到郑樵的影响。郑樵在《诗辨妄》中说"《芣苢》之作，兴'采之'也，如后人之采菱则为采菱之诗，采藕则为采藕之诗，以述一时所采之兴尔，何它义哉？"① 郑樵不承认《芣苢》为《诗序》所云"妇人乐有子者矣"，而是认为"述一时所采之兴"。显然，郑樵将"兴"看作是诗人一时见闻有感于心者发而成声，不认为用来起兴之物有什么隐含的义理，这种观点与朱熹所谓"有全不取其义者，则但取一二字而已"是相当接近的。又，《六经奥论》中记载了这样一段话：

> 《诗》三百篇第一句曰"关关雎鸠"，"后妃之德也"。是作诗者一时之兴，所见在是，不谋而感于心也。凡兴者，所见在此，所得在彼，不可以事类推，不可以理义求也。兴在《鸳鸯》，则"鸳鸯在梁"可以美后妃也。兴在《鸤鸠》，则"鸤鸠在桑"可以美后妃也。兴在《黄鸟》，在《桑扈》，则"绵蛮黄鸟"、"交交桑扈"皆可以美后妃也。如必曰："《关雎》然后可以美后妃，他无预焉"，不可以语《诗》也。②

这段话与《诗辨妄》中郑樵的观点比较符合，如果这真的是郑樵所说，那么朱熹对于"兴"的认识无疑是受到了郑樵的很大影响。

综上所述，朱熹对于"赋、比、兴"的理解有着很鲜明的特点。

首先，朱熹对于"赋、比、兴"的定义虽然是建立在郑玄、郑众之说的基础上的，但是他将其改造成为一种纯粹的修辞理论概括，不仅舍弃了郑玄的政治分析，还避免了刘勰式的烦琐的文学分析和

---

① （宋）郑樵著，顾颉刚辑点《诗辨妄》，第4页。
② 《六经奥论》卷首《读〈诗〉〈易〉法》，转引自（宋）郑樵著，顾颉刚辑点《诗辨妄》附录三，第84页。

像孔颖达一样树立僵化的形式标准。这就使其定义简单灵活，可以涵盖整部《诗经》，不致出现与具体情况不符的问题，从而确立其权威性和纲领性。同时，朱熹又对每一章诗作出具体分析，通过在文本中实现定义，使其易于理解，并突出了其所具有的实际操作性和指导性。因此，朱熹对于"赋、比、兴"的定义简捷实用，最为后人所称道。

其次，朱熹对于"赋、比、兴"的理解，着重于一章诗之中句与句之间的修辞分析，而不是纠缠于单个句子的修辞手法。比如《卫风·硕人》："手如柔荑，肤如凝脂，领如蝤蛴，齿如瓠犀，螓首蛾眉。巧笑倩兮，美目盼兮"，按照刘勰和孔颖达的观点，前五句诗自是"比"无疑。然而朱熹在分析这一章诗时，只是将其标为"赋"，认为是"言其容貌之美"。朱熹并非否认前五句诗用了"比"的修辞手手法，但是从整章诗来看，其表达意思的方法是直接陈述，属于"赋"，而五句比诗只是所"赋"的内容而已，因此没有必要再作说明。朱熹在《诗集传》中是以"章"为单位作注的，标示"赋、比、兴"的位置基本都在整章诗的后面（《周颂》、《商颂》中的一些单章诗有例外，标于前若干句下），而不是像毛《传》一样几乎都标于一篇诗的发端两句之下。这种以"章"为单位界定"赋、比、兴"的做法，避免了烦琐的分析和对诗句的割裂，非常利于完整的把握诗义。

最后，也是最重要的一点，朱熹对"比"和"兴"作出清晰的区分，使其真正成为具有实用价值的理解《诗经》的重要工具。尤其是他对"兴"的认识极具创见。近代学者，如顾颉刚等先生在民间歌谣的启发下对"兴"所作的讨论，实亦未尝出于朱熹观点之外。[①]

汉人讲究通经致用，皮锡瑞曾说西汉今文经学："以《禹贡》

---

① 参见顾颉刚编著《古史辨》第 3 册下编顾颉刚的文章《起兴》，第 672 页；又顾颉刚著《史林杂识初编·论兴诗》，中华书局，1963，第 257 页。

治河，以《洪范》察变，以《春秋》决狱，以三百五篇当谏书，治一经得一经之益。"① 用《诗经》当谏书的是西汉的鲁《诗》学者王式，事见《汉书·王式传》。汉代四家诗，虽然说解不同，但是附会政教则无不同。"六义"之名由《诗序》首先提出，它与先秦"六诗"的性质恐怕有所区别，已经是汉人《诗经》学思想的一个组成部分。因此，汉人对于"六义"的理解与解释自有其一脉相承的内在理路。

后人从超历史的角度出发，力求赋予"六义"新的内涵以符合自己的时代思想和对《诗经》的理解，无论是南宋的朱熹还是今天的学者，他们所做的工作其实并没有差别。所以，我以为朱熹的"六义"观点，其意义并不在于它有多么的接近"六义"之本义，而在于它能够最大范围的自圆其说、自成体系以及取信于人。

第二节　朱熹对"赋、比、兴"的运用

毛《传》"独标兴体"，郑《笺》、孔《疏》亦依其例，即便稍有异同，也仅是就标"兴"之句而增减之而已。孔颖达认为毛《传》之所以"特言兴也"，是"为其理隐故也"，标"兴"可"明比、赋亦在篇中。故以兴显比、赋也"。②

毛《传》所标兴诗共有116篇。郑《笺》在其基础上有所损益，大体仍不出毛《传》范畴。孔颖达曾经总结郑《笺》标兴的体例说：

> 《传》言"兴也"，《笺》言"兴者"，喻言《传》所兴者，欲以喻此事也。兴、喻，名异而实同。或与《传》"兴"同而义异，亦云"兴者"，喻"摽有梅"之类也。亦有"兴也"，不言"兴者"，或郑不为兴，若"厌浥行露"之类；或便文径喻，若

---

① （清）皮锡瑞著，周予同注释《经学历史·经学昌明时代》，第90页。
② （清）阮元校刻《十三经注疏·毛诗正义》《诗序》"六义"句下孔《疏》，第271页。

《绿衣》之类。或同"兴",笺略不言喻者,若《邶风》"习习谷风"之类也。或叠《传》之文,若《葛覃》,《笺》云"兴焉"之类是也。然有"兴也",不必要有"兴者";而有"兴者",必有"兴也"。亦有毛不言"兴",自言"兴"者,若《四月》,《笺》云"兴人为恶有渐"是也。或"兴"、"喻"并不言,直云"犹"、"亦"、"若"者,虽大局有准而应机无定。郑云"喻"者,"喻",犹晓也,取事比方以晓人,故谓之为"喻"也。[①]

孔颖达认为,毛《传》标兴所用的术语为"兴也",而郑《笺》则主要用"兴者"。虽然郑玄所释兴义不一定与毛《传》相同,但是他所标的"兴者"无一例外都在毛《传》所标的"兴也"范畴之内。除了"兴者",郑《笺》还用"兴焉"、"喻"、"犹"、"亦"、"若"等表示兴诗。尤其是"喻",几乎就相当于"兴"的代名词。显然,孔颖达认识到郑《笺》(包括毛《传》)所标之兴,都附会有政治含义,因此,凡是郑玄揭示其喻意的诗句,虽然没有明确标出"兴者",亦可看作是兴。尽管这一判断并非全无道理,但是它无疑混淆了比和兴的区别,同时也过分夸大了兴的范围,所谓"虽大局有准而应机无定"则简直相当于随心所欲了。

孔颖达还指出,有郑《笺》以为兴,而毛《传》不以为兴的情况;也有毛《传》注为兴,而郑《笺》不以为兴的情况;还有毛《传》标为兴,郑《笺》虽然既没有标兴,也没有言"喻",却按照毛《传》所标兴的意思解释的情况。这说明毛、郑二人互有参差,郑《笺》的体例并不严谨。孔颖达还在《周南·螽斯》首章下的《疏》中说:

此实兴也。《传》不言兴者,《郑志》答张逸云:"若此无人事,实兴也,文义自解,故不言之。凡说不解者耳,众篇皆然。"是由其可解,故《传》不言兴也。[②]

[①] (清)阮元校刻《十三经注疏·毛诗正义·螽斯》首章句下孔《疏》,第279页。
[②] (清)阮元校刻《十三经注疏·毛诗正义·螽斯》首章句下孔《疏》,第279页。

《周南·螽斯》，毛《传》、郑《笺》并未标兴，而孔颖达则认为此诗为兴，他所引郑玄的话证明郑玄也同样如此理解。因为诗文浅显，故而毛《传》没有特别注出，并且凡是这样"无人事"的诗，即使毛《传》未标兴，也可以看作是兴诗。这是郑玄和孔颖达按照毛《传》标兴的通例（毛《传》所标之兴，大概都是孔颖达所说的"举草木鸟兽以见意者"）所作的弥缝。然而无论如何，郑《笺》与孔《疏》实际上都只是在毛《传》所标之兴的范围内绕圈子，他们对毛《传》的变通，反而更增加了"兴诗"界定上的混乱。

有鉴于此，朱熹作《诗集传》，突破毛《传》范围，以"章"为单位，于每首诗的每一章下都注明其属性，无论是"兴"还是"赋、比"，都一概标出，以与定义相互发明。更为重要的是，朱熹坚持从他所理会的实际诗义出发，综合运用"赋、比、兴"，创造出"赋而比"、"比而兴"、"兴而比"等提法，① 同时又对有异义的诗章注出"或曰"的意见。朱熹对"赋、比、兴"的运用严谨而不失灵活，读者通过读诗体悟"赋、比、兴"的特点，转而又借助其各自的特点而加深对诗意的理解，其效果是相当明显的。

下面，我们就对《诗集传》中所标"赋、比、兴"的实际情况作具体分析（参见表 4-1）。

表 4-1 《诗集传》中"赋、比、兴"的标注情况

		甲	乙	丙	丁	戊
		《风》	《小雅》	《大雅》	《颂》	总计
A	赋	250	217	190	63	720
B	比	67	32	3	0	102
C	兴	133	98	25	4	260

---

① 吴按：宋人范处义在《诗补传》中亦曾标出"赋也"、"兴也"、"比而赋也"等内容。据一般意见，范处义的《诗补传》成书于朱熹《诗集传》之前，则朱熹的这种标法似乎取法于范氏，然而朱熹并未曾提及范处义，且朱熹之"赋而兴"、"比而兴"等又为范氏书中所无，因此本文仍以之为朱熹之创造。《诗补传》之成书年代不详，容日后再加细考。

续表

		甲	乙	丙	丁	戊
		《风》	《小雅》	《大雅》	《颂》	总计
D	赋而比	1	1	0	0	2
E	赋而兴	10	3	0	3	16
F	比而兴	5	0	0	0	5
G	兴而比	5	1	0	0	6
H	赋而兴又比	0	3	0	0	3
I	赋，或曰兴	3	2	0	1	6
J	比，或曰兴	6	3	0	0	9
K	兴，或曰赋	2	3	1	0	6
L	兴，或曰比	0	6	0	0	6
M	总　计	482	369	219	71	1141

表 4-1 的原型来自莫砺锋《朱熹文学研究》一书第 244 页的一张表格。本表比莫表增加了 I、J、K、L 四个条目，并且重新做了统计，略说明如下：

凡是归入 I、J、K、L 四条的，不再计算入 A、B、C 三条中。

E 条"赋而兴"，包括标注为"赋其事以起兴"的诗章。又，《豳风·东山》的第一章："我徂东山，慆慆不归。我来自东，零雨其濛。我东曰归，我心西悲。制彼裳衣，勿士行枚。蜎蜎者蠋，烝在桑野。敦彼独宿，亦在车下。"朱熹注曰："赋也……蜎蜎，动貌。蠋，桑虫，似蚕者也。烝，发语声。敦，独处不移之貌。此则兴也。"因此，此章诗也算入 E 条"赋而兴"当中。

D、E、F、G、H 诸条，均于一章诗内独立实现。唯独《大雅·卷阿》第九章，朱熹注曰："比也，又以兴下章之事也"，则本章为"比"，两章相较为"兴"。故按通例，只将《卷阿》第九章算入 B 条"比"，而不算入 F 条"比而兴"。

莫表有注曰："日本学者后藤俊瑞所编的《诗集传事类索引》（武库川女子大学 1960 年刊行）中有类似的一张表格，该表有以下两处错误：一是《诗集传·魏风·伐檀》三章皆为'比'，而该表皆误作

'赋'；二是《诗集传·小雅·菁菁者莪》四章皆为'兴'，而该表误作'兴、兴、兴、比'，所以本文的结论与该表稍有出入。"吴按：《魏风·伐檀》，宋刻二十卷本《诗集传》三章皆为"比"，而宋以后刻本则改标为"赋"。《小雅·菁菁者莪》的情况相同（《朱子全书》第1册中朱杰人校点之《诗集传》于此二诗均有校勘记）。因此，莫氏所言日人之错误，实乃版本差异。本表数据亦据宋刻二十卷本《诗集传》统计，故以《伐檀》三章为"比"，《菁菁者莪》前三章为"兴，或曰比"、第四章为"兴"。又，《伐檀》一诗，不仅宋以后所刻《诗集传》标为"赋"，元人刘瑾《诗传通释》、朱公迁《诗经疏义会通》等所引朱《传》亦标为"赋"，尽管其到底为"比"还是"赋"尚可商榷，但是以"赋"为说似更平易顺畅。《菁菁者莪》一诗的第四章"泛泛杨舟，载沉载浮。既见君子，我心则休"，朱熹以为前两句言"未见君子而心不定也"，则其与后两句"既见君子"的内容实为并列关系，按照朱熹对"比"、"兴"的区别，应当算是"比"。此外，《吕氏家塾读诗记》于此章下所引朱熹的解释正作"比"看。因此，若以是非论，似乎宋以后刻本所标为长。

根据表 4-1，我们可以将朱熹用"赋、比、兴"分析的 1141 章诗划分为三大类。① 即"独体"类，其中包括 A、B、C 三小类，各占总数的约 63%、9% 和 23%；"兼体"类，其中包括 D、E、F、G、H 五小类，它们共占总数的约 3%；"或体"类，其中包括 I、J、K、L 四小类，它们共占总数的约 2%。

在"独体"类中，A 类，也即"赋"在整部《诗经》中所占比重最大，是《诗经》中最主要的表现手段。其次即为 C 和 B，也即"兴"和"比"。我们可以将朱熹标注赋、比、兴的诗章在《风》、《小雅》、《大雅》、《颂》中各自所占的比重列为表 4-2。

---

① 对于《诗经》的章句划分，毛公、郑玄、朱熹三人各不相同。此章数为朱熹《诗集传》中所划分。关于《诗经》章句的讨论详见下一章。

表 4-2　《诗集传》中单独标注"赋、比、兴"的情况

单位:%

	赋	比	兴
《风》	52	14	28
《小雅》	59	9	27
《大雅》	87	1	11
《颂》	89	0	6
整部《诗经》	63	9	23

由此可见，在对赋、比、兴三者的运用上，《风》和《小雅》是比较接近的，相对较多地运用了比和兴的手法；《大雅》和《颂》则是比较接近的，主要偏重于使用赋的手法。而这正体现了四类诗的风格特点。

"兼体"中的五小类，大致又可以区别为两种。其一是一章诗中同时容纳了两种不同属性的诗句。其二是诗章中的某句诗同时具有两种属性。

比如，属于 D 小类"赋而比"的共有两章诗，分别是《邶风·谷风》的第二章"行道迟迟，中心有违。不远伊迩，薄送我畿。谁谓荼苦，其甘如荠。宴尔新昏，如兄如弟"，以及《小雅·小弁》的第八章"莫高匪山，莫浚匪泉。君子无易由言，耳属于垣。无逝我梁，无发我笱。我躬不阅，遑恤我后。"朱熹认为《谷风》中"谁谓荼苦，其甘如荠"和《小弁》中"无逝我梁，无发我笱"为比，其余诗句则为赋。

属于 E 小类"赋而兴"的如《卫风·氓》的第六章"及尔偕老，老使我怨。淇则有岸，隰则有泮。总角之宴，言笑晏晏。信誓旦旦，不思其反。反是不思，亦已焉哉"，以及《小雅·小弁》第七章"君子信谗，如或酬之。君子不惠，不舒究之。伐木掎矣，析薪杝矣。舍彼有罪，予之佗矣。"朱熹认为《氓》中"淇则有岸，隰则有泮"和《小弁》中"伐木掎矣，析薪杝矣"为兴，其余则为赋。

属于 F 小类"比而兴"的有《卫风·氓》的第三章"桑之未落，其叶沃若。于嗟鸠兮，无食桑葚。于嗟女兮，无与士耽。士之耽兮，犹可说也。女之耽兮，不可说也。"朱熹认为"桑之未落，其叶沃若"为比，"于嗟鸠兮，无食桑葚"为兴。

属于 G 小类"兴而比"的共六章，分别是《周南·汉广》三章，其首章云："南有乔木，不可休息。汉有游女，不可求思。汉之广矣，不可泳思。江之永矣，不可方思。"《唐风·椒聊》二章，其首章云："椒聊之实，蕃衍盈升。彼其之子，硕大无朋。椒聊且，远条且"，还有《小雅·巧言》的第四章"奕奕寝庙，君子作之。秩秩大猷，圣人莫之。他人有心，予忖度之。跃跃毚兔，遇犬获之。"朱熹认为《汉广》诗中，"乔木起兴，江汉为比"；《椒聊》诗中，"椒聊之实，蕃衍盈升"为兴，"椒聊且，远条且"则为比；《巧言》诗中，"奕奕寝庙，君子作之"为兴，"跃跃毚兔，遇犬获之"为比。

属于 H 小类"赋而兴又比"的共三章，即《小雅·頍弁》三章，其首章云："有頍者弁，实维伊何？尔酒既旨，尔殽既嘉。岂伊异人，兄弟匪他。茑与女萝，施于松柏。未见君子，忧心奕奕。既见君子，庶几说怿。"朱熹认为"有頍者弁，实维伊何"为赋而兴，"茑与女萝，施于松柏"则为比。

以上是属于兼体的第一种。至于兼体的第二种，则以 E 小类"赋而兴"中出现的最多。比如《王风·黍离》："彼黍离离，彼稷之苗。行迈靡靡，中心摇摇。知我者谓我心忧，不知我者谓我何求。悠悠苍天，此何人哉？"朱熹以为"彼黍离离，彼稷之苗"是赋其所见以起兴。又如《郑风·野有蔓草》："野有蔓草，零露漙兮。有美一人，清扬婉兮。邂逅相遇，适我愿兮。"朱熹认为"野有蔓草，零露漙兮"是"赋其所在以起兴"。其余如《郑风·溱洧》、《豳风·东山》的第一章和第四章、《小雅·采芑》的前二章、《鲁颂·泮水》的前三章以及属于 H 小类的《小雅·頍弁》三章诗的首二句，都是兴句本身也具有赋的属性。此外，属于 F 小类"比而兴"

的《曹风·下泉》，其四章诗的首二句兼有比和兴的属性，也属于这第二种。

虽然兼体的出现是朱熹仔细体会《诗经》本文的结果，反映出其对诗章含义的深刻理解。但是，这两种兼体所达到的效果并不相同。第一种兼体，确实起到引导读者从诗歌本文出发并加深其理解的作用。而第二种兼体，则比较容易造成概念上的混淆。比如，《秦风·蒹葭》："蒹葭苍苍，白露为霜。所谓伊人，在水一方。溯洄从之，道阻且长。溯游从之，宛在水中央。"《陈风·东门之杨》："东门之杨，其叶牂牂。昏以为期，明星煌煌。"朱熹以为《蒹葭》为赋，《东门之杨》为兴，然而这两首诗的首二句实际上与《王风·黍离》和《郑风·野有蔓草》的首二句并没有什么本质上的区别，完全可以作为"赋而兴"来看待，或者说《黍离》和《野有蔓草》的首二句完全可以看作是纯粹的赋或者兴，其分属为独体和兼体的标准何在，实在很难断定。

"或体"的存在，则属于一种存疑的手段，表明了对于诗章的两种虽然不同但是都可以讲得通的理解。但是"或体"的I、J、K、L四小类，无一例外都与"兴"有关，完全没有在赋和比之间徘徊的情况，这其实反映出对兴诗判断上的困难以及理解上的分歧。不过好在朱熹将其控制在了很小的范围内，"或体"只占到总体的2%，其存疑的正面效果更为明显。

如果以篇为单位，无论是所谓的"独体"、"兼体"还是"或体"，大部分诗篇都是通篇只使用其中的一种修辞手段的，这些诗篇约占整个305篇的78%，这大概能反映出《诗经》中的诗篇所具有的质朴的乐歌特征。详细数据列为表4-3。

表4-3 《诗集传》中通篇使用一种修辞手法的情况

	《风》	《小雅》	《大雅》	《颂》	合计
通篇用赋	70	29	20	37	156
通篇用比	16	4	0	0	20
通篇用兴	39	10	2	1	52

续表

	《风》	《小雅》	《大雅》	《颂》	合计
通篇用赋而兴	3	0	0	0	3
通篇用比而兴	1	0	0	0	1
通篇用兴而比	2	0	0	0	2
通篇用赋而兴又比	0	1	0	0	1
通篇用"赋，或曰兴"	1	0	0	1	2
通篇用"比，或曰兴"	2	0	0	0	2
总　　计	134	44	22	39	239

表 4-3 的原型来自莫砺锋《朱熹文学研究》一书第 245 页的一张表格。但是，本表与莫表在设计思路上有所不同，特说明如下：

本表旨在分类统计《诗集传》中那些各章所标修辞手法相同的诗篇数量。而如《小雅·菁菁者莪》，虽然四章均标"兴"，但是前三章亦曰"或曰比"，似此类诗，看作修辞手法不同，不计算入内。为了避免烦琐，对于一诗之内所标修辞手法不同的诗篇不再作分类统计。用 305 篇减去本表所统计出的使用单一修辞手法的 239 篇，还有 66 篇诗，即为一诗之内所标修辞手法不同的诗篇数量。

最后，我们再来讨论一下朱熹对于毛《传》所标兴诗的态度。

在毛《传》所标之 116 篇兴诗中，朱熹标为兴的有 60 篇，标为比的 27 篇，标为赋的 15 篇，标为兼体的共 6 篇（E 类、G 类各 2 篇，F 类、H 类各 1 篇），标为或体的共 8 篇（I 类、J 类各 3 篇，L 类 2 篇）。①

朱熹将毛《传》近一半兴诗的属性重新做了界定。这其中有一

---

① 毛《传》标兴一般标于首章发端两句下，亦有标于首章首句、三句、四句以及章末的情况。此外，还有标于第二章（《秦风·车邻》）和第三章（《小雅·南有嘉鱼》）发端两句下的情况。本统计考察的是朱熹《诗集传》中与毛《传》标兴位置相对应的诗章的属性。由于毛《传》每篇诗只标一次兴，故而本统计以"篇"为单位，特此说明。

部分是由于对诗意理解的差异所造成的。如《召南·草虫》："喓喓草虫，趯趯阜螽。"毛《传》于此二句下注云："兴也……卿大夫之妻，待礼而行，随从君子。"而朱熹则认为"南国被文王之化，诸侯大夫行役在外，其妻独居，感时物之变而思其君子如此。"尽管朱熹仍然为这首诗扣上"文王之化"的大帽子，但是却将诗意着落在妻子思念丈夫的层面上，并且不对"草虫"和"阜螽"做附会，只是将其解作妻子所见之实物，因此朱熹把此诗改定为赋。又如《秦风·蒹葭》："蒹葭苍苍，白露为霜。"毛《传》云："兴也……白露凝戾为霜，然后岁事成。兴国家待礼然后兴。"朱熹则认为："蒹葭未败，而露始为霜，秋水时至，百川灌河之时也。"朱熹将这两句诗看作是陈述秋水方盛之时的自然景象，故而为赋。这样的情况大多集中在朱熹改定为赋的诗篇中。除此以外，还有在诗意理解上与毛《传》几乎没有差异，只是对修辞手法有不同看法的情况，而这大多集中在朱熹改定为比的诗篇中。如《唐风·鸨羽》："肃肃鸨羽，集于苞栩。"毛《传》云："兴也……鸨之性不树止。"朱熹则说："言鸨之性不树止，而今乃飞集于苞栩之上。如民之性本不便于劳苦。"朱熹对此两句诗的理解采自毛《传》，但是却将这两句诗看作是比。又如《曹风·蜉蝣》："蜉蝣之羽，衣裳楚楚。"毛《传》云："兴也。蜉蝣，渠略也。朝生夕死，犹有羽翼以自修饰。楚楚，鲜明貌。"朱熹以为："此诗盖以时人有玩细娱而忘远虑者，故以蜉蝣为比而刺之。言蜉蝣之羽翼，犹衣裳之楚楚可爱也。然其朝生暮死，不能久存，故我心忧之，而欲其于我归处耳。"对于这两句诗的理解，朱熹同样采毛《传》之说，但是他认为蜉蝣是用来比喻那些以衣裳来自我修饰的人，因此定此诗为比。这样的例子还有一些，比如《齐风·甫田》、《豳风·鸱鸮》之类，此不具论。

在朱熹与毛《传》同标为兴的诗中，有一部分是由于朱熹对诗意的理解与毛《传》相同，比如《邶风·旄丘》、《鄘风·墙有茨》、《卫风·淇奥》等。但是还有相当一部分诗两人在理解上是有很大差异的。如《秦风·终南》："终南何有，有条有梅。"毛《传》云：

"兴也……宜以戒不宜也。"朱熹则认为:"此秦人美其君之词。"这两句诗只是起兴而已,并无所谓"戒不宜"之意。又如《陈风·东门之杨》:"东门之杨,其叶牂牂。"毛《传》云:"兴也……言男女失时,不逮秋冬。"朱熹则说:"此亦男女期会而有负约不至者,故因其所见以起兴也。"同样也不承认其有更多的含义在内。

朱熹对毛《传》所标兴诗,既有继承,亦有扬弃。这与他自成体系的诗学理念,特别是对"赋、比、兴"的深刻理解息息相关。朱熹对传统兴诗的整合,对"赋、比、兴"的具体运用,都可谓卓有成效。

第三节 朱熹"六义说"的意义

我们必须承认,朱熹对于《诗经》的诠释,无论是其当时的具体论述,还是其施于后世的影响,都对《诗经》文学性的彰显起到了巨大的推进作用。然而,如果我们深入考察朱熹《诗经》学思想各部分的内容与相互之间的联系,我们可以清楚地看到,朱熹所关注的重点和所讨论的问题,无不植根于传统的经学思考,自始至终都没有脱离经学的范畴。从经学的思考引出文学的体会,从文学的分析回归经学的目标,这正是朱熹《诗经》诠释学的一个重要特征。

在朱熹的《诗经》学思想中,最具文学意义的无疑是对《诗经》"六义"的界定,其中尤以对"风"和"兴"的解释最具代表性。

如上两节所述,朱熹对于"比、兴"的区别,是一种纯粹的文学修辞分析,他将《诗经》的诗句当作汉代的古诗和唐人的乐府看待,寻求它们在修辞上的一致性。从理论上说,朱熹的区分不牵扯政教美刺的判断,只涉及诗篇前后诗句的起承转合,可以直接作用于具体诗篇。相比于郑玄的美刺说和孔颖达的标准,朱熹的界定与《诗经》本文的关系更加密切,划分也更加明晰,有助于对诗义的分析与理解。特别是朱熹指出有一种没有意义关联的"兴",这一看法一扫传统注疏中泛比喻化、泛政治化的索隐穷究的经学弊端,最大限度地复原了《诗经》的乐歌本质,使《诗经》的文学性得到极大的彰显。在《诗集传》中,朱熹将自己对"赋、比、兴"的界定实际应用于对每一章诗的内容的分析,使这一理论真正贯穿于整部《诗经》,从而完成了对《诗经》的重新诠释。

朱熹之所以能够对"比、兴"作出如此的界定,又与他对"风、雅、颂",特别是"风"的认识密切相关。朱熹是明确认识到《诗经》的乐歌本质的,这与汉唐经学将"风、雅、颂"看作是不同层次和规模的政教体系明显有别。朱熹以为"风"是来自民间的歌曲,其中多有言情之作。从这个意义上来说,"风"诗与后世的抒情诗歌本质上没有什么不同,二者在文学性和修辞手段上大可相通。因此,朱熹在讨论到"比、兴"问题时,可以对其做纯粹的文学分析。当然,朱熹所认为的"风"诗,除了民间抒情歌曲的本质之外,还有其使用的功能,即作为当时或后世执政者考察政治得失的材料,这显然是对传统经学系统中对于《诗经》的政教要求的整合。

朱熹的这一观点,与其所推崇的欧阳修的《本末论》一脉相承。欧阳修认为学《诗》之本在于求得诗人之作意和圣人之用意。圣人之用意,在于利用诗人之作意劝诫后人,因此知道诗人之作意即可知圣人之用意,二者相辅相成、密不可分。而诗人之作意就记录于《诗经》本文之中,后世的纷纭解说往往将其作意歪曲遮蔽,因此破除后世杂说,探寻《诗经》本文的真正含义才是解读《诗经》的正确途径。

在欧阳修《本末论》的影响下,朱熹形成了自己的治《诗》理念。朱熹说:

> 如《诗》、《易》之类,则为先儒穿凿所坏,使人不见当来立言本意。此又是一种工夫,直是要人虚心平气,本文之下打迭交,空荡荡地不要留一宗,先儒旧说,莫问他是何人所说、所尊、所亲、所憎、所恶,一切莫问,而唯本文本意是求,则

圣贤之指得矣。若于此处先有私主，便为所蔽而不得其正，此夏虫井蛙所以卒见笑于大方之家也。

　　读《诗》惟是讽诵之功。上蔡亦云：诗须是讴吟讽诵以得之。熹旧时读书，也只先去看许多注解，少间，却被惑乱。后来读至半了，却只将《诗》来讽诵，至四五十过，已渐渐得《诗》之意，却去看注解，便觉减了五分以上工夫。更从而讽诵四五十过，则胸中豁然矣。

　　读书之法，只是熟读涵泳，自然和气从胸中流出，其妙处不可得而言，不待安排措置、务自立说，只恁平读着，意思自足。须是打迭得这心光荡荡地，不立一个字，只管虚心读他，少间推来推去，自然推出那个道理。所以说以此洗心，便是以这道理尽洗去那心里物事，浑然都是道理。上蔡曰：学《诗》须先识得六义体面，而讽味以得之。此是读《诗》之要法。看来书只是要读，读得熟时，道理自见，切忌先自布置立说。①

朱熹主张读书需从涵泳讽诵本文入手，去除一切先入为主的意见，也就是去除前人注解，直接体会作者本意。这种读书识理的方法，又与朱熹的"理一分殊"、"格物穷理"的理学思想密切相关。

在这种治学理念的指导下，朱熹对于《诗经》的解读，自然是从涵泳每一篇《诗经》的本文入手。此时朱熹所面对的《诗经》，是摆脱了《毛传》、《郑笺》、《孔疏》的《诗经》，是诗作者和孔子整编的《诗经》。后者就是欧阳修所谓的"诗人之意"和"圣人之志"，是《诗经》必须理会之"本"；而前者则是所谓的经师之"末"。因此，朱熹在《诗经》诠释的过程中只对诗作者和孔子负责，所着意解决的难题也都与此相关，而对于汉唐经师的旧解，朱熹则放胆去取、敢于批评。

朱熹在涵泳本文的过程中，发现很多诗篇的意义与《诗序》所

---

① 所引均见（宋）朱鉴编《诗传遗说》卷一。

叙并不相合，因此拒绝承认《诗序》与子夏的关系，牢牢抓住《后汉书》中卫宏作《诗序》的记载，将《诗序》的作者认定为东汉的儒者卫宏。卫宏去圣久远，所序《诗》意自然可以毫无顾忌的加以批评。

朱熹还发现《诗经》中有不少男女情诗的存在，这些所谓的"淫诗"集中于三《卫》、《郑风》和《陈风》之中，而这与《论语》中记载的孔子说过的"思无邪"和"放郑声"的言论不能相符。于是朱熹对这两段至关重要的话重新做了解释。他认为"思无邪"不是指作诗者"思无邪"，而是指读诗者"思无邪"，让读诗者通过正面的诗歌感受美德、通过负面的诗歌惩创恶志，这正是孔子"诗教"的一种体现。"放郑声"，朱熹认为是去除音乐而保留歌词，不将歌词一并删去的目的在于给读者留下反面教材，也即促使读者"思无邪"。

解决了这些在涵咏本文过程中所涉及的关键性的矛盾，朱熹还要给涵咏本文这一路径本身设计一个规范和方法，这就是对于《诗经》"六义"的详细阐释。朱熹认为"六义"是《诗经》之"纲领管辖"：

> "三经"是赋、比、兴，是做诗底骨子，无诗不有，才无，则不成诗。盖不是赋，便是比；不是比，便是兴。如《风》、《雅》、《颂》，却是里面横串底，都有赋、比、兴，故谓之三纬。①

理解了"风雅颂"的不同性质，读者才能在一定基础上去领会诗篇的不同风格。认清了"赋比兴"的区别，读者可以更深入地体会诗意。

"废序说"、"淫诗说"和"六义说"是朱熹《诗经》学思想的主要内容，这三项内容都使《诗经》的文学特性得到了释放。"废

---

① （宋）黎靖德编，王星贤点校《朱子语类》卷八〇，第2070页。

序说"解脱了《诗经》政教美刺的束缚,"淫诗说"承认了《诗经》中爱情诗的存在,"六义说"则阐明了《诗经》的文学手段。尽管如此,朱熹《诗经》学思想的出发点却仍然是经学而非文学的。三项内容都是传统经学的古老命题,而朱熹《诗经》诠释的目的是打破汉唐经学的僵化格局,通过追根溯源来重构经学文本渐趋衰弱的经典意义和释读活力,恢复人们研读经典的信心,其最终目的是通过经典诠释获得对"天理人欲"的体认。朱熹对于《诗经》的诠释,其实体现了他重新建立经学系统的努力。

在朱熹的心目中,并不存在脱离经学的文学,任何文学都具有或应当具有经学的意义。朱熹对《楚辞》的诠释可以作为这一推论的最佳注脚。朱熹在《楚辞集注》的序言中对屈原及其作品是持批评态度的,但是他认为屈原出于"忠君爱国之诚心",因而其作品可以"增夫三纲五典之重"。因此,朱熹沿袭王逸"离骚经"的称法,在《离骚》篇首的注解中说:

> 诵《诗》者先辨乎此(吴按:"此"指"六义"),则三百篇者若网在纲,有条而不紊矣。不特《诗》也,楚人之词,亦以是而求之。则其寓情草木托意男女以极游观之适者,变风之流也;其叙事陈情、感今怀古,以不忘乎君臣之义者,变雅之类也;至于语冥婚而越礼,摅怨愤而失中,则又风雅之再变矣;其语祀神歌舞之盛,则几乎颂而其变也;又有甚焉,其为赋则如《骚经》首章之云也;比则香草恶物之类也;兴则托物兴词,初不取义,如《九歌》沅、芷、澧、兰以兴思公子而未敢言之属也。然《诗》之兴多而比、赋少,《骚》则兴少而比、赋多,要必辨此而后词义可寻,读者不可以不察也。①

朱熹在这里用《诗经》之"六义"来比附《楚辞》,将《楚辞》亦当作经学文本来对待,《楚辞》也因此具有了诠释的价值。因此,

---

① (宋)朱熹注《楚辞集注》的总序和《离骚序》"至圆不能过规矣"下注。

无论《诗经》还是《楚辞》,经学意义是朱熹所关注的根本,至于其文学性,只是理解其经学意义的工具。

无论怎样,朱熹对于《诗经》的诠释是卓有成效的,其影响之深远并非单纯来自于国家权力的标榜,《诗集传》解诗之平实妥帖,符合人情物理,这是其广泛流传的最主要的原因。而《诗集传》之所以能够取得这样的成就,与朱熹"涵咏本文"的治学思路和对《诗经》文学性的彰显息息相关,正是经学与文学的出色结合才造就了《诗集传》在《诗经》学史上承前启后的重要地位。

第五章
朱熹《诗经》学杂考

第一节 《诗集传》引文续考

朱熹《诗集传》的体例，在创作之初是以集引众家之说为主的（参见本书第一章第一节与第二节）。随着其《诗经》学思想的演进，朱熹对《诗集传》作出持续的修订与删改。张栻曾说：

> 元晦向来《诗集解》必已曾见，某意谓不当删去前辈之说。今重编过，如二程先生及横渠、吕、杨之说，皆载之，其它则采其可者录之。如此备矣。而其间或尚有余意，则以己见附之。①

张栻的这封信，大约作于乾道八年（1172）前后（参见本书第一章第二节的考证），朱熹此时已经对《诗集传》中所载前辈旧说进行了大量的删削，从而引起张栻的不满。朱熹在淳熙二年（1175）或三年写给吕祖谦的信中也说：

> 熹所集解，当时亦甚详备，后以意定，所余才此耳。然为

---

① （宋）张栻撰《南轩集》卷二五《寄吕伯恭》书三。

旧说牵制，不满意处极多，比欲修正，又苦别无稽援，此事终累人也。①

朱熹在淳熙四年（1177）序定《诗集传》。虽然经过之前的删削，但是此时的《诗集传》仍然保留有较多的前人之说。淳熙六年，吕祖谦在写给朱熹的信中曾经说：

> 《诗》说止为诸弟辈看，编得诂训甚详，其它多以《集传》为据，只是写出诸家姓名，令后生知出处。唯太不信《小序》一说，终思量未通也。②

淳熙八年（1181），吕祖谦又写信给朱熹说：

> 读书虽略有课程，如《诗》解多是因《集传》，只写出诸家姓名，纵有增补，亦只堪晓童蒙耳。③

吕祖谦的《吕氏家塾读诗记》广泛称引前人之说，仅书前所列引用姓氏就有四十四家之多。④他指出其书"多以《集传》为据，只是写出诸家姓名。"可见，朱熹当时的《诗集传》即使在删削之后依然保留有大量的前人旧说，因此吕祖谦才将其作为《读诗记》的主要文献资源。然而，吕祖谦说自己"只是写出诸家姓名，令后生知出处"，这似乎表明《诗集传》颇有掠美之嫌。

我们今天所见到的《诗集传》，要以陆心源旧藏、后归日本东京岩崎氏静嘉文库的宋刻二十卷本为最早，这是朱熹晚年更订之本。通过考察这部《诗集传》，我们认为朱熹之"掠美"，意在融会贯通以成一家之说、"去其汩乱之说"以求得本义，使得《诗经》有一个简明而准确的注本，并非夺人之说据为己有。

---

① （宋）朱熹撰《晦庵先生朱文公文集》卷三三《答吕伯恭》书四二。
② （宋）吕祖谦撰，吕祖俭等编《东莱集》《东莱别集》卷八《与朱侍讲元晦》。
③ （宋）吕祖谦撰，吕祖俭等编《东莱集》《东莱别集》卷八《与朱侍讲元晦》。
④ 吴按：此据文渊阁《四库全书》本《吕氏家塾读诗记》统计。

例如，朱熹在《邶风·谷风》首章下解释字词时说："习习，和舒也。东风谓之谷风。葑，蔓菁也。菲，似葍，茎粗叶厚而长有毛。下体，根也。葑、菲根茎皆可食，而其根则有时而美恶。德音，美誉也。"在这段注解中，"习习"至"谷风"以及"下体，根也"，乃是来自《毛传》"葑，蔓菁也"至"长有毛"，"葑"至"美恶"则是来自《郑笺》与《孔疏》。惟"德音，美誉也"是朱熹自己的解说。朱熹在接着串讲句意时又说："妇人为夫所弃，故作此诗以叙其悲怨之情。言阴阳和而后雨泽降，如夫妇和而后家道成。故为夫妇者，当黾勉以同心，而不宜至于有怒。又言采葑菲者，不可以其根之恶而弃其茎之美，如为夫妇者，不可以其颜色之衰而弃其德音之善。但德音之不违，则可以与尔同死矣。"在这段注解中，"言阴阳和"至"至于有怒"，来自《毛传》；"又言采葑菲者"至"弃其德音之善"则是来自《郑笺》。朱熹从旧注中选择合适的内容，将它们综合在一起，同时结合自己的理解对诗篇进行注释，其解说简明扼要，令人一目了然。如果朱熹将所引旧注出处一一注出，不仅篇幅长，而且烦琐割裂，很难结合成一个整体，不利于读者对诗意的理解。像这样的例子，清人丁晏在《诗集传附释》中通过比对相关材料还指出不少，可以参看。①

朱熹曾说"《诗传》只得如此说，不容更着语，工夫却在读者"，又说："今若有会读书底人，看某《诗传》，有不活络处都涂了，方好。而今《诗传》只堪减，不堪添。"②可见，自从朱熹确立了废《序》言诗、求诗本义的《诗经》学思想以后，就一直致力于将《诗集传》改订为一部简要而准确、有利于读者理解诗篇本义的著作，因此才作了大量的删削工作。当然，《诗集传》中不注明引文出处的问题并不能完全归结于此，这与古人的引书习惯恐怕也有相当直接的关系。

---

① 参见（清）丁晏撰《诗集传附释》，《丛书集成续编》本。
② （宋）黎靖德编，王星贤点校《朱子语类》卷八〇，第 2093、2091 页。

无论朱熹曾如何删削早年《诗集传》中的引用内容，在我们今天所见到的宋刻二十卷本《诗集传》中，依然保存了大量的文献资料和前人成说。本节的目的就是对宋刻二十卷本《诗集传》（同时参考朱杰人校点的《朱子全书》本）中所标明的引文进行考察，以见朱熹在研究《诗经》、撰写《诗集传》时所处的学术背景以及其对朱熹的影响。

在本文之前，朱杰人已经写有《朱子〈诗集传〉引文考》一文（下文简称为"朱文"），发表于蒋秋华、冯晓庭主编的《宋代经学国际研讨会论文集》中，2006年10月由台北中研院中国文哲研究所出版。

朱文共列条目六十九条，并指出"朱子《诗集传》全书引文近四百条，引用书目约五十余种，涉及人物近四十人"。朱文考证细致，材料翔实，然而白璧微瑕，不无失检之处。因此，本文在朱文的基础上重新对宋刻二十卷本《诗集传》进行了梳理，名之为"续考"。

本文所列条目，以《诗集传》中明确标明者为准，如上所举《邶风·谷风》首章解说之例概不计算入内。本文按照《诗集传》所标，分为三部分。第一，"引前人说"部分，乃朱熹直接标明"某氏"者，共四十一条，按音序排列。第二，"引用文献"部分，乃朱熹直接标明"某书"者，共三十六条，按照传统经史子集顺序排列。第三，"其他"部分，乃朱熹引"古语"、"旧说"和"古器物铭"的内容。

还需要指出的是，朱熹标明"某氏"之语，往往亦出自相关文献，与标明"某书"者有重复互见之处。如引用郑玄之《毛诗传笺》，既有曰"郑氏"者，亦有曰"《笺》"者，本文将此种情况分开统计，并于各条中说明相关情况。又，《诗集传》中引用"某氏"之语，往往包括有其人引述文献的内容，对于此种情况，本文一概算入"引前人说"部分。朱文所列六十九条条目中，第三十七为"伊尹"，其例实为朱熹引"范氏"语中所提到的内容，故将此例纳入"范氏"条中；第三十八为"叔向"，其例实为朱熹引"《国语》"中所提到的内容，故将此例纳入"《国语》"条中。除此两条外，朱文所列条目均已包括于本文中。另外，《诗集传》于每首诗后有章句总结，如"《南山》四章，章六句"，本文直接称为"诗末章句总结"，朱文则简称为"跋"，特此说明。

（一）引前人说

1. 长乐刘氏

长乐刘氏，宋人卫湜撰《礼记集说》，书前有《集说名氏》，其中列有"长乐刘氏"，标名为彝。① 刘彝，字执中，福州人，《宋史》有传。《诗集传》引"长乐刘氏"一条，见于《小雅·信南山》首章下，此条亦见于《吕氏家塾读诗记》中，文字略有不同。《宋史·艺文志》载刘彝著有《七经中义》一百七十卷，《诗集传》所引或即其中内容。朱文列有"长乐刘氏"条（第六十五）。

2. 陈氏

陈氏，朱文列有"陈氏"条（第五十八），云：《诗集传》引"陈氏"凡八见……其中六处与《吕氏家塾读诗记》合（一处文字有异）。检《吕氏家塾读诗记·姓氏》（此据文渊阁《四库全书》本，下文凡涉及《姓氏》者均同），"陈氏"有两人，一为"永嘉陈氏"，一为"后山陈氏"。"永嘉陈氏"当为陈傅良。陈傅良，字君举，号止斋，温州人，有《毛诗解诂》二十卷，佚。② "后山陈氏"即陈师道，字履常，一字无己，自号后山居士。

3. 程子

程子，即程颢与程颐兄弟。程颢，字伯淳，学者称明道先生；程颐，字正叔，学者称伊川先生。《宋史》有传。《诗集传》中引"程子"语十六处。内容来自程颐《河南程氏经说·诗解》、《周易

---

① 参见（宋）卫湜撰《礼记集说·集说名氏》，文渊阁《四库全书》本。
② 吴按：原注据朱彝尊撰，冯晓庭等点校《点校补正经义考》卷一〇七，第4册，第48页。

程氏传》、《河南程氏文集·遗文·禘说》以及《河南程氏遗书》（参见《二程集》）。朱文列有"程子"条（第四十九），而云《诗集传》引二程说"凡十五次"，实际上《诗集传》于《鄘风·蝃蝀》诗末两引"程子"说，而朱文只计算了一次，故而仅云"十五次"。

4. 东莱吕氏

东莱吕氏，即吕祖谦。《诗集传》引"东莱吕氏"凡三十一次，均见于《吕氏家塾读诗记》中，为吕祖谦自己的意见。参看本文"吕氏"条。朱文列有"吕氏、东莱吕氏"条（第五十七）。

5. 董氏

董氏，即董逌，字彦远，东平人（今属山东）人。陈振孙《直斋书录解题》载董逌有《广川诗故》四十卷，并云："其说兼取三家，不专毛、郑，谓《鲁诗》但见取于诸书，其言莫究，《齐诗》尚存可据，《韩诗》虽亡缺，犹可参考。案，逌《藏书志》有《齐诗》六卷，今《馆阁》无之，逌自言隋、唐亦已亡久矣，不知今所传何所从来，或疑后世依托为之。然则安得便以为《齐诗》尚存也。然其所援引诸家文义与毛氏异者，亦足以广见闻、续微绝云耳。"董逌《广川诗故》已佚。

《诗集传》引"董氏"语凡五次，见《小雅·何人斯》第六章，《小雅·裳裳者华》首章，《大雅·公刘》第三章，《大雅·抑》诗末章句总结下，《商颂·长发》第五章。所引均见于《吕氏家塾读诗记》。朱文列有"董氏"条（第五十二），根据董逌说诗兼取三家的特点，详辨《诗集传》所引"董氏"即为董逌，其说可据。

6. 董子

董子，即董仲舒，凡一见。《诗集传》于《小雅·十月之交》第三章下引"董子"语云："国家将有失道之败，而天乃先出灾异以谴告之。不知自省，又出怪异以警惧之。尚不知变，而伤败乃至。此见天心仁爱人君，而欲止其乱也。"所引见《汉书·董仲舒传》。朱文列有"董子"条（第四十三）。

7. 杜氏

杜氏，即杜预，字元凯，西晋京兆杜陵（今陕西西安）人，《晋书》有传，著有《春秋左氏经传集解》。《诗集传》引"杜氏"凡一次。《王风·扬之水》末章云："杜氏云：'蒲，杨柳可以为箭'者是也。"所引见《左传》宣公十二年中杜预注。

朱文列有"杜氏"条（第四十七）。

8. 范氏

范氏，朱文列有"范氏"条（第六十二），云：《诗集传》引范氏共十四处，其中十二处与《吕氏家塾读诗记》同（个别有文字及详略出入）。《吕氏家塾读诗记·姓氏》有曰"成都范氏"，然则范氏者，谓范祖禹也。祖禹，字淳夫，成都人，《宋史》有传。著有《诗解》一卷，见《宋史·艺文志》，今佚。

9. 富辰

富辰，周大夫。《诗集传》引"富辰"语凡一次。《小雅·常棣》第四章下云："富辰曰：'兄弟虽有小忿，不废懿亲。'"所引见《左传》僖公二十四年。

朱文无此条。

10. 管仲

《诗集传》引"管仲"语凡一次。《小雅·甫田》首章下云："管仲曰：'农之子恒为农，野处而不昵，其秀民之能为士者，必足赖也。'"所引见《国语·齐语》。亦见《管子·小匡》，但是《管子》中作"农之子常为农"，则《诗集传》所引实来自于《国语》。

朱文无此条。

11. 广汉张氏

广汉张氏，即张栻，字敬夫，一字乐斋，号南轩，广汉（今四川广汉）人。《宋史》有传。《诗集传》中，"广汉张氏"凡两见。《魏风·葛屦》诗末章句总结下，朱熹云："广汉张氏曰：夫子谓与其奢也宁俭。则俭虽失中，本非恶德。然而俭之过，则至于吝啬迫隘，计较分毫之间，而谋利之心始急矣。《葛屦》、《汾沮洳》、《园有桃》三诗,皆言其急迫琐碎之意。"《秦风·渭阳》诗末章句总结下,朱熹云:"广汉张氏曰:康公为太子,送舅氏而念母之不见,是固良心也。而卒不能自克于令狐之役,怨欲害乎良心也。使康公知循是心,养其端而充之,则怨欲可消矣。"两处引文,亦见《吕氏家塾读诗记》。

尽管张栻曾批评朱熹不应该将《诗集传》中所引"前辈之说"删去,并称自己重新编辑前人诗说,"其间或尚有余意,则以己见附之。"① 但是据朱熹为张栻所撰神道碑文中所云:"(张栻)平生所著书,唯《论语说》最后出,而《洙泗言仁》、《诸葛忠武侯传》为成书。其他如《书》、《诗》、《孟子》、《太极图说》、《经世编年》之属,则犹欲稍更定焉而未及也。"② 则张栻并无完整之《诗经》学专著。朱熹、吕祖谦所引大概都为其平时论学之语或未成之稿。朱文列有"广汉张氏"条(第六十一)。

12. 韩愈、韩子

《诗集传》引"韩愈"凡一次,《秦风·驷驖》第三章下云:"韩愈《画记》有'骑拥田犬'者,亦此类。"所引见《朱文公校昌黎先生文集》卷一三《画记》(《四部丛刊》初编本)。

《诗集传》引"韩子"凡一次,《周颂·天作》"彼徂矣岐"句下云:"韩子亦云'彼岐有岨'"。所引见《朱文公校昌黎先生文集》卷一《岐山操》(《四部丛刊》初编本)。

朱文列有"韩愈"条(第四十六),但将《驷驖》误作《车邻》。朱文没有统计"韩子"引文。

13. 胡氏

胡氏,朱文列有"胡氏"条(第五十五),云:《诗集传》引"胡氏"说凡四见。《鄘·鹑之奔奔》跋、《郑·清人》跋所引,见胡安国《胡氏春秋传》卷一〇。《豳·七月》八章:"胡氏曰:'藏

---

① (宋)张栻撰《南轩集》卷二五《寄吕伯恭》书三。
② (宋)朱熹撰《晦庵集》卷八九《右文殿修撰张公神道碑》。

冰开冰，亦圣人辅相燮调之一事尔，不专恃此以为治也。'"《钦定礼记义疏》卷二五引此句，曰"胡安国曰"，然不知所出。《召南·草虫》三章："胡氏曰：'疑即庄子所谓迷阳者。'"元刘瑾《诗传通释》卷一、明胡广《诗传大全》卷一、《钦定诗经传说汇纂》卷二，均以为出于胡寅。吴按：胡安国，字康侯，谥文定，福建崇安人，《宋史》有传。胡寅，字明仲，谥文忠，学者称致堂先生，传附《宋史·胡安国传》后，胡安国弟之子。

14. 箕子

箕子，商纣时为太师。《诗集传》引"箕子"凡一次。《小雅·正月》第三章下云："箕子所谓'商其沦丧，我罔为臣仆'是也。"所引见《尚书·微子》篇。

朱文无此条。

15. 孔氏

《诗集传》引"孔氏"语凡三次。《王风·扬之水》第二章下云："甫即吕也，亦姜姓。《书·吕刑》，《礼记》作《甫刑》，而孔氏以为吕侯后为甫侯是也。"此见《尚书·吕刑》伪孔《传》，则此"孔氏"指孔安国。吴按：朱熹对伪古文《尚书》辨之甚力，并指出《书序》和孔安国《传》不可信（参见《朱子语类》卷七八）。此处朱熹引伪孔《传》中语，目的在于标明其出处。

《诗集传》于《大雅·大明》第五章下云："倪，磬也。《韩诗》作'磬'。《说文》云：倪，譬也。孔氏曰：如今俗语，譬喻物曰磬作然也。"于《大雅·烝民》第七章下云："孔氏曰：《史记》齐献公元年徙薄姑，都治临菑。计献公当夷王之时，与此《传》不合"。这两条均为孔颖达《毛诗正义》中的内容，则此二处之"孔氏"指孔颖达。

朱文无此条。

16. 孔子、夫子

《诗集传》引"孔子"语凡九次。曰"孔子"者七次《周南·关雎》章句总结下云："孔子曰：'《关雎》乐而不淫，哀而不伤。'"

《召南》末云："孔子谓伯鱼曰：'女为《周南》、《召南》矣乎？人而不为《周南》、《召南》，其犹正墙面而立也与？'"《鲁颂·駉》末章下云："孔子曰：'诗三百，一言以蔽之，曰思无邪。'"此三处引文见于《论语》。

《诗集传》于《豳风·鸱鸮》第二章下云："故孔子赞之曰：'为此诗者，其知道乎！能治其国家，谁敢侮之！'"于《大雅·烝民》首章下云："昔孔子读诗至此而赞之曰：'为此诗者，其知道乎！故有物必有则，民之秉彝也，故好是懿德'。而孟子引之以证性善之说，其指深矣。"此二处引文分别见于《孟子》中的《公孙丑上》和《告子上》。

《诗集传》于《小雅·伐木》第二章下云："孔子曰：'所求乎朋友，先施之未能也。'"于《大雅·思齐》第二章下云："孔子曰：'家齐而后国治。'"此二处引文则分别见于《中庸》和《大学》。

《诗集传》引"孔子"语而曰"夫子"者二次。《郑风》诗后云："故夫子论为邦，独以郑声为戒，而不及卫。"《桧风·素冠》诗末章句总结下云："昔宰予欲短丧，夫曰：'子生三年，然后免于父母之怀。''予也有三年之爱于其父母乎？''三年之丧，天下之通丧也。'"此二处引文均见于《论语》。

朱文列有"孔子、夫子、子、《论语》"条（第十），朱文云："朱子引孔子语，凡十六次。一曰'孔子'者，凡十一次……二曰'夫子'者，凡三次……三曰'子'者，见《小雅·车舝》五章。"吴按：朱文之数据，多有将《诗集传》所引他人或他书内容中涉及的孔子语统计入内的情况。如《小雅·车舝》中所谓的"子曰"实是所引《礼记·表记》内容中的一部分，朱文谓"《豳国》跋"后所谓的"夫子"语，实是所引王通师徒对话内容中的一部分。我们一一厘清其出处，确定《诗集传》直接引孔子语只有九次。

17. 匡衡

匡衡，字稚圭，东海承（今山东枣庄）人。汉元帝时官至丞相，封乐安侯，《汉书》有传。匡衡学《诗》于后苍，传《齐诗》，名著于时，人谓"无说《诗》，匡鼎来；匡说诗，解人颐"（《汉书·匡衡传》中语）。宋刻二十卷本《诗集传》避宋太祖讳，所引"匡衡"均作"康衡"，凡五见。朱文未列。

《诗集传》在《周南·关雎》的第一章诗下云："汉康衡曰：'窈窕淑女，君子好仇'，言能致其贞淑，不贰其操，情欲之感无介乎容仪。宴私之意不形乎动静。夫然后可以配至尊，而为宗庙主。此纲纪之首，王教之端也。"

在《关雎》诗末章句总结下云："康衡曰：'妃匹之际，生民之始，万福之原'。婚姻之礼正，然后品物遂而天命全。孔子论《诗》以《关雎》为始，言太上者民之父母，后夫人之行不侔乎天地，则无以奉神灵之统而理万物之宜。自上世以来，三代兴废，未有不由此者也。"

在《周南·兔罝》第二章诗下云："'仇'与'逑'同。康衡引《关雎》亦作'仇'字。"

在《周颂·闵予小子》前五句下云："康衡曰：'茕茕在疚'，言成王丧毕思慕，意气未能平也。盖所以就文武之业，崇大化之本也。"

此四处引文均见《汉书·匡衡传》中匡衡上成帝疏。

《诗集传》在《周颂·闵予小子》第九句下云："'念兹皇祖，陟降庭止'，而康衡引此句，颜注亦云'若神明临其朝廷'是也。"此处所引则见《汉书·匡衡传》中匡衡上元帝疏。

18. 李氏

李氏，即李樗，《福建通志》云"李樗，字若林，闽县人。与林之奇俱师吕本中，后领乡贡。其学以穷经力行为主，及门之士往往志尚修洁。黄榦尝称之曰：'吾乡儒学彬彬，其以文行为学者宗，则若林其杰焉者也。'学者称迂斋先生，有《毛诗解》行世。"[①] 陈振孙《直斋书录解题》载有李樗《毛诗详解》三十六卷，《宋史·

---

① 见《福建通志》卷四三，文渊阁《四库全书》本。另，（清）黄宗羲原著，全祖望补修，陈金生、梁运华点校《宋元学案》卷三六《紫微学案》中载有"乡贡李迂斋先生樗"小传，云"李樗，字迂仲，侯官人，自号迂斋……学者亦称三山先生"（第1247页）。

艺文志》则作四十六卷,《四库全书》有《毛诗集解》四十二卷,乃"集宋李樗、黄櫄两家《诗》解为一编,而附以李泳所订吕祖谦释音。"①

《诗集传》引"李氏"语凡四次,见于《唐风·扬之水》末章,《小雅·节南山》末章,《小雅·都人士》第三章,《大雅·旱麓》第三章。所引均见于文渊阁《四库全书》本《毛诗集解》,与李樗原话字句略有出入。朱文列有"李氏"条(第五十三)。

19. 刘康公

《诗集传》引"刘康公"凡一次。《大雅·荡》首章下云:"刘康公曰:'民受天地之中以生,所谓命也'。'能者养之以福,不能者败以取祸。'"所引见《左传》成公十三年。

朱文列有"刘康公"条(第三十九),朱文云:"刘康公即'王季子'",并引杨伯峻《春秋左传注》宣公十年《经》"秋,天王使王季子来聘"下注云:"如《公羊》说,王季子为周匡王子;如《谷梁》说,则为周定王"。

20. 刘氏

刘氏,即刘敞,字原父,学者称公是先生,新喻(今江西新余)人,《宋史》有传。《诗集传》中引"刘氏"语凡三处:《小雅·伐木》诗末章句总结下、《小雅·巷伯》末章下、《小雅·无将大车》首章"祇自疧兮""疧"字下。这三处"刘氏"语均见于刘敞《公是七经小传》卷上论《毛诗》的部分。② 朱文列有"刘氏"条(第六十六),而误将《诗集传》于《小雅·信南山》首章下所引"长乐刘氏"看作了"刘氏",同时没有将《小雅·无将大车》统计入内。

---

① (清)永瑢等撰《四库全书总目》卷一五《经部·诗类一》,第122页。
② (宋)刘敞撰《公是七经小传》卷上,文渊阁《四库全书》本。吴按:《诗集传》于《小雅·无将大车》"疧"字下所引作"刘氏曰当作疧,与瘖同,眉贫反。"而《七经小传》中则作"读疧为邸,非也。疧当作䋣,病也。字误耳。""䋣"实无"病"义,字当依《诗集传》作"瘖"。

21. 刘向

刘向，原名更生，字子政，汉高祖弟楚元王之四世孙，传附《汉书·楚元王传》中。《诗集传》引"刘向"语凡三次。《小雅·六月》第四章下云："镐，刘向以为千里之镐，则非'镐京'之'镐'矣，亦未详其所在也。"所引刘向观点见于《汉书·陈汤传》中刘向上元帝疏。① 《小雅·角弓》第七章"见晛曰消"句"曰"字下云："《韩诗》、刘向作'聿'"，《大雅·文王》第五章下云："刘向曰：孔子论《诗》，至于'殷士肤敏，祼将于京'喟然叹曰'大哉天命，善不可不传于后嗣，是以富贵无常。'"这两处所引均见于《汉书·楚元王传》所附《刘向传》中。②

朱文列有"刘向"条（第四十二）而少统计《小雅·角弓》一例。

22. 陆氏

陆氏，即陆德明，名元朗，字德明，以字行，苏州吴（今苏州吴县）人，新、旧《唐书》均有传。凡一见。《诗集传》于《郑风·大叔于田》诗末章句总结下云："陆氏曰：'首章作"大叔于田"者误。'"所引见陆德明《经典释文·毛诗音义上》"叔于田"条下。朱文列有"陆氏"条（第四十五）。

23. 吕氏

吕氏，《诗集传》中引"吕氏"语凡七次。其中《齐风·著》于第二、三章诗下两引"吕氏曰"，此两条承第一章诗下所引"东莱吕氏曰"而简称"吕氏"，其内容见于《吕氏家塾读诗记》，乃吕祖谦之语。③ 其余五条亦见于《读诗记》中所引，并冠之以"吕氏"。朱文列有"吕氏、东莱吕氏"条（第五十七），于"吕氏"下

---

① 参见（汉）班固撰，（唐）颜师古注《汉书》卷七〇《陈汤传》，第 3017 页。
② 参见（汉）班固撰，（唐）颜师古注《汉书》卷三六《楚元王传》附《刘向传》，第 1943、1950 页。
③ 《吕氏家塾读诗记》中，凡是吕祖谦引用他人的意见，均低《诗经》正文一格并冠以姓氏，凡是吕祖谦自己的意见均低《诗经》正文两格，不冠姓氏而列于所引用的他人意见之后。

云：其余五条，与《吕氏家塾读诗记》所引相同。检《吕氏家塾读诗记·姓氏》，有"荥阳吕氏"及"蓝田吕氏"。荥阳吕氏，即吕希哲，字原明，寿州人，从二程、张载游。蓝田吕氏，为吕大临，字与叔，蓝田人，与谢良佐、游酢、杨时，号"程门四先生"。

24. 吕叔玉

《诗集传》引"吕叔玉"语凡一次。《周颂·时迈》诗末章句总结下云："吕叔玉云：《肆夏》，《时迈》也。《繁遏》，《执竞》也。《渠》，《思文》也。"吕叔玉语出于《周礼·春官·钟师》郑玄注中，孔颖达《毛诗正义》亦引之。

朱文列有"吕叔玉"条（第四十），并引朱彝尊《经义考》中语云："吕氏于《诗》不知主何家之说，杜子春注《周官》引之，其说……颇见新义，惜乎其不传"。朱文又引范家相《三家诗拾遗》中语云："叔玉，汉时人，著《诗说》。杜子春《周礼注》引此"。据此，朱文云"吕叔玉当为汉人"。

吴按：吕叔玉此语，虽出于郑玄《周礼注》中，但是郑玄在注中先引"杜子春云"，接着才是"吕叔玉云"。故而很多学者将吕叔玉此语看作是杜子春所引，而郑玄只是转引。唐人贾公彦在《周礼注疏》中就说："吕叔玉者，是子春引之者，子春之意与叔玉同。"① 如果贾公彦、朱彝尊、范家相等人的看法不错，那么吕叔玉应该在杜子春之前或与之同时。陆德明《经典释文》中云："王莽时，刘歆为国师，始建立《周官经》，以为《周礼》。河南缑氏杜子春受业于歆，还家，以教门徒、好学之士，郑兴父子等多往师之"。② 贾公彦《序周礼废兴》云："河南缑氏杜子春尚在，永平之初，年且九十。家于南山，能通其读，颇识其说，郑众、贾逵往受业焉。"③ 杜子春活动于两汉之交，则吕叔玉恐怕应该是西汉人。

---

① （清）阮元校刻《十三经注疏·周礼注疏》，第800页。
② （唐）陆德明撰，黄焯断句《经典释文》卷一《注解传述人》之《周礼》部分，第11页。
③ （清）阮元校刻《十三经注疏·周礼注疏》，第636页。

25. 闵马父

闵马父，鲁大夫。《诗集传》引"闵马父"语凡二次。于《商颂·那》"自古在昔，先民有作。温恭朝夕，执事有恪"句下云："闵马父曰：先圣王之传恭，犹不敢专，称曰'自古'，古曰'在昔'，昔曰'先民'"。于《那》诗末章句总结下云："闵马父曰：正考父校商之名《颂》，以《那》为首，其辑之乱曰云云。即此诗也。"此二条出于《国语·鲁语下》。

朱文列有"闵马父"条（第四十一）。

26. 欧阳氏、欧阳公

欧阳氏、欧阳公，即欧阳修。朱文列有"欧阳公、欧阳氏"条（第五十一），云：朱子引欧阳修语凡三见，《小雅·雨无正》跋、《小雅·出车》八章所引，即出自《诗本义》。《大雅·瞻卬》四章引欧阳修关于"宦者之祸"之论，见《新五代史·宦者传论》。

27. 莆田郑氏

莆田郑氏，即郑樵，字渔仲，福建莆田人。凡一见。《诗集传》于《郑风·将仲子》第一章下云："莆田郑氏曰：此淫奔者之辞"。朱文列"莆田郑氏"（第五十九），而云："另有几处称'郑氏'者，疑亦为郑樵语"。吴按：考《诗集传》中所引"郑氏"均为郑玄语，非郑樵语。详见下文"郑氏"条。

28. 沈括

沈括，字存中，钱塘（今浙江杭州）人，《宋史》有传，附于其从兄沈遘传后。《诗集传》引"沈括"语凡一次。《周颂·天作》"彼徂矣岐"句下云："沈括曰：《后汉书·西南夷传》作'彼岨者岐'"。沈括的话见其所著之《梦溪笔谈》卷一四。[①] 朱文列有"沈括"条（第六十八）。

29. 宋玉

宋玉，《诗集传》引"宋玉"凡一次。《郑风·遵大路》首章下

[①] 参见（宋）沈括撰《梦溪笔谈》卷一四《艺文一》第五条，文物出版社影印元大德九年陈仁子东山书院刻本，1975。

云：" 宋玉赋有 ' 遵大路兮揽子祛 ' 之句。" 所引见《文选》卷一九所载宋玉之《登徒子好色赋》。朱文无此条。

30. 苏氏

苏氏，即苏辙，字子由，眉山（今属四川）人，著有《诗集传》。朱熹《诗集传》中引 " 苏氏 " 凡三十八处，均出自苏辙《诗集传》。朱文列有 " 苏氏 " 条（第六十三），而少统计十六条。

31. 王氏

王氏，即王安石。《诗集传》中引 " 王氏 " 语凡十一处。朱文列有 " 王氏 " 条（第五十四），云：王安石有《新经毛诗义》二十卷、《舒王诗义外传》十二卷、《三十家毛诗会解》一百卷，皆佚。今人邱汉生著《诗义钩沉》，辑录王氏《诗义》佚文。《诗集传》所引 " 王氏 " 语均见于邱氏《钩沉》之中。

32. 韦昭

韦昭，字宏嗣，三国吴时吴郡云阳（今江苏丹阳）人，《三国志》有传（作《韦曜传》，避晋讳改 " 昭 " 为 " 曜 "），著有《国语解》。《诗集传》引 " 韦昭 " 语凡二次。于《大雅·抑》诗末章句总结下云：" 韦昭曰：' 懿，读为抑 '"。于《周颂·时迈》诗末章句总结下云：" 韦昭注云：'《肆夏》一名《樊》，《韶夏》一名《遏》，《纳夏》一名《渠》，即《周礼》九夏之三也。'" 此二条分别见于《国语·楚语上》和《国语·鲁语下》中的韦昭注。

朱文列有 " 韦昭 " 条（第四十四）而未统计《大雅·抑》中所引韦昭语。

33. 闻人氏

闻人氏，《诗集传》中凡一见。《小雅·天保》第二章下云：" 闻人氏曰：' 戬 ' 与 ' 剪 ' 同。" 朱文列有 " 闻人氏 " 条（第六十九），云：《诗传通释》卷九、《诗经疏义会通》卷九、《诗传大全》卷九、《毛诗稽古编》卷九，均言 " 闻人氏，名滋 "。《老学庵笔记》卷一：" 嘉兴闻人茂德，名滋，老儒也。喜留客食，然不过蔬豆而已。郡人求馆客者，多就谋之。又多蓄书，喜借人。自言 ' 作门客牙，充书籍行，开豆腐（吴按：朱文脱一"羹"字）店'。予少时与之同在敕局，为删定官。谈经义滚滚不倦，发明极多，尤邃于小学云。"据《宋史·程迥传》，迥尝授经学于闻人滋。据钱大昕《潜研堂文集》卷二七《跋程氏周易古占法》，"授"当作"受"，盖闻人滋为程迥业师也。

吴按：宋人韩淲《涧泉日记》卷中记载："程迥，字可久，号沙随。先生有《易解》，尝作田赋书。明占法，从喻子材、闻人茂德诸公游。"① 清朱彝尊《经义考》卷二八《古易占法》一书下云："《浙江通志》：程迥，宁陵人，靖康之乱徙居余姚。尝受经学于嘉兴闻人茂德、严陵喻樗。"② 则《宋史·程迥传》之误实不待钱大昕而明。又，宋周必大《文忠集》卷一七九有"记闻人滋五说"，保留有闻人滋论说《诗经》、《礼记》、《论语》等经书语，可参看。

34. 文中子

文中子，即王通，字仲淹，号文中子，隋末大儒，事迹散见于唐人文集和新、旧《唐书》中的《王质传》、《王勃传》、《王绩传》等。王通后人纂辑有王通与其弟子问答之《中说》十卷。③

《诗集传》于《豳风》诗末引程元与王通的问答云：

> 程元问于文中子曰："敢问《豳风》何《风》也？"曰："变《风》也。"元曰："周公之际亦有变《风》乎？"曰："君臣相诮，其能正乎？成王终疑周公，则《风》遂变矣。非周公至诚，其孰卒正之哉！"元曰："居变《风》之末何也？"曰："夷王以下，变《风》不复正矣。夫子盖伤之也，故终之以《豳风》，言变之可正也，惟周公能之，故系之以正。变而克正，危而克扶，始终不失其本，其惟周公乎？系之《豳》，远矣哉。"

---

① （宋）韩淲撰《涧泉日记》卷中，文渊阁《四库全书》本。
② （清）朱彝尊撰，林庆彰等主编《经义考新校》卷二八，第497页。
③ 关于王通与其《中说》的详细情况，可参看余嘉锡著《四库提要辩证》中对《中说》一书的辨正，中华书局，2007，第565页。

所引见于宋阮逸注《中说》卷四《周公篇》。

朱文无此条。

35. 吴氏

吴氏，凡一见。《诗集传》在《周南·汉广》"南有乔木，不可休息"下注云："吴氏曰：《韩诗》作'思'"。朱文列"吴氏"（第五十六）而云"无考"。

吴按：此"吴氏"当为吴棫。吴棫，字才老，著有《书稗传》十三卷，《毛诗补音》十卷，《论语续解》十卷，《论语考异》、《论语说例》各一卷，《韵补》五卷。① 吴棫创"叶韵"之说，为朱熹所采纳以释读《诗经》和《楚辞》。《朱子语类》中记载，朱熹曾说："叶韵多用吴才老本，或自以意补入"，"叶韵乃吴才老所作，某又续添减之。"② 朱熹在《楚辞辨正》下卷《天问》篇辨正中云："余始读《诗》，得吴氏《补音》，见其疑于《殷武》三章'严'、'遑'之韵，亦不能晓。及读此篇，见其以'严'叶'亡'，乃得其例。余于吴氏书多所刊补，皆此类。今见《诗集传》。"③ 可见，朱熹于吴棫既有称"才老"之例，亦有称"吴氏"之例。他在讨论《论语》时引吴棫的观点，亦多称"吴氏"，参见《四书或问》。吴棫的《毛诗补音》今已亡佚，据后人所引，知其内容大概为注明字的叶音及反切，亦有征引其他文献以证字音者，如杨简《慈湖诗传》中所引："'祀'，《补音》：《周官》以'血祭社稷五祀'，又'保郊祀于社'，郑氏皆云'故书祀作禩'，字书凡有异音者，多以异得声"；又如"'格'，《补音》：《说文》，格，从木各声。《考古图》钟鼎篆'王格大庙'字皆作'各'"。④《诗集传》于《汉广》诗下所引吴氏语，列《韩诗》异文，与杨简所引相似，很可能即吴棫《毛诗补

---

① 此据（宋）陈振孙著，徐小蛮、顾美华点校《直斋书录解题》。
② （宋）黎靖德编，王星贤点校《朱子语类》卷八〇，第2079、2081页。
③ （宋）黎靖德编，王星贤点校《朱子全书》第19册，第205页；（宋）朱熹注《楚辞集注·楚辞辨正下》《天问》最后一条。
④ 参见（宋）杨简撰《慈湖诗传》卷一四《楚茨》诗下，文渊阁《四库全书》本。

音》中的内容。①

36. 杨氏

杨氏，即杨时，字中立，号龟山，南剑将乐人（今福建将乐）。杨时为二程门人，《宋史》有传。晁公武《郡斋读书志》载杨时有《毛诗辨疑》一卷。

《诗集传》中，"杨氏"凡六见，其中五处与《吕氏家塾读诗记》中所引"杨氏"语一致，唯《小雅·巷伯》诗末所引不见于他书。《吕氏家塾读诗记·姓氏》中姓杨者，只有"龟山杨氏"，即杨时，故《诗集传》所引"杨氏"当亦为杨时无疑。朱文列有"杨氏"条（第六十）。

37. 元城刘氏

元城刘氏，即刘安世，字器之，学者称元城先生，大名（今属河北）人。《宋史》有传。《诗集传》中引"元城刘氏"语凡两次：一为《王风·黍离》诗末章句总结下，一为《小雅·雨无正》诗末章句总结下。二条均见于宋人马永卿所编《元城语录》卷中。朱文列有"元城刘氏"条（第六十四）。

38. 张子

张子，即张载，字子厚，凤翔郿县横渠镇（今属陕西）人，学者称横渠先生。《宋史》有传。朱熹推重张载，尊之为"张子"。《诗传纲领》中即引张载论诗语三段，而称为"张子"。《朱子语类》卷九八和卷九九为论"张子书"，其中朱熹称张载为"横渠"、"张子"。

《诗集传》中，"张子"凡十八见。朱文列有"张子"条（第五十），谓有"十九"处，乃误将《陈风·防有鹊巢》计算入内。《防有鹊巢》第一章诗下，朱熹注有"侜张予之所美"一句，朱杰人或将"张予"误看作"张子"。

---

① 张民权著有《宋代古音学与吴棫〈诗补音〉研究》一书，其下编《吴棫〈诗补音〉汇考校注》中亦将《诗集传》此处所引"吴氏"当作吴棫《诗补音》的内容。（商务印书馆，2005，第137页）

《诗集传》所引十八条张载语,除了《卫风》末论卫诗淫靡之故一条见于张载《经学理窟·礼乐》中,① 其余出处皆不可考。尤袤《遂初堂书目·诗类》载有"横渠《诗说》"一书,《宋史·艺文志》亦载有"张载《诗说》一卷",清人朱彝尊于《经义考》卷一〇四中云"张子载《诗说》,《宋志》一卷,存",而今人刘毓庆于《历代诗经著述考(先秦—元代)》一书中则云"未见"。

吴按:由中华书局出版,章锡琛点校的《张载集》是目前搜集张载著作最为完备之书,并不见有"《诗说》"之目。《朱子语类》卷八一记载朱熹说:"旧尝见横渠《诗传》中说,周至太王辟国已甚大,其所据有之地,皆是中国与夷狄夹界所空不耕之地,今亦不复见此书矣。"② 所谓"横渠《诗传》"或即"横渠《诗说》",尤袤与朱熹同时(尤袤先朱熹六年而卒),而朱熹云"不复见此书",可见张氏之书在南宋时流传已稀。又,《吕氏家塾读诗记》中引张载论《诗》语百余处(有与《诗集传》所引相同者),其中涉及《风》、《雅》、《颂》各类诗,既有解释字词,亦有疏解句意、发挥义理,与程颐《诗解》的体例大概相似(参见《二程集·河南程氏经说·诗解》),其篇幅绝非一卷所能容纳,朱彝尊沿袭《宋史·艺文志》"一卷"之说而云"存",恐非事实。总之,吕祖谦、朱熹等人都曾见到张载的《诗经》学专著(《诗说》),并将相关内容引入自己的书中。上所引《朱子语类》中朱熹语,乃辅广记甲寅(1194)以后所闻,是朱熹晚年之语,则张载的这一专著在南宋中叶以后逐渐佚失。

39. 赵子

赵子,朱文列有"赵子"条(第四十八),云:《新唐书·啖助传》:"助门人赵匡、陆质,其高第也。助卒,年四十七,质与其子异哀录助所为《春秋集注总例》,请匡损益,质纂会之,号《纂

---

① 参见(宋)张载著,章锡琛点校《张载集》,第263页。
② (宋)黎靖德编,王星贤点校《朱子语类》卷八一,第2127页。

例）。匡者，字伯循，河东人，历洋州刺史，质所称为赵夫子者。"匡有《春秋阐微纂类义统》十卷，今有马国翰辑本。按：《齐·猗嗟》跋所引"赵子曰"云云，即出此书，凡一见。

40. 曾氏

曾氏，即曾巩，字子固，南丰（今属江西）人。《宋史》有传。《诗集传》引"曾氏"语凡五次。其中四处亦见于《吕氏家塾读诗记》，《吕氏家塾读诗记·姓氏》中"曾氏"唯有"南丰曾氏"，故知《诗集传》与《读诗记》所谓"曾氏"即曾巩。

朱熹对曾巩的文章极为看重，曾为曾巩撰写年谱。[①] 但是据《直斋书录解题》和《宋史·艺文志》的记载，曾巩并没有专门的《诗经》学著作。《元丰类稿》附录所载曾巩《行状》中云："公未尝著书，其所论述皆因事而发。既殁，集其稿为《元丰类稿》五十卷，《续元丰类稿》四十卷，《外集》十卷。"陈振孙在《直斋书录解题》"《元丰类稿》五十卷、《续》四十卷、《年谱》一卷"下云："及朱公为《谱》时，《类稿》之外，但有《别集》六卷。以为散逸者五十卷，而《别集》所存其什一也。"[②] 则朱熹所见曾巩著作仅有《元丰类稿》五十卷，《别集》六卷。今《元丰类稿》存五十卷。朱熹于《诗序辨说》所辨《关雎序》中，引曾巩论二《南》诗之语见于今所传《元丰类稿》卷一一《列女传目录序》；朱熹在《读〈吕氏诗记·桑中〉篇》一文中所谓"此则曾南丰于《战国策》，刘元城于'三不足之论'，皆尝言之"，所谓"曾南丰于《战国策》"指《元丰类稿》卷一一《战国策目录序》中所论"君子禁邪说"之法。而朱熹《诗集传》和吕祖谦《读诗记》中所引曾巩语则不见于今传《元丰类稿》，《读诗记》中引曾巩语二十八条，涉及诗篇甚多，且兼及训诂，似乎曾巩亦有关于《诗经》的专门之作。或者朱、吕二

[①] 朱熹所作年谱的前后序尚存于曾巩《元丰类稿》书前，参见《四部丛刊》初编本影印元刊《元丰类稿》，下文所云《元丰类稿》均为此本。朱熹对曾巩文章的评论，参见（宋）黎靖德编，王星贤点校《朱子语类》卷一三九。

[②] （宋）陈振孙著，徐小蛮、顾美华点校《直斋书录解题》，第504页。

人所引即曾巩《别集》中的内容？此未可知，容日后详考。

朱文列有"曾氏"条（第六十七）。

41. 郑氏、郑

郑氏，凡二十一见，均指郑玄。所引除一条来自《仪礼注》外，余皆为《毛诗传笺》中的内容。略举二例如下：

其一，《诗集传》于《召南》末云："《燕礼》又'有房中之乐'，郑氏注曰：'弦歌《周南》、《召南》之诗而不用钟磬。云房中者，后夫人之所讽诵以事其君子。'"此所引为《仪礼·燕礼》"有房中之乐"下郑玄注。

其二，《诗集传》于《邶风·泉水》第二章下云："郑氏曰：'国君夫人，父母在则归宁，没则使大夫宁于兄弟。'"此所引见郑玄为《泉水序》所作笺注。

《诗集传》引"郑"凡三次，见于《大雅·行苇》诗末章句总结下、《大雅·桑柔》第十五章下和《大雅·崧高》第五章"往近王舅"一句"近"字下。此三处所引均为郑玄《毛诗传笺》中的内容。

朱文中列有"郑、郑氏、郑《笺》、郑《谱》"一条（第六），并指出："《诗集传》引郑玄《笺》共二十三处，其中：曰'郑'者，共三处，见《郑国》跋、《大雅·行苇》跋、《大雅·桑柔》十五章。曰'郑氏'者共十五次……曰'郑《谱》'一处，见《大雅·文王之什》跋。曰'笺'二处，见《小雅·节南山》二章，《小雅·大东》五章。"

朱文中还列有"莆田郑氏"一条（第五十九），并指出"另有几处称'郑氏'者，疑亦为郑樵语"。

吴按：《诗集传》中"郑氏"实出现了二十一次，所引均为郑玄语，朱文只列出十五处，另有六处没有计算入内，其中一处为郑玄《仪礼注》中语，另外五处亦均为《毛诗传笺》中语，而并非郑樵语。朱文统计《诗集传》中曰"郑"者共有三处，其中"《郑国》跋"一处实为论"郑卫淫诗"而非引郑玄语，此外，《大雅·崧高》

第五章"往近王舅"一句，《诗集传》于"近"下注云："郑音记"，此为郑玄笺中语，朱文未统计入内。因此，《诗集传》中引用郑玄语实共二十四处，包括曰"郑氏"者二十一处，曰"郑"者三处。（本文另有"《毛诗传笺》"条和"《诗谱》"条）

（二）引用文献

1.《易经》

《诗集传》引《易经》凡四处，皆曰"《易》"：《小雅·斯干》第九章下云："《易》曰：无攸遂。在中馈。贞吉"，此为《家人》卦"六二"爻辞；《小雅·雨无正》第四章下云："《易》曰：不能退，不能遂"，此为《大壮》卦"上六"爻辞；《小雅·何人斯》第五章下云："《易》曰：盱豫悔"，此为《豫》卦"六三"爻辞；《商颂·殷武》首章下云："《易》曰：高宗伐鬼方，三年克之"，此为《既济》卦"九三"爻辞。

朱文列有"《易》"条（第七），云：《诗集传》引《易》凡三处，均称"《易》"。分别见《曹·下泉》跋、《小雅·斯干》九章、《小雅·何人斯》四章。

吴按：朱文所举《曹·下泉》跋中云："程子曰：《易·剥》之为卦也……"此实为引程颐语，故不入此条。《小雅·何人斯》为第五章而非第四章。

2.《尚书》

《诗集传》引《尚书》凡十六次。

曰"《书》"者十三次。《鄘风·桑中》首章下，《王风·扬之水》第二章下，《魏风·伐檀》首章下，《曹风·鸤鸠》第二章下，《豳风·鸱鸮》诗末章句总结下，《小雅·天保》第二章下，《小雅·角弓》第八章下，《大雅·大明》第七章下，《大雅·生民》第六章下，《大雅·卷阿》第十章下，《周颂·清庙》诗末章句总结下，《周颂·载见》"率见昭考，以孝以享"句下，《商颂·长发》诗末章句总结下。

直接引《尚书》篇名的共三处。曰"《洪范》"者二处。《小雅·小旻》第五章下,《大雅·既醉》第三章下。曰"《康诰》"者一处。《小雅·祈父》首章下云:"《康诰》曰:'祈父薄违'是也",考《尚书》原文作"圻父薄违",此乃《尚书·酒诰》中语,盖朱熹误记。①

朱文列有"《书》"条(第八),没有将《周颂·载见》和直接引《尚书》篇名三例统计入内。

3.《尚书大传》

《诗集传》引《尚书大传》凡一次,曰"《书大传》":《周颂·清庙》诗末章句总结下云:"《书大传》曰:周公升歌《清庙》,苟在庙中尝见文王者,愀然如复见文王焉。"

朱文列有"《书大传》"条(第九),云:《尚书大传》宋时已佚,朱子所引当有所据,待考。

吴按:晁公武《郡斋读书志》载有《尚书大传》三卷,并云:"右秦伏生胜撰,郑康成注。胜至汉孝文时,年且百岁,欧阳生、张生从学焉。音声犹有讹误,先后犹有差舛,重以篆隶之殊不能无失。胜终之后,数子各论所闻,以己意弥缝其阙,而别作章句,又特撰大义,因经属指,名之曰《传》。后刘向校书,得而上之。"② 此段所云,王应麟《玉海》卷三七"《尚书大传》"下亦引之(文字略有出入),乃《中兴馆阁书目》所载郑玄《尚书大传序》中语。则《尚书大传》为伏生所传,张生、欧阳生所述。陈振孙《直斋书录解题》亦录有《尚书大传》四卷,并云:"汉济南伏胜撰。大司农北海郑康成注。凡八十有三篇。当是其徒欧阳、张生之徒杂记所闻,然亦未必当时本书也。印版刓缺,合更求完善本"。③ 则是书至南宋后期已经残损。余嘉锡在《四库提要辨证》中引严元照语云:"《尚

---

① 此据《四部丛刊》三编本《诗集传》。朱杰人校点之《诗集传》(《朱子全书》第1册)已据明本等改为"《酒诰》",认为是后世传写致误。
② (宋)晁公武撰,孙猛校证《郡斋读书志校证》,第53页。
③ (宋)陈振孙著,徐小蛮、顾美华点校《直斋书录解题》,第28页。

书大传》，王厚斋犹及见之，殆亡于元、明之际。"① 王应麟《玉海》及其他著作中引《尚书大传》甚多，然多是从旧注中转引而来，似乎并未见到完整之书，参考陈振孙之说，则《尚书大传》恐怕亡于宋元之际而非元明之际。清人多有辑佚之本。四库馆臣以为"《尚书大传》于经文之外掇拾遗文，推衍旁义，盖即古之纬书"，因此依照《易》纬之例，将其附于《书》类经解之末。②

《诗集传》所引《尚书大传》的内容亦见于孔颖达《毛诗正义》。《周颂·清庙序》下孔颖达为郑玄笺语所作之疏云："郑不然者，以《书传》说《清庙》之义云：於穆清庙，周公升歌文王之功烈德泽，尊在庙中，尝见文王者，愀然如复见文王。"③ 朱熹所引或即从孔疏中转引而来。

4.《韩诗》

《韩诗》，汉代今文三家《诗》之一，燕人韩婴所传。《四库提要》云："《隋书·经籍志》称《齐诗》亡于魏，《鲁诗》亡于西晋，惟《韩诗》存。宋修《太平御览》，多引《韩诗》，《崇文总目》亦著录，刘安世、晁说之尚时时述其遗说。而南渡儒者，不复论及，知亡于政和、建炎间也。"④

《诗集传》引《韩诗》凡八处：

《唐风·有杕之杜》首章，"噬肯适我"句"噬"字下注"《韩诗》作逝"；《小雅·小宛》第五章下云："岸，亦狱也。《韩诗》作犴，乡亭之系曰犴，朝廷曰狱"；《小雅·角弓》第七章，"见晛曰消"句"曰"字下云："《韩诗》、刘向作聿"；《大雅·大明》第五章下云："倪，磬也。《韩诗》作磬"。此四处所引均出自陆德明《经典释文》。

---

① 余嘉锡著《四库提要辨证》卷一《尚书大传》提要辨证，第29页。
② 参见（清）永瑢等撰《四库全书总目》卷一二《尚书大传》提要后案语，第105页。
③ （清）阮元校刻《十三经注疏·毛诗正义》，第583页。
④ （清）永瑢等撰《四库全书总目》卷一六《三家诗拾遗》提要，第135页。

《小雅·鸿雁》末章下云:"《韩诗》云:劳者歌其事",此处所引见于《初学记》卷一五《乐部上·歌第四》所引"《韩诗章句》曰……"下注,亦见于《太平御览》卷五七三《乐部十一·歌四》所引"古《乐志》曰……"下注。不知朱熹究竟从何处引来。

《小雅·小旻》第三章,"是用不集"句下注"《韩诗》作就",此处所引见于《韩诗外传》卷六"晋平公游于西河而乐"段末。①

《小雅·宾之初筵》诗末章句总结下云:"韩氏《序》曰:'卫武公饮酒悔过也'"。此乃《韩诗序》的内容,见于《后汉书·孔融传》"南雎之骨立,卫武之初筵"句下李贤注。②

《小雅·何草不黄》第二章,"何人不矜"句下注"《韩诗》作鳏",此处所引大概是来自于董逌《广川诗故》。③

朱文列有"《韩诗》"条(第四),云:"详朱子所引《韩诗》,凡九处",然其所举如《周南·汉广》、《小雅·雨无正》两例实为吴棫和刘安世的话,《诗集传》标之甚明,不应列入引"《韩诗》"条。

朱文还列有"《韩诗薛君章句》"条(第五),此于《诗集传》中仅一见,并且明确标明引自《后汉书》,故本文将其纳入引"《后汉书》"条。

5.《毛诗序》

朱文列有"《毛诗序》"条(第一),云:《诗集传》引用《毛诗序》共三十四处。其称引方法有四:一曰《大序》,一处,见《颂》序:"《大序》所谓美盛德之形容,以其成功告于神明者也。"二曰《小序》,凡五处,分别见《国风》序、《周南·葛覃》跋、《鄘·桑中》跋、《鄘·干旄》跋两见。三曰《毛氏序》,一处,见

---

① 参见(汉)韩婴撰,许维遹校释《韩诗外传集释》,中华书局,1980,第236页。
② (宋)范晔撰,(唐)李贤等注《后汉书》卷七〇《郑孔荀列传》,第2267页。
③ 吕祖谦《吕氏家塾读诗记》和王应麟《诗考》均云《韩诗》此条异文来自于董氏,即董逌。

《小雅·宾之初筵》跋。四曰《序》，凡二十七处，分别见……《周南·麟之趾》跋两见……《小雅·常棣》跋……《大雅·常武》跋等。

吴按：（1）《诗集传》称"《序》"者，朱文少统计一例，即《唐风·椒聊》首章下云："《序》亦以为沃也"。

（2）朱文所列《诗集传》称《序》例的具体诗篇位置偶有失检。"《周南·麟之趾》两见"实应为《周南·麟之趾》跋一见，《周南》跋一见；"《小雅·常棣》跋"实应为《小雅·常棣》第二章；"《大雅·常武》跋"实应为《大雅·常武》末章。

（3）《诗集传》称引《毛诗序》还有另外一种情况。即"姑从《序》说"，共有两例，包括五首诗。《邶风·绿衣》诗末章句总结下云："此诗无所考，姑从《序》说。下三篇同"，所谓"下三篇"即《燕燕》、《日月》、《终风》。《邶风·式微》诗末章句总结下云："此无所考，姑从《序》说"。《诗集传》对这五首诗的解说基本上是采用了《序》说的，因此这五首诗应该也算入《诗集传》引《毛诗序》例。

（4）此处所统计的《诗集传》引《毛诗序》例，只是就《诗集传》明确标示出来的引用情况所作的统计，并没有包括朱熹暗用《毛诗序》的情况。同时，也不代表《诗集传》对这些相应的诗歌就完全采用了《序》说。关于朱熹对于《诗序》的态度参看本书第二章"朱熹之废《序》说"。

总之，《诗集传》引《毛诗序》共四十处：曰《大序》一处，曰《小序》五处，曰《毛氏序》一处，曰《序》二十八处，曰"姑从《序》说"二处，但是包括了五首诗，故算五处。

6.《毛诗故训传》（附"毛、毛公、《毛诗》"）

朱文列有"《毛传》"条（第二），云：《诗集传》引用《毛传》共十四处。曰《毛传》二处，均见《关雎》一章。曰《传》十二处：……《大雅·绵》七章……《大雅·泂酌》首章等。

吴按：（1）《诗集传》曰"《毛传》"者两处，均见于《周南·

关雎》首章下,云:"故《毛传》以为'挚而有别'",又云:"《毛传》云'挚'字与'至'通"。然而后一"《毛传》"引文实为郑玄笺注的内容,^① 此恐为朱熹偶误。故《诗集传》虽引"《毛传》"两次,而实为引《毛传》一次,引《郑笺》一次。

(2)《诗集传》曰"《传》"者并非仅指《毛传》,亦有指代《左传》、《战国策》和《礼记》的情况(详见相应各条)。

(3)《诗集传》引《毛传》而曰"《传》"者实为十五处。《大雅·绵》第七章和第九章下都引用了《毛传》,故而应该算为两处,而朱文只列出第七章一处。《大雅·泂酌》首章下所引:"《传》曰:岂以强教之,弟以悦安之。民皆有父之尊,有母之亲。又曰:民之所好好之,民之所恶恶之,此之谓民之父母。"此处所引,"又曰"前的内容实来自于《礼记·表记》,^② "又曰"后的内容则来自于《大学》,都不是《毛传》的内容。另外,朱文还少统计了《大雅·大明》(第五章下)、《大雅·桑柔》(第十五章下)和《周颂·桓》三处。

总之,《诗集传》引《毛传》凡十六处。曰"《毛传》"者一处,曰"《传》"者十五处。

此外,朱文还列有"毛、毛公、《毛诗》"条(第三),云:共四处。称"毛"之例,见《大雅·行苇》跋。称"毛公"之例,见《白华之什》序、《小雅·鱼丽》跋。称"《毛诗》"之例,见《小雅·雨无正》跋。

吴按:朱文此条。称"《毛诗》"的一例,实为"元城刘氏"语,不应算作引用《毛诗》。称"毛"和"毛公"的三例为讨论《诗经》的分篇和章句划分,大概可以算入引用《毛传》的范围。加上这三例,则《诗集传》引用《毛传》当为十九处。

---

① 参见(清)阮元校刻《十三经注疏·毛诗正义》孔颖达为"《传》'关雎'至'王化成'"一段所作疏解以及阮元为"笺云"所作之校勘记,第273、275页。
② 《毛传》作"乐以强教之,易以说安之。民皆有父之尊,有母之亲。"《毛传》此语则是来自于《礼记·孔子闲居》。

7.《毛诗传笺》

《诗集传》引郑玄《毛诗传笺》凡二次,皆曰"《笺》":《小雅·节南山》第二章下云:"《笺》云:猗,倚也,言草木满其旁倚之畎谷也";《小雅·大东》第五章下云:"《笺》云:驾也,驾谓更其肆也"。

又,《诗集传》在《周南·关雎》首章下云:"《毛传》云'挚'字与'至'通",然而此语实为郑玄《毛诗传笺》中语(参见《毛诗故训传》条),故亦应算入此条。加之本文"郑氏、郑"条中所统计出的,《诗集传》引郑《笺》而曰"郑氏"者二十例、曰"郑"者三例,则《诗集传》实引郑玄《毛诗传笺》凡二十六次。

朱文列有"郑、郑氏、郑《笺》、郑《谱》"条(第六)。其大致内容,参见上文"郑氏、郑"条。

8.《诗谱》

《诗集传》引郑玄《诗谱》凡一次:《大雅·文王之什》什末云:"郑《谱》此以上为文、武时诗,以下为成王、周公时诗。"

朱文列有"郑、郑氏、郑《笺》、郑《谱》"条(第六)。其大致内容,参见上文"郑氏、郑"条。

9.《毛诗集注》

《诗集传》于《大雅·召旻》第四章"如彼岁旱,草不溃茂"句"溃"字下云:"《集注》作'遂'"。此处所引不知究出何书。明何楷《诗经世本古义》卷一八上于是诗"溃"字下注云:"崔灵恩注、丰本俱作'遂'"。① 如果何楷所说有据,则《诗集传》所云"《集注》"当为崔灵恩之《毛诗集注》。

崔灵恩,南朝梁人,《梁书》有传。本传称其有"集注《毛诗》二十二卷",《经典释文·注解传述人》、《毛诗指说·传受》以及《隋书·经籍志》、《旧唐书·经籍志》、《新唐书·艺文志》均作二十四卷。是书今已不传。《经典释文》以及《毛诗正义》中保留有

---

① (明)何楷撰《诗经世本古义》卷一八,文渊阁《四库全书》本。

不少《毛诗集注》的内容。吕祖谦在《吕氏家塾读诗记》中亦多次称引其说，但都是转引自董逌之语。董逌所作《广川诗故》兼采三家（参考本文"董氏"条），而据宋王应麟在《诗考序》中所说："梁崔灵恩采三家本为《集注》"，则崔、董二人旨趣相同，故董氏颇采其说。崔灵恩《毛诗集注》虽然为董氏所引，但是宋代官私目录已无著录，则其书于宋时流传已稀。吕祖谦不曾亲见其书，恐怕朱熹同样如此。《诗集传》此处引文不见于《经典释文》与《毛诗正义》，恐怕也是从董逌《广川诗故》中转引而来。

朱文无此条。

10. 《周礼》

《诗集传》引《周礼》凡二十一次。曰"《周礼》"者十五处。见《周南·桃夭》首章下、《鄘风·蝃蝀》第二章下（包括郑玄注的内容）、《豳风·七月》第八章和诗末章句总结下、《小雅·十月之交》第四章和第六章下、《小雅·鼓钟》第三章下、《小雅·甫田》第二章下（两见）、《大雅·公刘》第六章下、《周颂·时迈》诗末章句总结下、《周颂·雝》章末及诗末章句总结下、《鲁颂·閟宫》第四章下（两见，第二处还包括郑玄注的内容）。

曰"《周官》"者三处。《小雅·吉日》末章下（包括郑玄注）、《小雅·雨无正》第二章下、《小雅·瞻彼洛矣》首章下。

直接引《周礼》篇名的有三处。《豳风》末章句总结下引《籥章》，《周颂·载芟》"有略其耜，俶载南亩"句下引《遂人》和《大宰》。

朱文列有"《周礼》"条（第二十三），失检、重复较多，此不具论。

11. 《仪礼》

《诗集传》引《仪礼》凡三十次。

曰"《仪礼》"者十三处。《召南》末章句总结下（包括郑玄注）、《邶风·简兮》第三章下、《秦风·小戎》末章下、《小雅·四牡》诗末章句总结下、《小雅·皇皇者华》诗末章句总结下、笙诗

《南陔》下、"《白华》之什二之二"下、《小雅·鱼丽》诗末章句总结下、《小雅·斯干》诗末章句总结下、《大雅·绵》第三章下、《大雅·既醉》第五章下、《大雅·桑柔》第三章下、《商颂·烈祖》"绥我眉寿，黄耇无疆"句下。

直接称篇名者凡十七处。曰"《燕礼》"者四处，《小雅·鹿鸣》诗末章句总结下、笙诗《华黍》下、《小雅·湛露》首章下、《小雅·宾之初筵》末章下。曰"《乡饮酒》（或《乡饮酒礼》)"者三处，《豳风·七月》末章下、《小雅·鹿鸣》诗末章句总结下、笙诗《华黍》下。曰"《乡射》"者一处，见《小雅·宾之初筵》末章。曰"《射礼》"者（即《乡射礼》）二处，《小雅·宾之初筵》首章下、《大雅·行苇》第三章下。曰"《大射》"者三处，《卫风·芄兰》末章、《齐风·猗嗟》第二章下、《小雅·宾之初筵》首章下。曰"《昏礼》"者（即《士昏礼》）二处，《邶风·匏有苦叶》第三章下、《小雅·车舝》首章下。曰"《觐礼》"者一处，《大雅·韩奕》第三章下。曰"《特牲》"者（即《特牲馈食礼》）一处，《小雅·楚茨》第三章下。曰"《少牢》"者（即《少牢馈食礼》）一处，《小雅·楚茨》第四章下。

朱文列有"《仪礼》"条（第二十二），失检、重复较多，此不具论。

12.《礼记》

《诗集传》引《礼记》凡三十一次。

曰"《礼记》"者二处。《王风·扬之水》第二章下，《大雅·文王有声》第三章"匪棘其欲"句"欲"字下。

曰"《记》"者七处。《邶风·绿衣》第二章下，《鄘风·定之方中》末章下，《郑风·缁衣》诗末章句总结下，《小雅·鹿鸣》首章下，《小雅·信南山》第五章下，《小雅·宾之初筵》第二章下，《商颂·那》"衎我烈祖"句下。

曰"《传》"者一处。《大雅·泂酌》首章下云："《传》曰：岂以强教之，弟以悦安之。民皆有父之尊，有母之亲。"此处所引见于

《礼记·表记》（参见上文"《毛诗故训传》"条）。

直接称篇名者凡十九处。曰"《曲礼》"者三处：《小雅·出车》第二章下，《小雅·甫田》第二章与第三章下。曰"《月令》"者四处：《豳风·七月》末章下，《大雅·云汉》第四章下，《周颂·臣工》章末，《周颂·潜》章末。曰"《内则》"者二处：《郑风·女曰鸡鸣》第二章下，《周颂·酌》诗末章句总结下。曰"《玉藻》"者二处：《卫风·硕人》第三章下，《秦风·终南》首章下。曰"《学记》"者一处：《小雅·鹿鸣》诗末章句总结下。曰"《乐记》"者三处：《鄘风·桑中》诗末章句总结下，《大雅·皇矣》第四章下，《周颂·清庙》诗末章句总结下。曰"《祭义》"者一处：《召南·采蘩》末章下。曰"《表记》"者二处：《小雅·车舝》末章下，《小雅·隰桑》末章下。曰"《投壶》"者一处：《大雅·行苇》第三章下。

朱文列有"《礼记》"条（第二十一），云：朱子引《礼记》，也有综合其义自行表述者，如《小雅·信南山》五章："《祭礼》，先以郁鬯灌地，求神于阴，然后迎牲"。即为综合《礼记·郊特牲》有关祭礼之言。《桧·素冠》跋："按《丧礼》，为父为君，斩衰三。"系综合《礼记·丧服四制》"故为父斩衰三年，以恩制者也……故为君亦斩衰三年，以义制者也"而成。

加上朱文所举曰"《祭礼》"（《礼记·郊特牲》）和曰"《丧礼》"（《礼记·丧服四制》）二例，则《诗集传》引《礼记》共三十一次。

吴按：由于朱熹将《礼记》中的《中庸》和《大学》单独提出，作有章句。《诗集传》引《大学》有作"《大学传》"者，这显然是以其所作章句为文本基础的。因此，本文将《中庸》与《大学》单独列出，没有计算入《诗集传》引《礼记》的数据统计。

13. 《春秋》

《诗集传》引《春秋》经文凡七处：见于《召南·何彼襛矣》

第二章下、《邶风·击鼓》第二章下、《齐风·南山》诗末章句总结下与《齐风·敝笱》诗末章句总结下、《齐风·猗嗟》第二章下、《小雅·节南山》诗末章句总结下、《小雅·十月之交》第二章下。

朱文列有"《春秋》"条（第十七），云：《诗集传》引文凡言《春秋》者，均指《春秋》之经文，盖以史证《诗》也。凡五次，例见《召南·何彼襛矣》三章、《邶·击鼓》二章、《郑·叔于田》一章、《齐·南山》跋、《小雅·节南山》一章。

吴按：《诗集传》引文言"《春秋》"者，并非均指《春秋》经文。朱文所举之《郑风·叔于田》，其首章下云："叔，庄公弟共叔段也。事见《春秋》"。而《春秋》（隐公元年夏五月）经文仅书"郑伯克段于鄢"，至于所谓"共叔段"之称乃至事件经过均见于《左传》，故《诗集传》此处虽云"事见《春秋》"，实指《左传》，本文即将《郑风·叔于田》算入引《左传》例。又，《春秋》经文在《左传》和《公羊传》中偶有不同。《诗集传》虽然引作"《春秋》"，而其经文实有唯见于《左传》或《公羊传》者。朱文所举之《小雅·节南山》首章下云："《春秋》书'尹氏卒'，公羊子以为'讥世卿'者，即此也"。"尹氏卒"是《公羊传》的内容，《左传》则作"君氏卒"。故本文将此算作引《公羊传》例。另外，朱文少统计四例。

14.《春秋左传》

《诗集传》引《春秋左传》凡五十三次。曰"《春秋》"者三处。《鄘风·桑中》第二章下云："弋，《春秋》或作姒，盖杞女，夏后氏之后，亦贵族也"，《公羊传》襄公四年"八月，辛亥。葬我小君定弋"，《左传》则作"定姒"，故此处所引实为《左传》之经文，故算作引《左传》例。《郑风·叔于田》首章所引已在本文"《春秋》"条讨论过，《郑风·清人》诗末章句总结下所引与之相类，此不赘述。《诗集传》引《左传》而曰"《春秋》"者共三处。

曰"《春秋传》"者四十处。《邶风·绿衣》诗末章句总结下（包括《燕燕》）、《邶风·新台》诗末章句总结下、《鄘风·定之方中》诗末章句总结下、《鄘风·载驰》诗末章句总结下（两见）、《卫风·硕人》首章下、《王风·扬之水》末章下、《王风·葛藟》第二章下、《郑风·大叔于田》末章下、《齐风·卢令》末章下、《秦风·黄鸟》首章及诗末章句总结下、《秦风·渭阳》诗末章句总结下、《陈风·株林》诗末章句总结下、《小雅·四牡》诗末章句总结下、《小雅·常棣》第四章"务"字下、《小雅·湛露》诗末章句总结下、《小雅·彤弓》诗末章句总结下（包括杜预注的内容）、《小雅·采芑》第三章下、《小雅·斯干》诗末章句总结下、《小雅·楚茨》第四章下、《小雅·黍苗》第三章下、《大雅·文王》首章下、《大雅·皇矣》第四章和第八章下、《大雅·既醉》第三章下、《大雅·假乐》首章"假"字、《大雅·民劳》末章"谏"字下、《大雅·板》第三章下、《大雅·桑柔》首章和第七章下、《周颂·维天之命》"假以溢我"句"假"字下与"溢"字下、《周颂·时迈》诗末章句总结下、《周颂·武》诗末章句总结下、《周颂·桓》诗末章句总结下、《周颂·赉》诗末章句总结下与《商颂·玄鸟》末句下（两见）。

曰"《春秋内传》"者一处。见《小雅·皇皇者华》诗末章句总结下："《春秋》内、外《传》皆云'君教使臣'，其说已见前篇。"所引"君教使臣"见于《左传》与《国语》，前者为《春秋内传》，后者则为《外传》。四库馆臣于《国语》一书的提要下加按语云："《国语》二十一篇，《汉志》虽载《春秋》后，然无《春秋外传》之名也。《汉书·律历志》始称《春秋外传》。王充《论衡》云：《国语》，左氏之《外传》也……刘熙《释名》亦云：《国语》，亦曰《外传》，《春秋》以鲁为内，以诸国为外，外国所传之事也……"[①]

曰"《左传》"者两处。《秦风·小戎》首章下两见之："《左传》曰：'如骖之有靳'……《左传》曰：'两靷将绝'"。

曰"《传》"者三处。《卫风·氓》末章下云："《传》曰：'思

[①] （清）永瑢等撰《四库全书总目·史部·杂史类·国语》，第461页。

其终也，思其复也'"；《齐风·南山》诗末章句总结下云："《春秋》：……《传》曰：……"；《周颂·桓》章末云："《传》所谓'周饥克殷而年丰'是也。"

曰"左氏"者两处。《小雅·十月之交》第四章下云："左氏所谓'周公以蔡仲为己卿士'"。《鲁颂》下云："或谓夫子有所讳而削之，则左氏所记当时列国大夫赋诗，及吴季子观周乐，皆无曰'鲁风'者，其所不得通矣"。

此外，上文所列"富辰"、"刘康公"二条亦属引用《左传》之例。

朱文列有"《春秋左传》"条（第十八），失检较多，此不具论。

15.《春秋公羊传》

《诗集传》引《公羊传》凡三次。曰"《春秋》"、"公羊子"者各一处。《小雅·节南山》首章下云："《春秋》书'尹氏卒'，公羊子以为'讥世卿'者，即此也"。"尹氏卒"是《公羊传》的内容，《左传》则作"君氏卒"，可见《诗集传》所引之"《春秋》"实指《春秋公羊传》。

曰"《公羊》"者一处。《小雅·十月之交》第四章下云："《公羊》所谓'宰士'"。

朱文无此条。

16.《孟子》

朱文列有"孟子"条（第十三），云：朱子所引《孟子》凡十一处，分见《小雅·常棣》二章、《小雅·节南山》十章、《小雅·正月》十三章、《小雅·小弁》跋、《小雅·巧言》五章、《大雅·绵》二章、《大雅·思齐》二章、《大雅·灵台》一章、《大雅·文王有声》六章、《大雅·板》二章、《大雅·烝民》一章。此十一处所引内容均为论述诗义，不涉及训诂。

吴按：朱文所举《小雅·节南山》十章，实为朱熹引李樗语，本文将之归入"李氏"条。朱文所举《小雅·小弁》跋，实为朱熹引毛《传》的内容，本文将之归入"《毛诗故训传》"条。故而，

《诗集传》引《孟子》实为九处。

17.《中庸》

《诗集传》引《中庸》凡八处。曰"《中庸》"者四处。《大雅·假乐》首章"假乐君子"句"假"字下云:"《中庸》、《春秋传》皆作嘉,今当作嘉",所引见朱熹《中庸章句》第十七章;《周颂·烈文》于章末云:"《中庸》引'不显惟德,百辟其刑之',而曰:故君子笃恭而天下平",所引见《中庸章句》第三十三章;《商颂·烈祖》两见(所引实为同一内容),"鬷假无言"句"鬷"字下云:"《中庸》作奏,今从之",章末又云:"鬷,《中庸》作奏",所引见《中庸章句》第三十三章。

曰"子思子"者三处。《大雅·文王》第七章下云:"子思子曰:'维天之命,於穆不已'盖曰天之所以为天也。'於乎不显,文王之德之纯',盖曰文王之所以为文也,纯亦不已",所引见《中庸章句》第二十六章;《大雅·抑》第七章下云:"子思子曰:'君子不动而敬,不言而信'。又曰:'夫微之显,诚之不可揜如此'",所引分别见《中庸章句》第三十三章和第十六章;《周颂·维天之命》前四句下所引于《大雅·文王》同。

曰"孔子"者一处。《小雅·伐木》第二章下云:"孔子曰:'所求乎朋友,先施之未能也。'"

朱文列有"《中庸》"条(第十四),云《诗集传》所引"子思子"凡四处,见《小雅·正月》五章……又有径引《中庸》者,凡四处。其中三处为标明《诗经》异文,分别见《大雅·假乐》一章,《周颂·烈祖》(二出)。《周颂·列文》引《中庸》乃是申成诗意。

吴按:《诗集传》所引《中庸》均曰"子思子",而朱文所列之《小雅·正月》五章所引为"子思",其内容来自《孔丛子》而非《中庸》(参见下文"《孔丛子》"条)。又,朱文中将《商颂·烈祖》误为《周颂》,将《烈文》误为《列文》,当属排版之误。

18.《大学》

《诗集传》引《大学》凡五次。曰"《大学》"者两次:《魏风·伐檀》首章下云:"猗与兮同,语词也。《书》'断断猗',《大学》作'兮'",《周颂·烈文》章末云:"《大学》引'於乎前王不忘'而曰:君子贤其贤而亲其亲,小人乐其乐而利其利,此以没世不忘也。"

曰"《大学传》"者三次:《卫风·淇奥》首章下云:"《大学传》曰:如切如磋者,道学也。如琢如磨者,自修也。瑟兮僩兮者,恂栗也。赫兮喧兮者,威仪也。有斐君子,终不可喧兮者,道盛德至善,民之不能忘也。"《曹风·鸤鸠》第三章下云:"《大学传》曰:其为父子兄弟足法,而后民法之也。"《大雅·文王》第六章下云:"《大学传》曰:得众则得国,失众则失国"。

朱熹作《大学章句》,分《大学》为经和传,"经一章,盖孔子之言,而曾子述之。其传十章,则曾子之意而门人记之也。"① 朱熹对《大学》段落和语句的次序也有所调整。《诗集传》中所谓"《大学》"和"《大学传》"都是朱熹《大学章句》中《大学》传的内容。

此外,《诗集传》引《大学》亦有曰"孔子"者。《大雅·思齐》第二章下云:"孔子曰:'家齐而后国治'",此为《大学章句》中经的内容。有曰"《传》"者。《大雅·泂酌》首章下所引:"《传》曰:……又曰:民之所好好之,民之所恶恶之,此之谓民之父母",此为《大学章句》中传的内容。如果将这两例也计算入内,则《诗集传》引《大学》实为七次。

朱文列有"《大学》"条(第十五)。

19.《尔雅注》

《诗集传》引《尔雅注》凡一次。《周南·卷耳》末章"云何吁矣"下云:"《尔雅注》引此作'盱'",所引见晋郭璞为《尔雅·释

---

① (宋)朱熹撰《四书章句集注·大学章句》,第4页。

诂》"恙、写、悝、盱……忧也"下所作之注。

朱文列有"《尔雅》"条（第二十八）。

20.《说文解字》

《诗集传》引《说文解字》凡三次，均曰"《说文》"。

《小雅·车攻》第五章下云："柴，《说文》作㧡"。

《大雅·大明》第五章下云："《说文》云：'俔，譬也'"，《说文解字》原文作"俔，譬喻也"，《诗集传》此处所引实从孔颖达疏中转引而来，但朱熹于此先言《说文》，后曰"孔氏"，故亦可看作直接引用《说文解字》。

《大雅·崧高》第五章"往近王舅"句"近"字下云："郑音记，按《说文》从辵从丌，今从斤，误"。郑玄笺云："近，辞也。声如'彼记之子'之'记'。"考《说文解字》，"近"字下云"附也。从辵，斤声"，"辺"字下云"古之遒人以木铎记诗言。从辵从丌，丌亦声。读与记同。"朱熹根据郑玄所标之字音，认定"近"字为"辺"字之讹。这是相当有说服力的校勘成果。

朱文列有"《说文》"条（第二十九）。

21.《字林》

《诗集传》引《字林》凡一次。《小雅·何人斯》第五章下云："盱，望也。《字林》云：盱，张目也。"

吴按：《魏书·江式传》中载江式上表云："晋世义阳王典祠令任城吕忱表上《字林》六卷。"[1]《隋书·经籍志》载有"《字林》七卷，晋弦令吕忱撰"。《新唐书·艺文志》载有"吕忱《字林》七卷"。《直斋书录解题》著录有"《字林》五卷"，并云："晋弦（原字有'巾'字旁）令吕忱撰，太乙山僧云胜注。案，隋唐《志》皆七卷，《三朝国史志》惟一卷，董氏《藏书志》三卷。其书集《说文》之漏略者凡五篇，然杂揉错乱，未必完书也。"是《字林》至宋末已残，后遂佚。杨简《慈湖诗传》中亦屡引《字林》的内容，

---

[1] 见（北齐）魏收撰《魏书》卷九一《江式传》，中华书局，1974，第1963页。

则朱熹、杨简、陈振孙辈犹及见也。

朱文列有"《字林》"条（第三十）。

22.《史记》

《诗集传》引《史记》凡八次。

曰"《史记》"者七处。《郑风·女曰鸡鸣》第二章下云："《史记》所谓以'弱弓微缴加诸凫雁之上'是也"，所引见《史记·楚世家》。《魏风·汾沮洳》第二章下云："一方，彼一方也。《史记》扁鹊'视见垣一方人'"，所引见《史记·扁鹊仓公列传》。《唐风·无衣》首章下云："《史记》曲沃桓叔之子武公伐晋，灭之，尽以其宝器赂周釐王。王以武公为晋君，列于诸侯"，所引见《史记·晋世家》。《秦风·黄鸟》诗末章句总结下云："又按《史记》秦武公卒，初以人从死，死者六十六人。至穆公遂用百七十七人，而三良与焉"，所引见《史记·秦本纪》。《大雅·皇矣》第七章下云："《史记》崇侯虎谮西伯于纣，纣囚西伯于羑里"，所引见《史记·殷本纪》和《周本纪》。《大雅·生民》第四章下云："《史记》曰：弃为儿时，其游戏，好种殖麻、麦，麻、麦美。及为成人，遂好耕农，尧举以为农师"，所引见《史记·周本纪》。《商颂·玄鸟》首章下云："简狄吞之而生契……事见《史记》"，所引见《史记·殷本纪》。

曰"太史公"者一处。《邶风·二子乘舟》诗末章句总结下云："太史公曰：今读世家言，至于宣公之子以妇见诛，弟寿争死以相让……"，所引见《史记·卫康叔世家》末司马迁赞语。

朱文列有"《史记》、太史公"条（第三十二）。朱文比本文多举"《大雅·烝民》七章"一例，然此例实为引孔颖达《毛诗正义》语，已见本文"孔氏"条。

23.《汉书》

《诗集传》引《汉书》凡六次。

曰"《汉书》"者五处。《鄘风·载驰》第三章下云："犹《汉书》云：岸善崩也"，所引见《汉书·沟洫志》，亦见《史记·河渠书》。《小雅·车攻》第七章下云:"惊,如《汉书》'夜军中惊'之'惊'",所引见《汉书·周勃传》所附《周亚夫传》,亦见《史记·绛侯周勃世家》。《大雅·大明》末章下云:"凉,《汉书》作亮,佐助也",所引见《汉书·王莽传》(及颜师古注)。《大雅·云汉》第七章下云:"里,忧也。与《汉书》'无俚'之'俚'同,聊赖之意也",所引见《汉书·季布栾布田叔传》末赞语(及颜师古注)。《商颂·长发》第六章"则莫我敢曷"句"曷"字下云"《汉书》作'遏'",所引见《汉书·刑法志》。

曰"班固"者一处。《小雅·巷伯》诗末章句总结下云:"班固《司马迁赞》云:迹其所以自伤,悼《小雅·巷伯》之伦",所引见《汉书·司马迁传》末赞语。

朱文列有"《汉书》、班固"条(第三十三),少统计《商颂·长发》一例。

24.《后汉书》

《诗集传》引《后汉书》凡一次。《周颂·天作》"彼徂矣岐"句下云:"沈括曰:《后汉书·西南夷传》作'彼岨者岐'。今按,彼书'岨'但作'徂',而引《韩诗薛君章句》亦但训为'往'。独'矣'字正作'者',如沈氏说。然其注末复云岐虽阻僻,则似又有'岨'意。"朱熹按语引自《后汉书·西南夷传·莋都夷》以及李贤注。

朱文列有"《后汉书》"条(第三十四)。

25.《国语》

《诗集传》引《国语》凡十四次。曰"《国语》"者八次。见《卫风·淇奥》诗末章句总结下、《小雅·雨无正》第四章下、《小雅·绵蛮》第三章下、《大雅·文王》诗末章句总结下、《大雅·大明》诗末章句总结下、《周颂·昊天有成命》章末、《周颂·执竞》诗末章句总结下与《周颂·思文》诗末章句总结下。

曰"《外传》"者四次。见《小雅·四牡》诗末章句总结下、《小雅·皇皇者华》诗末章句总结下、《周颂·时迈》诗末章句总结下(两见,并包括韦昭《国语注》的内容)。《国语》又称《春秋外传》,参见上文"《春秋左传》"条。

曰"《楚语》"者一次。《大雅·抑》诗末章句总结下云:"《楚语》:左史倚相曰:昔卫武公年数九十五矣……"所引见《国语·楚语上》。

径引"左史"者一次。《大雅·抑》第十一章下云:"左史所谓'年九十有五'时也"。此处所引即诗末章句总结下所引《国语·楚语上》的内容。

朱文列有"《国语》"条(第十九)和"左史"条(第二十),本文合并于此。

26.《战国策》

《诗集传》引《战国策》凡三次。曰"《战国策》"者二处。《小雅·菀柳》首章"上帝甚蹈"句下云:"《战国策》作'上天甚神'"。同诗第二章"无自瘵焉"句"焉"字下云"《战国策》作'也'"。两处所引均见《战国策·楚策》"客说春申君"段末。

曰"《传》"者一处。《卫风·伯兮》第二章下云:"《传》曰:女为说己容",所引为《战国策·赵策》中豫让之语。

朱文列有"《战国策》"条(第二十五)。

27.《列女传》

《诗集传》引刘向《列女传》凡三次。《周南·关雎》首章下云:"《列女传》以为人未尝见其乘居而匹处者,盖其性然也",所引见《列女传》卷三《魏曲沃负》。[①] 《邶风·柏舟》首章下云:"《列女传》以此为妇人之诗",所云见《列女传》卷四《卫宣夫人》。《小雅·斯干》末章下云:"而孟子之母亦曰:'妇人之礼,精五饭,幂酒浆,养舅姑,缝衣裳而已矣。故有闺内之修,而无境外之志。'此之谓也。"此处虽未云出自何书,而其内容实来自《列女传》卷一《邹孟轲母》。

[①] (汉)刘向撰《列女传》卷三《魏曲沃负》,《四部丛刊》初编本。

朱文列有"《列女传》"条（第三十一）。

28.《荀子》

《诗集传》引《荀子》凡两次。曰"《荀子》"者一次。《小雅·角弓》第七章"式居娄骄"句"娄"字下云："《荀子》作屡"。所引见《荀子·非相》。

曰"《荀子书》"者一次。《大雅·民劳》末章"王欲玉女，是用大谏"句下云："《春秋传》、《荀子书》并作简"。

朱文列有"《荀子》"条（第十六），指出《大雅·民劳》一例中，《春秋传》所引乃《大雅·板》首章"犹之未远，是用大谏"句，并非《民劳》中诗句，朱子盖误记。而《荀子》则未见所记，《诗传旁通》卷十一亦云："《荀子》阙"。不知朱子所引何书。

吴按：《民劳》"是用大谏"句确实不见于《荀子》书中。但是，吴棫《韵补》卷三上声"二十七铣"韵下有"谏"字，吴棫注云："诤也。《毛诗》'式遏寇虐，无俾正反。王欲玉女，是用大谏'。《荀子》、《左氏传》、《高堂隆传》皆作简。"① 《钦定诗经传说汇纂》于《民劳》是句下亦引吴棫此说。② 则朱熹大概是从吴棫《毛诗补音》中转引而来，故袭吴氏之误。

29.《孔丛子》

《诗集传》引《孔丛子》凡二次。一次径引其内容。《小雅·正月》第五章下云："子思言于卫侯曰：'君之国事将日非矣'。公曰：'何故？'对曰：'有由然焉。君出言自以为是，而卿大夫莫敢矫其非。卿大夫出言亦自以为是，而士庶人莫敢矫其非。君臣既自贤矣，而群下同声贤之。贤之，则顺而有福；矫之，则逆而有祸。如此则善安从生？诗曰：具曰予圣，谁知乌之雌雄。抑亦似君之君臣乎！"所引见《孔丛子·抗志第十》（《四部丛刊》初编本）。另一次则误作《礼记》中语。《郑风·缁衣》诗末章句总结下云："《记》曰：

---

① （宋）吴棫撰《韵补》卷三，文渊阁《四库全书》本。
② 参见（清）康熙御定《钦定诗经传说汇纂》卷一八，文渊阁《四库全书》本。

'好贤如《缁衣》'。又曰：'于《缁衣》见好贤之至'","又曰"之前所引为《礼记·缁衣》中语，之后所引则见于《孔丛子·记义第三》，原文作"于《缁衣》见好贤之心至也"。

《孔丛子》，旧题孔鲋撰。孔鲋，字子鱼，孔子之八世孙，仕陈涉为博士。朱熹曾力辨其为伪书，曰："只《孔丛子》说话多类东汉人文，其气软弱，又全不似西汉人文。兼西汉初若有此等话，何故不略见于贾谊、董仲舒所述，恰限到东汉方突出来，皆不可晓。"又曰："《孔丛子》鄙陋之甚，理既无足取，而词亦不足观。有一处载其君曰'必然'云云，是何言语？"① 然则朱熹于此二处引《孔丛子》之语乃取其意，而非论其本身之是非矣。

朱文无此条。然而朱文于其"《礼记》"条（第二十一）指出《郑风·缁衣》"又曰"后所引为《孔丛子》的内容，但是却将《小雅·正月》所引误作《中庸》，参见本文"《中庸》"条。

30.《司马法》

《司马法》，旧题司马穰苴撰，实为后人汇集而成。《诗集传》引《司马法》凡一次。《小雅·六月》首章下云："《司马法》'冬夏不兴师'，今乃六月而出师者，以玁狁甚炽，其事危急，故不得已而王命于是出征以正王国也"，所引"冬夏不兴师"见《司马法·仁本》（《四部丛刊》初编本）。

朱文无此条。

31.《吕氏春秋》

《诗集传》引《吕氏春秋》凡一次。《周颂·臣工》章末云："保介，见《月令》、《吕览》，其说不同。然皆为藉田而言，盖农官之副也"。所引盖指《吕氏春秋·孟春纪》中所云："是月也，天子乃以元日祈谷于上帝。乃择元辰，天子亲载耒耜措之，参于保介之御间。"

---

① （宋）黎靖德编，王星贤点校《朱子语类》卷一二五、一三七，第2990、3252页。

朱文列有"《吕氏春秋》"条（第二十四）。

32.《淮南子》

朱文列有"《淮南子》"条（第二十六），云：《小雅·伐木》二章："《淮南子》曰：'举大木者呼邪许，盖举重劝力之歌也。'"见《淮南子·道应训》。全书引《淮南子》仅此一见。

33.《老子》

《诗集传》引"《老子》"凡一次。《大雅·常武》第四章下云："老子曰：攘臂而仍之"。所引见《老子》第三十八章。

朱文列有"《老子》"条（第十一）。

34.《庄子》

《诗集传》引"《庄子》"凡一次。《魏风·伐檀》首章下云："'猗'与'兮'同语词也……庄子亦云：'而我犹为人猗'是也。"所引见《庄子·大宗师》。

朱文列有"《庄子》"条（第十二），认为《诗集传》引《庄子》两次，一为《召南·草虫》，一为《魏风·伐檀》。

吴按：《召南·草虫》末章云："胡氏曰：疑即庄子所谓'迷阳'者"。此实为引"胡氏"语，故本文将此例归入"胡氏"条中。

35.《楚辞》

《诗集传》引《楚辞》凡四处。《小雅·楚茨》第二章下云："神保，盖尸之嘉号。《楚辞》所谓'灵保'，亦以巫降神之称也。"所引见《楚辞·九歌·东君》。《小雅·隰桑》末章下云："《楚辞》所谓'思公子兮未敢言'，意盖如此。"所引见《楚辞·九歌·湘夫人》。《周颂·闵予小子》"维予小子，夙夜敬止"句下云："《楚辞》云'三公揖让，登降堂只'"，《楚辞·大招》作"三公穆穆，登降堂只"，朱熹盖误记。《商颂·长发》首章"禹敷下土方"句下云："《楚辞·天问》禹'降省下土方'，盖用此语"，《楚辞·天问》中作"禹之力献功，降省下土方"，朱熹盖节引。

朱文列有"《楚辞》"条（第二十七）。

36.《三都赋》

《三都赋》，晋左思撰。左思字太冲，齐国临淄（今山东临淄）人，《晋书》有传。《诗集传》引"《三都赋》"凡一次。《小雅·何人斯》第五章下云："《三都赋》云：'盱衡而语'"。所引见《三都赋》之《魏都赋》，《文选》卷六。然而《魏都赋》原文作"盱衡而诰"。朱文列有"《三都赋》"条（第三十五），而云："语"、"诰"形近，疑为手民之误。然延误至今，实为一憾。

（三）其他

1. 古语

《诗集传》引"古语"二条。

其一，《小雅·小旻》第四章下云："古语曰：作舍道边，三年不成。盖出于此"，所引见晋袁宏撰《后汉纪》卷一二"章和元年春正月"条，[①] 亦见《后汉书·曹褒传》。

其二，《周颂·小毖》章末云："故古语曰：'鶅鹩生雕'"，所引见陆玑《毛诗草木鸟兽虫鱼疏》卷下"肇允彼桃虫"条。

朱文列有"古语"条（第三十六），将《小雅·小旻》误作《小雅·何人斯》。

2. 旧说

《诗集传》引"旧说"二十八处，分见"国风一"下，"召南一之二"下，《召南·何彼秾矣》第二章下，"邶一之三"下，《邶风·击鼓》第二章下，《邶风·式微》首章下，《邶风·旄丘》首章下，《邶风·新台》首章下，《邶风·二子乘舟》首章下，《鄘风·柏舟》首章下，《鄘风·墙有茨》首章下，《鄘风·载驰》诗末章句总结下，《郑风·缁衣》首章下，《桧风·羔裘》首章下，《小雅·车攻》第七章下，《小雅·鸿雁》首章下，《小雅·斯干》诗末章句总结下，《大雅·下武》诗末章句总结下，《大雅·生民》诗末章句

[①]（晋）袁宏撰《后汉纪》卷一二"章和元年春正月"条，《四部丛刊》初编本。

总结下,《大雅·公刘》首章下,《大雅·泂酌》首章下,《大雅·卷阿》首章下,《大雅·桑柔》（三见),《大雅·云汉》首章下,《鲁颂·閟宫》诗末章句总结下与《商颂·那》前四句下。

《诗集传》所引"旧说",大多为《毛诗序》的内容,同时还涉及《毛诗故训传》、《毛诗传笺》、《毛诗正义》、《诗谱序》、《经典释文》中的相关内容。

朱文无此条。

3. 古器物款识、古器物铭

《诗集传》引古器物款识、古器物铭凡三次。《大雅·行苇》末章下云:"黄耇,老人之称。'以祈黄耇'犹曰'以介眉寿'云耳。古器物款识云:'用蕲万寿'、'用蕲眉寿,永命多福'、'用蕲眉寿,万年无疆',皆此类也。"《大雅·既醉》第三章下云:"古器物铭所谓'令终令命'是也"。《大雅·江汉》末章下云:"古器物铭云:'郘拜稽首敢对扬天子休命,用作朕皇考龚伯尊敦。郘其眉寿,万年无疆'。"据元刘瑾《诗传通释》所注,此三处所引均出自吕大临《考古图》。

朱文无此条。

根据以上统计与分析可以看出:

第一,朱熹解《诗》,参考文献与征引旧说极为丰富,上至先秦,下至同辈。朱熹曾说:"某旧时看《诗》,数十家之说一一都从头记得……这一部《诗》,并诸家解都包在肚里。"① 这种说法显然毫不夸张。我们所据以分析的宋刻二十卷本《诗集传》尚是经过朱熹大量删削的本子,若未删之前,不知其引用材料几倍于此。

第二,在朱熹引用的文献中,以《左传》为最多,其次为《毛诗序》、三《礼》、《郑笺》、《毛传》、《尚书》、《国语》、《孟子》等,可见朱熹对传统《诗经》学的继承与对以史证诗、以礼证诗等

---

① （宋）黎靖德编,王星贤点校《朱子语类》卷八〇,第 2092 页。

方法的重视，这些都表现出朱熹在对《诗经》的再诠释过程中所保持的经学立场。在朱熹引用的前人旧说中，以苏辙之说为最多，其次为吕祖谦、张载、程颐、范祖禹、王安石、杨时等人，由此可见朱熹对宋代《诗经》学成果的熟悉与继承，特别是对北宋学者的推崇。朱熹在《学校贡举私议》一文中抨击当时科举制度的弊病，并主张：

> 讨论诸经之说，各立家法而皆以《注疏》为主。如《易》则兼取胡瑗、石介、欧阳修、王安石、邵雍、程颐、张载、吕大临、杨时。《书》则兼取刘敞、王安石、苏轼、程颐、杨时、晁说之、叶梦得、吴棫、薛季宣、吕祖谦。《诗》则兼取欧阳修、苏轼、程颐、张载、王安石、吕大临、杨时、吕祖谦。《周礼》则刘敞、王安石、杨时。《仪礼》则刘敞。二戴《礼记》则刘敞、程颐、张载、吕大临。《春秋》则啖助、赵匡、陆淳、孙明复、刘敞、程颐、胡安国。《大学》、《论语》、《中庸》、《孟子》则又皆有集解等书，而苏轼、王雱、吴棫、胡寅等说亦可采（原注：以上诸家更加考订增损，如刘彝等说恐亦可取）。令应举人各占两家以上，于家状内及经义卷子第一行内一般声说将来。答义则以本说为主，而旁通他说，以辨其是非。则治经者不敢妄牵己意而必有据依矣。①

朱熹主张治经应考者应当以《注疏》为主而参考宋代学者之说，其所云治《诗》当兼取之家（苏轼恐为苏辙之误），他们的观点实都已见引于《诗集传》中。

第三，朱熹解《诗》，兼综博采，不株守一家之说。王应麟在《诗考序》中说："诸儒说诗，壹以毛、郑为宗，未有参考三家者。独朱文公《集传》闳意眇指，卓然千载之上。言《关雎》则取匡

---

① 《文集》卷六九《学校贡举私议》。朱熹于此所举宋代学者恐怕有传写失误之处，如《诗》类兼取苏轼，但是苏轼并无专门论《诗》之作，且其说亦不为朱熹所称道，很可能是"苏辙"之误。

衡;《柏舟》妇人之诗，则取刘向；笙诗有声无辞，则取《仪礼》；'上天甚神'，则取《战国策》；'何以恤我'则取左氏《传》；《抑》戒自儆，《昊天有成命》道成王之德，则取《国语》；'陟降庭止'则取《汉书注》；《宾之初筵》饮酒悔过，则取《韩诗序》；'不可休思'、'是用不就'、'彼岨者岐'皆从《韩诗》；'禹敷下土方'又证诸《楚辞》。一洗末师专己守残之陋，学者讽咏涵濡而自得之，跃如也。"① 王应麟的这段概括是比较恰当的。

第四，朱熹解《诗》，一方面重义理，善于用理学思想诠释诗意，如其所引程颐、张载等人的某些观点就多有发挥理学之意。另一方面，朱熹又非常注重对于《诗经》的文献学分析，这表现在他对《诗经》异文的关注，比如《诗集传》引《说文》、《韩诗》乃至《尚书》、《左传》、《大学》等文献中的异文，并通过对它们的分析达到确定音读、疏通训诂甚至校勘《诗经》原文的效果。这是《诗集传》中一个相当明显的特点。

第五，朱熹所引用的前人之说，特别是某些宋代学者的观点，有些已经不见于其他书籍，其保存文献的价值也是值得我们注意的。

第二节　《诗集传》章句考②

《毛诗正义》中，在每首诗末均标出此诗有若干章若干句。③ 孔颖达于《周南·关雎》诗末"《关雎》五章章四句。故言三章，一章四句，二章章八句"下作疏云：

---

① （宋）王应麟著，王京州、江合友点校《诗考·诗地理考》中之《诗考序》，中华书局，2011，第9页。
② 本部分内容已经单独发表于《国学学刊》2011年第3期。
③ 吴按：清阮元校刻《十三经注疏》所载《毛诗正义》中，诗篇章句均在诗末。但是孔颖达在《关雎》诗末章句下云："定本章句在篇后"，则证明《正义》所标之章句当在诗前。《毛诗正义》于每篇诗首之《序》下作疏，均先举本诗章句，亦可证其章句本在诗前。清人陈奂作《诗毛氏传疏》即移至诗前，参见（清）陈奂撰《诗毛氏传疏》，中国书店，1984。此处据《十三经注疏》中《毛诗正义》而言。

> 自古而有篇章之名，与诗体（吴按：据阮元校勘记改）俱兴也。"句"，则古者谓之为"言"。
>
> 秦汉以来，众儒各为训诂，乃有"句"称。
>
> 句必联字而言。句者，局也，联字分疆，所以局言者也。章者，明也，总义包体，所以明情者也。篇者，遍也，言出情铺，事明而遍者也。
>
> 章者积句所为，不限句数也。以其作者陈事须有多少，章总一义，必须意尽而成故也。
>
> 篇之大小，随章多少。
>
> 《定本》章句在篇后。
>
> 《六艺论》云：未有若今《传训》章句。明为《传训》以来始辨章句，或毛氏即题，或在其后人，未能审也。①

孔颖达在此解释了"字"、"句"、"章"、"篇"之统属关系。孔颖达引郑玄《六艺论》的内容，指出"为《传训》以来始辨章句"，但是他并不确定《诗经》的章句究竟是毛公所分，抑或其后人所作。

陆德明的《经典释文》在《关雎》诗末章句下注云："五章是郑所分，故言以下是毛公本意。后放此。"② 则陆德明认为毛公和郑玄都划分过《诗经》之章句。

本文仅据陆德明的说法，以《十三经注疏》中《毛诗正义》所载之章句为毛郑所分，与朱熹《诗集传》所分之章句对勘，从而考察朱熹在《诗经》解读上的某些特点。

本文分"分章"与"断句"两个部分进行论述，所引《诗经》原文，均以《诗集传》所分章句为准。又，清人夏炘撰有《诗章句考》（附于其《读诗札记》之后），③ 不仅初步讨论了朱熹与毛郑章句之异同，亦涉及后人（如顾炎武）对《诗经》章句的划分意见，

---

① （清）阮元校刻《十三经注疏·毛诗正义·关雎》，第 274 页。
② （清）阮元校刻《十三经注疏·毛诗正义·关雎》，第 274 页。
③ （清）夏炘撰《读诗札记》，《丛书集成三编》本。

可以参看。

（一）分章

1. 毛郑章句有异时的朱熹章句

按照陆德明的说法，《诗经》章句凡言"故言"者为毛公所分，表示毛公与郑玄章句有异。在《诗经》三百零五篇中，这种情况仅有三篇，分论如下：

（1）《周南·关雎》

> 关关雎鸠，在河之洲。窈窕淑女，君子好逑。（一章）
>
> 参差荇菜，左右流之。窈窕淑女，寤寐求之。求之不得，寤寐思服。悠哉悠哉，辗转反侧。（二章）
>
> 参差荇菜，左右采之。窈窕淑女，琴瑟友之。参差荇菜，左右芼之。窈窕淑女，钟鼓乐之。（三章）

毛公以为三章，一章四句，二章章八句。郑玄以为五章，章四句。《诗集传》同毛公。

吴按：《关雎》到底应该划分为三章还是五章，历来意见并不统一。按照《毛传》的解释，则《关雎》首章叙后妃之德，次章叙求后妃而不得，末章叙既得之后之礼遇。郑玄则认为：《关雎》首章叙后妃之德化；二章叙后妃求贤女；三章叙后妃求贤女而不得之心情；四章叙后妃求得贤女，与之供荇菜于宗庙，行礼时堂上奏乐；末章进一步叙祭宗庙时庭中乐起。孔颖达在《毛诗正义》中采用了郑玄的五章分法，并曲解《毛传》以从《郑笺》。他用五章结构解说《关雎序》"忧在进贤，不淫其色。哀窈窕、思贤才，而无伤善之心焉。"[①] 孔颖达说"则忧在进贤，下三章是也。不淫其色，首章上二

[①] 《诗序》有大小之分。宋以前，以"《关雎》，后妃之德也"至"用之邦国焉"为"《关雎》序"，也即"《小序》"；自"风，风也"至"是《关雎》之义也"为"《大序》"。宋以后，以朱熹为代表，多认为自"诗者，志之所之也"至"是谓'四始'，诗之至也"为"《大序》"，其余为"《小序》"。本文采用朱熹的分法。

句是也……无伤善之心言其能使善道全也，庸人好贤，则志有懈倦，中道而废，则善心伤，后妃能寤寐而思之，反侧而忧之，不得不已，未尝懈倦，是其善道必全无伤缺之心，然则毛意无伤善之心，当谓三章是也。"①

而朱熹之所以采用毛氏章句，辅广在《诗童子问》中阐述甚详，辅广说："《序》说所谓'乐得淑女以配君子者'，即郑氏意，而程子已辨之矣。然先生卒不改其说以从之者，盖如陈氏之说，则不过是一事，后妃之德殆不止此。以是言《关雎》则其义狭矣，故不若从毛氏、匡氏之说为广且远也。故先生又尝语学者曰：'不妒忌，是后妃之一节，《关雎》是论全体。'"② 所谓"论全体"，即"首章既见后妃性情之正之一端，次章、三章又见诗人性情之正之全体，言全体者，始于忧思而终于欢乐也。"③ 朱熹认为《毛传》和匡衡的解释将《关雎》上升到了"王化之基"的高度，④《关雎》不仅体现了后妃之德，同时更展现出王化从内而外、普施于众的影响，这远比郑玄局限于对后妃德化之颂扬更为深刻。

作为理学家，朱熹有着强烈的正统观念和尊王思想。他曾在《诗序辨说》中说：《关雎》"但其诗虽若专美大姒，而实以深见文王之德。《序》者徒见其词而不察其意，遂壹以后妃为主而不复知有文王，是固已失之矣。至于化行国中，三分天下，亦皆以为后妃之所致，则是礼乐征伐皆出于妇人之手，而文王者徒拥虚器以为寄生

---

① （清）阮元校刻《十三经注疏·毛诗正义·关雎》，第 273 页。
② 参见（宋）辅广撰《诗童子问》卷一《关雎》"一章"下所言，所谓"陈氏之说"指陈傅良引郑玄说解《关雎》。
③ （宋）辅广撰《诗童子问》卷一《关雎》"章句"下所言。
④ 《毛传》说："后妃说乐君子之德，无不和谐，又不淫其色，慎固幽深，若雎鸠之有别焉，然后可以风化天下，夫妇有别则父子亲，父子亲则君臣敬，君臣敬则朝廷正，朝廷正则王化成。"〔（清）阮元校刻《十三经注疏·毛诗正义·关雎》，第 273 页〕匡衡说："妃匹之际，生民之始，万福之原，婚姻之礼正然后品物遂而天命全。孔子论诗以《关雎》为始，言太上者民之父母，后夫人之行不侔乎天地则无以奉神灵之统而理万物之宜。自上世以来，三代兴废未有不由此者也。"〔（宋）朱熹撰《诗集传·关雎》下所引〕

之君也，其失甚矣"，并引曾巩之说云："世皆知文王之所以兴，能得内助。而不知其所以然者，盖本于文王之躬化。故内则后妃有关雎之行，外则群臣有二南之美，与之相成……此所谓身修故国家天下治者也。"① 朱熹认为后妃之德实际上反映了文王之化，反映了修齐治平的政治理想，如果将《关雎》局限于后妃之德、将赞美局限于妇人，则是对理想政治和社会规律的歪曲。

正是在这样的基础上，朱熹采用了毛氏三章的分法，而摒弃了郑玄之说。

如果抛开朱熹的理学思想，从分章释义的角度来看，将《关雎》分为三章，层次更加清晰，似乎更为可取。然而将《关雎》分为五章，则具有更规整的形式，或者说更贴近于民歌的纯朴形式。至于说哪种章句更合理更接近事实，现在只能阙而毋论了。②

（2）《大雅·思齐》

> 思齐大任，文王之母。思媚周姜，京室之妇。大姒嗣徽音，则百斯男。（一章）
>
> 惠于宗公，神罔时怨，神罔时恫。刑于寡妻，至于兄弟，以御于家邦。（二章）
>
> 雍雍在宫，肃肃在庙。不显亦临，无射亦保。（三章）
>
> 肆戎疾不殄，烈假不瑕。不闻亦式，不谏亦入。（四章）
>
> 肆成人有德，小子有造。古之人无斁，誉髦斯士。（五章）

毛公以为五章，二章章六句，三章章四句。郑玄以为四章，章

---

① 参见《诗序》下"关雎后妃之德也"下朱熹《诗序辨说》的内容。
② 阴法鲁在《〈诗经〉乐章中的"乱"》一文中指出：《论语·泰伯》中"《关雎》之乱，洋洋乎盈耳哉！"就是指《关雎》的第三章"参差荇菜，左右流之……窈窕淑女，钟鼓乐之"，这个乐章洋溢着欢乐热烈的情绪，乐曲的旋律节奏，当然比歌词还要复杂得多，"琴瑟友之"、"钟鼓乐之"，这样的歌词也要求有洋洋盈耳的器乐伴奏。按照阴先生的观点，从音乐的角度来看，似乎也应当以分为三章为是。然而对于"关雎之乱"的解释迄今仍为疑案，而且古乐已亡，颇难论定。引于此处，姑备一说。阴氏论文见其所著《阴法鲁学术论文集》，中华书局，2008，第431页。

六句。《诗集传》同毛公。

吴按：《思齐》乃歌颂文王圣德之诗，首章六句称美文王有圣母贤妃之助，二章六句言文王顺于先公，鬼神无尤，家齐而国治。接下来的十二句，进一步对文王之圣德作具体阐述，然而毛氏以为当分三章章四句，郑氏以为当分二章章六句。朱熹从毛氏，《诗集传》说三章四句"言文王在闺门之内则极其和，在宗庙之中则极其敬，虽居幽隐，亦常若有临之者。虽无厌射，亦常有所守焉。"这是叙其自身修养。《诗集传》说四章四句"言文王之德如此，故其大难虽不殄绝，而光大亦无玷缺。虽事之无所前闻者，而亦无不合于法度。虽无谏诤之者，而亦未尝不入于善。"这是叙文王之修养（也即圣德）在现实中的效果。《诗集传》说五章四句"言文王之德见于事者如此，故一时人材皆得其所成就。盖由其德纯而不已，故令此士皆有誉于天下，而成其俊乂之美也。"这是说文王之圣德的广泛影响。朱熹依本《毛传》，并结合自己的政治道德理论来阐释这段内容，使这后十二句层层递进，步骤分明。

辅广在《诗童子问》中说："此诗《毛传》以为四章章六句。故言以为五章，后三章章四句。今从故言者，以四章、五章，两章章首皆有一'肆'字，而四章又有四个不字，其意义又必如此而后宜故也。盖缘后二章不用韵，故《毛传》误分之耳。"辅广虽然误将毛郑章句颠倒，但是从形式上指出朱熹章句之可取，即四五两章章首皆有"肆"字，四章四个"不"字句相连，这无论从形式上还是从意义上都是比较规整的。

而郑玄对此诗的解释望文生训、随意成说，极不可取。如将"无射"解作"于六艺无射才者"，将"肆戎疾不殄"解作"大疾害人者不绝之而自绝焉"，这都实在难于取信。因此也影响到后人对其章句的接受。

总之，朱熹采用《毛传》章句而又自成一说，相比于郑玄的章句来讲更易为人接受。

(3)《大雅·行苇》

敦彼行苇，牛羊勿践履。方苞方体，维叶泥泥。戚戚兄弟，莫远具尔。或肆之筵，或授之几。（一章）

肆筵设席，授几有缉御。或献或酢，洗爵奠斝。醓醢以荐，或燔或炙。嘉殽脾臄，或歌或咢。（二章）

敦弓既坚，四鍭既钧，舍矢既均，序宾以贤。敦弓既句，既挟四鍭。四鍭如树，序宾以不侮。（三章）

曾孙维主，酒醴维醹。酌以大斗，以祈黄耇。黄耇台背，以引以翼。寿考维祺，以介景福。（四章）

毛公以为七章，二章章六句，五章章四句。郑玄以为八章，章四句。《诗集传》以为四章，章八句。

《诗集传》于章句总结下云："毛七章，二章章六句，五章章四句。郑八章章四句。毛首章以四句兴二句，不成文理，二章又不协韵。郑首章有起兴而无所兴。皆误。今正之如此。"

吴按：朱熹之所以舍毛郑而重分章句。理由主要有二。

第一，从音韵上讲。毛氏之第二章四句："或肆之筵，或授之几。肆筵设席，授几有缉御。"按照《附释文互注礼部韵略》，[1]

---

[1] 据（宋）李焘撰《续资治通鉴长编》卷一二〇所载，宋仁宗景祐四年（1037）六月丙申，"诏国子监以翰林学士丁度所修《礼部韵略》颁行……诏度等以唐诸家韵本刊定其韵，窄者凡十三处，许令附近通用，疑混声及重迭出字，皆于本字下解注之。"据《四库提要》，丁度之《礼部韵略》"著为令式，迄南宋之末不改"，而《附释文互注礼部韵略》则是在丁氏《礼部韵略》基础上历经宋人增补而成，增补内容下至于理宗朝。《附释文互注礼部韵略》既为国家科举之依据，时间上又于朱熹生活的时代为近，因此本文以其为基础考察朱熹对于诗韵的分析。同时，《诗集传》中对于韵脚所注音（或叶音），据《附释文互注礼部韵略》往往不能通押，显然朱熹是采用了当时通行的词韵来认识《诗经》中的韵读的，因此本文同时也依据唐作藩先生所著《音韵学教程》中所载清人戈载的《词林正韵》的归部情况对相关内容进行分析（下文简称"词韵"）。〔（宋）李焘撰《续资治通鉴长编》，文渊阁《四库全书》本。（宋）丁度等撰《附释文互注礼部韵略》（以下简称《礼部韵略》），文渊阁《四库全书》本。唐作藩著《音韵学教程》，北京大学出版社，1991。〕

"筵"字属平声仙韵;"几"字属上声旨韵;"席"字本属入声昔韵,朱熹认为"叶祥勺反",则属入声药韵;"御"字本属去声御韵,朱熹认为"叶鱼驾反",则属去声祃韵。无论是其本音还是叶音均不押韵。但是如果按照朱熹的章句,则"或肆之筵,或授之几"属于第一章。第一章之"履"、"尔"属上声纸韵,"体"、"泥"、"弟"属于上声荠韵,虽然《礼部韵略》标荠韵为"独用",但是按照当时的词韵,则旨、纸、荠三韵可互押,如此"或肆之筵,或授之几"与前六句通读无碍。

按照朱熹的章句,"肆筵设席,授几有缉御"与"或献或酢,洗爵奠斝"相连为第二章,"酢"字属于入声铎韵,与"席"所叶之药韵可通押;"斝"字本属上声马韵,朱熹以为"叶居讶反",则属于去声祃韵,又与"御"字所叶相同。① 如此,则此四句交相为韵。朱熹根据韵脚判定首章为八句,可谓不移之论。虽然朱熹的叶音说并不科学,但无论如何,朱熹毕竟发现了本诗的押韵规律。王力在《诗经韵读》中通过现代音韵学方法对《行苇》一诗所作之拟音与标韵也可证明,朱熹的章句划分是正确的。②

第二,对于"兴"之认识。朱熹对于六义之"兴"有着比较明确而系统的认识。朱熹认为"兴"是由"起兴句"和"承兴句"两个部分组成的,不管二者有无意义上的联系,但这两个部分是必不可少的。朱熹在《诗集传》中,为每一章诗标出"赋、比、兴"之体,除了《大雅·卷阿》第九章标为"比也,又以兴下章之事也"可以勉强算为例外,其余标"兴"之诗章均具有完整的"起兴句"与"承兴句"。朱熹将《行苇》前四句"敦彼行苇,牛羊勿践履。方苞方体,维叶泥泥"看作是起兴句,以兴起后四句"戚戚兄弟,莫远具尔。或肆之筵,或授之几"。《朱子语类》记载朱熹说:"以

---

① 按照《礼部韵略》,"斝"字本有去声祃韵之读音,但是意为"尊"而非"爵",《行苇》中"斝"字作"爵"解,故读为上声马韵。祃从马为声,只是声调不同,朱熹于此亦注叶音,可见他认为《诗经》押韵时声调亦必须一致。
② 参见王力著《诗经韵读·楚辞韵读》,中国人民大学出版社,2004,第321页。

'行苇'兴'兄弟','勿践履'是'莫远'意也。"① 既然一二句兴五六句,那么三四句必不能无"承兴句",则"或肆之筵,或授之几"作为"承兴句"属于第一章自属必然。因此朱熹在《诗集传》中说:"故言敦彼行苇而牛羊勿践履,则方苞方体而叶泥泥矣;戚戚兄弟而莫远具尔,则或肆之筵而或授之几矣。"毛氏以首章为六句不合朱熹之"兴"体,故朱熹不取。而郑玄以每章为四句,虽然在押韵上没有问题,但是其首章四句无"承兴句",更与朱熹对"兴"之认识相冲突。因此,朱熹不得不舍毛郑而自作章句。

按照朱熹的章句划分,则此诗首章"言其开燕设席之初",表达"殷勤笃厚之意";二章"言侍御献酬饮食歌乐之盛";三章"言既燕而射以为乐";卒章则"颂祷"祝寿。结构层次都比较清晰完整。朱熹从音韵与兴体两个角度出发,首先确定第一章为八句无疑,而剩下之二十四句,分为三章,每章之意义通贯顺畅,尽管后人对于毛、郑章句亦各有解说,② 但均不如朱熹之说言之有据。

2. 毛郑章句相同,朱熹章句不同

(1)《邶风·简兮》

> 简兮简兮,方将万舞。日之方中,在前上处。(一章)
> 硕人俣俣,公庭万舞。有力如虎,执辔如组。(二章)
> 左手执籥,右手秉翟。赫如渥赭,公言锡爵。(三章)
> 山有榛,隰有苓。云谁之思,西方美人。彼美人兮,西方之人兮。(四章)

毛郑以为三章,章六句。《诗集传》以为四章,三章章四句,一章六句。

辅广在《诗童子问》中云:"定为四章,以韵可见。毛郑不晓

---

① (宋)黎靖德编,王星贤点校《朱子语类》卷八〇,第2078页。
② 主毛氏者,参见(宋)吕祖谦撰《吕氏家塾读诗记》卷二六。主郑氏者,参见(清)阮元校刻《十三经注疏·毛诗正义·行苇》,第534页。

叶韵，故以为三章。"

吴按：朱熹在第二章"俣"字下注云"疑矩反"，在"组"字下注云"音祖"。检《礼部韵略》，"矩"、"舞"、"虎"、"祖"均属上声麌韵，则第二章句句押韵。而第一章之句末韵脚"处"则属上声语韵，按照当时的词韵可与"舞"之麌韵通押。

朱熹在第三章"籥"字下注云"余若反"，在"翟"字下注云"亭历反，叶直角反"，在"赭"字下注云"音者，叶陟略反"。检《礼部韵略》，"若"、"略"、"爵"属入声药韵，"角"属入声觉韵，按照当时的词韵，二韵亦可相通。①

如果按照毛郑的分法，则"有力如虎，执辔如组"二句当与"左手执籥，右手秉翟。赫如渥赭，公言锡爵"四句同处一章，章内须换韵。而按照朱熹的注音及章句划分，《简兮》四章均一韵到底，这从韵读上来说显然比毛郑的章句更为和谐。

尽管朱熹的"叶音"说并不科学，但是他对《简兮》一诗章句的重新划分，在某种程度上揭示了其实际韵读情况。②

从释义的角度来看，朱熹并没有突破毛、郑、孔以来的旧说。但是朱熹将《简兮》前十二句诗划分为三章，使"有力如虎，执辔如组"和"左手执钥，右手秉翟"分作二章，客观上使前三章形成总叙"万舞"、分叙"武舞"和分叙"文舞"的整齐结构，这在后人看来也是比较合理的。③

（2）《鄘风·载驰》

　　载驰载驱，归唁卫侯。驱马悠悠，言至于漕。大夫跋涉，我心则忧。（一章）

---

① 关于朱熹的反切注音问题，可参看王力《朱熹反切考》一文，载王力著《龙虫并雕斋文集》第3册，中华书局，1982。
② 参见王力著《诗经韵读·楚辞韵读》中对《简兮》一诗的分章与标韵，第157页。
③ 参见（清）方玉润撰，李先耕点校《诗经原始》，中华书局，1986，第141页。

既不我嘉，不能旋反。视尔不臧，我思不远。既不我嘉，不能旋济。视尔不臧，我思不閟。（二章）

陟彼阿丘，言采其蝱。女子善怀，亦各有行。许人尤之，众稚且狂。（三章）

我行其野，芃芃其麦。控于大邦，谁因谁极。大夫君子，无我有尤。百尔所思，不如我所之。（四章）

毛郑以为五章，一章六句，二章章四句，一章六句，一章八句。《诗集传》以为四章，二章章六句，二章章八句。

《诗集传》于章句总结下云：事见《春秋传》。旧说此诗五章，一章六句，二章三章四句，四章六句，五章八句。苏氏合二章三章以为一章。按《春秋传》叔孙豹赋《载驰》之四章而取其"控于大邦，谁因谁极"之意，与苏说合，今从之。

辅广在《诗童子问》中说："二章章八句，重迭四句，只是一意，此又是一格。"

吴按：朱熹此处所谓"苏氏"，指苏辙。苏辙在他所作的《诗集传》中虽然因袭了毛郑的章句，但是却于其下注云："或言四章，一章三章章六句，二章四章章八句。以《春秋传》叔孙豹赋《载驰》之四章，义取'控于大邦'，非今之四章故也。"①

据《左传·襄公十九年》："齐及晋平，盟于大隧。故穆叔会范宣子于柯。穆叔见叔向，赋《载驰》之四章。叔向曰：'肸敢不承命！'穆叔归，曰'齐犹未也，不可以不惧'。乃城武城"。杜预注曰："四章曰：'控于大邦，谁因谁极'。控，引也。取其欲引大国以自救助。"② 穆叔赋《载驰》之四章，义取"控于大邦，谁因谁极"，此句按照毛郑的分章处于最后一章，即第五章，而非第四章，

---

① （宋）苏辙撰《诗集传》卷三。
② （清）阮元校刻《十三经注疏·春秋左传正义·襄公十九年》，第1969页。个别字依阮元校勘记改订。

这明显不合于《左传》的记载。① 同时,毛郑之二三两章,所叙略同。因此,朱熹采用苏辙之说,合二三两章为一章,使原本之第五章变为第四章,以与《左传》记载相应。

然而清人陈奂指出:"凡《左传》引诗例,如《野有死麕》、《绿衣》、《扬之水》、《七月》、《常棣》、《鱼丽》、《鸿雁》、《节》、《小旻》、《巧言》、《隰桑》、《绵》末章皆称卒章。"②《左传》引《载驰》称"四章",则"控于大邦"句当属诗之四章,另有卒章,即第五章于其下。因此,陈奂认为"我行其野"以下八句当分为二章,则《载驰》章句当为一章六句,一章八句,一章六句,二章章四句。王先谦、竹添光鸿等人亦作如此主张。③

对于《载驰》的分章问题,汉人服虔曾有比较详细的论述,他说:"《载驰》五章,属《墉风》,许夫人闵卫灭、戴公失国,欲驰驱而唁之,故作,以自痛国小力不能救。在礼,妇人父母既没,不得宁兄弟。于是许人不嘉,故赋二章以喻思不远也。许人尤之,遂赋三章。以卒章非许人不听,遂赋四章,言我遂往,无我有尤也。"④ 所谓"许夫人闵卫灭、戴公失国,欲驰驱而唁之"这与"载驰载驱"以下六句之义相合;所谓"许人不嘉,故赋二章以喻思不远也"与"既不我嘉"以下八句之义相合;所谓"许人尤之,遂赋三章",正指"陟彼阿丘"以下六句;所谓"遂赋四章,言我遂往,

---

① 孔颖达曾经竭力为毛郑辩护。他在《春秋左传正义·襄公十九年》的疏中说:"'控于大邦'乃是《载驰》五章,而云四章者,文十三年,郑子家赋《载驰》之四章,义取'控于大邦',意在五章而并赋四章,彼注已云'四章以下',故于此略之。"孔颖达所提到的"文十三年"云云,指《左传·文公十三年》"子家赋《载驰》之四章",杜预注云:"四章以下,义取小国有急,欲引大国以救助。"〔(清)阮元校刻《十三经注疏·春秋左传正义·文公十三年》,第1853页〕杜、孔之说与《左传》通例不合,牵强而难以取信。
② (清)陈奂撰《诗毛氏传疏·载驰》。
③ 参见(清)王先谦撰,吴格点校《诗三家义集疏·载驰》,中华书局,1987,第264页。竹添光鸿的意见,参见杨伯峻编著《春秋左传注·文公十三年》"子家赋《载驰》之四章"下所引,第599页。
④ (清)阮元校刻《十三经注疏·毛诗正义》《载驰序》下孔颖达《疏》中所引,第320页。孔颖达对服虔说有解释,亦极牵强不可信从。

无我有尤也"与"我行其野"以下八句相合；所谓"以卒章非许人不听"，则不知所指。①

因此，我以为根据服虔的说法与《左传》中的记载，《载驰》当有五章无疑，我们今天所看到的《载驰》恐怕是脱漏了第五章，而前四章当如朱熹所分，这样方与各种文献记载吻合不悖。

综上所述，朱熹对于《载驰》的章句划分采纳了苏辙之说，并与《左传》中的记载相互印证，其意义在于将毛郑所划分的二三章归并为一章。然而朱熹未细考《左传》引《诗》通例和服虔之说，矛盾并未完全解决。

（3）《小雅·伐木》

> 伐木丁丁，鸟鸣嘤嘤。出自幽谷，迁于乔木。嘤其鸣矣，求其友声。相彼鸟矣，犹求友声。矧伊人矣，不求友生。神之听之，终和且平。（一章）
>
> 伐木许许，酾酒有藇。既有肥羜，以速诸父。宁适不来，微我弗顾。於粲洒埽，陈馈八簋。既有肥牡，以速诸舅。宁适不来，微我有咎。（二章）
>
> 伐木于阪，酾酒有衍。笾豆有践，兄弟无远。民之失德，干糇以愆。有酒湑我，无酒酤我。坎坎鼓我，蹲蹲舞我。迨我暇矣，饮此湑矣。（三章）

毛郑以为六章，章六句。《诗集传》以为三章，章十二句。

《诗集传》于章句总结下云：刘氏曰："此诗每章首辄云'伐木'，凡三云'伐木'，故知当为三章。旧作六章误矣。"今从其说

---

① 陈奂认为服虔所谓"以卒章非许人不听"即是"不如我思之义，为五章，四章、五章虽错综言之，而分章固自不误"，则陈奂以为"我行其野，芃芃其麦。控于大邦，谁因谁极"为第四章，"大夫君子，无我有尤。百尔所思，不如我所之"为卒章。然而服虔明说"遂赋四章，言我遂往，无我有尤也"，显然"无我有尤"句当在第四章，"我遂往"与最后一句"不如我所之"亦相合。陈奂固守《毛传》，解"不如我所之"为"不如我所思之笃厚"，不以"之"为"去、往"。陈氏之说与服虔之义不合，难以信从。

正之。

吴按：《诗集传》所谓"刘氏"，指刘敞，其说见于所著《七经小传》。

孔颖达《毛诗正义》云："燕故旧，即二章、卒章上二句是也；燕朋友，即二章'诸父'、'诸舅'，卒章'兄弟无远'是也……二章、卒章所陈，皆为燕食说王，不得不召父舅，又于兄弟陈王之恩，皆是燕朋友故旧也。"[①] 按照孔颖达的说法，"诸父"、"诸舅"皆在第二章中，"兄弟无远"在卒章中，则此诗当为三章、章十二句而非六章、章六句。阮元也发现了这一问题，他在《毛诗正义》的校勘记中说："《序》下标起止云'《伐木》六章章六句'。《正义》又云：'燕故旧……'与标起止不合。当是《正义》本自作三章、章十二句，《经注》本作六章、章六句者，其误始于唐石经也。合并《经注》、《正义》时又误改标起止耳。"[②] 阮元认为《伐木》应该是三章、章十二句，唐石经误作六章、章六句。

朱熹虽然没有引孔疏为据，但是他根据刘敞的意见，认为应当以"伐木"二字为分章标准，故分为三章。这是符合《诗经》重章迭句的基本体式的，同时也与孔疏相合，其章句划分无疑是正确的。

(4)《大雅·灵台》

> 经始灵台，经之营之。庶民攻之，不日成之。经始勿亟，庶民子来。(一章)
>
> 王在灵囿，麀鹿攸伏。麀鹿濯濯，白鸟翯翯。王在灵沼，於牣鱼跃。(二章)
>
> 虡业维枞，贲鼓维镛。於论鼓钟，于乐辟廱。(三章)
>
> 於论鼓钟，于乐辟廱。鼍鼓逢逢，矇瞍奏公。(四章)

毛郑以为五章，章四句。《诗集传》以为四章，二章章六句，二

---

① （清）阮元校刻《十三经注疏·毛诗正义·伐木》，第410页。
② 阮元为"《伐木》六章章六句"所作校勘记，（清）阮元校刻《十三经注疏》，第414页。

章章四句。

《诗集传》于章句总结下云:"东莱吕氏曰:'前二章乐文王有台池鸟兽之乐也。后二章言文王有钟鼓之乐也。皆述民乐之词也。'"

辅广《诗童子问》中云:"东莱先生引楚椒举之说为证,只欲依毛郑分章,恐不必然。古人引诗而断章取义者多矣。且'亟'、'来'二字韵叶,而二章'伏'、'濯'、'跃'三字韵亦叶,以韵与诗文考之,当为四章明矣。"

吴按:朱熹所举"东莱吕氏"语见吕祖谦《吕氏家塾读诗记》《灵台》诗下,原作:"前三章乐文王有台池鸟兽之乐也,后二章乐文王有钟鼓之乐也,皆述民乐之辞也。"由于吕祖谦采用了毛郑章句,故称"前三章"、"后二章",但是朱熹将毛郑之前三章并为两章,故举吕氏语而改为"前二章",所涉及的诗篇内容是一致的。

辅广所谓"东莱先生引楚椒举之说为证",即《吕氏家塾读诗记》于《灵台》诗首章下所云:"毛郑以此诗为五章,章四句。或以为前二章章六句,后二章章四句,于文义甚叶,若愈于毛郑。今观椒举举诗,止于'麀鹿攸伏',盖全举前二章之文也。若以首章为章六句,则椒举所引诗末二句在它章矣。然则章句其传甚远,未易以意改也。"《国语》中记载椒举(即伍举)引《灵台》前八句诗劝诫楚灵王,[①] 吕祖谦据此认为,如果将《灵台》分为四章,则椒举所引之七八二句就变为第二章之开头,截取失当,必不如此,因而《灵台》章句应以毛郑之五章、章四句为准。吕祖谦还指出章句的划分由来已久,不能轻易改动。

辅广认为"'亟'、'来'二字韵叶,而二章'伏'、'濯'、'跃'三字韵亦叶",然而按照朱熹的注音同时对照《礼部韵略》以及当时词韵:"亟,居力反","来,叶六直反",则二字同属入声职韵;"囿,叶音郁","伏"未注音,则二字同属入声屋

[①] 参见徐元诰撰,王叔民、沈长云点校《国语集解·楚语上》"灵王为章华之台"一段。(中华书局,2002,第496页)

韵;"濯,直角反","翯,户角反","沼,叶音灼","跃"未注音,则四字同属入声药韵。职韵、屋韵、药韵即使在词韵中亦互不相通。因此,朱熹应该是认为此诗五六句为韵,七八句为韵,九至十二句为韵。辅广称"伏"、"翯"、"跃"三字韵叶,则是认为七至十二句为韵,不知何据。根据王力在《诗经韵读》中为《灵台》所作拟音及标韵,则诗之二、四句押韵,属耕部;五、六句亦押韵,是"职之通韵";七、八句押韵,属职部;九、十、十二句押韵,属药部。如此看来,毛郑五六七八句划为一章的做法在声韵上是没有问题的,甚至可以说比朱熹的章句更为和谐。即使按照朱熹的"叶音"也是如此。辅广利用音韵对朱熹章句作出的辩护显然是不能成立的。

朱熹之所以如此分章,主要考虑的还是诗的意义。如果按照毛郑的章句,那么第二章"经始勿亟,庶民子来。王在灵囿,麀鹿攸伏"中的前两句在意义上属于前一章,后两句在意义上则属于后一章,似乎割裂了诗意。因此朱熹截断四句,使各归上下二章,使得意义结构更为规整。

汉代贾谊《新书·君道》中曾经引及此诗:"文王志之所在,意之所欲,百姓不爱其死,不惮其劳,从之如集。《诗》曰:'经始灵台,庶民攻之,不日成之,经始勿亟,庶民子来。'文王有志为台……弗趋而疾,弗期而成。命其台曰'灵台',命其囿曰'灵囿',谓其沼曰'灵沼',爱敬之至也。《诗》曰:'王在灵囿,麀鹿攸伏,麀鹿濯濯,白鸟皜皜,王在灵沼,於牣鱼跃'。文王之泽,下被禽兽,洽于鱼鳖,咸若攸乐,而况士民乎?"[①]贾谊所引正与朱熹所分相合,似可证明朱熹章句之可从。然而细考贾谊文义,其叙"灵台"之事说明周文王得百姓爱敬,叙"灵囿"和"灵沼"之景说明周文王泽被禽兽、德化风行,贾谊引《诗》实以义为从,很难

---

① (汉)贾谊撰,阎振益、钟夏校注《新书校注》卷七《君道》,中华书局,2000,第288页。

说是因章句所限。清人王先谦引贾谊文为据，以为《鲁诗》如此分章，恐怕是对贾谊本义的一种误解。①

相反，《孟子·梁惠王上》中曾引此诗前十二句，赵岐于前四句下注云："《诗·大雅·灵台》之篇也。"则赵岐当以前四句为分章所在。② 加之前所举吕祖谦指出的《国语》中椒举引诗的例子，都可证明《灵台》应当依毛郑说分为五章，而不能以为四章。

此外，从诗歌的体式上来看，《灵台》五六句"经始勿亟，庶民子来"与前四句意义衔接并重复"经始"、"庶民"四字，七八句"王在灵囿，麀鹿攸伏"又与下四句意义衔接，并重复"王在"、"麀鹿"四字，且七八句句式亦与十一二句"王在灵沼，於牣鱼跃"的句式相同。这种体式明显运用了所谓的"顶针"法，是一种古代韵文常见的修辞手段。《诗经》作为乐歌，章句中字词、句式的重迭亦相当普遍。毛郑的章句划分无疑更接近于《诗经》的本来面目，虽然朱熹非常重视《诗经》的乐歌性质，但是对于《灵台》一诗的章句改定，显然过于主观，其结论是不可取的。

（5）《大雅·生民》

厥初生民，时维姜嫄。生民如何，克禋克祀。以弗无子，履帝武敏，歆攸介攸止，载震载夙，载生载育，时维后稷。（一章）

诞弥厥月，先生如达。不坼不副，无菑无害。以赫厥灵，上帝不宁。不康禋祀，居然生子。（二章）

诞寘之隘巷，牛羊腓字之。诞寘之平林，会伐平林。诞寘之寒冰，鸟覆翼之。鸟乃去矣，后稷呱矣。实覃实吁，厥声载路。（三章）

诞实匍匐，克岐克嶷，以就口食。蓺之荏菽，荏菽旆旆，禾役穟穟，麻麦幪幪，瓜瓞唪唪。（四章）

---

① 参见（清）王先谦撰，吴格点校《诗三家义集疏·灵台》首章下所注，第862页。
② 参见（清）阮元校刻《十三经注疏·孟子注疏·梁惠王上》，第2665页。

诞后稷之穑，有相之道。茀厥丰草，种之黄茂。实方实苞，实种实褎，实发实秀，实坚实好，实颖实栗，即有邰家室。（五章）

　　诞降嘉种，维秬维秠，维穈维芑。恒之秬秠，是获是亩。恒之穈芑，是任是负。以归肇祀。（六章）

　　诞我祀如何？或舂或揄，或簸或蹂。释之叟叟，烝之浮浮。载谋载惟，取萧祭脂，取羝以軷。载燔载烈，以兴嗣岁。（七章）

　　卬盛于豆，于豆于登。其香始升，上帝居歆。胡臭亶时，后稷肇祀，庶无罪悔，以迄于今。（八章）

　　毛郑以为八章，首章十句，二章、三章八句，四章、五章十句，六章八句，七章十句，八章八句。《诗集传》亦以为八章，首章十句，二章八句，三章十句，四章八句，五章十句，六章八句，七章十句，八章八句。

　　《诗集传》于章句总结下云：旧说第三章八句，第四章十句。今按：第三章当为十句，第四章当为八句。则去、呱、訏、路，音韵谐协，呱声载路，文势相贯。而此诗八章，皆以十句八句相间为次。又二章以后，七章以前，每章章首皆有"诞"字。

　　吴按：朱熹与毛郑章句之别就在于"实覃实訏，厥声载路"两句的归属上，毛郑以之为第四章首，而朱熹以之为第三章末。朱熹叙其分章缘由甚详。其理由有三。

　　第一，从押韵的角度来看。朱熹认为"鸟乃去矣，后稷呱矣。实覃实訏，厥声载路"句句押韵。朱熹于"呱"、"訏"二字下均注"叶去声"。检《礼部韵略》，"去"属去声御韵，"呱"属平声"模"韵，"訏"属平声"虞"韵，二韵通用，相对应的去声韵为"遇"韵，"路"属去声"暮"韵，御、遇、暮三韵按照当时的词韵可以互押。而且，"实覃实訏，厥声载路"的下三句"诞实匍匐，克岐克嶷，以就口食"，"匐"属入声德韵，"嶷"和"食"均属入声职韵，二韵相通，但是与"訏"和"路"不能押韵，因此，"实覃实訏，厥声载路"应属第三章无疑。王力在《诗经韵读》中指出,"去"、"呱"、"訏"、"路"为"鱼铎通韵",而"匐"、"嶷"和"食"均属职部。显然,朱熹的看法是正确的(当然,其叶音说并不准确)。

第二,从文义来看。"鸟乃去矣,后稷呱矣。实覃实訏,厥声载路"意义一贯,"厥声载路"正是针对后稷的哭声所作的形容,因此此二句应当属于第三章。

第三,从诗章形式来看。将"实覃实訏,厥声载路"划归第三章,则从第二章至第七章每章都以"诞"字起首,而且整首诗十句八句相间,极为规整。

朱熹对《生民》诗的章句划分理由相当充分,后人多从其说。

(6)《大雅·瞻卬》

> 瞻卬昊天,则不我惠。孔填不宁,降此大厉。邦靡有定,士民其瘵。蟊贼蟊疾,靡有夷届。罪罟不收,靡有夷瘳。(一章)
>
> 人有土田,女反有之。人有民人,女覆夺之。此宜无罪,女反收之。彼宜有罪,女覆说之。(二章)
>
> 哲夫成城,哲妇倾城。懿厥哲妇,为枭为鸱。妇有长舌,维厉之阶。乱匪降自天,生自妇人。匪教匪诲,时维妇寺。(三章)
>
> 鞫人忮忒,谮始竟背。岂曰不极,伊胡为慝。如贾三倍,君子是识。妇无公事,休其蚕织。(四章)
>
> 天何以刺,何神不富。舍尔介狄,维予胥忌。不吊不祥,威仪不类。人之云亡,邦国殄瘁。(五章)
>
> 天之降罔,维其优矣。人之云亡,心之忧矣。天之降罔,维其几矣。人之云亡,心之悲矣。(六章)
>
> 觱沸槛泉,维其深矣。心之忧矣,宁自今矣。不自我先,不自我后。藐藐昊天,无不克巩。无忝皇祖,式救尔后。(七章)

毛郑以为七章,首章、二章、七章章十句,三章、四章、五章、六章章八句。《诗集传》以为七章,首章、三章、七章章十句,二章、四章、五章、六章章八句。

吴按：朱熹与毛郑的区别就在于"哲夫成城，哲妇倾城"两句的归属。毛郑以为二句当属第二章，孔颖达《毛诗正义》于第二章下云："上八句言王之为恶皆由妇人，下二句谓妇人之言不可听用。若谓智多谋虑之丈夫，则兴成人之城国。若为智多谋虑之妇人，则倾败人之城国。妇言是用，国必灭亡。王何故用妇人之言，为此大恶，故疾之也。"① 而朱熹则以为二句当属第三章，《诗集传》于第三章下注云："言男子正位乎外，为国家之主，故有知则能立国。妇人以无非无仪为善，无所事哲，哲则适以覆国而已。故此懿美之哲妇，而反为枭鸱，盖以其多言而能为祸乱之梯也。若是则乱岂真自天降，如首章之说哉？特由此妇人而已。盖其言虽多，而非有教诲之益者，是惟妇人与奄人耳。岂可近哉？"朱熹以"哲夫成城，哲妇倾城"二句为第三章之总说，而毛郑孔则以为第二章之总结。

清人夏炘在《诗章句考》中说："二章八句，言削黜刑罚之不当。三章十句言妇人内寺之是听。界画分明，截然不紊，若以哲夫成城二句上属二章，则二章为画蛇之安足，而三章亦立言之无序矣。"夏炘此说言之成理。《瞻卬》三章全言"妇寺"为乱，与"哲夫成城，哲妇倾城"二句正相表里，当处于一章为宜。清人方玉润以为"哲夫哲妇"二句"健句挺接极有力"，则是从文学角度肯定了二句应归属于第三章。

又，吕祖谦在《吕氏家塾读诗记》中对《瞻卬》一诗的章句划分与朱熹同，吕祖谦于第三章下引王氏语曰："妇人以无非无仪为善，无所事哲，哲则足以倾城而已"，于诗末章句总结下云"章句从毛郑，分章从王氏。"② 可见，朱熹对于"哲夫成城，哲妇倾城"两句的解释与划分实际上是采用了王安石的意见。

---

① （清）阮元校刻《十三经注疏·毛诗正义·瞻卬》，第577页。
② 此据《四部丛刊续编》本。据文渊阁《四库全书》本《吕氏家塾读诗记》书前《姓氏》，《读诗记》所引有两王氏，即"临川王氏"（王安石）和"长乐王氏"（王晦）。凡引王安石语均曰"王氏"，引王晦语则曰"长乐王氏"。

(7)《鲁颂·闷宫》

闷宫有侐，实实枚枚。赫赫姜嫄，其德不回。上帝是依，无灾无害。弥月不迟，是生后稷。降之百福，黍稷重穋，稙稚菽麦，奄有下国，俾民稼穑，有稷有黍，有稻有秬。奄有下土，缵禹之绪。（一章）

后稷之孙，实维大王，居岐之阳，实始翦商。至于文武，缵大王之绪。致天之届，于牧之野。无贰无虞，上帝临女，敦商之旅，克咸厥功。王曰叔父，建尔元子，俾侯于鲁，大启尔宇，为周室辅。（二章）

乃命鲁公，俾侯于东。锡之山川，土田附庸。周公之孙，庄公之子，龙旗承祀，六辔耳耳。春秋匪解，享祀不忒。皇皇后帝，皇祖后稷，享以骍牺，是飨是宜，降福既多。周公皇祖，亦其福女。（三章）

秋而载尝，夏而楅衡。白牡骍刚，牺尊将将。毛炰胾羹，笾豆大房。（朱熹注：此下当脱一句，如"钟鼓喤喤"之类）万舞洋洋，孝孙有庆。俾尔炽而昌，俾尔寿而臧。保彼东方，鲁邦是常。不亏不崩，不震不腾。三寿作朋，如冈如陵。（四章）

公交车千乘，朱英绿縢。二矛重弓，公徒三万，贝胄朱綅，烝徒增增。戎狄是膺，荆舒是惩，则莫我敢承。俾尔昌而炽，俾尔寿而富。黄发台背，寿胥与试。俾尔昌而大，俾尔耆而艾。万有千岁，眉寿无有害。（五章）

泰山岩岩，鲁邦所詹。奄有龟蒙，遂荒大东，至于海邦，淮夷来同。莫不率从，鲁侯之功。（六章）

保有凫绎，遂荒徐宅，至于海邦，淮夷蛮貊，及彼南夷，莫不率从。莫敢不诺，鲁侯是若。（七章）

天锡公纯嘏，眉寿保鲁。居常与许，复周公之宇。鲁侯燕喜，令妻寿母。宜大夫庶士，邦国是有。既多受祉，黄发儿齿。（八章）

徂来之松，新甫之柏。是断是度，是寻是尺。松桷有舄，路寝孔硕。新庙奕奕，奚斯所作。孔曼且硕，万民是若。（九章）

毛郑以为八章，首章十七句，二章十二句，三章三十八句，四章十七句，五章六章章八句，七章八章章十句。《诗集传》以为九章，前五章章十七句（第四章脱一句），六章七章章八句，八章九章章十句。

《诗集传》于章句总结下云：内第四章脱一句。旧说八章……多寡不均，杂乱无次。盖不知第四章有脱句而然。今正其误。

吴按：《閟宫》一诗共一百二十句，是《诗经》中篇幅最长的一篇。关于《閟宫》的章句，历来说者不同。除了毛郑的分法。还有苏辙《诗集传》分为九章，一章、四章章九句，二章八句，三章十二句，五章十一句，六章十八句，七章十七句，八章二十六句，九章十句。范处义《诗补传》（文渊阁《四库全书》本）分为十二章，首章十七句，二章十二句，三章、五章、六章、七章、八章章九句，四章十一句，九章十章章八句，十一章十二章十句，范处义还说"是诗本八章。断以文义，当分为十二章。句之多寡不必拘，其体则赋也。"王质《诗总闻》分为十三章，首章七句，二章、四章、六章、十二章、十三章章十句，三章、五章章十一句，七章、九章、十章、十一章章八句，八章九句。宋元之际，如王柏、金履祥、吴澄等人都开始怀疑《閟宫》有错简，并对诗句顺序作出调整。

按照朱熹的章句，"一章专言后稷以见鲁人所自出；二章言先王创业、周公辅之，以见鲁国所由始；三章言僖公继鲁公之序，能修郊庙之祭以致福；四章美其祭祀而祝其受福；五章美其武功而祝其受福；六章、七章以土宇充斥为僖公最大之福；八章以诸福毕至为僖公全备之福；九章乃言作庙，则述今日所以颂之之由也。"[1] 而毛

---

[1] （元）朱公迁撰《诗经疏义会通》卷二〇《閟宫》章句总结下。

郑则是将朱熹之第二章末五句"王曰叔父，建尔元子，俾侯于鲁，大启尔宇，为周室辅"与朱熹之第三、四两章合并在一起为一章，其内容主要是叙述鲁国受封之经过以及僖公继承爵位、致敬于庙的情景。无论毛郑还是朱熹都可自圆其说，很难说哪种分法更好。因此，范处义所云极是，"句之多寡不必拘，其体则赋也"。如果采取疑是从古的原则，恐怕还是应以时间在先的毛郑章句为准。清人夏炘在《诗章句考》一文《閟宫》条下云："朱子分九章……血脉连贯，界限分明。郑康成《周礼序》所谓'其所变易灼然如晦之见明，其所弥缝奄然如合符复析'者也。呜呼，蔑以加矣！"这种说法实在有些夸张了。

另外，朱熹认为第四章有脱句的看法也并无明确证据，只可备一说而已。

3. 朱熹采取与毛郑相同的章句，同时提出不同见解

（1）《小雅·车攻》

我车既攻，我马既同。四牡庞庞，驾言徂东。（一章）
田车既好，四牡孔阜。东有甫草，驾言行狩。（二章）
之子于苗，选徒嚣嚣。建旐设旄，搏兽于敖。（三章）
驾彼四牡，四牡奕奕。赤芾金舄，会同有绎。（四章）
决拾既佽，弓矢既调。射夫既同，助我举柴。（五章）
四黄既驾，两骖不猗。不失其驰，舍矢如破。（六章）
萧萧马鸣，悠悠旆旌。徒御不惊，大庖不盈。（七章）
之子于征，有闻无声。允矣君子，展也大成。（八章）

毛郑以为八章，章四句。《诗集传》同，但是于章句总结下云："以五章以下考之，恐当作四章，章八句。"

吴按：朱熹在《诗集传》中认为此诗："首章泛言将往东都也"；二章"言将往狩于圃田也"；三章"言至东都而选徒以猎也"；四章"言诸侯来会朝于东都也"；五章"言既会同而田猎也"；六章"言田猎而见其射御之善也"；七章"言其终事严而颁禽均也"；八

章"总序其事之始终而深美之也"。

元人刘瑾在《诗传通释》中对朱熹所提出的章句解释说:"愚按:五章、六章通言其田猎射御;七章、八章通言其始终整肃;而且音韵各相谐叶,故疑其当以八句成章。以此推之,则合首章、二章八句,通言车马盛备将往东都圃田之地。合三章、四章八句,通言天子诸侯来会东都之事,总为四章章八句也。"①

刘瑾的解释是比较符合朱熹之意的。不过这种章句划分并无确凿的根据,并不能证明毛郑章句有误,因此朱熹仍然采用旧说,仅存疑问而已。

(2)《小雅·沔水》

沔彼流水,朝宗于海。鴥彼飞隼,载飞载止。嗟我兄弟,邦人诸友,莫肯念乱,谁无父母?(一章)

沔彼流水,其流汤汤。鴥彼飞隼,载飞载扬。念彼不迹,载起载行。心之忧矣,不可弭忘。(二章)

鴥彼飞隼,率彼中陵。民之讹言,宁莫之惩。我友敬矣,谗言其兴。(三章)

毛郑以为三章,二章章八句,一章六句。《诗集传》同,但是于章句总结下云:"疑当作三章章八句,卒章脱前两句耳。"

吴按:《沔水》一诗,前二章均有"沔彼流水……鴥彼飞隼……"四句,惟第三章无"沔彼流水……"二句,故朱熹以为此诗有脱句。从形式上来说,朱熹的观点颇有道理,但是缺乏相应的文献证据,因此朱熹依然采用旧说,亦仅存疑而已。

后世以发明《诗集传》为主的著作,如辅广的《诗童子问》、刘瑾的《诗传通释》、朱公迁的《诗经疏义会通》等书均对朱熹所提出的脱句疑问付之阙如。明人何楷在《诗经世本古义》中甚至说:"朱子疑卒章脱前两句,谓当作三章章八句,此大属蛇足。丰氏本便

---

① (元)刘瑾撰《诗传通释》卷一〇《车攻》章句后注。

添两句,其伪妄可笑甚矣。"① 这是以朱熹之疑为多余了。然而并非没有人支持朱熹的意见。清人方玉润在《诗经原始》中虽然不同意朱熹以《沔水》为"忧乱之诗"的观点,但却说"此诗必有所指,特错简耳。况卒章亦脱二句,则此中不能无误也",② 则方氏直以朱熹脱句之疑为事实矣。

(附)《小雅·雨无正》

浩浩昊天,不骏其德。降丧饥馑,斩伐四国。旻天疾威,弗虑弗图。舍彼有罪,既伏其辜。若此无罪,沦胥以铺。(一章)

周宗既灭,靡所止戾。正大夫离居,莫知我勚。三事大夫,莫肯夙夜。邦君诸侯,莫肯朝夕。庶曰式臧,覆出为恶。(二章)

如何昊天,辟言不信。如彼行迈,则靡所臻。凡百君子,各敬尔身。胡不相畏,不畏于天。(三章)

戎成不退,饥成不遂。曾我暬御,憯憯日瘁。凡百君子,莫肯用讯。听言则答,谮言则退。(四章)

哀哉不能言,匪舌是出。维躬是瘁,哿矣能言。巧言如流,俾躬处休。(五章)

维曰于仕,孔棘且殆。云不可使,得罪于天子。亦云可使,怨及朋友。(六章)

谓尔迁于王都,曰予未有室家。鼠思泣血,无言不疾。昔尔出居,谁从作尔室?(七章)

毛郑以为七章,一章、二章章十句,三章、四章章八句,五、六、七章章六句。《诗集传》同,但是朱熹于章句总结下云:

欧阳公曰:古之人于诗,多不命题,而篇名往往无义例。

---

① (明)何楷《诗经世本古义》卷一七《沔水》后注。
② (清)方玉润撰,李先耕点校《诗经原始·沔水》,第374页。

其或有命名者，则必述诗之意，如《巷伯》、《常武》之类是也。今《雨无正》之名，据《序》所言，与诗绝异，当阙其所疑。元城刘氏曰："尝读《韩诗》，有《雨无极》篇。《序》云：'《雨无极》，正大夫刺幽王也'。至其诗之文，则比《毛诗》篇首多'雨无其极，伤我稼穑'八字。"愚按：刘说似有理。然第一、二章本皆十句，今遽增之，则长短不齐，非诗之例。又此诗实正大夫离居之后，暬御之臣所作。其曰"正大夫刺幽王者"亦非是。且其为幽王诗，亦未有所考也。

吴按：刘安世提出，《雨无正》，《韩诗》作《雨无极》，且比《毛诗》首章多出"雨无其极，伤我稼穑"两句。朱熹则据此诗之章句辨其非例。然而，《诗经》每章之句数并非皆两两相合，因此朱熹亦不能作断然之论。

吕祖谦《吕氏家塾读诗记》中于此诗下引董氏（董逌）语云："《韩诗》作'《雨无政》，正大夫刺幽王也。'"则董氏所见之《韩诗》与刘氏所见亦不同。据上海博物馆藏战国楚简《孔子诗论》，《雨无正》之篇题正做"《雨无政》"，与董氏所云相合。刘安世所见《韩诗》异文，其真实性确实值得怀疑。

（二）断句

(1)《小雅·鱼丽》

> 鱼丽于罶，鲿鲨。君子有酒，旨且多。（一章）
> 鱼丽于罶，鲂鳢。君子有酒，多且旨。（二章）
> 鱼丽于罶，鰋鲤。君子有酒，旨且有。（三章）
> 物其多矣，维其嘉矣。（四章）
> 物其旨矣，维其偕矣。（五章）
> 物其有矣，维其时矣。（六章）

毛郑以为六章，三章章四句，三章章二句。《诗集传》同。但是对于"君子有酒旨且多"的断句有所不同。

毛公于此句无注。《郑笺》则云:"酒美而此鱼又多也",则是于"旨"字下断句。陆德明《经典释文》于"君子有酒旨"下注"绝句",于"且多"下注云:"此二字为句。后章放此,异此读则非。"① 陆德明明确指出此句当读为"君子有酒旨,且多",并且后二章亦当如此断句。

孔颖达《毛诗正义》则云:"君子有酒矣,其鱼酒如何?酒既旨美且鱼复众多。"则孔氏以为当于"酒"下断句。朱熹采用了孔颖达的说法,吕祖谦在《吕氏家塾读诗记》中引朱熹的话说:"旧说'君子有酒旨'为句,'且多'为句,非是。当以'有酒'为句,'旨且多'为句。言酒旨而又多也。且罶、酒、鲨、多亦隔句协韵也",《诗集传》于第一章下注亦云:"旨且多,旨而又多也"。可见,朱熹主张将此句读为"君子有酒,旨且多",下二章也同样。

王力在《诗经韵读》中对《鱼丽》的拟音与标韵验证了朱熹"隔句协韵"之说。从声韵上看,朱熹的断句是比较恰当的。

(2)《大雅·生民》

> 厥初生民,时维姜嫄。生民如何?克禋克祀。以弗无子,履帝武敏,歆攸介攸止。载震载夙,载生载育,时维后稷。(一章)

此诗之分章问题上文已经讨论,此处则详论"履帝武敏歆攸介攸止"之断句问题。历来断法有二。

第一种断法为"履帝武敏,歆攸介攸止"。持此论者,如《尔雅·释训》,其引诗作"履帝武敏",② 又如唐虞世南《北堂书抄》,其卷一《诞载三》中引诗亦作"履帝武敏"。③《毛传》云:"帝,高辛氏之帝也。武,迹。敏,疾也。从于帝而见于天,将事齐敏也。

---

① (唐)陆德明撰,黄焯断句《经典释文·毛诗音义中》,第76页。
② (清)阮元校刻《十三经注疏·尔雅注疏·释训》,第2591页。
③ (唐)虞世南撰《北堂书抄》卷一,文渊阁《四库全书》本。

歆，飨。介，大也。止，福禄所止也。"显然，《毛传》也是以"履帝武敏"为句。

第二种断法于"歆"字后点断，读为"履帝武敏歆，攸介攸止"。东汉王逸作《楚辞章句》，于"及前王之踵武"句下引诗已作"履帝武敏歆"。① 唐贾公彦在《周礼注疏》以及《仪礼注疏》中引诗亦作"履帝武敏歆"，② 孔颖达《毛诗正义》于此句采用《毛传》的说法，但是如何断句并不明显。检孔颖达于《礼记·祭法》首段"祖文王而宗武王"句下为郑玄注所作之疏，其引诗亦作"履帝武敏歆"，③ 则孔颖达应该也采取了此种断法。历代文献中以"履帝武敏歆"断句最为常见。

朱熹对此句的断法经历了一个转变过程。《吕氏家塾读诗记》于《生民》首章所引《尔雅》文下复引朱熹语曰："朱氏曰：以'敏'字系于'履帝武'之下，则'歆'字加于'攸介攸止'全句之上，皆不成文也。"朱熹在为《读诗记》所作之《序》中说："此书所谓'朱氏'者，实熹少时浅陋之说。"吕祖谦所引朱熹语是朱熹早期的观点，有不少内容已经不见于今传本《诗集传》（包括宋刻二十卷本和其他版本），此处即是一例。据此，朱熹早年是反对《毛传》的断法的，认为其文理不通。

但是，在宋刻二十卷本《诗集传》中，朱熹于"敏"字下注"叶母鄙反"，"歆"字下未注音，则是将"敏"视为韵脚。在本章诗中，朱熹于"祀"字下注"叶养里反"，"子"字下注"叶奖履反"。检《礼部韵略》，"里"、"止"属上声止韵，"履"、"鄙"属上声旨韵，二韵相通，可以互押。则"克禋克祀。以弗无子，履帝武敏，歆攸介攸止"四句为韵。《朱子语类》记载朱熹曾说："'敏'

---

① （宋）洪兴祖撰，白化文等点校《楚辞补注》，中华书局，1983，第9页。
② （清）阮元校刻《十三经注疏·周礼注疏·春官·大司乐》"乃奏夷则，歌小吕，舞大濩，以享先妣"句下疏，第789页。（清）阮元校刻《十三经注疏·仪礼注疏·丧服》"传曰：何以期也。不贰斩也"段下之疏，第1106页。
③ （清）阮元校刻《十三经注疏·礼记正义·祭法》，第1587页。

字当为绝句。盖作母鄙反,叶上韵耳",辅广引诗问朱熹时,亦以"履帝武敏"为句。① 可见,朱熹后来从声韵的角度出发,还是采取了《毛传》的断句方法。朱杰人校点之《诗集传》,依然于"歆"字断句,这是不符合朱熹之意的。②

(3)《周颂·天作》

> 天作高山,大王荒之。彼作矣,文王康之。彼徂矣岐,有夷之行。子孙保之。

毛郑以为一章七句。宋刻二十卷本《诗集传》作"一章八句",而实为七句,当属误刻。

此诗问题在于"彼徂矣岐有夷之行"一句的断法。《郑笺》释此句曰:"后之往者,又以岐邦之君有佼易之道故也。"显然郑玄将此句断为"彼徂矣,岐有夷之行"。刘向《说苑》卷一"齐宣王谓尹文"一段中引诗作"岐有夷之行"。后世学者多从之。

欧阳修作《诗本义》,于此诗下云:"'彼徂矣岐有夷之行'者,徂,往也。谓大王自豳往迁岐,夷其险阻而行,言艰难也。故其下言戒子孙保之也。郑谓'彼作矣'为作宫室,又云岐邦之君有佼易之道者,皆非也。"欧阳修将"夷"字解为动词,似乎将此句断为"彼徂矣岐,有夷之行"。

朱熹则于"彼徂矣岐"下注云:"沈括曰:《后汉书·西南夷传》作'彼岨者岐'。今按彼书'岨'但作'徂',而引《韩诗薛君章句》亦但训为'往'。独'矣'字正作'者',如沈氏说。然其注末复云'岐虽阻僻',则似又有'岨'意。韩子亦云'彼岐有岨'。疑或别有所据,故今从之,而定读'岐'字绝句"。

---

① 参见(宋)黎靖德编,王星贤点校《朱子语类》卷八一,第2129、2130页。
② 参见(宋)朱熹撰,朱杰人、严佐之、刘永翔主编《朱子全书》第1册,第675页。

沈括《梦溪笔谈》卷十四云"《朱浮传》作'彼岨者岐有夷之行'",① 此实为《后汉书·西南夷列传·莋都夷传》中所引,作"彼徂者岐有夷之行",唐李贤注引《韩诗薛君传》曰"徂,往也。夷,易也。行,道也。彼百姓归文王者,皆曰岐有易道,可往归矣。易道谓仁义之道而易行,故岐道阻险而人不难。"② 韩愈《琴操十首·岐山操》中有"彼岐有岨"句。③

虽然这些材料并不能证明"徂"字有作"岨"的异文,但是朱熹根据《韩诗薛君章句》"岐道阻险"之解释与韩愈"彼岐有岨"之诗,认为此"徂"字当作"岨"。《诗集传》于诗末注中径举"岨"字,其注云:"岨,险僻之意也。夷,平。行,路也……于是彼险僻之岐山,人归者众,而有平易之道路……"朱熹于"岐"字下绝句,就是因为将"徂"解释作"岨",同时将"夷之行"解释为平易之道路而非佼易之政治。朱熹的这种解释,很可能受到了欧阳修的影响。

然而,以"徂"为"岨",毕竟没有可靠的文献依据,因而宋人黄震说:"晦庵又以下句之'岐'字缀'彼徂矣',共四字为句,而云'彼徂矣岐',恐无关大义。但上云'彼作矣',下云'彼徂矣'自相对,今以'岐'字缀'徂矣'之下,恐惊俗也。"④ 黄震云"恐无关大义"实未解朱熹用心。朱熹解诗务求平易,将"岐有夷之行"当作大王之美政,在朱熹看来是深文附会之说,他的断句和解释就是为了驱除这种影响。但是,黄震云"彼作矣"、"彼徂矣"相对为文则颇中朱熹之要害。云"恐惊俗也"亦可见朱熹之说并不能为学者广泛接受。

此处之断句恐以旧说为是。

---

① 参见（宋）沈括撰《梦溪笔谈》卷一四《艺文一》第 5 条。
② 参见（宋）范晔撰,（唐）李贤等注《后汉书》卷八六《西南夷列传》,第 2855 页。
③ 参见（唐）韩愈著,钱仲联集释《韩昌黎诗系年集释》,上海古籍出版社,1994,第 1161 页。
④ （宋）黄震撰《黄氏日抄》卷四《读毛诗》"彼徂矣"条。

(4)《周颂·酌》

> 於铄王师，遵养时晦。时纯熙矣，是用大介。我龙受之，蹻蹻王之造。载用有嗣，实维尔公允师。

毛郑以为一章九句。《诗集传》作一章八句。其分歧就在于"实维尔公允师"句到底应该为一句还是两句。

孔颖达《毛诗正义》于《酌序》下作疏，疏前标有"酌九句"，阮元校勘记云："闽本、明监本、毛本同。案，此不误。浦镗云：八误九，章末并同。非也。读以'实唯（吴按：原文即作"唯"）尔公'为一句，'允师'为一句，唐石经亦云九句也。"① 元人梁益在《诗传旁通》卷一三《酌》诗下也说："古注本'实维尔公句允师句'一章九句。今通为一句，故一章八句。"②

可见，唐以前，"实维尔公允师"作两句，之后渐合作一句，朱熹即采用一句的断法。

朱熹对此句之解释与毛郑旧说相同，此不赘述。

(三) 小结

通过上文的分析可以看出，朱熹对于《诗经》章句的修订有如下三个特点。

第一，朱熹注重对于音韵的分析和诗篇诵读的和谐，这成为朱熹划分章节甚至理解诗义的一个重要依据，他曾说："看《诗》，须并叶韵读，便见得他语自整齐。又更略知叶韵所由来，甚善。"③ 而注重音韵的和谐，则是建立在对于《诗经》乐歌本质的认识基础上的，朱熹说："读《诗》，且只将做今人做底诗看。或每日令人诵读，却从旁听之。其话有未通者，略检注解看，却时时诵其本文，便见其语脉所在"，"读《诗》正在于吟咏讽诵，观其委屈折旋之

---

① （清）阮元校刻《十三经注疏》，第 607 页。
② （元）梁益撰《诗传旁通》卷一三《酌》，文渊阁《四库全书》本。
③ （宋）黎靖德编，王星贤点校《朱子语类》卷八〇，第 2083 页。

意，如吾自作此诗，自然足以感发善心。"① 朱熹对于音韵的重视和对于涵咏本文的强调，都体现出试图与儒家经典直接建立联系，以期在新的理学环境下重建经学系统的努力。

第二，朱熹注重诗义的贯通与结构的规整。尽管朱熹在训诂上大量采纳了汉唐经学的成果，但是在以篇章为单位的诗义的理解上往往别出己见。相比于汉唐经学旧说，朱熹更倾向于将诗义条理化、系统化，并以此为标准对于《诗经》章句作出检查。如果说朱熹对于音韵的注重在某种程度上恢复了《诗经》的乐歌本质、体现出一种历史眼光的话；那么这种层次分明、结构规整的释义则可以说是对《诗经》乐歌性质的一种背离，其理学思想往往于此处发挥。

第三，朱熹极为重视文献依据。朱熹解诗，一方面强调天理人情的自然感发，另一方面则注重对于前人意见的吸纳以及文献证据的采集。尽管朱熹之考证并不十分精审，但是其态度之严谨却毋庸置疑。

朱熹的《诗经》学思想，以"废《序》说"、"淫诗说"和"六义说"为主干，这些内容严格地说只关乎对诗义的理解，并未涉及对于《诗经》本文的改动。然而，朱熹对于《诗经》章句的修订（包括对于错简、脱文的怀疑），直接变动了《诗经》本文。尽管朱熹的目的在于重新建立理学背景下的经学系统，但是这种大胆的疑经举动，仍不能不说是极具魄力的。

---

① （宋）黎靖德编，王星贤点校《朱子语类》卷八〇，第 2083、2087 页。

主要参考文献

书　目

（清）永瑢等撰《四库全书总目》，中华书局，1965。
（清）阮元校刻《十三经注疏》，中华书局，1980。
杨伯峻译注《论语译注》，中华书局，1980。
程树德撰，程俊英、蒋见元点校《论语集释》，中华书局，1990。
杨伯峻编著《春秋左传注（修订本）》，中华书局，1990。
徐元诰撰，王树民、沈长云点校《国语集解》，中华书局，2002。
（汉）高诱注，（清）毕沅校《吕氏春秋》，《诸子集成》本，上海书店，1986。
（汉）韩婴撰，许维遹校释《韩诗外传集释》，中华书局，1980。
（汉）司马迁撰《史记》，中华书局，1959。
（汉）班固撰，（唐）颜师古注《汉书》，中华书局，1962。
（宋）范晔撰，（唐）李贤等注《后汉书》，中华书局，1965。
（梁）萧统编，（唐）李善注《文选》，上海古籍出版社，1986。
（唐）陆德明撰；黄焯断句《经典释文》，中华书局，1983。
（唐）魏徵等撰《隋书》，中华书局，1973。
（宋）欧阳修撰《诗本义》，文渊阁《四库全书》本。
（宋）张载著，章锡琛点校《张载集》，中华书局，1978。
（宋）王安石著，邱汉生辑校《诗义钩沉》，中华书局，1982。

（宋）程颢、程颐著，王孝鱼点校《二程集》，中华书局，2004。

（宋）苏辙撰《诗集传》，文渊阁《四库全书》本。

（宋）李樗、黄櫄著《毛诗李黄集解》，文渊阁《四库全书》本。

（宋）晁公武撰，孙猛校证《郡斋读书志校证》，上海古籍出版社，1990。

（宋）郑樵著，顾颉刚辑点《诗辨妄》，朴社，1933。

（宋）郑樵著，吴怀祺校补、编著《郑樵文集》（附《郑樵年谱稿》），书目文献出版社，1992。

（宋）程大昌撰，刘尚荣校证《考古编·续考古编》，中华书局，2008。

（宋）王质撰《诗总闻》，文渊阁《四库全书》本。

（宋）朱熹撰《诗集传》，《四部丛刊三编》（影印日本静嘉堂文库藏宋本）本。

（宋）朱熹著，朱杰人校点《诗集传》，上海古籍出版社、安徽教育出版社，2002。

（宋）朱熹撰《诗经集传》，文渊阁《四库全书》本。

（宋）朱熹撰《四书章句集注》，中华书局，1983。

（宋）朱熹注《楚辞集注》，广陵书社影印海源阁藏宋本《楚辞集注》，2011。

（宋）朱熹撰《晦庵集》，文渊阁《四库全书》本。

（宋）朱熹撰《晦庵先生朱文公文集》，《四部丛刊》初编本。

（宋）朱熹撰，朱杰人、严佐之、刘永翔主编《朱子全书》，上海古籍出版社、安徽教育出版社，2002。

（宋）吕祖谦撰《吕氏家塾读诗记》，上海涵芬楼借常熟瞿氏铁琴铜剑楼藏宋刊本影印，《四部丛刊续编》本。

（宋）吕祖谦撰《吕氏家塾读诗记》，据日本宫内厅书陵部所藏宋本影印，线装书局，2001。

（宋）吕祖谦撰《吕氏家塾读诗记》，文渊阁《四库全书》本。

（宋）吕祖谦撰，吕祖俭等编《东莱集》，文渊阁《四库全书》本。

（宋）张栻撰《南轩集》，文渊阁《四库全书》本。

（宋）卫湜撰《礼记集说》，文渊阁《四库全书》本。

（宋）杨简撰《慈湖诗传》，文渊阁《四库全书》本。

（宋）黄榦撰《勉斋集》，文渊阁《四库全书》本。

（宋）辅广撰《诗童子问》，文渊阁《四库全书》本。

（宋）朱鉴编《诗传遗说》，《四库全书荟要》本。

（宋）陈振孙著，徐小蛮、顾美华点校《直斋书录解题》，上海古籍出版社，1987。

（宋）王应麟著，王京州、江合友点校《诗考·诗地理考》，中华书局，2011。

（宋）黎靖德编，王星贤点校《朱子语类》，中华书局，1986。

（元）脱脱等撰《宋史》，中华书局，1977。

（元）刘瑾撰《诗传通释》，文渊阁《四库全书》本。

（元）朱公迁撰《诗经疏义会通》，文渊阁《四库全书》本。

（明）胡广等撰《诗传大全》，文渊阁《四库全书》本。

（清）黄宗羲原著，全祖望补修，陈金生、梁运华点校《宋元学案》，中华书局，1986。

（清）朱彝尊撰，林庆彰等主编《经义考新校》，上海古籍出版社，2010。

（清）王懋竑撰，何忠礼点校《朱熹年谱》，中华书局，1998。

（清）孙希旦撰，沈啸寰、王星贤点校《礼记集解》，中华书局，1989。

（清）王念孙著《读书杂志》，江苏古籍出版社，2000。

（清）王引之著《经义述闻》，江苏古籍出版社，2000。

（清）夏炘著《读诗札记》（附《诗章句考》、《集传校勘记》），《丛书集成三编》本。

（清）夏炘著《朱子集传校勘记》，《丛书集成三编》本。

（清）丁晏撰《诗集传附释》，《丛书集成续编》本。

（清）方玉润撰《诗经原始》，中华书局，1986。

（清）王先谦撰，吴格点校《诗三家义集疏》，中华书局，1987。

（清）王先谦著《荀子集解》，《诸子集成》本，上海书店出版，1986。

（清）皮锡瑞著，周予同注释《经学历史》，中华书局，1959。

（清）皮锡瑞著《经学通论》，中华书局，1954。

张西堂著《诗经六论》，商务印书馆，1957。

顾颉刚著《史林杂识初编》，中华书局，1963。

杨钟基著《诗集传旧说辑校》，香港中文大学联合书院中国语文学系，1974。

程元敏著《王柏之生平与学术》，台湾学海出版社，1975。

杨荫浏著《中国古代音乐史稿》，人民音乐出版社，1981。

顾颉刚编著《古史辨》第三册，上海古籍出版社，1982。

钱穆著《朱子新学案》，巴蜀书社，1986。

陈来著《朱子书信编年考证》，上海人民出版社，1989。

孙钦善著《中国古文献学史》，中华书局，1994。

朱自清著《诗言志辨》，华东师范大学出版社，1996。

朱维铮编《周予同经学史论著选集（增订本）》，上海人民出版社，1996。

谢水顺、李珽著《福建古代刻书》，福建人民出版社，1997。

方彦寿著《朱熹书院门人考》，华东师范大学出版社，2000。

莫砺锋著《朱熹文学研究》，南京大学出版社，2000。

陈子展撰述《诗三百解题》，复旦大学出版社，2001。

束景南著《朱熹年谱长编》，华东师范大学出版社，2001。

刘毓庆著《历代诗经著述考（先秦－元代）》，中华书局，2002。

洪湛侯著《诗经学史》，中华书局，2002。

向熹著《诗经语文论集》，四川民族出版社，2002。

刘信芳著《孔子诗论述学》，安徽大学出版社，2003。

王子初著《中国音乐考古学》，福建教育出版社，2003。

檀作文著《朱熹诗经学研究》，学苑出版社，2003。

王力著《诗经韵读·楚辞韵读》，中国人民大学出版社，2004。

李纯一著《先秦音乐史》，人民音乐出版社，2005。

童书业著，童教英校订《春秋左传研究（校订本）》，中华书局，2006。

郝桂敏著《宋代〈诗经〉文献研究》，中国社会科学出版社，2006。

杜海军著《吕祖谦年谱》，中华书局，2007。

余嘉锡著《四库提要辨证》，中华书局，2007。

杨新勋著《宋代疑经研究》，中华书局，2007。

陈荣捷著《朱子门人》，华东师范大学出版社，2007。

陈荣捷著《朱子新探索》，华东师范大学出版社，2007。

论　文

吕艺：《清及近代传世〈诗集传〉宋刊本概述》，《文献》第22辑，书目文献出版社，1984。

左松超：《朱熹〈诗集传〉二十卷本和八卷本的比较》，台湾高雄师范学院国文研究所学术丛刊第一种《高仲华先生八秩荣庆论文集》，台湾高雄师范学院国文研究所编印，1988。

朱杰人：《论八卷本〈诗集传〉非朱子原帙，兼论〈诗集传〉之版本》，《经学研究论丛》第5辑，台湾学生书局，1988。

朱杰人：《〈诗传纲领〉研究》，《迈入21世纪的朱子学——纪念朱熹诞辰870周年、逝世800周年论文集》，华东师范大学出版社，2001。

包丽虹：《朱熹〈诗集传〉文献学研究》，浙江大学古籍所博士论文，2004。

朱杰人：《朱子〈诗集传〉引文考》，《宋代经学国际研讨会论文集》，台北中研院中国文哲研究所，2006。

后　记

　　这本书是在我的博士论文的基础上修订而成的，如今得以出版，心中百感交集，竟不知该如何说起。

　　十八年前，我考进北大中文系，一门心思想学文学，不管古今中外，只学文学。谁知道中文系有三个专业——文学、语言学和古典文献学。系里开会介绍情况，我在外面喝酒佯狂，狂得不知所以的时候，一纸通知下来，按缺席放弃选择处理，酒劲未消，我已进了古典文献专业。当时倒也并不失落，反正什么专业也阻挡不住我当诗人。谁又知道新生课上谢冕先生的一番话竟然一语成谶，在北大十一年，上了多少课听了多少讲座，我偏偏对谢冕先生的那盆冷水记忆犹新，他说：我当年的理想就是当诗人，可是很快就发现自己没有那个才华，于是我选择了文学研究，而你们中的大部分人恐怕也会像我一样。对此，我不以为然。本科四年，上蹿下跳：写诗，惨不忍睹；编刊物，主动辞职；办诗会，兼职保安。折腾一场之后，我终于认识到"诗人"与我无缘，我迷信地以为这是因为把谢冕先生的那段话记得太真切的结果。当然，日后的阅历也让我更加清楚，这个世界上没有神话，才华强求不来也依靠不住并且可以伪装，而我所渴望的"诗人"也不一定非得借助诗歌来表达，谢冕先生的话我用了多少年才真的明白和接受了呢？

　　好在我还有古典文献专业，它不离不弃、默默等待并且给我容身之所，"蓦然回首，那人却在，灯火阑珊处"，这该是多么幸运的一件事呢。更幸运的是,我遇见了自己的两位恩师——吴鸥先生和杨忠先生。

清人姚鼐说:"余尝论学问之事,有三端焉,曰:义理也,考证也,文章也。是三者,苟善用之,则皆足以相济;苟不善用之,则或至于相害。""文章"之事,我碰了一鼻子灰,不敢说有成功的经验,起码可以说有失败的教训,多少也算有点心得。至于"义理"和"考证",我竟然完全不知门径。

上了硕士,正是吴鸥老师一举破除了我华而不实的文字积习,教给我"考证"的正确方法,并针对我的文学偏好,引导我研究《诗经》,这本书的写作正是发轫于此。进入博士阶段,杨忠老师给我创造了最好的研究环境,所需之书任意借取,困惑之处随时点拨,他讲授"宋明理学"的课程,让我对最头疼的"义理"也发生兴趣。章学诚说:"义理必须探索,名数必须考订,文辞必须闲习,皆学也,皆求道之资而非可执一端谓尽道也","义理"、"考证"、"文章"之"足以相济"和"或至于相害"的道理,我至此方才有了深切著明之体悟。这本书的完成,乃至于我研究方向与治学理念的确立,不能不说是两位先生悉心指导的结果。因此,我想借此一页之纸,向吴鸥老师和杨忠老师致以最诚挚的谢意,希望这本书不会辱没两位先生的谆谆教诲。

十八年的时间转瞬即逝,这本书呈现出来的只是一个结果而绝非过程。非常遗憾这不是一部小说,然而对于我来说,在这部书的每一个字背后,当年写作的日日夜夜以及每一个日夜所连接的前因后果都历历在目,那是怎样一段荒唐而又充实的生活啊,所有涉及其中的人仿佛都没有明天似的疯狂挥霍着所有的一切,只为了最后灰飞烟灭、无迹可求、自然而然。人生的戏剧性以及诗意在其中展现无遗。

十八年过去了,我愿以这本书作一总结。生活的变化永远出乎你的意料。我想我也许依然可以成为一位诗人,只不过表达方式有所不同而已。而这部书又何尝不可以是一部诗集或小说呢?

当年在敦煌实习时见到的那位让我想入非非的漂亮姑娘今天成为我的妻子和孩子妈，她所给予我的力量远远超出她的想象。在这样一个分崩离析、甚嚣尘上的世界中，她陪在我左右，一起为那些毫无意义的事情傻笑，耐心等待下一个十八年的到来。相依为命，大概如此。

儿子与爷爷奶奶出奇的亲，真希望他以后也能像我一样，在父亲的书堆里翻来滚去，最终习惯了纸张和文字的味道，每当无所适从的时候，总有一个可以回归的地方。

在最后，我还要衷心地感谢中国人民大学国学院以及学院的执行院长黄朴民先生和书记徐飞先生，正是学院的鼎力支持和黄老师、徐老师的殷切关心，才使我的这部书稿获得出版的机会。

吴　洋

2014 年 2 月

图书在版编目(CIP)数据

朱熹《诗经》学思想探源及研究／吴洋著 .—北京：社会科学文献出版社，2014.5
（国学研究文库）
ISBN 978－7－5097－5916－5

Ⅰ.①朱…　Ⅱ.①吴…　Ⅲ.①朱熹（1130～1200）－诗学－思想评论②《诗经》－诗歌研究　Ⅳ.①I207.222

中国版本图书馆 CIP 数据核字（2014）第 073437 号

·国学研究文库·

朱熹《诗经》学思想探源及研究

著　　者／吴　洋

出 版 人／谢寿光
出 版 者／社会科学文献出版社
地　　址／北京市西城区北三环中路甲29号院3号楼华龙大厦
邮政编码／100029

责任部门／近代史编辑室　（010）59367256　　责任编辑／宋　超
电子信箱／jxd@ssap.cn　　　　　　　　　　　　责任校对／刘　青
项目统筹／宋荣欣　　　　　　　　　　　　　　 责任印制／岳　阳
经　　销／社会科学文献出版社市场营销中心　（010）59367081　59367089
读者服务／读者服务中心　（010）59367028

印　　装／三河市尚艺印装有限公司
开　　本／787mm×1092mm　1/16　　　　　　印　　张／19.25
版　　次／2014年5月第1版　　　　　　　　　字　　数／263千字
印　　次／2014年5月第1次印刷
书　　号／ISBN 978－7－5097－5916－5
定　　价／69.00元

本书如有破损、缺页、装订错误，请与本社读者服务中心联系更换
▲ 版权所有　翻印必究